INTERROS des COLLÈGES

Collection dirigée par Éric MAURETTE

Mathématiques

3e

Lucie-Anne BILLY
Axelle BEZARD-FALGAS

Nathan

Remerciements

Les auteurs et l'équipe de Prepamath Éditions tiennent à remercier Jean-Côme Charpentier, Stéphane Pasquet et Clément Boulonne pour l'aide précieuse qu'ils ont apportée à cet ouvrage.

Illustrations : Prisca Baverey
Graphisme : Élise Launay
Coordination éditoriale : François Déliac
Conception couverture : Simon Geliot

Votre avis nous intéresse : contact@prepamath.fr

Retrouvez l'actualité scientifique et les Interros des Lycées sur :

Facebook : facebook.com/interrosdeslycees
Twitter : @prepamath
Site web : www.prepamath.fr

© Éditions NATHAN 2021 - ISBN 9782091573120

Avant-propos

La classe de troisième clôt le cycle 4 débuté en classe de cinquième. Le diplôme national du brevet (DNB) lui confère une grande importance, avant de commencer le lycée. Le programme de mathématiques permet de consolider toutes les notions apprises au cours des années de collège. Il est donc fondamental pour l'élève de bien s'entraîner dans cette matière.

Dans chaque chapitre de cet ouvrage, il trouvera :

- **Un rappel de cours** qui s'appuie sur la résolution pratique d'un ou plusieurs exercices types, et qui donne de manière concise tout ce que l'on doit retenir du chapitre étudié.
- **Des exercices** qui correspondent à tous les types d'exercices que l'on pourra rencontrer en classe de troisième et qui ont tous été réellement posés en collège. Certains sont des applications immédiates du cours, d'autres (comportant la mention « tâche complexe ») nécessitent une réflexion plus approfondie et constituent un bon entraînement pour l'examen final du DNB.
- **Les solutions des énoncés**. Elles sont accompagnées de nombreux conseils de méthode et sont parfois très détaillées pour faciliter la compréhension.
- **Des vidéos** illustrant le cours ou permettant de résoudre des exercices de manière vivante et pédagogique, signalées par un QR code.

En fin d'ouvrage, le chapitre 13 est consacré à l'utilisation des tableurs et à la programmation sous Scratch. Conformément à l'esprit du programme, des exercices faisant appel au langage Scratch sont répartis tout au long du livre. La plupart de ces programmes sont accessibles en ligne via un QR code ou à l'adresse suivante :

`http://scratch.mit.edu/users/Prepamath`.

Enfin, le dernier chapitre se présente sous la forme d'un sujet de brevet, pour vous préparer à l'épreuve du DNB et vous aider à faire le point.

Vous pouvez retrouver la présentation en vidéo de ce livre en scannant le QR code ci-dessus.

Nous remercions par avance tout lecteur qui nous fera part de ses remarques ou suggestions en nous contactant via contact@prepamath.fr, et vous souhaitons une bonne et profitable lecture.

Les auteures,

Lucie-Anne Billy,

Axelle Bezard-Falgas.

Table des matières

Nathan Live

Accédez aux **compléments numériques** de cet ouvrage (vidéos, audios, liens Internet) sur votre smartphone ou votre tablette avec

C'est facile !

1 ***Téléchargez*** l'application gratuite Nathan Live disponible dans tous les stores sur votre smartphone ou votre tablette (Appstore, GooglePlay, Windows Store).

2 ***Scannez*** les pages de votre livre où le logo Nathan Live apparaît

3 ***Consultez*** les ressources !

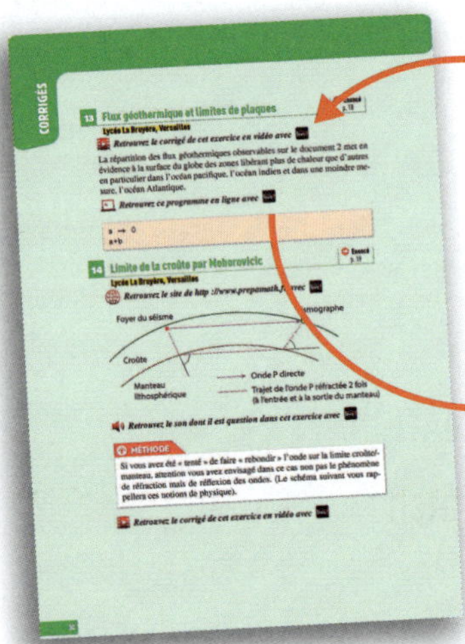

Logo **Nathan Live** indiquant que la page contient des ressources

Vous consultez directement la ressource sur votre smartphone ou votre tablette

L'épreuve de mathématiques au diplôme national du brevet

L'épreuve de mathématiques au diplôme national du brevet (DNB) porte sur le programme de mathématiques du cycle 4, c'est-à-dire sur les notions vues depuis la classe de cinquième. D'une durée de deux heures, elle est notée sur 100 points. La présentation et la rédaction de la copie étant prises en compte par le correcteur, celles-ci doivent être particulièrement soignées (voir plus loin le § *Présentation*).

Les exercices peuvent prendre différentes formes : QCM, énoncés comprenant plusieurs questions, ou exercices constitués d'une seule question. Dans ce dernier cas, il faudra généralement effectuer de multiples calculs avant d'arriver au résultat demandé.

Le matériel à avoir

- Bien sûr, veillez à ce que vos stylos fonctionnent correctement. Par exemple, si vous écrivez avec un stylo à plume, pensez à avoir des cartouches d'encre de rechange. Pensez à avoir des stylos de rechange pour le cas où votre stylo habituel ne fonctionnerait plus, et n'oubliez pas d'apporter un effaceur (pour l'encre) ou du blanc correcteur (pour feutres ou bics).
- N'oubliez pas votre « kit du parfait géomètre » : une règle, une équerre, un rapporteur, un compas, un crayon à papier (ou critérium) et une gomme.
  Si vous utilisez un crayon à papier, pensez à avoir un taille-crayon. Si vous utilisez un critérium, pensez à avoir des mines de rechange.
- Enfin, avoir une calculatrice collège qui fonctionne correctement devrait vous aider à gagner du temps pour effectuer certains calculs. Vérifiez donc les piles quelques jours avant l'épreuve car si l'affichage est faible, il vous faudra le temps d'en acheter d'autres.
  Attention : l'utilisation de votre téléphone portable est interdite ! Vous ne pouvez donc pas vous en servir comme calculatrice. D'ailleurs, il vous sera demandé de l'éteindre complètement et de le mettre dans votre sac, qui lui-même sera déposé au fond de la classe (ou à côté des surveillants).

Comment aborder le sujet de mathématiques ?

- Le nombre de feuilles qui composent le sujet est inscrit sur la page de garde. Vérifiez que vous les avez toutes. Dans le cas contraire, signalez-le immédiatement aux surveillants.

- Regardez ensuite rapidement le thème de tous les exercices et commencez par ceux portant sur les notions que vous maîtrisez afin de vous mettre en confiance et de ne pas perdre de temps.
- Si certains exercices portent sur des notions qui vous semblent plus difficiles, n'hésitez pas à les traiter en dernier.
- Si une question vous bloque, ne séchez pas inutilement dessus : laissez de la place pour y répondre éventuellement plus tard. Si vous n'avez pas le temps d'y revenir, en fin d'épreuve, écrivez une phrase comme : « Question non traitée par manque de temps. » ; ainsi, le professeur qui corrigera votre copie comprendra pourquoi vous n'avez rien écrit à cet endroit. De plus, vous avez le droit de considérer le résultat de cette question comme démontré et de l'utiliser dans les questions suivantes. Il ne faut pas vous en priver.
- Enfin, ne répondez pas au hasard à des questions qui demandent des calculs : votre correcteur (ou correctrice) se rendra très vite compte d'un éventuel bluff, et cela ne sera pas du tout apprécié. Si vous ne savez pas du tout répondre à une question, vous pouvez écrire : « Je ne sais pas répondre à cette question ». L'honnêteté est toujours appréciée et le professeur pourra éventuellement être plus indulgent(e) par la suite.

Présentation et rédaction

Il est important de présenter une copie aérée et bien rédigée :

- Pensez à utiliser votre brouillon pour faire quelques calculs, une esquisse de figure ou une trame de raisonnement ; cela vous évitera des ratures et votre copie n'en sera que plus belle.
- Pensez à commencer chaque exercice par son titre souligné, et à espacer tous les exercices. Il faut que le professeur qui vous corrige distingue, en un regard, chaque exercice.
- Dans chaque exercice, pensez à mettre en évidence le numéro de la question.
- Pour chaque question, pensez à expliquer tous les calculs que vous écrivez et à faire une phrase de conclusion qui pourra être soulignée ou encadrée.
- Évitez d'utiliser la couleur rouge : c'est une couleur très souvent utilisée par les correcteurs et il ne faudrait pas que celui ou celle qui vous corrige confonde ce que vous avez écrit avec ce qu'il ou elle a mis lors de sa correction.
- Lorsque vous tracez une figure en géométrie, utilisez toujours le crayon à papier (ou le critérium), et faites vos tracés en traits fins (crayon bien aiguisé) et légers (n'appuyez pas trop sur le crayon afin de pouvoir gommer facilement). En effet, une figure où les traits que l'on a gommés sont visibles n'est pas présentable.

Gérer son temps

Enfin, comme vous avez deux heures pour obtenir cent points, on peut dire qu'un point correspond à 1,2 minute et qu'un exercice sur 10 points ne devrait pas vous prendre plus de 12 minutes. Idéalement, un tel exercice devrait être résolu en 10 ou 11 minutes, de manière à garder du temps pour vous relire entièrement à la fin de l'épreuve.

Cet exercice de relecture est très important. Il vous permettra d'une part de repérer d'éventuelles erreurs d'étourderie qui pourraient vous enlever de précieux points, d'autre part de peaufiner votre présentation et votre texte, ce qui mettra le correcteur dans les meilleures dispositions.

Première partie

NOMBRES ET CALCULS

Chapitre 1

Les puissances

Plan du chapitre

Exercice type — Collège Alain Fournier, Bordeaux

La distance Terre-Soleil est égale à $149{,}598 \times 10^6$ km.
La distance Terre-Lune est égale à 384 400 km.
La distance Mars-Soleil est au moins égale à 206,6 millions de kilomètres.

1. Donner la notation scientifique des trois distances (exprimées en km) données dans l'énoncé.
2. Donner un ordre de grandeur de ces trois distances.
3. Entre Mars et la Terre, quelle planète est la plus éloignée du Soleil ?

Voir corrigé page 7

1 Règles de calculs

Définition 1 : exposant entier positif

Soit a un nombre réel non nul, et soit n un entier strictement positif.
On définit le nombre a^n (lire : « *a exposant n* ») par :

$$a^n = \underbrace{a \times a \times a \times \cdots \times a \times a}_{n \text{ facteurs}}$$

Exemples

- $5^3 = 5 \times 5 \times 5 = 125$.
- $(-2)^6 = (-2) \times (-2) \times (-2) \times (-2) \times (-2) \times (-2) = 64$.
  Le nombre « -2 » est multiplié par lui-même 6 fois.

⚠ ATTENTION

Ne pas confondre :
$(-3)^2 = (-3) \times (-3) = 9$, qui correspond au carré de (-3), et :
$-3^2 = -(3 \times 3) = -9$, qui est l'opposé du carré de 3.

Définition 2 : exposant entier négatif

Soit a un nombre réel non nul, et soit n un entier positif.
Le nombre a^{-n} est l'inverse de a^n. Ainsi :

$$a^{-n} = \frac{1}{a^n}.$$

Exemples

- $3^{-2} = \frac{1}{3^2} = \frac{1}{9}$;
- $10^{-3} = \frac{1}{10^3} = \frac{1}{1\,000}$.

ANECDOTE

Le philosophe et mathématicien français René Descartes (1596-1650) est à l'origine de la notation des puissances sous forme d'exposants.

Propriétés 1 : règles de calcul sur les puissances

Soient a et b deux nombres réels non nuls, et soient m et n deux entiers relatifs.
Alors,

- $a^m \times a^n = a^{m+n}$
- $\frac{a^m}{a^n} = a^{m-n}$
- $(a^m)^n = a^{m \times n}$
- $(a \times b)^n = a^n \times b^n$
- $\left(\frac{a}{b}\right)^n = \frac{a^n}{b^n}$

Exemples

1) Écrire sous la forme a^n, où n est un nombre entier relatif :
   - $4^{-3} \times 4^{12} = 4^{-3+12} = 4^9$;
   - $\frac{7^8}{7^{10}} = 7^{8-10} = 7^{-2}$;
   - $(3^5)^{-3} = 3^{5\times(-3)} = 3^{-15}$.
2) Donner le résultat sous forme décimale ou fractionnaire :
   - $(2 \times 9)^2 = 2^2 \times 9^2 = 4 \times 81 = 324$;
   - $\left(\frac{2}{3}\right)^3 = \frac{2^3}{3^3} = \frac{8}{27}$.

ANECDOTE : le gogol

En 1938, le mathématicien Edward Kasner a eu l'idée d'utiliser le nombre 10^{100} dans son livre « *Mathematics and the Imagination* » pour illustrer la différence entre un grand nombre et l'infini, en le nommant gogol.
C'est en référence à ce nombre que les créateurs de Google ont nommé leur célèbre moteur de recherche, voulant « organiser l'immense volume d'information disponible sur le Web ».

À RETENIR

Quel que soit le nombre a :

$$a^0 = 1 \text{ (si } a \neq 0) \qquad \text{et} \qquad a^1 = a.$$

2 Notation scientifique

Définition 3 : notation scientifique

La *notation scientifique* d'un nombre décimal strictement positif est la seule écriture de la forme $a \times 10^n$ où :

- a est un nombre décimal compris entre 1 et 10 (10 non compris) ;
- n est un entier relatif.

Exemples (et contre-exemples)

- $1{,}201 \times 10^8$ est une notation scientifique car $1 \leqslant 1{,}201 < 10$;
- $9{,}99 \times 10^{-9}$ est une notation scientifique car $1 \leqslant 9{,}99 < 10$;
- $0{,}54 \times 10^3$ n'est pas une notation scientifique car $0{,}54 < 1$;
- $152{,}486 \times 10^{-3}$ n'est pas une notation scientifique car $152{,}486 \geqslant 10$.

MÉTHODE : obtenir une notation scientifique

- *Premier cas : nombre supérieur à 10,*
  par exemple 256 800 000.

(a) On commence par mettre la virgule après le premier chiffre non nul (ici, après « 2 ») en laissant tous les chiffres, même les « 0 ».
On obtient : 2,56800000.

(b) Ensuite, on compte le nombre de chiffres qu'il y a après la virgule (y compris les « 0 ») pour savoir l'exposant de 10.
Ici, il y a 8 chiffres après la virgule, donc la notation scientifique de 256 800 000 est : $2{,}568 \times 10^8$.

...

MÉTHODE

- *Deuxième cas : nombre compris entre 0 et 1,* par exemple 0,000 54.

(a) On commence par mettre la virgule après le premier chiffre non nul (ici, après « 5 ») en laissant les « 0 » et en laissant aussi la première virgule. On obtient : 0,0005,4.

(b) Ensuite, on compte le nombre de chiffres qu'il y a entre les deux virgules ; cela va donner l'exposant de 10 (en n'oubliant pas de mettre un signe « – » devant). Puis on enlève la première virgule.
Ici, il y a 4 chiffres entre les deux virgules (« 0005 »), donc la notation scientifique de 0,000 54 est : $5{,}4 \times 10^{-4}$.

3 Préfixes usuels

Le tableau ci-dessous reprend les préfixes à connaître, ainsi que les puissances de dix qui leur sont associées.

	Préfixes	Symboles	Désignation
10^9	giga	G	un milliard
10^6	méga	M	un million
10^3	kilo	k	un millier
10^{-3}	milli	m	un millième
10^{-6}	micro	μ	un millionième
10^{-9}	nano	n	un milliardième

Exemples

- $1\ \text{kg} = 10^3\ \text{g} = 1\,000\ \text{g}$;
- $5\ \mu\text{m} = 5 \times 10^{-6}\ \text{m} = 0{,}000\,005\ \text{m}$.

4 Ordre de grandeur

Selon le contexte dans lequel on travaille, on peut utiliser deux types d'ordre de grandeur.

- $89\,240\,000 = 8{,}924 \times 10^7$ et $8{,}924 \approx 9$ (si on donne l'arrondi à l'entier le plus proche).
  Ainsi, 9×10^7 est un ordre de grandeur de 89 240 000.
- On peut aussi écrire que $8{,}924 \approx 10$ (si l'on souhaite arrondir à la puissance de 10 la plus proche).
  Alors, $89\,240\,000 \approx 10 \times 10^7 = 10^{1+7} = 10^8$.
  On peut alors dire que 10^8 est un ordre de grandeur de 89 240 000.

5 Priorités opératoires

Propriété 2

Pour effectuer un calcul sans parenthèses avec des puissances, on effectue d'abord les puissances, puis les multiplications et divisions, et enfin les additions et soustractions.

Exemples

- $9 - 5 \times 3^3 = 9 - 5 \times 27$ car $3^3 = 27$
  $= 9 - 135$ car $5 \times 27 = 135$
  $= -126.$

- $(8 - 2^5) \times 4 = (8 - 32) \times 4$ car $2^5 = 32$
  $= -24 \times 4$ car $8 - 32 = -24$
  $= -96.$

➔ Solution de l'exercice type — Collège Alain Fournier, Bordeaux

1 Distance Terre-Soleil (en km) :

$$149{,}598 \times 10^6 = 1{,}495\,98 \times 10^2 \times 10^6$$
$$= 1{,}495\,98 \times 10^{2+6}$$
$$= 1{,}495\,98 \times 10^8.$$

Distance Terre-Lune (en km) :

$$384\,400 = 3{,}844 \times 10^5.$$

Distance Mars-Soleil (en km) :

$$206{,}6 \text{ millions} = 206{,}6 \times 10^6$$
$$= 2{,}066 \times 10^2 \times 10^6$$
$$= 2{,}066 \times 10^8.$$

2 Un ordre de grandeur de la distance Terre-Soleil est $1{,}5 \times 10^8$ km car $1{,}495\,98 \approx 1{,}5$.

Un ordre de grandeur de la distance Terre-Lune est 4×10^5 km car $3{,}844 \approx 4$.

Un ordre de grandeur de la distance Mars-Soleil est 2×10^8 km car $2{,}066 \approx 2$.

...

Solution de l'exercice type (suite)

Collège Alain Fournier, Bordeaux

3

MÉTHODE

Pour comparer deux nombres en notation scientifique :

- on commence par comparer les exposants des « 10 » ;
- si les exposants sont égaux, on compare les coefficients des puissances de 10.

Ici, les exposants des « 10 » sont tous les deux égaux à 8 ; il faut donc comparer les coefficients des puissances de 10 : $2,066 > 1,495\,97$ donc $2,066 \times 10^8 > 1,495\,97 \times 10^8$.

Par conséquent, la distance Mars-Soleil est plus grande que la distance Terre-Soleil et donc Mars est plus éloignée du Soleil que la Terre.

Voir énoncé page 3

1 QCM Règles de calcul sur les puissances

10 min Corrigé p. 15

Pour chacune des propositions, choisir la réponse correcte. Aucune justification n'est demandée.

1 $5^8 \times 5^{-3}$ est égal à :
a 5^{11} b 5^5 c 5^{24}

2 $\dfrac{3^2}{3^7}$ est égal à :
a 3^5 b 3^{-14} c 3^{-5}

3 $(6^7)^2$ est égal à :
a 6^{14} b 6^9 c 6^5

4 $(4^5)^{15}$ est égal à :
a 2^{150} b 2^{25} c 2^{75}

5 $\dfrac{1}{5^{-2}}$ est égal à :
a 0,25 b 25 c 0,4

6 21^2 est égal à :
a 49×9 b 2×21 c 6×14

7 $8^4 \times \dfrac{2^6}{2^{18}}$ est égal à :
a 2^{-16} b 1 c 0

8 $\dfrac{9^5}{27^2} \times 3^{-3}$ est égal à :
a 3^{-2} b 1 c 3

2 QCM Notation scientifique

5 min Corrigé p. 16

Pour chacune des propositions, choisir la réponse correcte. Aucune justification n'est demandée.

1 La notation scientifique du nombre 15,45 est :
a $0{,}1545 \times 10^2$ b $1{,}545 \times 10^{-1}$ c $1{,}545 \times 10^1$

2 La notation scientifique du nombre 0,009 745 est :
a $9{,}745 \times 10^{-3}$ b $9{,}745 \times 10^3$ c $9{,}745 \times 10^{-4}$

3 La notation scientifique du nombre 12 300 000 est :
a $1{,}23 \times 10^5$ b $1{,}23 \times 10^{-7}$ c $1{,}23 \times 10^7$

4 La notation scientifique du nombre $897{,}4 \times 10^{-3}$ est :
a $8{,}974 \times 10^{-1}$ b $8{,}974 \times 10^1$ c $8{,}974 \times 10^{-4}$

3 QCM Ordre de grandeur

5 min

Corrigé p. 16

Pour chacune des propositions, choisir la réponse correcte. Aucune justification n'est demandée.

1 Un ordre de grandeur du nombre $1{,}49 \times 10^5$ est :

a 10^4 b 10^5 c 10^6

2 Un ordre de grandeur du nombre $88{,}102 \times 10^7$ est :

a 10^9 b 10^8 c 10^7

3 Un ordre de grandeur du nombre 123 456 est :

a 10^5 b 10^6 c 10^7

4 Un ordre de grandeur du nombre $0{,}078 \times 10^{-5}$ est :

a 7×10^{-7} b 8×10^{-7} c 8×10^{-8}

Règles de calcul sur les puissances

4 Puissances de 10

★ 5 min

Corrigé p. 16

Collège Henri Sellier, Suresnes

Exprimer à l'aide d'une seule puissance de 10 le résultat des opérations suivantes.

1 $10^5 \times 10^{-9} \times 10^3$

2 $\dfrac{10^2 \times 10^{-5}}{10^8 \times 10^{-11}}$

3 $\left(10^{-2}\right)^{-4} \times 10^{12}$

4 $\dfrac{\left(10^2\right)^5}{10^5}$

5 Puissances d'entiers

★ 5 min

Corrigé p. 17

Collège Chaptal, Paris

Cocher pour donner le signe de chacun des nombres suivants :

Nombres	$(-6)^{12}$	-7^{36}	$(-8)^7$	5^{-5}	$(-3)^{-2}$	-9^{-6}
Positifs						
Négatifs						

6 Compléter des opérations

★★ 5 min Corrigé p. 17

Collège Condorcet, Paris

Compléter les opérations suivantes : indiquer le nombre à mettre en exposant à la place des pointillés.

1. $3^{\cdots} \times 3^{7} \times 3^{-5} = 3^{12}$
2. $\dfrac{5^{-2} \times 5^{\cdots}}{5^{7}} = 5^{50}$
3. $\dfrac{\left(2^{-5}\right)^{\cdots}}{2^{3}} = 128$
4. $\left(3^{\cdots}\right)^{2} \times 3^{-5} = 3^{21}$

7 Règles de calcul

★ 5 min Corrigé p. 18

Collège Chaptal, Paris

Écrire sous la forme d'une seule puissance.

$A =$ le triple de 3^{4} ;

$B =$ la moitié de 2^{-5} ;

$C = \dfrac{25^{3} \times 5^{-9}}{(5^{-2})^{6}}$.

8 Avec de la proportionnalité

★★ 10 min Corrigé p. 18

Collège Maurice Ravel, Toulon

1. Les gouttes projetées par une imprimante à jet d'encre ont un volume de 1 picolitre (pL).
Sachant que 1pL est égal à un milliardième de millilitre, exprimer le nombre de gouttes d'encre contenues dans une cartouche de 10 mL avec une puissance de 10.

2. Dans le corps humain, il y a environ vingt-cinq mille milliards de globules rouges. On arrondit le volume d'un globule rouge à 100×10^{-15} L.
Exprimer le volume (en litre) occupé par tous les globules rouges dans un corps humain sous la forme $a \times 10^{n}$, où a et n sont deux entiers.

COURS INTERROS CORRIGÉS

Notation scientifique et préfixes usuels

9 Conversion en notation scientifique ★ 5 min

Corrigé p. 18

Collège Henri Matisse, Nice

Trouver la notation scientifique des nombres suivants :

1. $A = 0{,}000\ 158\ 401$
2. $B = 5\ 102{,}215\ 10$
3. $C = 0{,}410\ 2 \times 10^{-15}$
4. $D = 70{,}12 \times 10^{-3}$
5. $E = -0{,}012\ 3 \times 10^{7}$
6. $F = -450{,}102 \times 10^{3}$

10 Un virus ★ 3 min

Corrigé p. 19

Collège Jean Zay, Lille

Les particules de coronavirus sont des particules sphériques dont le diamètre mesure en moyenne $0{,}125\ \mu$m.

Exprimer la taille de ce diamètre en m et donner le résultat en écriture scientifique.

11 Distances et notations scientifiques ★ 8 min

Corrigé p. 19

Collège Henri Sellier, Suresnes

Dans un ouvrage d'astronomie, on peut lire :

Planètes	Distance moyenne en km de la planète au Soleil
Jupiter	$7{,}78 \times 10^{8}$
Mercure	579×10^{5}
Mars	$22{,}8 \times 10^{7}$
Neptune	4 505 millions
Terre	$0{,}015 \times 10^{10}$

Donner l'écriture scientifique de chacune de ces distances et les classer dans l'ordre croissant.

12 Unité astronomique

★★ 10 min Corrigé p. 19

Collège Jean Moulin, Verrières-le-Buisson

En astronomie, on définit une *unité astronomique* (u.a.) par l'égalité :

$$1 \text{ u.a.} = 149\,597\,870\,700 \text{ m}$$

qui correspond à la distance Terre-Soleil.

1 Donner la notation scientifique d'une u.a. en km.

2 La distance Mars-Soleil est de 2,8 u.a.
Donner un ordre de grandeur de cette distance en km.

Priorités opératoires

13 Calculs et écriture décimale

★ 5 min Corrigé p. 20

Collège Chaptal, Paris

Calculer et donner le résultat sous forme décimale :

1 $A = \dfrac{4 - 5 \times 10}{10^3}$

2 $B = \dfrac{(6 - 2 \times 4)^6}{(3 - 4)^3}$

3 $C = 2^3 - 2 \times (5^2 - 2^2)$

4 $D = 3^2 + (9^2 - 8^2) \times 10^2$

5 $E = \dfrac{50^2 - 2 \times 10^2}{10^3}$

14 En informatique

★★ 10 min Corrigé p. 20

Collège La Salle, Saint-Denis de La Réunion

Vous pouvez retrouver le corrigé de cet exercice en vidéo.

Lucie possède un disque dur d'une capacité de 1 To. Son père a un vieux disque dur d'une capacité de 160 Go.

Ils sont tous les deux cinéphiles et achètent régulièrement des films en VOD. En moyenne, un film occupe 1,5 Go.

1 Leur connexion permet de télécharger 5 Mo par seconde.
Combien de temps prend le téléchargement d'un film en moyenne ?

2 En moyenne, combien de films en tout peuvent-ils stocker sur leurs deux disques durs ?

15 Une suite de nombres

★★★ 10 min Corrigé p. 21

Collège Petit Val, Sucy-en-Brie

On considère le nombre $A_n = 2^{n+1} - 2^n + 1$, où n est un entier relatif.

1. Calculer A_0, A_1, A_2 et A_3, c'est-à-dire le nombre A_n pour $n = 0$, $n = 1$, $n = 2$ et $n = 3$.
2. Vérifier sur ces derniers résultats que $A_n = 2^n + 1$.
3. Nous souhaitons démontrer que pour tout entier relatif n, $A_n = 2^n + 1$.
   - **(a)** Montrer que $2^{n+1} - 2^n = 2^n$, quelle que soit la valeur de l'entier relatif n.
   - **(b)** Conclure.

16 Une somme de puissances de 2

★★★ 20 min Corrigé p. 21

Collège Saint-François-Xavier, Vannes

On pose $S_n = 1 + 2^1 + 2^2 + 2^3 + \cdots + 2^{n-1} + 2^n$, où n est un entier.

1. Calculer $S_1 = 1 + 2^1$, $S_2 = 1 + 2^1 + 2^2$ et $S_3 = 1 + 2^1 + 2^2 + 2^3$.
2. Pour tout entier n, exprimer $2S_n$.
3. En déduire que $2S_n - S_n = 2^{n+1} - 1$.
4. En déduire une expression de S_n.
5. Application : une légende orientale nous conte l'histoire de Sissa, le concepteur du jeu des échecs. Elle raconte que le souverain voulut le récompenser et lui demanda ce qu'il voulait. Celui-ci lui rétorqua : « je veux que vous mettiez un grain de blé sur la première case du jeu, 2 grains sur la deuxième, 4 grains sur la troisième et ainsi de suite jusqu'à la 64e case en doublant à chaque fois le nombre de grains. »
   - **(a)** À l'aide de la question 4, déterminer le nombre de grains de blé devraient être théoriquement placés sur le plateau du jeu.
   - **(b)** On estime que 10 grains de blé ont une masse de 1 g.
     Donner un ordre de grandeur de la masse totale de grains de blé sur le plateau.
   - **(c)** Sachant qu'en 2015, la production mondiale de blé était de 726 millions de tonnes, que penser sur la masse théorique de grains de blé sur l'échiquier ?

1 QCM Règles de calcul sur les puissances

Énoncé p. 9

À l'aide des propriétés 1 page 4 du cours, on peut répondre aux questions proposées.

1 Réponse b. En effet, $5^8 \times 5^{-3} = 5^{8+(-3)} = 5^5$.

2 Réponse c. En effet, $\dfrac{3^2}{3^7} = 3^{2-7} = 3^{-5}$

3 Réponse a. En effet, $(6^7)^2 = 6^{7\times 2} = 6^{14}$.

4 Réponse a. En effet, on a :
$$\begin{aligned}(4^5)^{15} &= \left[(2^2)^5\right]^{15}\\ &= (2^{2\times 5})^{15}\\ &= (2^{10})^{15}\\ &= 2^{10\times 15}\\ &= 2^{150}.\end{aligned}$$

5 Réponse b. En effet, $\dfrac{1}{5^{-2}} = 5^2 = 5 \times 5 = 25$.

6 Réponse a. En effet, $21^2 = (7 \times 3)^2 = 7^2 \times 3^2 = 49 \times 9$.

7 Réponse b. En effet, on a :
$$\begin{aligned}8^4 \times \frac{2^6}{2^{18}} &= (2^3)^4 \times 2^{6-18}\\ &= 2^{3\times 4} \times 2^{-12}\\ &= 2^{12} \times 2^{-12}\\ &= 2^{12+(-12)}\\ &= 2^0\\ &= 1.\end{aligned}$$

8 Réponse c. En effet, on a :
$$\begin{aligned}\frac{9^5}{27^2} \times 3^{-3} &= \frac{(3^2)^5}{(3^3)^2} \times 3^{-3}\\ &= \frac{3^{2\times 5}}{3^{3\times 2}} \times 3^{-3}\\ &= \frac{3^{10}}{3^6} \times 3^{-3}\\ &= 3^{10-6} \times 3^{-3}\\ &= 3^4 \times 3^{-3}\\ &= 3^{4+(-3)}\\ &= 3^1\\ &= 3.\end{aligned}$$

2 QCM Notation scientifique

Énoncé p. 9

1 Réponse [c]. $1,545 \times 10^1$ est la notation scientifique du nombre 15,45 car $1 \leqslant 1,545 < 10$. La réponse [a] n'est pas une notation scientifique car 0,1545 n'est pas compris entre 1 et 10. La réponse [b] ne donne pas le même nombre si on effectue le produit.

2 Réponse [a]. $9,745 \times 10^{-3}$ est la notation scientifique du nombre 0,009 745. En effet, quand on effectue le produit $0009,745 \times 10^{-3}$, on décale la virgule de 3 rangs vers la gauche, et cela donne bien 0,009 745.

3 Réponse [c]. $1,23 \times 10^7$ est la notation scientifique du nombre 12 300 000. En effet, quand on effectue le produit $1,230000000 \times 10^7$, on décale la virgule de 7 rangs vers la droite et on obtient bien 12 300 000.

4 Réponse [a]. $8,974 \times 10^{-1}$ est la notation scientifique du nombre $897,4 \times 10^{-3}$. En effet, $897,4 = 8,974 \times 10^2$ donc :
$897,4 \times 10^{-3} = 8,974 \times 10^2 \times 10^{-3} = 8,974 \times 10^{2-3} = 8,974 \times 10^{-1}$.

3 QCM Ordre de grandeur

Énoncé p. 10

1 Réponse [b]. Un ordre de grandeur de $1,49 \times 10^5$ est 10^5. En effet, $1,49 \approx 1$ si on souhaite donner un arrondi à la puissance de 10 près. Donc $1,49 \times 10^5 \approx 1 \times 10^5 \approx 10^5$.

2 Réponse [a]. Un ordre de grandeur du nombre $88,102 \times 10^7$ est 10^9 car $88,102 \approx 100$ et $100 = 10^2$ donc $88,102 \times 10^7 \approx 10^2 \times 10^7$, soit $88,102 \times 10^7 \approx 10^9$.

3 Réponse [a]. Un ordre de grandeur du nombre 123 456 est 10^5 car $123\,456 = 1,234\,56 \times 10^5$ et $1,234\,56 \approx 1$ en arrondissant à la puissance de 10 la plus proche. Ainsi, $123\,456 \approx 1 \times 10^5 \approx 10^5$.

4 Réponse [b]. Un ordre de grandeur du nombre $0,078 \times 10^{-5}$ est 8×10^{-7} car $0,078 = 7,8 \times 10^{-2}$ et $7,8 \approx 8$ à l'unité près.
Ainsi, $0,078 \times 10^{-5} \approx 8 \times 10^{-2} \times 10^{-5}$, soit 8×10^{-7}.

4 Puissances de 10

Énoncé p. 10

Collège Henri Sellier, Suresnes

1 $10^5 \times 10^{-9} \times 10^3 = 10^{5-9+3} = 10^{8-9} = 10^{-1}$.

2 $\dfrac{10^2 \times 10^{-5}}{10^8 \times 10^{-11}} = \dfrac{10^{2-5}}{10^{8-11}} = \dfrac{10^{-3}}{10^{-3}} = 10^{-3-(-3)} = 10^0$.

3 $(10^{-2})^{-4} \times 10^{12} = 10^{(-2)\times(-4)} \times 10^{12} = 10^8 \times 10^{12} = 10^{8+12} = 10^{20}$.

4 $\dfrac{(10^2)^5}{10^5} = \dfrac{10^{2\times 5}}{10^5} = \dfrac{10^{10}}{10^5} = 10^{10-5} = 10^5$.

5 Puissances d'entiers

Énoncé p. 10

Collège Chaptal, Paris

Nombres	$(-6)^{12}$	-7^{36}	$(-8)^7$	5^{-5}	$(-3)^{-2}$	-9^{-6}
Positifs	X			X	X	
Négatifs		X	X			X

En effet, $(-6)^{12} = (-6) \times (-6) \times \cdots \times (-6)$. Il y a 12 facteurs négatifs, 12 est pair donc le résultat est positif.

$-7^{36} = -7 \times 7 \times \cdots \times 7$. Il n'y a qu'un facteur négatif.

Dans $(-8)^7$, il y a 7 facteurs négatifs, 7 est impair donc le résultat est négatif.

$5^{-5} = \dfrac{1}{5^5}$. Il n'y a que des facteurs positifs, donc le résultat est positif.

$(-3)^{-2} = \dfrac{1}{(-3)^2}$. Il y a 2 facteurs négatifs donc le résultat est positif.

$-9^{-6} = -\dfrac{1}{9^6}$. Il n'y a qu'un seul facteur négatif.

6 Compléter des opérations

Énoncé p. 11

Collège Condorcet, Paris

1 $3^{\cdots} \times 3^7 \times 3^{-5} = 3^{12}$ signifie que $3^{\ldots+7-5} = 3^{12}$, soit $3^{\ldots+2} = 3^{12}$.
Le nombre qu'il manque est donc 10 car $10 + 2 = 12$.

$$3^{10} \times 3^7 \times 3^{-5} = 3^{12}.$$

2 $\dfrac{5^{-2} \times 5^{\cdots}}{5^7} = 5^{50}$ signifie que $\dfrac{5^{-2+\ldots}}{5^7} = 5^{50}$, soit $5^{-2+\ldots-7} = 5^{50}$ ou encore : $5^{-9+\cdots} = 5^{50}$.
Le nombre qu'il manque est donc 59 car $-9 + 59 = 50$.

$$\frac{5^{-2} \times 5^{59}}{5^7} = 5^{50}.$$

3 $\dfrac{(2^{-5})^{\cdots}}{2^3} = 128$ signifie que $\dfrac{2^{-5\times\ldots}}{2^3} = 2^7$ (car $128 = 2^7$) et donc $2^{-5\times\ldots-3} = 2^7$. Il faut donc que $-5 \times \ldots - 3 = 7$. Or, $10 - 3 = 7$ donc $-5 \times \ldots = 10$, et donc le nombre manquant est $10 \div (-5) = -2$.

$$\frac{(2^{-5})^{-2}}{2^3} = 128$$

4 $(3^{\cdots})^2 \times 3^{-5} = 3^{21}$ signifie que $3^{2\times\ldots-5} = 3^{21}$.
Il faut donc que $2 \times \ldots - 5 = 21$. Or, $26 - 5 = 21$ donc $2 \times \ldots = 26$.
Le nombre manquant est donc $26 \div 2 = 13$.

$$(3^{13})^2 \times 3^{-5} = 3^{21}.$$

7 Règles de calcul

Énoncé p. 11

Collège Chaptal, Paris

A = le triple de $3^4 = 3 \times 3^4 = 3^{1+4} = 3^5$.

B = la moitié de $2^{-5} = \dfrac{2^{-5}}{2} = 2^{-5-1} = 2^{-6}$.

$$C = \frac{25^3 \times 5^{-9}}{(5^{-2})^6} = \frac{(5^2)^3 \times 5^{-9}}{5^{-2\times 6}} = \frac{5^6 \times 5^{-9}}{5^{-12}}$$

$$= \frac{5^{6+(-9)}}{5^{-12}} = \frac{5^{-3}}{5^{-12}} = 5^{-3-(-12)} = 5^9.$$

8 Avec de la proportionnalité

Énoncé p. 11

Collège Maurice Ravel, Toulon

1 D'après l'énoncé, 1 pL est égal à un milliardième de millilitre, donc 1 pL = 10^{-9} mL.
Or 1 mL = 10^{-3} L donc 1 pL = $10^{-9} \times 10^{-3}$ L = 10^{-12} L.

MÉTHODE

Pour obtenir le nombre de gouttes dans une cartouche, il faut diviser la contenance de la cartouche par le volume d'une goutte d'encre, où les deux quantités sont exprimées dans la même unité, en litre ici.

$$\frac{\text{contenance de la cartouche}}{\text{volume d'une goutte d'encre}} = \frac{10 \times 10^{-3}\ \text{L}}{10^{-12}\ \text{L}} = \frac{10^{1-3}}{10^{-12}} = 10^{1-3+12} = 10^{10}.$$

Il y a donc 10^{10} gouttes d'encre dans une cartouche de 10 mL.

2

À RETENIR

cent : 10^2 ; mille : 10^3 ; million : 10^6 ; milliard : 10^9.

Il y a $25 \times 10^3 \times 10^9 = 25 \times 10^{3+9} = 25 \times 10^{12}$ globules rouges dans le corps humain (mille milliards : $10^3 \times 10^9$).
De plus, 1 globule rouge occupe 10^{-15} L, donc le volume total occupé par tous les globules rouges est :

$$25 \times 10^{12} \times 10^{-15} = 25 \times 10^{12-15} = 2{,}5\ \text{L}.$$

9 Conversion en notation scientifique

Énoncé p. 12

Collège Henri Matisse, Nice

Ici, il ne faut pas hésiter à regarder la méthode du cours page 5.

1 A = 0,000 158 401 = $1{,}584\ 01 \times 10^{-4}$.

2 $B = 5\,102{,}215\,10 = 5{,}102\,215\,10 \times 10^3$.

3 $C = 0{,}410\,2 \times 10^{-15} = 4{,}102 \times 10^{-1} \times 10^{-15} = 4{,}102 \times 10^{-16}$.

4 $D = 70{,}12 \times 10^{-3} = 7{,}012 \times 10^{1} \times 10^{-3} = 7{,}012 \times 10^{-2}$.

5 $E = -0{,}012\,3 \times 10^{7} = -1{,}23 \times 10^{-2} \times 10^{7} = -1{,}23 \times 10^{5}$.

6 $F = -450{,}102 \times 10^{3} = -4{,}501\,02 \times 10^{2} \times 10^{3} = -4{,}501\,02 \times 10^{5}$.

10 Un virus

Énoncé p. 12

Collège Jean Zay, Lille

$$\begin{aligned} 0{,}125\ \mu\text{m} &= 0{,}125 \times 10^{-6}\ \text{m} \\ &= 1{,}25 \times 10^{-1} \times 10^{-6}\ \text{m} \\ &= 1{,}25 \times 10^{-1+(-6)}\ \text{m} \\ &= 1{,}25 \times 10^{-7}\ \text{m}. \end{aligned}$$

11 Distances et notations scientifiques

Énoncé p. 12

Collège Henri Sellier, Suresnes

Concernant Jupiter, la distance $7{,}78 \times 10^8$ km est déjà en écriture scientifique.

Concernant les autres planètes, on a les distances suivantes :

- Mercure : $579 \times 10^5 = 5{,}79 \times 10^2 \times 10^5 = 5{,}79 \times 10^7$ km.
- Mars : $22{,}8 \times 10^7 = 2{,}28 \times 10^1 \times 10^7 = 2{,}28 \times 10^8$ km.
- Neptune : 4 505 millions $= 4\,505 \times 10^6$
  $= 4{,}505 \times 10^3 \times 10^6 = 4{,}505 \times 10^9$ km.
- Terre : $0{,}015 \times 10^{10} = 1{,}5 \times 10^{-2} \times 10^{10} = 1{,}5 \times 10^8$ km.

On range ensuite ces distances dans l'ordre croissant et on obtient :

$$5{,}79 \times 10^7 < 1{,}5 \times 10^8 < 2{,}28 \times 10^8 < 7{,}78 \times 10^8 < 4{,}505 \times 10^9.$$

12 Unité astronomique

Énoncé p. 13

Collège Jean Moulin, Verrières-le-Buisson

1 La notation scientifique d'1 u.a. en mètre est : $1{,}495\,978\,707\,00 \times 10^{11}$.

On sait que 1 000 m $= 10^3$ m $= 1$ km donc :

$$\begin{aligned} 1\ \text{u.a.} &= 1{,}495\,978\,707\,00 \times 10^{11}\ \text{m} \\ &= 1{,}495\,978\,707 \times 10^{3} \times 10^{8}\ \text{m} \\ &= 1{,}495\,978\,707 \times 10^{8}\ \text{km}. \end{aligned}$$

COURS
INTERROS
CORRIGÉS

2 La distance Mars-Soleil est de 2,8 u.a., donc :

$$2{,}8 \text{ u.a.} = 2{,}8 \times 1{,}495\,978\,707 \times 10^8 \text{ km}$$
$$\approx 4 \times 10^8 \text{ km.}$$

Un ordre de grandeur de la distance Mars-Soleil est donc 4×10^8 km.

13 Calculs et écriture décimale

Énoncé p. 13

Collège Chaptal, Paris

$$A = \frac{4 - 5 \times 10}{10^3} = \frac{4 - 50}{100} = \frac{-46}{1\,000} = -0{,}046$$

$$B = \frac{(6 - 2 \times 4)^6}{(3 - 4)^3} = \frac{(6 - 8)^6}{(-1)^3} = \frac{(-2)^6}{-1} = \frac{64}{-1} = -64.$$

$$C = 2^3 - 2 \times (5^2 - 2^2) = 2 \times 2 \times 2 - 2 \times (5 \times 5 - 2 \times 2)$$
$$= 8 - 2 \times (25 - 4) = 8 - 2 \times 21 = 8 - 42 = -34.$$

$$D = 3^2 + (9^2 - 8^2) \times 10^2 = 9 + (81 - 64) \times 100$$
$$= 9 + 17 \times 100 = 9 + 1\,700 = 1\,709.$$

$$E = \frac{50^2 - 2 \times 10^2}{10^3} = \frac{50 \times 50 - 2 \times 100}{1\,000}$$
$$= \frac{2\,500 - 200}{1\,000} = \frac{2\,300}{1\,000} = 2{,}3.$$

14 En informatique

Énoncé p. 13

live!

Collège La Salle, Saint-Denis de La Réunion

1 Il faut que nous sachions combien de « paquets de 5 Mo » sont contenus dans 1,5 Go.

$1{,}5 \text{ Go} = 1{,}5 \times 10^9 \text{ octets} = 1{,}5 \times 10^6 \times 10^3 \text{ octets} = 1{,}5 \times 10^3 \text{ Mo}.$

$$\frac{1{,}5 \times 10^3 \text{ Mo}}{5 \text{ Mo}} = 0{,}3 \times 10^3 = 3 \times 10^2 = 300.$$

Donc il y a 300 fois 5 Mo dans 1,5 Go.

Le téléchargement durera donc 300 secondes, soit 5 minutes (car $300 \div 60 = 5$ minutes).

2 Avant tout, calculons la taille totale des deux disques durs en Go :

$$1 \text{ To} + 160 \text{ Go} = 10^3 \times 10^9 + 160 \times 10^9 \text{ octets}$$
$$= (10^3 + 160) \times 10^9 \text{ octets}$$
$$= 1\,160 \times 10^9 \text{ octets.}$$

Comme 1 Go = 10^9 octets, la taille totale des deux disques durs est de 1 160 Go.

Pour savoir combien de fois on peut mettre 1,5 Go dans 1 160 Go, on effectue la division :

$$\frac{1\,160}{1{,}5} \approx 773{,}33.$$

On peut donc mettre en moyenne 773 films sur les deux disques durs.

15 Une suite de nombres

Énoncé p. 14

Collège Petit Val, Sucy-en-Brie

1
- Pour $n = 0$, on a : $A_0 = 2^{0+1} - 2^0 + 1 = 2 - 1 + 1 = 2$.
- Pour $n = 1$, on a : $A_1 = 2^{1+1} - 2^1 + 1 = 2^2 - 2 + 1 = 3$.
- Pour $n = 2$, on a : $A_2 = 2^{2+1} - 2^2 + 1 = 2^3 - 4 + 1 = 5$.
- Pour $n = 3$, on a : $A_3 = 2^{3+1} - 2^3 + 1 = 2^4 - 8 + 1 = 9$.

2
- Pour $n = 0$, $2^n + 1 = 2^0 + 1 = 1 + 1 = 2 = A_0$.
- Pour $n = 1$, $2^n + 1 = 2^1 + 1 = 2 + 1 = 3 = A_1$.
- Pour $n = 2$, $2^n + 1 = 2^2 + 1 = 4 + 1 = 5 = A_2$.
- Pour $n = 3$, $2^n + 1 = 2^3 + 1 = 8 + 1 = 9 = A_3$.

Nous avons donc bien vérifié ici que pour $n = 0$, $n = 1$, $n = 2$ et $n = 3$, $A_n = 2^n + 1$.

3 **(a)** Pour tout entier relatif n, on a :

$$\begin{aligned} 2^{n+1} - 2^n &= 2^n \times 2^1 - 2^n \times 1 \\ &= 2^n(2^1 - 1) \quad \text{(on a ici factorisé par } 2^n\text{)} \\ &= 2^n \times 1 \\ &= 2^n. \end{aligned}$$

(b) Du résultat obtenu précédemment, on déduit que :

$$\begin{aligned} A_n &= 2^{n+1} - 2^n + 1 \\ &= 2^n + 1. \end{aligned}$$

On a démontré ici ce que l'on voulait : pour tout entier relatif n, $A_n = 2^n + 1$.

16 Une somme de puissances de 2

Énoncé p. 14

Collège Saint-François-Xavier, Vannes

1
- $S_1 = 1 + 2^1 = 1 + 2 = 3$.
- $S_2 = 1 + 2^1 + 2^2 = 1 + 2 + 4 = 7$.
- $S_3 = 1 + 2^1 + 2^2 + 2^3 = 1 + 2 + 4 + 8 = 15$.

2 $$\begin{aligned}2S_n &= 2^1 \times (1 + 2^1 + 2^2 + 2^3 + \cdots + 2^{n-1} + 2^n)\\ &= 2^1 \times 1 + 2^1 \times 2^1 + 2^1 \times 2^2 + 2^1 \times 2^3 + \cdots + 2^1 \times 2^{n-1} + 2^1 \times 2^n\\ &= 2^1 + 2^{1+1} + 2^{1+2} + 2^{1+3} + \cdots + 2^n + 2^{1+n}\\ &= 2^1 + 2^2 + 2^3 + 2^4 + \cdots + 2^n + 2^{n+1}.\end{aligned}$$

3 On a :

$$\begin{array}{rl} 2S_n = & \quad\; 2^1 + 2^2 + 2^3 + \cdots + 2^{n-1} + 2^n + 2^{n+1} \\ S_n = & 1 + 2^1 + 2^2 + 2^3 + \cdots + 2^{n-1} + 2^n \\ \hline 2S_n - S_n = & 2^{n+1} - 1 \end{array}$$

Explications : quand on soustrait la deuxième ligne à la première, on voit que 2^1, 2^2, 2^3, ... , 2^n s'annulent. Il reste donc 2^{n+1} (de la première ligne) et -1 (de la deuxième ligne).

Ainsi, $2S_n - S_n = 2^{n+1} - 1$.

4 Quel que soit le nombre x, $2x - x = x$ donc $2S_n - S_n = S_n$.

Ainsi, d'après la question précédente, $S_n = 2^{n+1} - 1$.

5 **(a)** Sur la première case, il y a 1 grain de blé.
Sur la deuxième case, il y a 2 grains.
Sur la troisième case, il y a $2 \times 2 = 2^2$ grains.
Sur la quatrième case, il y a $4 \times 2 = 2^3$ grains.
On voit alors que le nombre de grains de blé sur le plateau de 64 cases est : $1 + 2 + 2^2 + \cdots + 2^{63} = 2^{64} - 1$ d'après la question 4.

(b) On va d'abord donner un ordre de grandeur du nombre de grains de blé. Pour cela, on constate d'abord que $2^{10} = 1\,024 \approx 10^3$.
De plus, $2^{64} = 2^{10\times 6+4} = 2^{10\times 6} \times 2^4 = \left(2^{10}\right)^6 \times 2^4$.
Ainsi, $2^{64} \approx \left(10^3\right)^6 \times 2^4$, soit $2^{64} \approx 16 \times 10^{18}$.
On peut alors en conclure que $2^{64} - 1 \approx 16 \times 10^{18}$ car soustraire 1 ne change pas l'ordre de grandeur d'un aussi grand nombre.
10 grains de blé ont une masse de 1 g donc $2^{64} - 1$ grains de blé ont une masse d'environ $\dfrac{16 \times 10^{18}}{10} = 16 \times 10^{17}$ g.
Un ordre de grandeur de la masse théorique de grains de blé sur l'échiquier est donc 10^{18} g car :

$$\begin{aligned}16 \times 10^{17} &\approx 10 \times 10^{17}\\ &\approx 10^{18}.\end{aligned}$$

(c) 726 millions de tonnes = $726 \times 10^6 \times 10^3 = 726 \times 10^9$ kg car 1 tonne = 1 000 kg. La production mondiale de blé était donc en 2015 de 726×10^{12} g, ce qui est insuffisant pour satisfaire la demande de Sissa donc à l'époque, encore moins...

Chapitre 2

Développements, réductions et factorisations

Plan du chapitre

Exercice type — Collège Monthéty, Pontault-Combault

On donne $A = (2x - 1)^2 - (2x - 1)(4x + 7)$

1. Développer et réduire A.
2. Factoriser A.

Voir corrigé page 28

1 Réduire une expression littérale

Définition 1 : réduction

Réduire une expression littérale, c'est effectuer tous les calculs qui sont possibles dans le but de rendre cette expression plus « simple » et en général plus « courte ».

Exemple : pour réduire l'expression

$$A = -9 + 3x^2 - 5x \times 2 + 7x^2 - 8x + 3,$$

on commence par effectuer le produit qui est prioritaire. On obtient :

$$A = -9 + 3x^2 - 10x + 7x^2 - 8x + 3.$$

Puis, on regroupe les termes « en x^2 », les termes « en x » et les « constantes », on obtient :

$$\begin{aligned} A &= 3x^2 + 7x^2 - 10x - 8x + 3 - 9 \\ &= 10x^2 - 18x - 6. \end{aligned}$$

Cette expression ne peut plus être réduite.

2 Suppression des parenthèses

Pour supprimer des parenthèses et le signe qui les précède, il y a deux cas.

2.1 Parenthèses précédées du signe +

On réécrit telle quelle l'expression qui était entre parenthèses, en gardant les signes.

$$a + (2b - 3c + d) = a + 2b - 3c + d.$$

Exemple :

$$\begin{aligned} \mathrm{B} &= 6a + (-5a + 6) \\ &= 6a - 5a + 6 \\ &= a + 6. \end{aligned}$$

2.2 Parenthèses précédées du signe −

On change les signes de tous les termes qui étaient entre parenthèses.

$$a - (2b - 3c + d) = a - 2b + 3c - d.$$

Exemple :

$$\begin{aligned} C &= 5x^2 - (5 - 2x + 7) - (-x^2 + 4x) \\ &= 5x^2 - 5 + 2x - 7 + x^2 - 4x \\ &= 5x^2 + x^2 + 2x - 4x - 5 - 7 \\ &= 6x^2 - 2x - 12. \end{aligned}$$

3 Développer une expression littérale

Définition 2 : développement

Développer un produit, c'est le transformer en une somme.

3.1 Développement simple

Propriété 1 : développement simple

Pour tous nombres a, b et k :

$$k(a + b) = ka + kb \quad \text{et} \quad k(a - b) = ka - kb$$

Exemples

$$\begin{aligned} D &= 3(2 - 5x + 3x^2) \\ &= 3 \times 2 - 3 \times 5x + 3 \times 3x^2 \\ &= 6 - 15x + 9x^2. \end{aligned}$$

$$\begin{aligned} E &= -2x(-4 + x) \\ &= -2x \times (-4) - 2x \times x \\ &= 8x - 2x^2. \end{aligned}$$

3.2 Développement double

Propriété 2 : développement double

Pour tous nombres a, b, c et d :

$$(a+b)(c+d) = ac + ad + bc + bd$$

Exemple : développons le produit $(3x + 4)(2x - 5)$
avec $a = 3x$, $b = 4$, $c = 2x$ et $d = -5$.

$$\begin{aligned} (3x + 4)(2x - 5) &= 3x \times 2x - 3x \times 5 + 4 \times 2x - 4 \times 5 \\ &= 6x^2 - 15x + 8x - 20 \\ &= 6x^2 - 7x - 20. \end{aligned}$$

⚠ ATTENTION

Si le signe − précède un double produit, on doit d'abord effectuer le développement double avant de changer les signes.

Exemple : pour développer l'expression « $3 - (x - 7)(x - 2)$ », on développe le double produit à l'intérieur des parenthèses, et on ne change les signes qu'à la deuxième étape.

$$\begin{aligned} 3 - (x - 7)(x - 2) &= 3 - (x^2 - 2x - 7x + 14) \\ &= 3 - x^2 + 2x + 7x - 14 \\ &= -x^2 + 9x - 11. \end{aligned}$$

COURS

INTERROS

CORRIGÉS

4 Factoriser une expression littérale avec un facteur commun

Définition 3 : factorisation

Factoriser une somme, c'est la transformer en un produit.
Pour tous nombres k, a et b :

$$ka + kb = k(a + b).$$

k s'appelle le *facteur commun*. On dit qu'on *factorise* l'expression par k.

Exemples

1) On considère l'expression :

$$\text{F} = 12x^2 - 9x + 3.$$

Cette expression contient trois termes : $12x^2$, $-9x$ et 3.
On cherche un facteur commun à ces trois termes : c'est 3.

$$\begin{aligned}\text{F} &= 3 \times 4x^2 - 3 \times 3x + 3 \times 1\\ &= 3(4x^2 - 3x + 1).\end{aligned}$$

On dit que « 3 est le facteur commun ».

2) Soit l'expression :

$$\text{G} = (x + 4)(1 - x) + (x + 4)(5x + 2)$$

L'expression est constituée de deux termes : $(x + 4)(1 - x)$ et $(x + 4)(5x + 2)$.
On cherche un facteur commun à ces deux termes : c'est $(x + 4)$:

$$\begin{aligned}\text{G} &= (x + 4)[(1 - x) + (5x + 2)]\\ &= (x + 4)[1 - x + 5x + 2].\end{aligned}$$

On réduit ensuite l'expression entre crochets :

$$\text{G} = (x + 4)(4x + 3).$$

5 Identités remarquables

Les identités (ou égalités) remarquables sont trois formules à connaître par cœur, obtenues à partir des formules de la distributivité et particulièrement utiles pour :

- développer certains produits rapidement ;
- factoriser certaines sommes dans lesquelles il n'est pas possible de mettre en évidence un facteur commun.

À RETENIR : identités remarquables

- $(a + b)^2 = a^2 + 2ab + b^2$
- $(a - b)^2 = a^2 - 2ab + b^2$
- $(a - b)(a + b) = a^2 - b^2$

Remarque : les égalités doivent être connues dans les « deux sens », pour pouvoir soit développer, soit factoriser une expression littérale.

5.1 Développement à l'aide des identités remarquables

Exemples

$$\begin{aligned} A &= (x+5)^2 \\ &= x^2 + 2 \times x \times 5 + 5^2 \\ &= x^2 + 10x + 25 \end{aligned}$$

$$\begin{aligned} B &= (2y-3)^2 \\ &= (2y)^2 - 2 \times 2y \times 3 + 3^2 \\ &= 4y^2 - 12y + 9 \end{aligned}$$

$$\begin{aligned} C &= (7x-9)(7x+9) \\ &= (7x)^2 - 9^2 \\ &= 49x^2 - 81 \end{aligned}$$

⚠ ATTENTION

Il ne faut pas oublier de mettre entre parenthèses les termes élevés au carré lorsqu'il y a un nombre devant la lettre (comme $(2y)^2$ dans l'exemple B et $(7x)^2$ dans l'exemple C).

5.2 Factorisation à l'aide des identités remarquables

Pour factoriser une expression à l'aide d'une des identités remarquables, on applique la méthode suivante :

MÉTHODE

- On compte le nombre de termes pour savoir s'il s'agit d'une des deux premières (trois termes) ou de la troisième identité remarquable (deux termes).
- On repère les carrés.

Exemples

1) On considère l'expression :

$$D = 9x^2 - 24x + 16.$$

Dans cette expression, il y a trois termes et un signe « − » devant le double produit. On reconnaît donc la deuxième identité remarquable. On repère les carrés : $9x^2 = (3x)^2$ et $16 = 4^2$ et on vérifie le double produit : $2 \times 3x \times 4 = 24x$. Ainsi, on peut factoriser l'expression :

$$D = (3x)^2 - 2 \times 3x \times 4 + 4^2$$

$$D = (3x-4)^2.$$

2)
$$\begin{aligned} E &= 36 + 12x + x^2 \\ &= 6^2 + 2 \times 6 \times x + x^2 \\ &= (6 + x)^2 \end{aligned}$$

3)
$$\begin{aligned} F &= 25y^2 - 64z^2 \\ &= (5y)^2 - (8z)^2 \\ &= (5y - 8z)(5y + 8z) \end{aligned}$$

Solution de l'exercice type

Collège Monthéty, Pontault-Combault

1 Nous allons développer $(2x - 1)^2$ et $(2x - 1)(4x + 7)$, et ensuite faire la différence des résultats trouvés.

- Nous reconnaissons pour le premier terme une identité remarquable (la deuxième).

$$\begin{aligned} (2x - 1)^2 &= (2x)^2 - 2 \times 2x \times 1 + 1^2 \\ &= 4x^2 - 4x + 1. \end{aligned}$$

- Pour développer le second terme, on utilise la distributivité.

$$\begin{aligned} (2x - 1)(4x + 7) &= 2x \times 4x + 2x \times 7 - 1 \times 4x - 1 \times 7 \\ &= 8x^2 + 14x - 4x - 7 \\ &= 8x^2 + 10x - 7. \end{aligned}$$

- On peut maintenant écrire :

$$A = 4x^2 - 4x + 1 - \left(8x^2 + 10x - 7\right).$$

On enlève maintenant les parenthèses en veillant à changer le signe de tous les termes qui sont à l'intérieur car il y a un signe « – » devant.

$$\begin{aligned} A &= 4x^2 - 4x + 1 - 8x^2 - 10x + 7 \\ &= 4x^2 - 8x^2 - 4x - 10x + 1 + 7 \\ &= -4x^2 - 14x + 8. \end{aligned}$$

2 Écrivons A sous la forme :

$$A = \underbrace{(2x - 1)(2x - 1)}_{\text{terme 1}} - \underbrace{(2x - 1)(4x + 7)}_{\text{terme 2}}.$$

Les termes 1 et 2 ont un facteur commun : $2x - 1$, donc nous pouvons écrire :

$$\begin{aligned} A &= (2x - 1)\left[(2x - 1) - (4x + 7)\right] \\ &= (2x - 1)\left[2x - 1 - 4x - 7\right] \\ &= (2x - 1)(-2x - 8) \end{aligned}$$

Remarque : en développant cette expression, on doit retrouver l'expression trouvée à la question 1.

Voir énoncé page 23

1 QCM Réduction d'une expression littérale

4 min

Corrigé p. 34

Pour chacune des propositions, choisir la réponse correcte. Aucune justification n'est demandée.

1 $2x^2 - (x - 1) =$

a $2x^2 - x - 1$ b $2x^2 - x + 1$

2 $x^2 + (-x)^2 =$

a 0 b $2x^2$

3 $-2x(-3 + 5x) =$

a $-2x + 3 - 5x$ b $6x - 10x^2$

4 L'opposé de $(-x)^2$ est un nombre :

a positif b négatif

5 $3 - (-2x)^2 =$

a $3 - 4x^2$ b $3 + 4x^2$

2 QCM Identités remarquables

6 min

Corrigé p. 34

Pour chacune des propositions, choisir la réponse correcte. Aucune justification n'est demandée.

1 La forme factorisée de $(x - 2)^2 - 4$ est :

a $x^2 - 4x$ b $x(x - 4)$ c $(x - 2) - 2^2$

2 $(5x - 4)^2 =$

a $25x^2 - 16$ b $25x^2 - 40x + 16$ c $25x^2 - 40x - 16$

3 Soit E l'expression $9x^2 + 18x + 36$

a On peut factoriser E car il y a un facteur commun

b On peut factoriser E car on reconnaît une identité remarquable

c Il est impossible de factoriser E

4 Soient a et b deux nombres tels que : $(a - b)^2 = 64x^2 + 32x + 4$. Alors :

a $a = 8x$ et $b = 2$ b $a = 8x$ et $b = -2$

c $a = -8x$ et $b = -2$

Développements

3 Calculs et développement

★ 10 min Corrigé p. 35

Collège Janson de Sailly, Paris

a et b désignent deux nombres tels que $a + b = 8$ et $a \times b = 9$.

Calculer les expressions suivantes :

1. $\text{A} = a \times (b + 3) + 3b$
2. $\text{B} = 4 \times a \times 7 \times b$
3. $\text{C} = 5b + 4 + 6(a + 2) - (a + 8)$
4. $\text{D} = 2b(5a - 1) - (8 - 2b)$

4 Développements simples et doubles

★ 10 min Corrigé p. 36

Collège Chaptal, Paris

Développer et réduire les expressions suivantes :

1. $\text{A} = 7(2x - 8x^2 + 6)$
2. $\text{B} = (x + 4)(x + 5)$
3. $\text{C} = 5x - (6 + 3x) - (-9x - 3)$
4. $\text{D} = (6x - 7)(5 - 2x)$
5. $\text{E} = 4x(1 - 6x) - 3(4 + x - 2x^2)$
6. $\text{F} = (1 - 6x)(x + 9) - (5x + 3)(-x + 4)$

5 Développements et identités remarquables

★ 10 min Corrigé p. 36

Collège Jean Lolive, Pantin

Utiliser les égalités remarquables pour développer chacune des expressions données :

1. $(4 + x)^2$
2. $(2{,}5 - 2x)^2$
3. $(9x + 2)^2$
4. $\left(\frac{x}{2} - 1\right)\left(\frac{x}{2} + 1\right)$
5. $(-x + 1)^2$
6. $\left(2a + \frac{1}{3}\right)^2$

6 Calculs astucieux

★ 5 min Corrigé p. 37

Collège Monthéty, Pontault-Combault

Calculer à l'aide d'une identité remarquable :

$$10\,010^2 - 9\,010^2 \qquad \text{et} \qquad 535{,}17^2 - 534{,}17^2.$$

7 Calculs numériques

★ 5 min Corrigé p. 37

Collège Saint-Joseph, Caudan

1. Développer et réduire l'expression $(2x+1)^2 - (2x-1)^2$.
2. En déduire le résultat de $2\,001^2 - 1\,999^2$.

8 Identités à trous

★ 5 min Corrigé p. 37

Collège Chaptal, Paris

Compléter les égalités remarquables suivantes :

1. $(8 - \ldots)^2 = \ldots - \ldots + x^2$
2. $(\ldots + 5x)^2 = 16 + \ldots + \ldots$
3. $(7x - \ldots)(\ldots + \ldots) = \ldots - 81$
4. $(\ldots - 2x)^2 = \ldots - 24x + \ldots$

Factorisations

9 Factorisations diverses

★★ 15 min Corrigé p. 38

Collège Saint-Joseph, Marseille

Factoriser autant que possible les huit expressions suivantes :

1. $A = 2(x-1)^2 + (3x-3)$
2. $B = (x+5)^2 + (x+5)$
3. $C = 9 + 4x^2 - 12x$
4. $D = -x^2 + 1$
5. $E = 4x^2 - (x-3)^2$
6. $F = 16x^2 + x + \dfrac{1}{64}$
7. $G = (3x+1)^2 - (2x+3)^2$
8. $H = 169x^2 - 4$

10 Factorisations complexes

★★★ 15 min Corrigé p. 39

Collège Louis Liard, Falaise

Factoriser et réduire les expressions suivantes :

1. $A = (2x+1)^2 + (2x+1)(x+3) + 1 - 4x^2$
2. $B = 4x - 3 + 2(9 - 16x^2) + 9 - 24x + 16x^2$
3. $C = (x-3)(x^2-8) + 4(x-3)$

COURS
INTERROS
CORRIGÉS

4 $D = 4x^2 + 12x + 9 - (x - 5)^2$

5 $E = 3x^2 - 3 + (2x + 5)(x - 1)$

Pour préparer le brevet

11 Programme de calcul

★ 5 min Corrigé p. 40

Collège Chaptal, Paris

On considère le programme de calcul qui suit.

Vous pouvez retrouver ce programme en tapant :

`https://scratch.mit.edu/projects/501914750/`

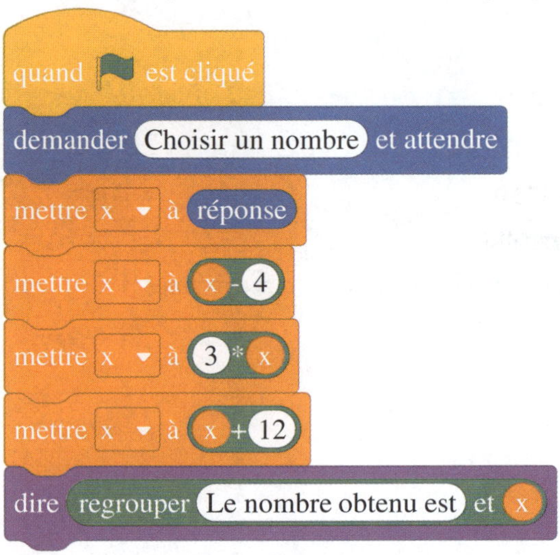

1 **(a)** Effectuer le programme avec 7.

(b) Effectuer le programme avec -5.

2 Quelle conjecture peut-on faire ?

3 Démontrer cette conjecture.

12 Développements et factorisations

★ 5 min Corrigé p. 41

Collège Cocteau, Maisons-Laffite

On donne $A = (3x - 2)^2 - (5x - 3)(3x - 2)$.

1 Développer et réduire A.

2 Factoriser et réduire A.

3 Calculer A pour $x = \frac{2}{3}$, puis pour $x = 0$.

13 Programme de calculs ★★ 10 min

Corrigé p. 42

Collège Hoche, Versailles

Choisir deux nombres entiers non nuls. Calculer le carré de leur somme. Retrancher du nombre obtenu le carré de leur différence. Diviser le nombre obtenu par le produit des deux nombres ; quel résultat trouve-t-on ?

Retrouve-t-on ce résultat quels que soient les deux nombres choisis ?

Expliquer.

14 Démontrer à l'aide du calcul littéral ★★★ 15 min

Corrigé p. 42

Collège Monthéty, Pontault-Combault

Vous pouvez retrouver le corrigé de cet exercice en vidéo.

1. Montrer que $4^2 + 4 = 5^2 - 5$, que $10^2 + 10 = 11^2 - 11$ et que $15^2 + 15 = 16^2 - 16$.
2. Conjecturer un procédé général et le démontrer.
3. En déduire la valeur de $999^2 + 999$.

15 Calcul littéral et géométrie ★★★ 15 min

Corrigé p. 44

Collège Paul Bert, Chatou

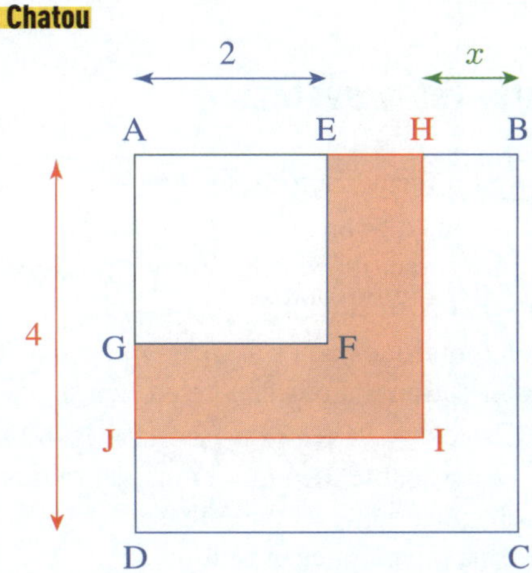

1. Dans la figure ci-dessus AEFG, AHIJ et ABCD sont des carrés.
   (a) Exprimer AH en fonction de x.
   (b) En déduire une expression de l'aire de AHIJ puis de l'aire de la partie colorée en fonction de x.
2. Développer et réduire l'expression $K = (4 - x)^2 - 4$.
3. Factoriser K.
4. Calculer K pour $x = 2$. Que traduit ce résultat pour la figure ?

1 QCM Réduction d'une expression littérale

Énoncé p. 29

1 Réponse **b**. $2x^2 - (x - 1) = 2x^2 - x + 1$.
Il s'agit ici de l'application de la règle du cours concernant la suppression de parenthèses précédées d'un signe « − » : le « − » qui est devant les parenthèses disparaît et l'expression entre parenthèses « $x - 1$ » devient « $-x + 1$ ».

2 Réponse **b**. En effet, $x^2 + (-x)^2 = x^2 + x^2 = 2x^2$.

> **⚠ ATTENTION**
> Le carré porte sur $-x$ car il y a des parenthèses autour de $-x$!

3 Réponse **b**. En effet, on a :

$$\begin{aligned}-2x(-3 + 5x) &= -2x \times (-3) - 2x \times 5x \\ &= 6x - 10x^2.\end{aligned}$$

4 Réponse **b**. $(-x)^2$ désigne le carré de $-x$, et comme tout carré, il est positif. Donc son opposé est négatif.

5 Réponse **a**. $3 - (-2x)^2 = 3 - 4x^2$. En effet, les exposants sont prioritaires et $(-2x)^2 = 4x^2$ donc $3 - (-2x)^2 = 3 - 4x^2$.

2 QCM Identités remarquables

Énoncé p. 29

1 Réponse **b**. La forme factorisée de $(x - 2)^2 - 4$ est $x(x - 4)$.
Remarquons tout d'abord que $x(x - 4)$ est le seul produit proposé... et qu'une forme factorisée doit être un produit ! Mais vérifions que la factorisation est correcte.
D'abord, on remarque que $(x - 2)^2 - 4 = (x - 2)^2 - 2^2$ (réponse **c**... mais la factorisation n'a pas encore eu lieu !).
Ensuite, $(x - 2)^2 - 2^2 = (x - 2 - 2)(x - 2 + 2)$ (en appliquant la 3e identité remarquable). Ce qui donne, en réduisant les expressions qui sont entre chaque couple de parenthèses : $x(x - 4)$. L'expression **a** est en fait la forme développée et réduite de :

$$(x - 2)^2 - 4.$$

2 Réponse **b**. $(5x - 4)^2 = 25x^2 - 40x + 16$.
Il s'agit ici d'une application directe de la 2e identité remarquable !

> **⚠ ATTENTION**
> Le terme en b^2 est toujours précédé du signe « + » dans la 2e identité remarquable. Par conséquent, la réponse **c** est fausse.

3 Réponse [a]. On peut factoriser l'expression $9x^2 + 18x + 36$ car il y a un facteur commun.

9, 18 et 36 sont tous les trois des multiples de 9, donc 9 est un facteur commun qui nous permet de factoriser cette expression sous la forme :

$$9x^2 + 18x + 36 = 9 \times x^2 + 9 \times 2x + 9 \times 4 = 9(x^2 + 2x + 4).$$

4 Réponse [b]. En effet,

$$\begin{aligned}\left(8x - (-2)\right)^2 &= (8x + 2)^2 \\ &= (8x)^2 + 2 \times 8x \times 2 + 2^2 \\ &= 64x^2 + 32x + 4.\end{aligned}$$

3 Calculs et développement

Énoncé p. 30

Collège Janson de Sailly, Paris

1 $A = a \times (b + 3) + 3b$
$= a \times b + a \times 3 + 3b$

On peut remplacer $a \times b$ par 9 et on obtient :

$A = 9 + 3a + 3b.$

Il faut ensuite penser à factoriser par 3 pour retrouver $a + b$. Ainsi :

$A = 9 + 3(a + b)$
$= 9 + 3 \times 8$
$= 9 + 24$
$= 33.$

2 $B = 4 \times a \times 7 \times b$
$= 4 \times 7 \times (a \times b)$
$= 28 \times 9$
$= 252.$

3 $C = 5b + 4 + 6(a + 2) - (a + 8).$

On commence par développer et réduire l'expression donnée :

$C = 5b + 4 + 6a + 12 - a - 8$
$= 6a - a + 5b + 4 + 12 - 8$
$= 5a + 5b + 8$
$= 5(a + b) + 8$
$= 5 \times 8 + 8$
$= 48.$

COURS

INTERROS

CORRIGÉS

4 $D = 2b(5a - 1) - (8 - 2b)$
$= 10ab - 2b - 8 + 2b$
$= 10ab - 8$
$= 10 \times 9 - 8$
$= 82.$

4 Développements simples et doubles

Énoncé p. 30

Collège Chaptal, Paris

$A = 7(2x - 8x^2 + 6)$
$= 7 \times 2x - 7 \times 8x^2 + 7 \times 6$
$= 14x - 56x^2 + 42$
$= -56x^2 + 14x + 42.$

$B = (x + 4)(x + 5)$
$= x \times x + x \times 5 + 4 \times x + 4 \times 5$
$= x^2 + 5x + 4x + 20$
$= x^2 + 9x + 20.$

$C = 5x - (6 + 3x) - (-9x - 3)$
$= 5x - 6 - 3x + 9x + 3$
$= 11x - 3.$

$D = (6x - 7)(5 - 2x)$
$= 6x \times 5 - 6x \times 2x - 7 \times 5 + 7 \times 2x$
$= 30x - 12x^2 - 35 + 14x$
$= -12x^2 + 44x - 35.$

$E = 4x(1 - 6x) - 3(4 + x - 2x^2)$
$= 4x \times 1 - 4x \times 6x - 3 \times 4 - 3 \times x + 3 \times 2x^2$
$= 4x - 24x^2 - 12 - 3x + 6x^2$
$= -18x^2 + x - 12.$

$F = (1 - 6x)(x + 9) - (5x + 3)(-x + 4)$
$= 1 \times x + 1 \times 9 - 6x \times x - 6x \times 9 - [-5x \times x + 5x \times 4 - 3 \times x + 3 \times 4]$
$= x + 9 - 6x^2 - 54x - [-5x^2 + 20x - 3x + 12]$
$= x + 9 - 6x^2 - 54x + 5x^2 - 20x + 3x - 12$
$= -x^2 - 70x - 3.$

5 Développements et identités remarquables

Énoncé p. 30

Collège Jean Lolive, Pantin

1 $(4 + x)^2 = 4^2 + 2 \times 4 \times x + x^2 = 16 + 8x + x^2.$

2 $(2{,}5 - 2x)^2 = (2{,}5)^2 - 2 \times 2{,}5 \times 2x + (2x)^2 = 6{,}25 - 10x + 4x^2.$

3 $(9x + 2)^2 = (9x)^2 + 2 \times 9x \times 2 = 81x^2 + 36x + 4.$

4 $\left(\frac{x}{2} - 1\right)\left(\frac{x}{2} + 1\right) = \left(\frac{x}{2}\right)^2 - 1^2 = \frac{x^2}{4} - 1.$

5 $(-x+1)^2 = (-x)^2 + 2 \times (-x) \times 1 + 1^2 = x^2 - 2x + 1.$

6 $\left(2a+\frac{1}{3}\right)^2 = (2a)^2 + 2 \times 2a \times \frac{1}{3} + \left(\frac{1}{3}\right)^2 = 4a^2 + \frac{4}{3}a + \frac{1}{9}.$

6 Calculs astucieux

Énoncé p. 30

Collège Monthéty, Pontault-Combault

On remarque ici que les deux calculs proposés sont des différences de deux carrés. On reconnaît alors la forme développée de la 3e identité remarquable. On a alors, en factorisant :

$$\begin{aligned} 10\,010^2 - 9\,010^2 &= (10\,010 - 9\,010)(10\,010 + 9\,010) \\ &= 1\,000 \times 19\,020 \\ &= 19\,020\,000 \end{aligned}$$

et :

$$\begin{aligned} 535{,}17^2 - 534{,}17^2 &= (535{,}17 - 534{,}17)(535{,}17 + 534{,}17) \\ &= 1 \times 1\,069{,}34 \\ &= 1\,069{,}34. \end{aligned}$$

7 Calculs numériques

Énoncé p. 31

Collège Saint-Joseph, Caudan

1 On développe chaque produit à l'aide de deux identités remarquables :

$$\begin{aligned} (2x+1)^2 - (2x-1)^2 &= \left[(2x)^2 + 2 \times 2x \times 1 + 1^2\right] \\ &\quad - \left[(2x)^2 - 2 \times 2x \times 1 + 1^2\right] \\ &= (4x^2 + 4x + 1) - (4x^2 - 4x + 1) \\ &= 4x^2 + 4x + 1 - 4x^2 + 4x - 1 \\ &= 8x. \end{aligned}$$

2 On remarque que $2\,001 = 2 \times 1\,000 + 1$ et que $1\,999 = 2 \times 1\,000 - 1$.
Pour calculer $2\,001^2 - 1\,999^2$, il suffit donc d'utiliser le résultat de la question précédente avec $x = 1000$.
On en déduit donc que :

$$2\,001^2 - 1\,999^2 = 8 \times 1\,000 = 8\,000.$$

8 Identités à trous

Énoncé p. 31

Collège Chaptal, Paris

1 On reconnaît la 2e identité remarquable avec $a = 8$ et $b = x$.
On a donc : $(8 - x)^2 = 64 - 16x + x^2$.

2 On reconnaît la 1re identité remarquable avec $a = 4$ (car $16 = 4^2$) et $b = 5x$. On a donc : $(4 + 5x)^2 = 16 + 40x + 25x^2$.

3 On reconnaît la 3e identité remarquable avec $a = 7x$ et $b = 9$ (car $81 = 9^2$). On a donc : $(7x - 9)(7x + 9) = 49x^2 - 81$.

4 On reconnaît la 2e identité remarquable avec $a = 6$ et $b = 2x$. En effet, comme $2ab = 24x$, en remplaçant b par $2x$, on obtient : $a \times 4x = 24x$, soit $a = 6$. On a donc : $(6 - 2x)^2 = 36 - 24x + 4x^2$.

9 Factorisations diverses

Énoncé p. 31

Collège Saint-Joseph, Marseille

1
$$\begin{aligned} A &= 2(x-1)^2 + (3x-3) \\ &= 2(x-1)^2 + 3(x-1) \\ &= (x-1)[2(x-1)+3] \\ &= (x-1)(2x-2+3) \\ &= (x-1)(2x+1). \end{aligned}$$

2
$$\begin{aligned} B &= (x+5)^2 + (x+5) \\ &= (x+5)^2 + (x+5) \times 1 \\ &= (x+5)[(x+5)+1] \\ &= (x+5)(x+6). \end{aligned}$$

⚠ ATTENTION

Lorsque le facteur commun est l'un des termes de l'expression, il ne faut pas oublier le « 1 » dans les crochets.

3
$$\begin{aligned} C &= 9 + 4x^2 - 12x \\ &= 3^2 - 2 \times (2x) \times 3 + (2x)^2 \\ &= (3-2x)^2. \end{aligned}$$

On a appliqué $(a - b)^2 = a^2 - 2ab + b^2$, avec $a = 3$ et $b = 2x$.

4
$$\begin{aligned} D &= -x^2 + 1 \\ &= 1^2 - x^2 \\ &= (1-x)(1+x). \end{aligned}$$

On a appliqué $a^2 - b^2 = (a - b)(a + b)$, avec $a = 1$ et $b = x$.

5 $E = 4x^2 - (x-3)^2$
$= (2x)^2 - (x-3)^2$
$= [2x - (x-3)][2x + (x-3)]$
$= (2x - x + 3)(2x + x - 3)$
$= (x+3)(3x-3)$
$= 3(x-1)(x+3).$

On a appliqué $a^2 - b^2 = (a-b)(a+b)$, avec $a = 2x$ et $b = x - 3$.

6 $F = 16x^2 + x + \dfrac{1}{64}$
$= (4x)^2 + 2 \times 4 \times \dfrac{1}{8} \times x + \left(\dfrac{1}{8}\right)^2$
$= \left(4x + \dfrac{1}{8}\right)^2.$

On a appliqué $(a+b)^2 = a^2 + 2ab + b^2$ avec $a = 4x$ et $b = \dfrac{1}{8}$.

7 $G = (3x+1)^2 - (2x+3)^2$
$= \big[(3x+1) + (2x+3)\big]\big[(3x+1) - (2x+3)\big]$
$= (3x + 1 + 2x + 3)(3x + 1 - 2x - 3)$
$= (5x+4)(x-2).$

8 $H = 169x^2 - 4$
$= (13x)^2 - 2^2$
$= (13x-2)(13x+2).$

10 Factorisations complexes

Énoncé p. 31

Collège Louis Liard, Falaise

$A = (2x+1)^2 + (2x+1)(x+3) + 1 - 4x^2$
$= (2x+1)^2 + (2x+1)(x+3) + (1-2x)(1+2x)$
$= (2x+1)[(2x+1) + (x+3) + (1-2x)]$
$= (2x+1)(x+5).$

$B = 4x - 3 + 2(9 - 16x^2) + 9 - 24x + 16x^2$
$= (4x-3) - 2(4x-3)(4x+3) + (4x-3)^2$
$= (4x-3)[1 - 2(4x+3) + (4x-3)]$
$= (4x-3)(1 - 8x - 6 + 4x - 3)$
$= (4x-3)(-4x-8)$
$= 4(4x-3)(-x-2)$
$= -4(4x-3)(x+2).$

COURS INTERROS CORRIGÉS

$$C = (x-3)(x^2-8)+4(x-3)$$
$$= (x-3)(x^2-8+4)$$
$$= (x-3)(x^2-4)$$
$$= (x-3)(x-2)(x+2).$$

$$D = 4x^2+12x+9-(x-5)^2$$
$$= (2x+3)^2-(x-5)^2$$
$$= [(2x+3)+(x-5)][(2x+3)-(x-5)]$$
$$= (2x+3+x-5)(2x+3-x+5)$$
$$= (3x-2)(x+8).$$

$$E = 3x^2-3+(2x+5)(x-1)$$
$$= 3(x-1)(x+1)+(2x+5)(x-1)$$
$$= (x-1)[3(x+1)+(2x+5)]$$
$$= (x-1)(5x+8).$$

11 Programme de calcul

Énoncé p. 32

Collège Chaptal, Paris

1 **(a)** $x = 7$

$7-4=3$

$3\times 3=9$

$9+12=21.$

Le nombre obtenu est 21.

(b) $x = -5$

$-5-4=-9$

$-9\times 3=-27$

$-27+12=-15.$

Le nombre obtenu est -15.

2 **ATTENTION**

Une *conjecture* est une hypothèse élaborée à la suite de l'observation de plusieurs exemples. Il faut donc écrire une phrase du type : « Il semble que… ».

Il semble que ce programme de calcul affiche comme résultat le triple du nombre choisi au départ.

3 **MÉTHODE**

Pour prouver cette conjecture, on doit démontrer que le résultat obtenu est le triple du nombre choisi, quel que soit le nombre choisi. Il ne faut surtout pas faire un exemple de plus. Pour prouver que c'est vrai, en général, il faut remplacer le nombre choisi au départ par une lettre.

On appelle x le nombre choisi.

$$x$$
$$x-4$$
$$(x-4)\times 3 = 3x-12$$
$$3x-12+12=3x$$

Le nombre obtenu est $3x$. C'est bien le triple du nombre choisi.

12 Développements et factorisations

Énoncé p. 32

Collège Cocteau, Maisons-Laffite

1 $$\begin{aligned} A &= (3x-2)^2 - (5x-3)(3x-2) \\ &= \left[(3x)^2 - 2\times 3x \times 2 + 2^2\right] - [5x\times 3x + 5x\times(-2) \\ &\qquad -3\times 3x - 3\times(-2)] \\ &= (9x^2 - 12x + 4) - (15x^2 - 10x - 9x + 6) \\ &= 9x^2 - 12x + 4 - 15x^2 + 19x - 6 \\ &= -6x^2 + 7x - 2. \end{aligned}$$

2 $$\begin{aligned} A &= (3x-2)^2 - (5x-3)(3x-2) \\ &= (3x-2)(3x-2) - (5x-3)(3x-2) \\ &= (3x-2)\,[(3x-2) - (5x-3)] \\ &= (3x-2)(3x-2-5x+3) \\ &= (3x-2)(-2x+1). \end{aligned}$$

3 **MÉTHODE**

On peut utiliser l'expression que l'on veut pour effectuer les calculs demandés : forme développée, factorisée ou donnée par l'énoncé. On pourra choisir l'une d'elles en fonction de la valeur de x que l'on doit prendre, afin de simplifier au maximum les calculs.

- Pour $x = \frac{2}{3}$, on remarque que :

$$3x = 3 \times \frac{2}{3} = 2.$$

Ainsi, le premier facteur de l'expression factorisée est égal à 0. C'est donc cette expression que nous allons choisir pour $x = \frac{2}{3}$:

$$\begin{aligned} A = (3x-2)(-2x+1) &= \left(3\times\frac{2}{3} - 2\right)\left(-2\times\frac{2}{3}+1\right) \\ &= (2-2)\left(-2\times\frac{2}{3}+1\right) = 0\times\left(-2\times\frac{2}{3}+1\right) = 0. \end{aligned}$$

Vous remarquerez que nous n'avons pas pris la peine de calculer le deuxième facteur, sa valeur étant inutile...

- Pour $x = 0$, on remarque que :

$$6x^2 = 6 \times 0^2 = 0$$

et :

$$7x = 7 \times 0 = 0.$$

Nous allons donc choisir l'expression développée et réduite :

$$\begin{aligned} A &= -6x^2 + 7x - 2 \\ &= -6 \times 0^2 + 7 \times 0 - 2 \\ &= 0 + 0 - 2 \\ &= -2. \end{aligned}$$

13 Programme de calculs

Énoncé p. 33

Collège Hoche, Versailles

Choisissons par exemple les nombres $a = 5$ et $b = 2$.

- Calculer le carré de leur somme :
  $(5 + 2)^2 = 7^2 = 49$.
- Retrancher du nombre obtenu le carré de leur différence :
  $49 - (5 - 2)^2 = 49 - 3^2 = 49 - 9 = 40$.
- Diviser le nombre obtenu par le produit des deux nombres :
  $40 \div (5 \times 2) = 40 \div 10 = 4$.

Examinons maintenant ce qu'il se passe pour deux nombres a et b quelconques :

$$\begin{aligned} A &= \frac{(a+b)^2 - (a-b)^2}{ab} \\ &= \frac{a^2 + 2ab + b^2 - (a^2 - 2ab + b^2)}{ab} \\ &= \frac{a^2 + 2ab + b^2 - a^2 + 2ab - b^2}{ab} \\ &= \frac{4ab}{ab} \\ &= 4. \end{aligned}$$

On remarque alors que le résultat de ce programme de calcul est toujours égal à 4.

14 Démontrer à l'aide du calcul littéral

Énoncé p. 33

Collège Monthéty, Pontault-Combault

1 **MÉTHODE**

Pour démontrer une égalité entre deux calculs, il faut effectuer chaque calcul séparément, et non écrire l'égalité dès le début de votre raisonnement.

$$4^2 + 4 = 16 + 4 = 20 \quad \text{et} \quad 5^2 - 5 = 25 - 5 = 20\,,$$

donc on a bien $4^2 + 4 = 5^2 - 5$.

$$10^2 + 10 = 100 + 10 = 110$$

$$11^2 - 11 = 121 - 11 = 110$$

donc on a bien $10^2 + 10 = 11^2 - 11$.

$$15^2 + 15 = 225 + 15 = 240$$

$$16^2 - 16 = 256 - 16 = 240$$

donc on a bien $15^2 + 15 = 16^2 - 16$.

2 **ATTENTION**

Conjecturer signifie : « énoncer une propriété qui semble vraie par rapport à ce que l'on voit sur plusieurs exemples ».

Nous remarquons que sur les trois exemples proposés, les nombres « 4 » et « 5 », « 10 » et « 11 », et « 15 » et « 16 » sont des nombres entiers consécutifs.

Si on note n le premier de ces nombres, le 2e peut donc s'écrire $n + 1$.

Et on peut traduire chacune des égalités vérifiées dans la question 1 par :

$$n^2 + n = (n + 1)^2 - (n + 1).$$

Nous allons donc essayer de démontrer que, quel que soit l'entier naturel n, on a toujours :

$$n^2 + n = (n + 1)^2 - (n + 1).$$

Nous allons pour cela développer et réduire l'expression de droite, en espérant trouver l'expression de gauche (c'est ce qui paraît le plus simple) :

$$\begin{aligned}(n + 1)^2 - (n + 1) &= n^2 + 2 \times n \times 1 + 1^2 - n - 1\\ &= n^2 + 2n + 1 - n - 1\\ &= n^2 + n.\end{aligned}$$

L'égalité conjecturée est donc bien vraie, quelle que soit la valeur de n.

3 Nous allons utiliser l'égalité démontrée à la question 2 en prenant $n = 999$:

$$\begin{aligned}999^2 + 999 &= (999 + 1)^2 - (999 + 1)\\ &= 1\,000^2 - 1\,000\\ &= 1\,000\,000 - 1\,000\\ &= 999\,000.\end{aligned}$$

COURS

INTERROS

CORRIGÉS

15 Calcul littéral et géométrie

Énoncé p. 33

Collège Paul Bert, Chatou

1 **(a)** ABCD est un carré et AD $= 4$, donc AB $= 4$. De plus, A, H et B étant alignés dans cet ordre, on a AH $=$ AB $-$ HB et donc AH $= 4 - x$.

(b) AHIJ est un carré de côté AH $= 4 - x$, donc son aire vaut :

$$\begin{aligned}\mathcal{A}_{\text{AHIJ}} &= (4-x)^2\\ &= 4^2 - 2 \times 4 \times x + x^2\\ &= 16 - 8x + x^2.\end{aligned}$$

L'aire de la partie colorée (que nous noterons $\mathcal{A}$) est la différence de l'aire de AHIJ et de celle de AEFG (qui est un carré de côté 2), donc on a :

$$\begin{aligned}\mathcal{A} &= \mathcal{A}_{\text{AHIJ}} - \mathcal{A}_{\text{AEFG}}\\ &= 16 - 8x + x^2 - 2^2\\ &= 12 - 8x + x^2.\end{aligned}$$

2 $$\begin{aligned}\mathrm{K} &= (4-x)^2 - 4 = \left(4^2 - 2 \times 4 \times x + x^2\right) - 4\\ &= 16 - 8x + x^2 - 4 = 12 - 8x + x^2.\end{aligned}$$

3 $$\begin{aligned}\mathrm{K} &= (4-x)^2 - 4 = (4-x)^2 - 2^2\\ &= (4-x+2)(4-x-2) = (6-x)(2-x).\end{aligned}$$

4 Si $x = 2$, choisissons l'expression factorisée pour faire le calcul de K :

$$\begin{aligned}\mathrm{K} &= (6-x)(2-x)\\ &= (6-2)(2-2)\\ &= 4 \times 0 = 0.\end{aligned}$$

D'après les résultats trouvés aux questions 1.b et 2, K est l'aire de la partie colorée. Donc l'égalité $\mathrm{K} = 0$ traduit le fait que la partie colorée n'existe plus quand $x = 2$ (autrement dit, les points E, F et G sont alors respectivement confondus avec les points H, I et J).

Chapitre 3

Équations

Plan du chapitre

Exercice type — Collège Saint-Joseph de Tivoli, Bordeaux

Résoudre les équations suivantes :

1. $(4x + 12)(5x - 30) = 0$
2. $(2x - 1)(3x + 2) = (3x + 2)(11x - 1)$
3. $25x^2 = 36$

Voir corrigé page 49

1 Résoudre une équation du premier degré à une inconnue

Définition 1 : équation à une inconnue

Une *équation à une inconnue* est une égalité dans laquelle intervient un nombre dont on ne connaît pas la valeur. Ce nombre est désigné par une lettre qui est appelée l'*inconnue* de l'équation.

Exemple : « $5x - 15$ » est une équation dont l'inconnue est x.

Définition 2 : équation du premier degré

On parle d'*équation du premier degré* lorsque l'exposant de l'inconnue est 1.

Exemple : « $3x + 2 = 5x - 2$ » est une équation du premier degré à une inconnue.

Remarque : on parle d'équation du second degré lorsque le plus grand exposant de l'inconnue est 2. Par exemple : « $x^2 + 7x = 0$ » est une équation du second degré.

Définition 3

Résoudre une équation, c'est déterminer la ou les valeurs possibles de l'inconnue pour que l'égalité soit vraie. Les valeurs obtenues s'appellent les *solutions* de l'équation.

Exemple : reprenons l'équation $3x + 2 = 5x - 2$. Si $x = 2$,

- $3x + 2 = 3 \times 2 + 2 = 6 + 2 = 8$;
- $5x - 2 = 5 \times 2 - 2 = 10 - 2 = 8$.

Les deux expressions littérales donnent le même nombre pour $x = 2$, donc 2 est une solution de l'équation $3x + 2 = 5x - 2$.

Pour résoudre une équation, on ne va pas tester plusieurs valeurs comme nous venons de le faire avec le nombre « 2 ». Les propriétés suivantes vont nous permettre de déterminer toutes les solutions.

Propriétés 1

Soient A et B deux nombres tels que $A = B$, et soit k un nombre quelconque. Alors,

- $A + k = B + k$
  (on peut ajouter un même nombre de part et d'autre du signe « = ») ;
- $A - k = B - k$
  (on peut soustraire un même nombre de part et d'autre du signe « = ») ;
- $A \times k = B \times k$
  (on peut multiplier par un même nombre de part et d'autre du signe « = ») ;
- si $k \neq 0$, $A \div k = B \div k$
  (on peut diviser par un même nombre non nul de part et d'autre du signe « = »).

Exemple : résolvons l'équation $2x + 1 = -3x + 7$.

On va d'abord faire en sorte que les termes en x soient tous dans le membre de gauche de l'équation. Pour cela, nous allons additionner $3x$ dans chaque membre de cette égalité :

$$2x + 1 + 3x = -3x + 7 + 3x,$$

ce qui donne, en réduisant chaque membre de l'équation :

$$5x + 1 = 7.$$

On va ensuite faire en sorte qu'il n'y ait que des termes en x dans le membre de gauche. Il faut donc soustraire « 1 » de chaque côté :

$$5x + 1 - 1 = 7 - 1,$$
$$5x = 6.$$

Enfin, on cherche à connaître x.

Pour cela, nous allons diviser chaque membre de l'égalité par « 5 » :

$$\frac{5x}{5} = \frac{6}{5}, \qquad \text{ce qui donne :} \qquad x = \frac{6}{5}.$$

Conclusion : cette équation a une seule solution qui est le nombre $\frac{6}{5}$.

ANECDOTE

Le symbole « = » a été imaginé au XVIe siècle par le mathématicien anglais Robert Recorde qui disait : « Si j'ai choisi une paire de parallèles, c'est parce qu'elles sont deux lignes jumelles, et que rien n'est plus pareil que deux jumeaux. »

MÉTHODE

Pour résoudre une équation du premier degré à une inconnue :

- on développe et on réduit les deux membres ;
- on isole l'inconnue dans un des deux membres ;
- on se ramène à une équation de la forme $ax = b$, avec a non nul ;
- comme $a \neq 0$, alors $x = \frac{b}{a}$.

Donc l'équation admet une unique solution $\frac{b}{a}$.

2 Équations « produit nul »

Définition 4

Une équation « produit nul » est une équation qui s'écrit sous la forme :

$$(ax + b)(cx + d) = 0,$$

où a, b, c et d sont des nombres donnés.

Pour résoudre une équation « produit nul », on utilise la propriété suivante :

Propriété 2

Un produit de facteurs est nul (c'est-à-dire égal à 0) si et seulement si l'un des facteurs est égal à 0.

Remarque : lorsque a et c sont non nuls, $(ax + b)(cx + d) = 0$ est une équation du second degré. Cette propriété va donc nous permettre de résoudre certaines équations du second degré.

Exemple : résolvons l'équation $(2x-3)(6x-4)=0$.
On remarque d'abord qu'il s'agit bien d'une équation « produit nul ».
Or un produit de facteurs est nul si et seulement si l'un des facteurs est égal à 0.
Donc :

$$2x-3=0 \quad \text{ou} \quad 6x-4=0.$$

On va alors résoudre chacune de ces deux équations séparément en utilisant les propriétés 1 page 46.

$$\begin{aligned} 2x-3&=0 &\quad \text{ou} \quad& 6x-4=0\\ 2x-3+3&=0+3 &\quad \text{ou} \quad& 6x-4+4=0+4\\ 2x&=3 &\quad \text{ou} \quad& 6x=4\\ \frac{2x}{2}&=\frac{3}{2} &\quad \text{ou} \quad& \frac{6x}{6}=\frac{4}{6}\\ x&=\frac{3}{2} &\quad \text{ou} \quad& x=\frac{2}{3} \end{aligned}$$

Cette équation admet donc deux solutions : les nombres $\frac{3}{2}$ et $\frac{2}{3}$.

⚠ ATTENTION

Il faut donner les *valeurs exactes* des solutions d'une équation. On peut donner l'écriture décimale d'une solution lorsqu'elle existe, c'est le cas ci-dessus pour la première solution car $\frac{3}{2}=1{,}5$ mais on ne doit surtout pas arrondir lorsque la solution n'est pas un nombre décimal : pour la seconde solution, on doit donc garder $\frac{2}{3}$.

3 Équations du type $x^2 = a$

Définition 5 : rappel

Soit a un nombre positif ou nul.
On note $\sqrt{a}$ le nombre positif dont le carré est égal à a.

Exemples

- $\sqrt{36}=6$ car le carré de 6 est égal à 36 et 6 est positif.
- $\sqrt{7}$ n'est pas un entier car il n'existe pas d'entier dont le carré est égal à 7.

Propriétés 3

- Si $a < 0$, l'équation $x^2 = a$ n'a aucune solution.
- Si $a = 0$, l'équation $x^2 = a$ a une seule solution : le nombre 0.
- Si $a > 0$, l'équation $x^2 = a$ a deux solutions : les nombres $\sqrt{a}$ et $-\sqrt{a}$.

Exemples

- L'équation $x^2 = -3$ n'a aucune solution.
- L'équation $x^2 = 3$ a deux solutions : $\sqrt{3}$ et $-\sqrt{3}$.

Remarque : si on tape à la calculatrice $\sqrt{3}$, on voit qu'elle affiche un nombre dont la partie décimale est illimitée (1,732 050 807 5...). Ce nombre n'est donc pas décimal, c'est pourquoi « $\sqrt{3}$ » est sa valeur exacte. Il faudra donc garder cette écriture.

Solution de l'exercice type

Collège Saint-Joseph de Tivoli, Bordeaux

1 $(4x + 12)(5x - 30) = 0$ est une équation « produit nul » donc pour la résoudre, on résout séparément les équations :

$$4x + 12 = 0 \quad \text{ou} \quad 5x - 30 = 0$$

$$4x + 12 - 12 = 0 - 12 \quad \text{ou} \quad 5x - 30 + 30 = 0 + 30$$

$$4x = -12 \quad \text{ou} \quad 5x = 30$$

$$\frac{4x}{4} = \frac{-12}{4} \quad \text{ou} \quad \frac{5x}{5} = \frac{30}{5}$$

$$x = -3 \quad \text{ou} \quad x = 6$$

Les solutions de l'équation $(4x + 12)(5x - 30) = 0$ sont donc -3 et 6.

2 **MÉTHODE**

Pour résoudre une équation du second degré où le membre de droite n'est pas égal à 0, il faut « tout mettre du même côté » afin de se ramener à une équation du type « $A = 0$ », puis factoriser le membre de gauche.

Dans l'équation « $(2x - 1)(3x + 2) = (3x + 2)(11x - 1)$ », nous allons soustraire $(3x + 2)(11x - 1)$ à droite et à gauche pour obtenir :

$$(2x - 1)(3x + 2) - (3x + 2)(11x - 1) = 0.$$

...

COURS INTERROS CORRIGÉS

Solution de l'exercice type (suite) **Collège Saint-Joseph de Tivoli, Bordeaux**

En mettant $(3x+2)$ en facteur, nous obtenons :

$$(3x+2)[(2x-1)-(11x-1)]=0$$
$$(3x+2)[2x-1-11x+1]=0$$
$$(3x+2)(-9x)=0$$

L'équation obtenue est alors une équation « produit nul » ; nous pouvons donc utiliser la propriété 2 page 47 :

$$3x+2=0 \quad \text{ou} \quad -9x=0$$
$$3x+2-2=0-2 \quad \text{ou} \quad -9x=0$$
$$3x=-2 \quad \text{ou} \quad -9x=0$$
$$\frac{3x}{3}=\frac{-2}{3} \quad \text{ou} \quad \frac{-9x}{-9}=\frac{0}{-9}$$
$$x=-\frac{2}{3} \quad \text{ou} \quad x=0$$

Les solutions de l'équation sont donc $-\frac{2}{3}$ et 0.

3 L'équation $25x^2=36$ peut aussi s'écrire :

$$\frac{25x^2}{25}=\frac{36}{25} \quad \text{d'où :} \quad x^2=\frac{36}{25}.$$

Ainsi, d'après les propriétés 3 page 49,

$$x=\sqrt{\frac{36}{25}}=\frac{6}{5} \text{ car } \left(\frac{6}{5}\right)^2=\frac{36}{25} \quad \text{ou} \quad x=-\sqrt{\frac{36}{25}}=-\frac{6}{5}.$$

Les solutions de l'équation sont donc $\frac{6}{5}$ et $-\frac{6}{5}$.

Voir énoncé page 45

1 QCM Solution(s) d'une équation

5 min Corrigé p. 56

Pour chacune des propositions, choisir la ou les réponse(s) correcte(s). Aucune justification n'est demandée.

1 L'équation $2x + 10 = 2(x + 5)$:

a n'a aucune solution
b a une seule solution
c a une infinité de solutions

2 $\sqrt{3}$ est une solution de l'équation :

a $\frac{x}{\sqrt{3}} = 0$
b $2x^2 = 6$
c $x^2 + 3 = 0$

3 L'équation $x^2 + 2x + 1 = 0$:

a n'a aucune solution
b admet -1 comme solution
c admet 1 pour solution

4 L'équation $81x^2 = -100$:

a n'a aucune solution
b admet une solution
c admet deux solutions

2 V/F Tester ses connaissances

3 min Corrigé p. 56

Répondre par « vrai » ou « faux » aux affirmations suivantes. Aucune justification n'est demandée.

1 -5 est une solution de l'équation $x - 9 = -3x + 1$.

2 Une équation a toujours au moins une solution.

3 Pour résoudre l'équation $x(x+1) = 2x$, je peux diviser chaque membre de l'égalité par x.

4 Si $100x^2 = 1\,000$ alors $x = 10$.

3 V/F Mise en équation

5 min Corrigé p. 57

Répondre par « vrai » ou « faux » aux affirmations suivantes. Aucune justification n'est demandée.

1 Dans 7 ans, l'âge de mon père sera le triple de mon âge actuel. Si x est mon âge actuel, l'âge actuel de mon père est $3x + 7$.

2 Si j'ajoute 5 à un nombre x, j'obtiens la moitié du carré de la somme de x et de 1. Les solutions de ce problème vérifient l'équation $x + 5 = \frac{x^2}{2} + 1$.

3 Le double de l'aire d'un carré de côté x est égal au quadruple de x diminué de 2. Les solutions de ce problème vérifient l'équation $(x - 1)^2 = 0$.

COURS
INTERROS
CORRIGÉS

Résolution d'équations du premier degré

4 Équations avec et sans fractions

★ 5 min Corrigé p. 58

Collège Jean Cocteau, Maisons-Laffitte

Résoudre les équations suivantes :

1. $3x - 4 = 2 + 4x$
2. $9 - 3x = -43$
3. $\frac{1}{2}x - 3 = -1$
4. $\frac{5 - 3x}{2} = \frac{2x - 1}{3}$

5 Équation avec fractions

★★ 5 min Corrigé p. 59

Collège Jean-Baptiste Say, Paris

Résoudre l'équation suivante :

$$\frac{2x - 3}{2} - \frac{x - 1}{3} = x - \frac{1}{2}$$

Équations « produit nul »

6 Développement et factorisation

★ 5 min Corrigé p. 60

Collège Saint-Joseph, Caudan

On considère l'expression $G = (3x + 1)^2 + (2x - 3)(3x + 1)$.

1. Développer et réduire G.
2. Factoriser G.
3. Résoudre $G = 0$.

7 Équations diverses

★★ 18 min Corrigé p. 60

Collège Chaptal, Paris

Résoudre les équations suivantes :

1. $(x + 3)(x - 4) = 0$
2. $11x^2 - 2x = 0$
3. $6x(-2x - 1)(3x + 7) = 0$
4. $x^2 - 14x + 49 = 0$
5. $(x + 3)^2 = 5(x + 3)$
6. $(x + 7)^2 = (2x + 5)^2$

8 Avec factorisations

★★ 5 min Corrigé p. 62

Collège Saint-Louis de Gonzague, Paris

Résoudre les équations suivantes :

1. $(5x+4)^2+(5x+4)(7x-2)=0$
2. $(5x-1)(x+3)-(5x-1)^2=0$

9 Encore avec factorisations

★★ 5 min Corrigé p. 63

Collège Saint-Joseph de Tivoli, Bordeaux

Résoudre les équations suivantes :

1. $(x+1)(x+2)+3(x^2-1)=0$
2. $(2x-4)(3-5x)+(x-2)(8x+1)=0$

Équations $x^2 = a$

10 Application des propriétés

★ 5 min Corrigé p. 64

Collège Edmond Michelet, Arpajon

Résoudre les équations suivantes :

1. $x^2=100$
2. $x^2=81$
3. $x^2=-9$
4. $25x^2=125$

Mise en équation

11 Trouver les âges

★ 10 min Corrigé p. 64

Collège Guilleminot, Dunkerque

Serge est le père de Stéphane, et Stéphane est le père d'Hugo.

Stéphane a trois fois l'âge d'Hugo et vingt ans de moins que Serge. Dans cinq ans, ils auront cent douze ans à eux trois.

Trouver l'âge des trois personnes.

12 Le champ d'Alfred

★ 5 min Corrigé p. 65

Collège Michelet, Arpajon

Alfred possède un champ rectangulaire de 40 m sur 90 m. Benoît possède un champ carré de même aire que celui d'Alfred. Benoît est persuadé que la longueur de sa clôture est plus petite que celle d'Alfred. A-t-il raison ? Bien justifier votre réponse.

13 Nombre de pièces

★★ 10 min Corrigé p. 66

Collège Chaptal, Paris

Vous pouvez retrouver le corrigé de cet exercice en vidéo.

Jules décide de casser sa tirelire qui ne contient que des pièces de cinquante centimes et de vingt centimes. Sa tirelire contient 67 pièces et le montant de ses économies s'élève à 20,90 €.

Combien de pièces de chaque sorte possède-t-il ?

14 Calcul d'une aire

★★ 10 min Corrigé p. 66

Collège Octave Gréard, Paris

Aux quatre coins d'un carré de 4 m, on a enlevé 4 carrés de côté x.

Calculer x pour que l'aire de la croix soit la moitié de celle du carré ABCD.

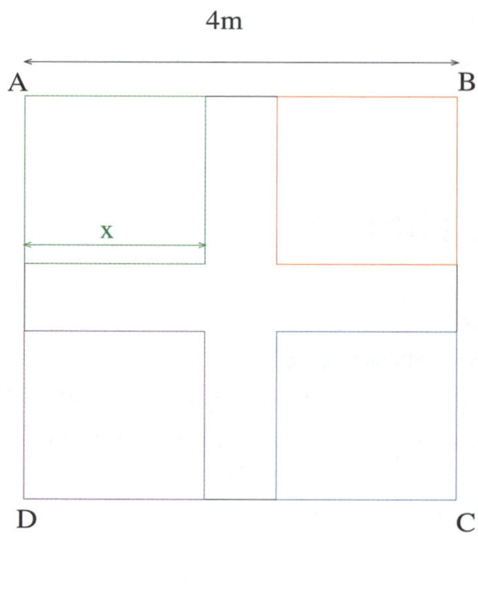

15 Calculs d'aires

★★ 10 min Corrigé p. 67

Collège Foch, Strasbourg

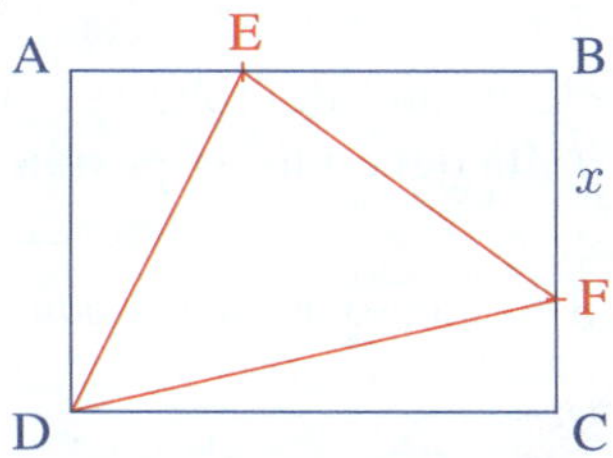

ABCD est un rectangle tel que AB = 5 cm et AD = 4 cm. E est le point du segment [AB] tel que AE = 1 cm. Le point F appartient au segment [BC].

1 On note x la longueur de [BF] en centimètres.

- **(a)** Calculer l'aire de AED.
- **(b)** Exprimer l'aire de EBF en fonction de x.
- **(c)** Exprimer l'aire de DFC en fonction de x.
- **(d)** En déduire que l'aire de DEF est, en cm^2, $8 + 0{,}5x$

2 Quelle est la position du point F pour laquelle l'aire du triangle EFD est 9,5 cm^2 ?
Justifier.

16 Les oiseaux (tâche complexe)

★★★ 15 min Corrigé p. 68

Collège Monthéty, Pontault-Combault

Deux oiseaux perchés sur deux poteaux distants de 5 mètres aperçoivent en même temps un morceau de pain tombé entre les deux poteaux plantés dans un sol horizontal. Le premier poteau mesure 4 mètres et le second mesure 6 mètres.

Les deux oiseaux s'envolent en même temps du sommet de chaque poteau en volant à la même vitesse, et atteignent en même temps le morceau de pain.

Où se trouvait le morceau de pain ? Justifier votre réponse.

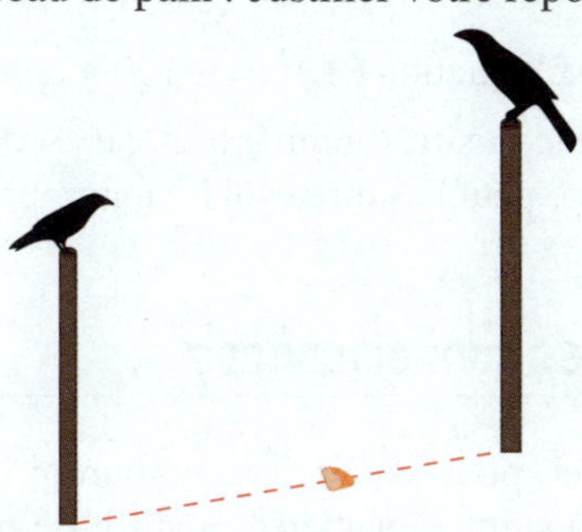

1 QCM Solution(s) d'une équation

Énoncé p. 51

1 Réponse **c**. L'équation $2x + 10 = 2(x + 5)$ a une infinité de solutions. Si on développe le membre de droite de cette égalité, on obtient l'égalité $2x + 10 = 2x + 10$, qui est toujours vraie, quelle que soit la valeur de x !

2 Réponse **b**. $\sqrt{3}$ est une solution de l'équation $2x^2 = 6$.

MÉTHODE

Pour montrer qu'un nombre est solution d'une équation, il suffit de remplacer x par ce nombre et vérifier que l'égalité est vraie.

Si $x = \sqrt{3}$:

$$\frac{x}{\sqrt{3}} = \frac{\sqrt{3}}{\sqrt{3}} = 1$$

et :

$$x^2 + 3 = \left(\sqrt{3}\right)^2 + 3 = 3 + 3 = 6\,,$$

donc $\sqrt{3}$ n'est ni une solution de $\frac{x}{\sqrt{3}} = 0$ (réponse **a**), ni une solution de $x^2 + 3 = 0$ (réponse **c**).

En revanche, si $x = \sqrt{3}$:

$$2x^2 = 2\left(\sqrt{3}\right)^2 = 2 \times 3 = 6.$$

Donc $\sqrt{3}$ est bien une solution de l'équation $2x^2 = 6$.

3 Réponse **b**. L'équation $x^2 + 2x + 1 = 0$ admet -1 pour solution.

En effet, si $x = 1$, $x^2 + 2x + 1 = 1^2 + 2 \times 1 + 1 = 1 + 2 + 1 = 4 \neq 0$.

Donc 1 n'est pas solution de l'équation $x^2 + 2x + 1 = 0$.

Si $x = -1$, $x^2 + 2x + 1 = (-1)^2 + 2 \times (-1) + 1 = 1 - 2 + 1 = 0$, donc -1 est solution de l'équation $x^2 + 2x + 1 = 0$.

Comme l'équation admet -1 comme solution, la proposition **a** est fausse.

4 Réponse **a**. L'équation $81x^2 = -100$ n'a aucune solution.

En effet, x^2 est positif (comme tout carré) donc $81x^2$ aussi. Par conséquent, $81x^2$ ne peut pas être égal à un nombre négatif (ici, -100).

2 V/F Tester ses connaissances

Énoncé p. 51

1 *Faux*. En effet, pour savoir si le nombre proposé (ici, -5) est une solution de l'équation considérée, il suffit de remplacer x par ce nombre (donc ici, par -5) dans chaque membre de l'équation.

On obtient ici pour $x = -5$:

$$x - 9 = -5 - 9 \quad \text{et} \quad -3x + 1 = -3 \times (-5) + 1$$
$$= -14 \qquad\qquad = 15 + 1 = 16.$$

Les deux résultats obtenus sont différents donc -5 n'est pas une solution de l'équation $x - 9 = -3x + 1$.

2 *Faux.* Il existe des équations qui n'ont aucune solution. Considérons par exemple l'équation $x^2 = -3$. Il n'existe aucun nombre dont le carré est égal à -3. Cette équation n'a donc aucune solution.

3 *Faux.* On n'a le droit de diviser chaque membre de l'égalité que par un nombre différent de 0... Or, nous ne connaissons pas la valeur de x ! Il faut donc procéder autrement, en développant le membre de gauche, par exemple, puis en soustrayant $2x$ dans chaque membre.

4 *Faux.* $100x^2 = 1\,000$, donc $x^2 = 10$, donc $x = \sqrt{10}$ ou $x = -\sqrt{10}$. Donc 10 n'est pas une solution de cette équation.

3 V/F Mise en équation

Énoncé p. 51

1 *Faux.* Si x est mon âge actuel, dans 7 ans, d'après l'énoncé, l'âge de mon père sera le triple de mon âge actuel, donc sera égal à $3x$.
Ainsi, l'âge actuel de mon père est $3x - 7$.

2 *Faux.* Si j'ajoute 5 à un nombre x, j'obtiens $x + 5$.
La somme de x et de 1 est : $x + 1$; le carré de cette somme est donc : $(x+1)^2$, et donc sa moitié est : $\dfrac{(x+1)^2}{2}$.
Ainsi, dire qu'en ajoutant 5 à x j'obtiens la moitié du carré de la somme de x et de 1 signifie que $x + 5 = \dfrac{(x+1)^2}{2}$.

3 *Vrai.* Le quadruple de x est égal à $4x$. Diminué de 2, il devient $4x - 2$.
L'aire du carré de côté x est égale à x^2 ; donc son double est $2x^2$.
Le double de l'aire du carré est égal au quadruple de x diminué de 2 s'écrit alors : $2x^2 = 4x - 2$, soit $2x^2 - 4x + 2 = 0$. En divisant tous les termes par 2, on obtient : $x^2 - 2x + 1 = 0$. Le membre de gauche est une identité remarquable et l'équation s'écrit alors : $(x-1)^2 = 0$.

4 Équations avec et sans fractions

Énoncé p. 52

Collège Jean Cocteau, Maisons-Laffitte

1
$$3x - 4 = 2 + 4x$$
$$3x - 4x - 4 = 2 + 4x - 4x$$
$$-x - 4 = 2$$
$$-x - 4 + 4 = 2 + 4$$
$$-x = 6$$
$$x = -6$$

La solution de $3x - 4 = 2 + 4x$ est -6.

2
$$9 - 3x = -43$$
$$9 - 3x - 9 = -43 - 9$$
$$-3x = -52$$
$$x = \frac{-52}{-3} = \frac{52}{3}$$

La solution de $9 - 3x = -43$ est $\frac{52}{3}$.

3
$$\frac{1}{2}x - 3 = -1$$
$$\frac{1}{2}x - 3 + 3 = -1 + 3$$
$$\frac{1}{2}x = 2$$
$$\frac{1}{2}x \times 2 = 2 \times 2$$
$$x = 4$$

La solution de $\frac{1}{2}x - 3 = -1$ est 4.

4 Pour résoudre l'équation $\frac{5 - 3x}{2} = \frac{2x - 1}{3}$, il faut d'abord se « débarrasser » des dénominateurs.

MÉTHODE

Lorsque que deux quotients sont égaux, alors les produits en croix sont égaux. Si $\frac{a}{b} = \frac{c}{d}$, alors $a \times d = b \times c$.

Pour résoudre cette équation, on effectue les produits en croix et on obtient :

$$3(5 - 3x) = 2(2x - 1)$$

puis on développe chaque produit :

$$15 - 9x = 4x - 2$$

Il ne nous reste plus alors qu'à résoudre cette équation :

$$15 - 9x - 15 = 4x - 2 - 15$$
$$-9x = 4x - 17$$
$$-9x - 4x = 4x - 17 - 4x$$
$$-13x = -17$$
$$x = \frac{-17}{-13}$$
$$x = \frac{17}{13}$$

La solution de $\frac{5 - 3x}{2} = \frac{2x - 1}{3}$ est $\frac{17}{13}$.

5 Équation avec fractions

Énoncé p. 52

Collège Jean-Baptiste Say, Paris

Pour résoudre l'équation $\frac{2x - 3}{2} - \frac{x - 1}{3} = x - \frac{1}{2}$, on met tous les termes sous le même dénominateur, puis on multiplie les deux membres par ce dénominateur commun, ce qui permet de supprimer les dénominateurs.

Ici, le dénominateur commun est 6. On a donc :

$$\frac{3(2x - 3)}{6} - \frac{2(x - 1)}{6} = \frac{6x}{6} - \frac{3}{6}$$

En multipliant les deux membres de l'équation par 6, on obtient alors :

$$3(2x - 3) - 2(x - 1) = 6x - 3$$
$$6x - 9 - 2x + 2 = 6x - 3$$

On regroupe alors tous les termes en x d'un côté et tous les nombres de l'autre :

$$6x - 2x - 6x = -3 + 9 - 2$$
$$-2x = 4$$
$$\frac{-2x}{-2} = \frac{4}{-2}$$
$$x = -2$$

La solution de l'équation $\frac{2x - 3}{2} - \frac{x - 1}{3} = x - \frac{1}{2}$ est donc -2.

COURS INTERROS CORRIGÉS

6 Développement et factorisation

Énoncé p. 52

Collège Saint-Joseph, Caudan

1 $G = (3x+1)^2 + (2x-3)(3x+1)$
$= (9x^2 + 6x + 1) + (6x^2 + 2x - 9x - 3)$
$= 9x^2 + 6x + 1 + 6x^2 - 7x - 3$
$= 15x^2 - x - 2$

2 $G = (3x+1)^2 + (2x-3)(3x+1)$
$= (3x+1)(3x+1) + (2x-3)(3x+1)$
$= (3x+1)\,[(3x+1) + (2x-3)]$
$= (3x+1)(3x+1+2x-3)$
$= (3x+1)(5x-2)$

3 **MÉTHODE**

Pour résoudre G = 0, on préférera l'expression factorisée obtenue à la question 2 afin d'avoir une équation « produit nul » que nous savons résoudre : $(3x+1)(5x-2) = 0$.

Un produit est nul si et seulement si un des facteurs est nul, donc :

$$3x + 1 = 0 \quad \text{ou} \quad 5x - 2 = 0$$
$$3x = -1 \quad \text{ou} \quad 5x = 2$$
$$x = -\frac{1}{3} \quad \text{ou} \quad x = \frac{2}{5}$$

Cette équation a donc deux solutions : $-\frac{1}{3}$ et $\frac{2}{5}$.

7 Équations diverses

Énoncé p. 52

Collège Chaptal, Paris

MÉTHODE

Dans cet exercice, il n'y a que des équations de degré supérieur ou égal à 2. Pour les résoudre, on va donc les écrire sous la forme d'équations « produit nul », à moins que ce ne soit déjà le cas comme par exemple à la question 1.

1 $(x+3)(x-4) = 0$. On reconnaît une équation « produit nul ». Un produit de facteurs est nul si et seulement si l'un des facteurs est égal à 0.
On a donc :

$$x + 3 = 0 \quad \text{ou} \quad x - 4 = 0$$
$$x = -3 \quad \text{ou} \quad x = 4$$

L'équation a pour solutions -3 et 4.

2 $11x^2 - 2x = 0$.

Le membre de gauche n'est pas un produit, il faut donc d'abord le factoriser. On repère le facteur commun aux deux termes, x, et on obtient :

$x(11x - 2) = 0$.

Un produit de facteurs est nul si et seulement si l'un des facteurs est égal à 0. On a donc :

$$\begin{aligned} x = 0 \quad &\text{ou} \quad 11x - 2 = 0 \\ x = 0 \quad &\text{ou} \quad 11x = 2 \\ x = 0 \quad &\text{ou} \quad x = \frac{2}{11}. \end{aligned}$$

L'équation a pour solutions 0 et $\frac{2}{11}$.

3 $6x(-2x - 1)(3x + 7) = 0$

Un produit de facteurs est nul si et seulement si l'un des facteurs est égal à 0. On a donc :

$$\begin{aligned} 6x = 0 \quad &\text{ou} \quad -2x - 1 = 0 \quad \text{ou} \quad 3x + 7 = 0 \\ x = 0 \quad &\text{ou} \quad -2x = 1 \quad \text{ou} \quad 3x = -7 \\ x = 0 \quad &\text{ou} \quad x = -\frac{1}{2} \quad \text{ou} \quad x = -\frac{7}{3}. \end{aligned}$$

L'équation a pour solutions 0 ; $-\frac{1}{2}$ et $-\frac{7}{3}$.

4 $x^2 - 14x + 49 = 0$.

Il faut factoriser le membre de gauche, on reconnaît la 2e identité remarquable. On a donc :

$$\begin{aligned} x^2 - 2 \times x \times 7 + 7^2 &= 0 \\ (x - 7)^2 &= 0 \\ (x - 7)(x - 7) &= 0 \\ x - 7 &= 0 \\ x &= 7. \end{aligned}$$

L'équation a pour solution 7.

5 $(x + 3)^2 = 5(x + 3)$.

Nous allons soustraire $5(x + 3)$ dans les deux membres pour obtenir 0 dans le membre de droite :

$(x + 3)^2 - 5(x + 3) = 5(x + 3) - 5(x + 3)$

$(x + 3)^2 - 5(x + 3) = 0$.

On factorise le membre de gauche en reconnaissant le facteur commun aux deux termes $(x + 3)$:

$$\begin{aligned} (x + 3)[(x + 3) - 5] &= 0 \\ (x + 3)(x - 2) &= 0. \end{aligned}$$

COURS INTERROS CORRIGÉS

Un produit de facteurs est nul si et seulement si l'un des facteurs est égal à 0. On a donc :

$$x + 3 = 0 \quad \text{ou} \quad x - 2 = 0$$
$$x = -3 \quad \text{ou} \quad x = 2.$$

L'équation a pour solutions -3 et 2.

6 $(x + 7)^2 = (2x + 5)^2$

$(x + 7)^2 - (2x + 5)^2 = (2x + 5)^2 - (2x + 5)^2$

$(x + 7)^2 - (2x + 5)^2 = 0.$

On factorise le membre de gauche en reconnaissant la 3e identité remarquable, ainsi on obtient :

$$[(x + 7) + (2x + 5)][(x + 7) - (2x + 5)] = 0$$
$$(x + 7 + 2x + 5)(x + 7 - 2x - 5) = 0$$
$$(3x + 12)(-x + 2) = 0.$$

Un produit de facteurs est nul si et seulement si l'un des facteurs est égal à 0. On a donc :

$$3x + 12 = 0 \quad \text{ou} \quad -x + 2 = 0$$
$$3x = -12 \quad \text{ou} \quad -x = -2$$
$$x = -\frac{12}{3} = -4 \quad \text{ou} \quad x = 2$$

L'équation a pour solutions -4 et 2.

8 Avec factorisations

Énoncé p. 53

Collège Saint-Louis de Gonzague, Paris

MÉTHODE

Il ne faut surtout pas développer et réduire le membre de gauche des équations de cet exercice : vous obtiendriez des équations du 2e degré que vous ne savez pas résoudre. En revanche, en observant chacune de ces équations, on remarque qu'il est possible de factoriser le membre de gauche. On va obtenir ainsi des équations « produit nul ».

1 $(5x + 4)^2 + (5x + 4)(7x - 2) = 0$

$$(5x + 4)(5x + 4) + (5x + 4)(7x - 2) = 0$$
$$(5x + 4)\,[(5x + 4) + (7x - 2)] = 0$$
$$(5x + 4)(5x + 4 + 7x - 2) = 0$$
$$(5x + 4)(12x + 2) = 0$$

Un produit est nul si et seulement si un des facteurs est nul, donc :

$$5x + 4 = 0 \quad \text{ou} \quad 12x + 2 = 0$$
$$5x = -4 \qquad 12x = -2$$
$$x = -\frac{4}{5} \qquad x = -\frac{2}{12} = -\frac{1}{6}$$

L'équation $(5x+4)^2+(5x+4)(7x-2) = 0$ a deux solutions : $-\frac{4}{5}$ et $-\frac{1}{6}$.

2 $(5x - 1)(x + 3) - (5x - 1)^2 = 0$

$$(5x - 1)\,[(x + 3) - (5x - 1)] = 0$$
$$(5x - 1)(x + 3 - 5x + 1) = 0$$
$$(5x - 1)(-4x + 4) = 0$$

Un produit est nul si et seulement si un des facteurs est nul, donc :

$$5x - 1 = 0 \quad \text{ou} \quad -4x + 4 = 0$$
$$5x = 1 \quad \text{ou} \quad -4x = -4$$
$$x = \frac{1}{5} \quad \text{ou} \quad x = 1$$

Cette équation a deux solutions : $\frac{1}{5}$ et 1.

9 Encore avec factorisations

Énoncé p. 53

Collège Saint-Joseph de Tivoli, Bordeaux

1 Nous reconnaissons dans cette équation une identité remarquable : $x^2 - 1 = (x + 1)(x - 1)$. L'équation devient donc :

$$(x + 1)(x + 2) + 3(x + 1)(x - 1) = 0$$
$$(x + 1)\big[(x + 2) + 3(x - 1)\big] = 0$$
$$(x + 1)(x + 2 + 3x - 3) = 0$$
$$(x + 1)(4x - 1) = 0$$

Nous obtenons ainsi une équation « produit nul », et donc :

$$x + 1 = 0 \quad \text{ou} \quad 4x - 1 = 0$$
$$x = -1 \quad \text{ou} \quad 4x = 1$$
$$x = -1 \quad \text{ou} \quad x = \frac{1}{4}$$

L'équation $(x + 1)(x + 2) + 3(x + 1)(x - 1) = 0$ admet donc pour solutions -1 et $\frac{1}{4}$.

COURS INTERROS CORRIGÉS

2 On cherche à factoriser l'expression de gauche. On remarque alors que $2x - 4 = 2(x - 2)$ donc l'équation s'écrit :

$$\begin{aligned} 2(x-2)(3-5x)+(x-2)(8x+1) &= 0 \\ (x-2)\big[2(3-5x)+(8x+1)\big] &= 0 \\ (x-2)(6-10x+8x+1) &= 0 \\ (x-2)(-2x+7) &= 0 \end{aligned}$$

Un produit de facteurs est nul si l'un des facteurs est nul, donc :

$$\begin{aligned} x-2=0 \quad &\text{ou} \quad -2x+7=0 \\ x=2 \quad &\text{ou} \quad -2x=-7 \\ x=2 \quad &\text{ou} \quad x=\frac{7}{2} \end{aligned}$$

L'équation admet donc pour solutions 2 et $\frac{7}{2}$.

10 Application des propriétés

Énoncé p. 53

Collège Edmond Michelet, Arpajon

1 $x^2 = 100$ donc $x = \sqrt{100} = 10$ ou $x = -\sqrt{100} = -10$.

2 $x^2 = 81$ donc $x = \sqrt{81} = 9$ ou $x = -\sqrt{81} = -9$.

3 $x^2 = -9$: il n'y a aucune solution à cette équation car un carré est toujours positif. Or, -9 est négatif donc il n'existe pas de valeur de x telles que $x^2 = -9$.

4 $25x^2 = 125$ donc $x^2 = \frac{125}{25}$, soit $x^2 = 5$.
Ainsi, $x = \sqrt{5}$ ou $x = -\sqrt{5}$.

11 Trouver les âges

Énoncé p. 53

Collège Guilleminot, Dunkerque

MÉTHODE

Dans un exercice où il est demandé de trouver un ou plusieurs nombres, si aucune indication ne figure dans l'énoncé, la première chose à faire est de représenter un des nombres par une lettre (par exemple x).

Notons x l'âge d'Hugo. On met le problème en équation :

- Âge d'Hugo : x ;
- Âge de Stéphane : $3x$ (il a trois fois l'âge d'Hugo) ;
- Âge de Serge : $3x + 20$ (il a vingt ans de plus que Stéphane).

Dans cinq ans :

- Âge d'Hugo : $x + 5$;
- Âge de Stéphane : $3x + 5$;
- Âge de Serge : $3x + 20 + 5 = 3x + 25$.

La somme de leur âge sera donc :

$$x + 5 + 3x + 5 + 3x + 25 = 7x + 35$$

x vérifie donc l'équation :

$$7x + 35 = 112$$

Il faut maintenant résoudre l'équation : $7x + 35 = 112$.

$$7x = 112 - 35 = 77$$

On divise les deux membres par 7 :

$$x = 11$$

On peut maintenant répondre : Hugo a 11 ans, Stéphane a 33 ans et Serge a 53 ans.

On vérifie que dans cinq ans, ils auront respectivement 16, 38 et 58 ans. La somme de leur âge sera bien $16 + 38 + 58 = 112$ ans.

12 Le champ d'Alfred

Énoncé p. 54

Collège Michelet, Arpajon

On rappelle que l'aire d'un rectangle de longueur a et de largeur b est égale à ab, tandis que son périmètre est égal à $2(a + b)$.

Calculons d'abord l'aire du champ d'Alfred :

$$\mathcal{A} = 40 \times 90 = 3\,600 \text{ m}^2$$

Soit x le côté du champ de Benoît. Comme il a la même aire que celui d'Alfred, on a :

$$x \times x = 3\,600 ,$$

donc $x = 60$, car x doit être positif.

Or, la longueur ℓ de la clôture de Benoît est égale au périmètre de son champ, donc :

$$\begin{aligned} \ell &= 4x \\ &= 4 \times 60 \\ &= 240 \text{ m.} \end{aligned}$$

La longueur ℓ' de la clôture d'Alfred est égale au périmètre de son champ, donc :

$$\ell' = 2 \times (40 + 90) = 260 \text{ m.}$$

$240 < 260$, donc la clôture de Benoît est plus courte que la clôture d'Alfred ; Benoît a raison.

13 Nombre de pièces

Énoncé p. 54

Collège Chaptal, Paris

Appelons x le nombre de pièces de 50 centimes. x est donc un nombre entier positif.

- Nombre de pièces de 20 centimes : $67 - x$ (il y a 67 pièces en tout).
- Montant total (en €) avec les pièces de 50 centimes : $0{,}50x$.
- Montant total (en €) avec les pièces de 20 centimes : $0{,}20(67 - x)$.

La tirelire contient 20,90 €, le problème se traduit donc par l'équation :

$$\begin{aligned} 0{,}50x + 0{,}20(67 - x) &= 20{,}90 \\ 0{,}50x + 13{,}40 - 0{,}20x &= 20{,}90 \\ 0{,}30x + 13{,}40 &= 20{,}90 \\ 0{,}30x + 13{,}40 - 13{,}40 &= 20{,}90 - 13{,}40 \\ 0{,}30x &= 7{,}50 \\ x &= \frac{7{,}50}{0{,}30} \\ x &= 25. \end{aligned}$$

Il y avait donc 25 pièces de 50 centimes et $67-25 = 42$ pièces de 20 centimes dans la tirelire.

On vérifie : $25 \times 0{,}50 + 42 \times 0{,}20 = 20{,}90$. On retrouve bien le montant de la tirelire.

14 Calcul d'une aire

Énoncé p. 54

Collège Octave Gréard, Paris

Exprimons l'aire de la croix en fonction de x. Elle est égale à l'aire du carré ABCD à laquelle on a soustrait la somme des aires des 4 carrés de côté x.

- aire du carré ABCD : $4^2 = 16\ \text{m}^2$
- aire de chaque petit carré : x^2
- aire de la croix : $16 - 4x^2$

Dire que l'aire de la croix est égale à la moitié de celle du carré ABCD signifie donc :

$$\begin{aligned} 16 - 4x^2 &= \frac{16}{2} \\ 16 - 4x^2 &= 8 \\ 4x^2 &= 16 - 8 \\ 4x^2 &= 8 \\ x^2 &= 2 \end{aligned}$$

donc :

$$x = \sqrt{2} \qquad \text{car } x \text{ doit être positif.}$$

Conclusion : il faut que $x = \sqrt{2}$ pour que l'aire de la croix soit la moitié de celle du carré ABCD.

15 Calculs d'aires

Énoncé p. 55

Collège Foch, Strasbourg

1 **(a)** $\mathcal{A}_{\text{AED}} = \dfrac{\text{AE} \times \text{AD}}{2} = \dfrac{1 \times 4}{2}$ donc l'aire de AED vaut 2 cm^2.

(b) $\mathcal{A}_{\text{EBF}} = \dfrac{\text{EB} \times \text{BF}}{2} = \dfrac{\text{EB} \times x}{2}$

Or E ∈ [AB] donc :

$$\begin{aligned}\text{EB} &= \text{AB} - \text{AE}\\ &= 5 - 1\\ &= 4.\end{aligned}$$

Donc :

$$\mathcal{A}_{\text{EBF}} = \frac{4 \times x}{2} = 2x.$$

(c) $\mathcal{A}_{\text{DFC}} = \dfrac{\text{DC} \times \text{FC}}{2}$. Or,

$$\text{DC} = \text{AB} = 5 \text{ cm}$$

et :

$$\text{BC} = \text{AD} = 4 \text{ cm}$$

(car ce sont les côtés opposés d'un rectangle).
F ∈ [BC] donc :

$$\text{FC} = \text{BC} - \text{BF} = 4 - x.$$

Ainsi,

$$\mathcal{A}_{\text{DFC}} = \frac{5 \times (4 - x)}{2} = \frac{20 - 5x}{2} = 10 - 2{,}5x.$$

(d) $\mathcal{A}_{\text{EDF}} = \mathcal{A}_{\text{ABCD}} - \mathcal{A}_{\text{AED}} - \mathcal{A}_{\text{EBF}} - \mathcal{A}_{\text{DFC}}$.

La seule aire que nous n'avons pas calculée est celle du rectangle ABCD :

$$\begin{aligned}\mathcal{A}_{\text{ABCD}} &= \text{AB} \times \text{AD}\\ &= 5 \times 4\\ &= 20.\end{aligned}$$

On a donc :

$$\begin{aligned}\mathcal{A}_{\text{EDF}} &= 20 - 2 - 2x - (10 - 2{,}5x)\\ &= 18 - 2x - 10 + 2{,}5x\\ &= 8 + 0{,}5x.\end{aligned}$$

Conclusion : l'aire de EDF est bien, en cm^2, $8 + 0{,}5x$.

COURS

INTERROS

CORRIGÉS

2 On cherche x tel que $\mathcal{A}_{\text{EDF}} = 9{,}5$.
Il faut donc résoudre l'équation $8 + 0{,}5x = 9{,}5$:

$$\begin{aligned} 8 + 0{,}5x &= 9{,}5 \\ 0{,}5x &= 9{,}5 - 8 \\ 0{,}5x &= 1{,}5 \\ x &= \frac{1{,}5}{0{,}5} = 3 \end{aligned}$$

Conclusion : la solution de l'équation $8 + 0{,}5x = 9{,}5$ est 3, ce qui signifie qu'il faut placer le point F à 3 cm du point B (sur le segment [BC]) pour que l'aire du triangle DEF soit de 9,5 cm^2.

16 Les oiseaux (tâche complexe)

Énoncé p. 55

Collège Monthéty, Pontault-Combault

MÉTHODE

Dans ce type d'exercice, commencez par schématiser la situation.

Représentons la situation par un schéma :

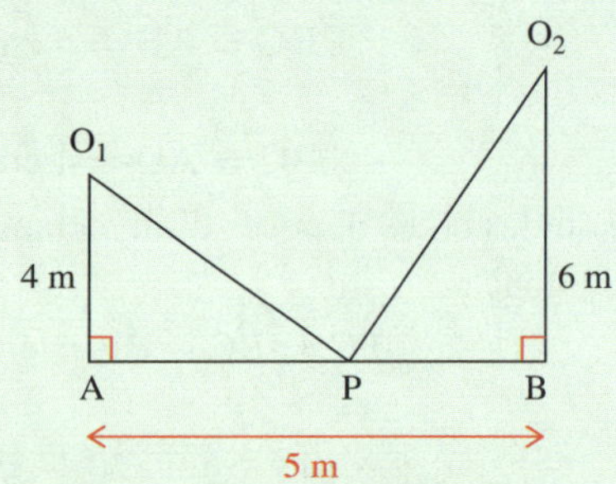

Dans ce schéma,

- les points O_1 et O_2 représentent les oiseaux ;
- le point P représente le morceau de pain ;
- les segments $[AO_1]$ et $[BO_2]$ représentent les poteaux.

D'après l'énoncé, les deux oiseaux ont la même vitesse V et parcourent respectivement les distances O_1P et O_2P dans le même temps t.
Or, d'après la formule de la vitesse,

$$v = \frac{O_1P}{t} = \frac{O_2P}{t}.$$

On peut en déduire que les distances O_1P et O_2P sont égales :

$$O_1P = O_2P.$$

On en déduit même que :

$$O_1P^2 = O_2P^2. \qquad (*)$$

Notons x la distance AP séparant le morceau de pain du poteau $[AO_1]$.

On a alors : $AP = x$ et $PB = AB - AP = 5 - x$.

Or, d'après le théorème de Pythagore dans les triangles O_1AP et O_2BP respectivement rectangles en A et B (on considère que les poteaux sont perpendiculaires au sol), on a :

$$\begin{aligned} O_1P^2 &= O_1A^2 + AP^2 \\ &= 4^2 + x^2 \\ &= 16 + x^2, \end{aligned}$$

et

$$\begin{aligned} O_2P^2 &= O_2B^2 + PB^2 \\ &= 6^2 + (5-x)^2 \\ &= 36 + (5-x)^2 \\ &= 36 + 5^2 - 2 \times 5 \times x + x^2 \\ &= 36 + 25 - 10x + x^2 \\ &= 61 - 10x + x^2. \end{aligned}$$

Finalement, l'égalité (*) devient :

$$16 + x^2 = 61 - 10x + x^2.$$

En soustrayant x^2 dans chaque membre, on se ramène à la résolution d'une équation du 1er degré.

$$\begin{aligned} 16 + x^2 - x^2 &= 61 - 10x + x^2 - x^2 \\ 16 &= 61 - 10x \\ 16 + 10x &= 61 - 10x + 10x \\ 16 + 10x &= 61 \\ 16 + 10x - 16 &= 61 - 16 \\ 10x &= 45 \\ \frac{10x}{10} &= \frac{45}{10} \\ x &= 4{,}5. \end{aligned}$$

La solution de l'équation est $x = 4{,}5$.

COURS

INTERROS

CORRIGÉS

On peut donc conclure que :

$$AP = 4{,}5 \text{ m},$$

et que :

$$PB = 5 - x = 5 - 4{,}5 = 0{,}5 \text{ m},$$

c'est-à-dire que le morceau de pain se trouvait à 4,50 m du poteau mesurant 4 mètres et à 50 cm du poteau mesurant 6 mètres.

Remarque : l'énoncé ne demandait pas explicitement la *distance* séparant le le morceau de pain de l'un des poteaux. On aurait donc pu aussi déterminer l'emplacement de ce morceau de pain *géométriquement*.
En effet, puisque $O_1P = O_2P$, le point P est équidistant des deux extrémités du segment $[O_1O_2]$ et donc, d'après une propriété de la médiatrice d'un segment, on peut en déduire que P est sur la médiatrice du segment $[O_1O_2]$. On aurait donc pu sur un schéma à l'échelle :

- tracer $[O_1O_2]$;
- tracer la médiatrice $\mathcal{D}$ de $[O_1O_2]$;
- placer le point P à l'intersection de $\mathcal{D}$ et de [AB].

Chapitre 4

Inéquations

Plan du chapitre

Exercice type — **Collège Louise Michel, Chaumont**

Résoudre l'inéquation :

$$\frac{2x-3}{5}+\frac{x+2}{4}<x+\frac{1}{10}$$

et représenter les solutions sur une droite.

Voir corrigé page 74

1 Définitions

Définition 1 : inéquation du premier degré

Une *inéquation du premier degré* à une inconnue est une inégalité entre deux expressions littérales dans lesquelles intervient un nombre, souvent noté x, dont on ne connaît pas la valeur et qui n'est pas élevé à un exposant plus grand que 1.

Exemple : $3x-5<2x+2$ est une inéquation du premier degré d'inconnue x.

Définition 2 : résoudre une inéquation

Résoudre une inéquation, c'est déterminer toutes les valeurs de l'inconnue qui rendront vraie l'inégalité donnée.
Ces valeurs sont les *solutions* de l'inéquation.

Nous allons voir, dans le paragraphe qui suit, les propriétés qui nous permettent de résoudre les inéquations du premier degré à une inconnue.

2 Ordre et opérations

Propriétés 1

On ne change pas le sens d'une inégalité :

- si on ajoute ou si on soustrait un même nombre aux deux membres de l'inégalité.
- si on multiplie ou si on divise les deux membres de l'inégalité par un même nombre *strictement positif*.

On dit alors que *l'ordre est conservé*.

Exemples

Si $5x - 4 < 7$, alors $5x - 4 + 4 < 7 + 4$, c'est-à-dire $5x < 11$.
Si $x - 6 \leqslant 3x$, alors $x - 6 - 3x \leqslant 3x - 3x$, c'est-à-dire $-2x - 6 \leqslant 0$.
Si $3x > 7$, alors $\frac{3x}{3} > \frac{7}{3}$, c'est-à-dire $x > \frac{7}{3}$.

Propriété 2

On change le sens d'une inégalité si on multiple ou si on divise les deux membres de l'inégalité par un même nombre *strictement négatif*.
On dit alors que *l'ordre est inversé*.

Exemple : si $-5x > 10$ alors $\frac{-5x}{-5} < \frac{10}{-5}$, c'est-à-dire $x < -2$.

⚠ ATTENTION

On pensera à changer le sens de l'inégalité dès que l'on multiplie ou que l'on divise par un nombre strictement négatif.

3 Résolution d'une inéquation

Pour résoudre une inéquation du premier degré dont l'inconnue est x, on utilise les propriétés vues au paragraphe précédent pour isoler l'inconnue et se ramener à une inéquation de la forme :

$$ax < b,\ ax \leqslant b,\ ax > b \text{ ou } ax \geqslant b.$$

Puis :

- si $a > 0$, on divise les deux membres par a en gardant le sens ;
- si $a < 0$, on divise les deux membres par a en changeant le sens.

Exemple : pour résoudre l'inéquation $-5x+7 \leqslant 19-x$, on commence par ajouter x dans chaque membre de l'inégalité :

$$-5x + 7 + x \leqslant 19 - x + x$$
$$-4x + 7 \leqslant 19.$$

On soustrait ensuite 7 dans chaque membre :

$$-4x + 7 - 7 \leqslant 19 - 7$$
$$-4x \leqslant 12.$$

Enfin, on divise chaque membre de l'inégaltié par -4 qui est négatif, on change donc le sens de l'inégalité :

$$\frac{-4x}{-4} \geqslant \frac{12}{-4}$$
$$x \geqslant -3.$$

Les solutions de l'inéquation $-5x + 7 \leqslant 19 - x$ sont donc tous les nombres supérieurs ou égaux à -3.

Remarque : en général, une inéquation du premier degré a une infinité de solutions.

4 Représentation des solutions

Il est souvent pratique de représenter par un schéma toutes les solutions d'une inéquation du premier degré.

Exemples

On représente tous les nombres $x \geqslant 3$ (supérieurs ou égaux à 3) ainsi :

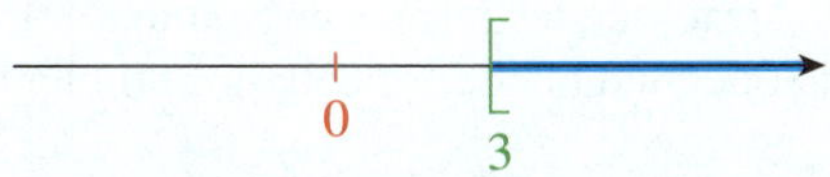

On représente tous les nombres $x > -2$ (strictement supérieurs à -2) ainsi :

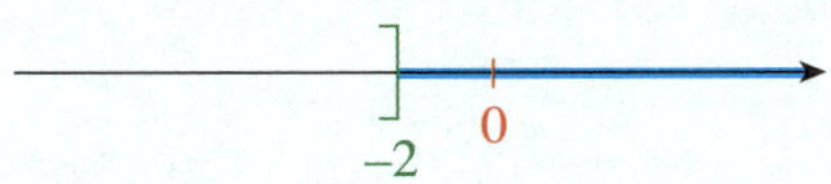

On représente tous les nombres $x \leqslant -\frac{5}{7}$ (inférieurs ou égaux à $-\frac{5}{7}$) ainsi :

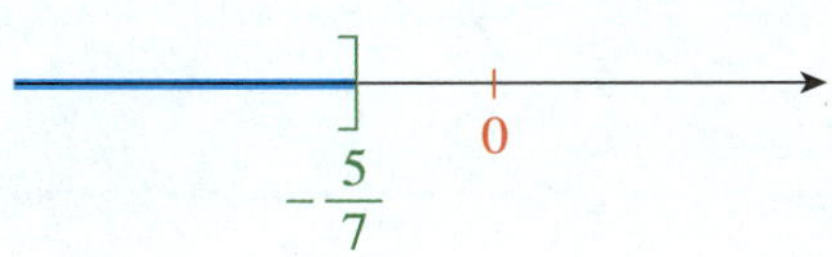

On représente tous les nombres $x < \sqrt{5}$ (strictement inférieurs à $\sqrt{5}$) ainsi :

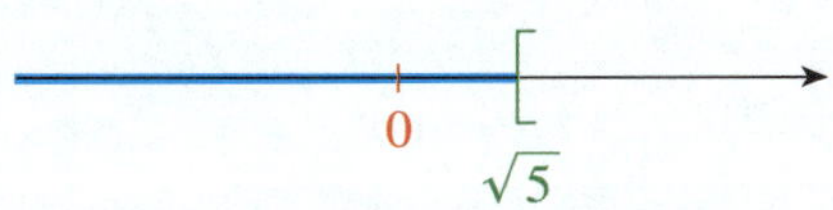

ATTENTION

Le sens du crochet qui délimite l'ensemble des solutions dépend du fait que l'inégalité est stricte ($<$ ou $>$) ou large ($\leqslant$ ou $\geqslant$).

ANECDOTE

Les symboles « > » et « < » ont été introduits par le mathématicien anglais Thomas Harriot (fin du XVIe siècle – début du XVIIe siècle).

Solution de l'exercice type — Collège Louise Michel, Chaumont

Pour résoudre $\frac{2x-3}{5}+\frac{x+2}{4}<x+\frac{1}{10}$, on commence par mettre les deux membres de l'inéquation au même dénominateur, ici le dénominateur commun est 20, on obtient :

$$\frac{4(2x-3)}{20}+\frac{5(x+2)}{20}<\frac{20x}{20}+\frac{2}{20}$$
$$\frac{4(2x-3)+5(x+2)}{20}<\frac{20x+2}{20}.$$

On multiplie ensuite les deux membres par 20 qui est positif (on ne change donc pas le sens de l'inégalité) :

$$4(2x-3)+5(x+2)<20x+2$$

On développe et on réduit le membre de gauche :

$$8x-12+5x+10<20x+2$$
$$13x-2<20x+2.$$

On va alors faire en sorte que les termes en x soient tous à gauche en soustrayant $20x$ dans chaque membre de l'inéquation. Il vient :

$$-7x-2<2.$$

Puis on additionne 2 dans chaque membre pour isoler les termes en x à gauche :

$$-7x<4.$$

Enfin, on divise chaque membre de cette inéquation par -7. Comme -7 est négatif, il faut changer le sens de l'inégalité.
On obtient alors :

$$x>-\frac{4}{7}.$$

...

➔ Solution de l'exercice type (suite)

Collège Louise Michel, Chaumont

Conclusion : les solutions de l'inéquation :

$$\frac{2x-3}{5}+\frac{x+2}{4}<x+\frac{1}{10}$$

sont tous les nombres strictement supérieurs à $-\frac{4}{7}$.

Représentation des solutions sur une droite graduée :

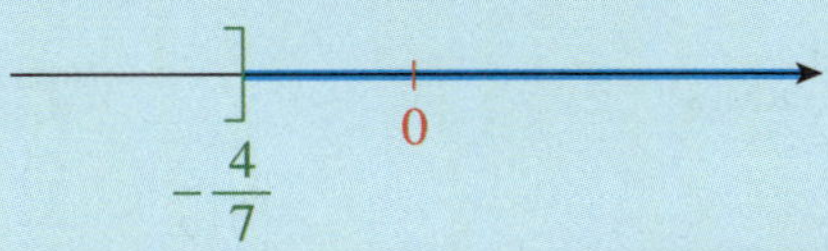

Voir énoncé page 71

1 QCM Vérification des connaissances

2 min Corrigé p. 80

Pour chacune des propositions suivantes, choisir la réponse correcte. Aucune justification n'est demandée.

1 Si $3x \geqslant 7$ alors

a $x \leqslant \dfrac{7}{3}$ **b** $x \geqslant \dfrac{7}{3}$

2 Si $-2x \leqslant \dfrac{9}{2}$ alors

a $x \leqslant -\dfrac{9}{4}$ **b** $x \geqslant -\dfrac{9}{4}$

3 Le nombre 5 est solution de l'inéquation :

a $x - 5 < 0$ **b** $x - 5 \leqslant 0$

4 Le schéma suivant :

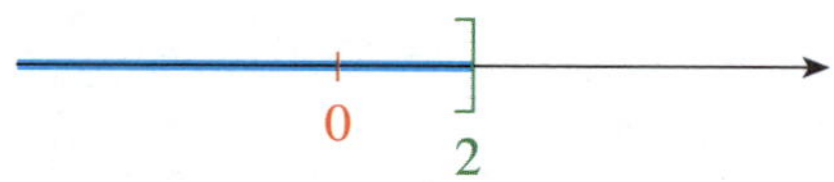

a représente les nombres x tels que $x \leqslant 2$

b représente les nombres x tels que $x < 2$

2 QCM Solutions d'une inéquation

5 min Corrigé p. 80

Pour chacune des propositions suivantes, choisir la ou les réponse(s) correcte(s). Aucune justification n'est demandée.

1 L'inéquation $x^2 + 5 \leqslant 5$:

a a une infinité de solutions **b** n'a aucune solution
c a une seule solution

2 L'inéquation $2x - 1 > 0$ admet pour solution :

a le nombre 0,5 **b** le nombre 0,500 01 **c** le nombre π

3 Les solutions de l'inéquation $-x > 1$ sont représentées sur le schéma :

a

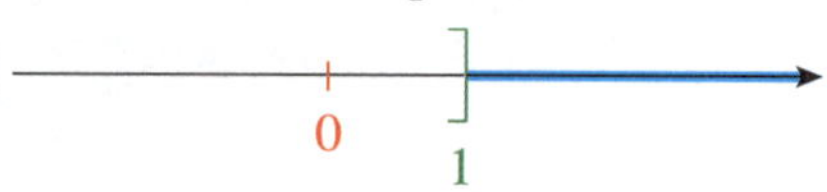

b

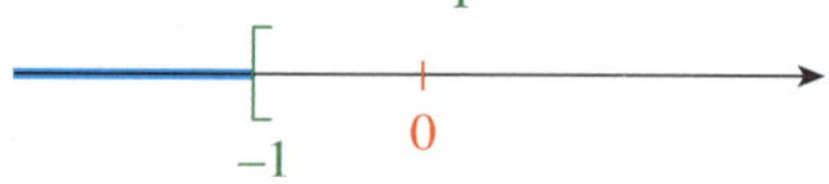

c

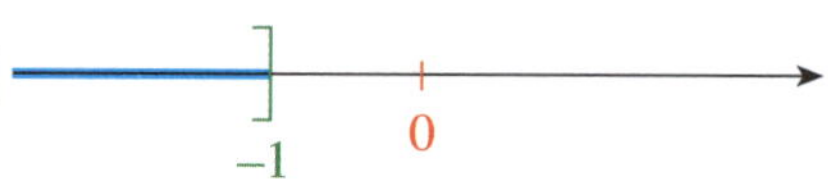

Résolution d'inéquations

3 Application des règles ★ 5 min Corrigé p. 81

Collège Monthéty, Pontault-Combault

Résoudre les inéquations suivantes et représenter les solutions sur un axe.

1. $3 + x < -1$
2. $-\dfrac{x}{4} \geqslant 2$
3. $6 - 5x \leqslant 7 + x$

4 En développant ★ 5 min Corrigé p. 82

Collège Saint-Joseph de Tivoli, Bordeaux

Résoudre les inéquations suivantes et représenter leurs solutions sur un axe.

1. $-4(2x + 5) < -2(3x + 1)$
2. $3(x + 2) \geqslant 7(x - 1)$

5 En développant à nouveau ★ 5 min Corrigé p. 83

Collège Louis Lumière, Échirolles

1. Développer et réduire l'expression :

$$A = (3x - 1)^2 + 3(1 - 3x)(x + 2)$$

2. Résoudre l'inéquation :

$$A \geqslant 1$$

6 Développement et fractions ★★ 8 min Corrigé p. 83

Collège Fustel de Coulanges, Massy

Résoudre les inéquations suivantes :

1. $3(5x - 2) - 2(3x - 5) > 4(3x - 1)$
2. $\dfrac{3x - 1}{12} - \dfrac{1}{4} < 2x - \dfrac{5(1 - 2x)}{6}$

7 Encadrement ★★ 5 min Corrigé p. 84

Collège Saint-Joseph de Tivoli, Bordeaux

1. On sait que $-6 < x < 2$. Donner un encadrement de $-3x + 1$.
2. On sait que $-10 < -5x + 7 < 10$. Donner un encadrement de x.

COURS INTERROS CORRIGÉS

Mise en inéquation

8 Le club de billard

★★ 10 min Corrigé p. 85

Collège Foch, Strasbourg

Un club de billard propose trois tarifs valables sur une année :

- Le tarif A est un forfait de 30 €.
- Avec le tarif B, il faut acheter une carte d'adhésion coûtant 15 € et payer pour chaque partie 1 €.
- Si on ne choisit ni le tarif A, ni le tarif B, chaque partie coûte 2,50 € (Tarif C).

On note x le nombre de parties faites dans l'année.

1 Exprimer en fonction de x, le prix payé successivement avec le tarif A, le tarif B et le tarif C.

2 En résolvant des inéquations, déterminer le nombre minimum de parties pour lequel on a intérêt à choisir :

(a) Le tarif A plutôt que le tarif B.

(b) Le tarif B plutôt que le tarif C.

(c) Le tarif A plutôt que le tarif C.

3 Simon a choisi le tarif C. Il ne pense pas faire plus de 8 parties de billard dans l'année dans ce club. A-t-il eu raison ? Justifier.

9 Calcul d'aires

★★ 10 min Corrigé p. 86

live!

Collège Paul Bert, Chatou

Vous pouvez retrouver le corrigé de cet exercice en vidéo.

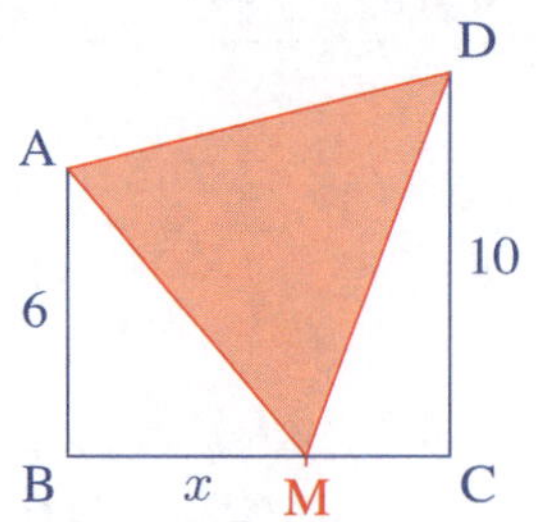

Sur la figure ci-contre (qui n'est pas à l'échelle), AB = 6 cm, DC = 10 cm et BC = 12 cm.
Les triangles ABM et DCM sont respectivement rectangles en B et C.
M est un point du segment [BC].
On note BM = x.

1 Quelles sont les valeurs possibles de x ? Écrire votre réponse sous la forme d'un encadrement.

2 Pour quelles valeurs de x l'aire du triangle DMC est-elle supérieure à l'aire du triangle ABM ? Justifier.

10 Problème arithmétique

★★ 5 min Corrigé p. 87

Collège Saint-Bernard, Troyes

Quels sont les nombres entiers positifs dont le double diminué de 10 est strictement inférieur à 100 et dont le triple augmenté de 10 est strictement supérieur à 160 ?

11 La bibliothèque

★★ 5 min Corrigé p. 87

Collège Chaptal, Paris

Le prêt des livres dans une bibliothèque est payant. On propose aux lecteurs deux formules. Le lecteur paie 10 € pour une carte d'abonnement, puis il paie 0,35 € par livre emprunté. Sans abonnement, il paie 0,75 € par livre emprunté.

À partir de combien de livres empruntés la formule avec abonnement est-elle la plus avantageuse ?

12 Le marchand de glaces

★★ 10 min Corrigé p. 88

Collège Saint-Joseph de Tivoli, Bordeaux

1 **(a)** 60 est-il solution de l'inéquation $2{,}5x - 75 > 76$?

(b) Résoudre l'inéquation $2{,}5x - 75 > 76$.

2 Pendant la période estivale, un marchand de glaces a remarqué qu'il dépensait 75 € par semaine pour faire, en moyenne, 150 glaces.

Sachant qu'une glace est vendue 2,50 €, combien doit-il vendre de glaces, au minimum, dans la semaine pour avoir un bénéfice supérieur à 76 € ? Expliquer la démarche utilisée.

1 QCM Vérification des connaissances

Énoncé p. 76

1 Réponse **b**. Si $3x \geqslant 7$ alors $x \geqslant \frac{7}{3}$.

Pour isoler x dans l'inéquation $3x \geqslant 7$, il faut diviser chaque membre de l'inéquation par 3. Comme $3 > 0$, on ne change pas le sens de l'inégalité : la réponse **a** est donc fausse.

2 Réponse **b**. Si $-2x \leqslant \frac{9}{2}$ alors $x \geqslant -\frac{9}{4}$.

Pour isoler x dans l'inéquation $-2x \leqslant \frac{9}{2}$, il faut diviser chaque membre par -2. Comme $-2 < 0$, il faut alors changer le sens de l'inégalité. Il vient alors :

$$\frac{-2x}{-2} \geqslant \frac{9}{2} \times \left(-\frac{1}{2}\right),$$

c'est-à-dire $x \geqslant -\frac{9}{4}$ (réponse **b**).

3 Réponse **b**. Le nombre 5 est solution de l'inéquation $x - 5 \leqslant 0$.

Si $x = 5$, $x - 5 = 0$ or $0 \leqslant 0$ donc 5 est bien une solution de l'inéquation $x - 5 \leqslant 0$. En revanche, 0 n'est pas *strictement* inférieur à lui-même ! Donc 5 n'est pas une solution de l'inéquation $x - 5 < 0$.

4 Réponse **a**. Le schéma représente les nombres x tels que $x \leqslant 2$.

Il s'agit ici d'une application directe du cours. La droite graduée a été colorée sur la partie qui représente les nombres inférieurs à 2. La position du crochet, tourné vers les nombres inférieurs à 2, indique que le nombre 2 est une solution donc l'inégalité est « large ».

2 QCM Solutions d'une inéquation

Énoncé p. 76

1 Réponse **c**. L'inéquation $x^2 + 5 \leqslant 5$ a une seule solution.

En effet, si on soustrait 5 dans les deux membres, cette inéquation devient $x^2 \leqslant 0$. Un carré ne peut pas être négatif, mais il peut être égal à 0. Donc la seule solution à l'inéquation est $x = 0$.

Remarque : les inéquations qui n'ont qu'une seule solution sont très peu nombreuses. La plupart des inéquations ont une infinité de solutions ou n'en ont pas du tout !

2 Réponses **b** et **c**. L'inéquation $2x - 1 > 0$ admet pour solutions les nombres $0{,}500\,01$ et π.

En effet, en additionnant 1 dans chaque membre puis en divisant chaque membre par 2, il vient : $x > \frac{1}{2}$ c'est-à-dire $x > 0{,}5$. Tous les nombres strictement supérieurs à 0,5 sont donc solutions. La réponse **a** est donc fausse : 0,5 n'est pas une solution. En revanche, $0{,}500\,01 > 0{,}5$ donc 0,500 01 est une solution. De plus, $\pi \approx 3{,}14$ donc $\pi > 0{,}5$ et donc π est bien une solution de l'inéquation.

Remarque : On aurait pu aussi remplacer x par chacune des proposition et regarder si l'inégalité était vraie. Par exemple, pour $x = \pi$, on a : $2x = 2\pi \approx 2 \times 3{,}14 \approx 6{,}28$, et $2x - 1 \approx 6{,}28 - 1 \approx 5{,}28 > 0$ donc $x = \pi$ est solution de l'inéquation.

3 Réponse **b**. Il faut ici d'abord transformer l'inéquation, en multipliant par -1 les deux membres. Comme $-1 < 0$, il faut changer le signe de l'inégalité.
On a donc : $x < -1$. Or les nombres x strictement inférieurs à -1 sont représentés sur le schéma de la réponse **b**. Le schéma de la réponse **c** représente les nombres qui sont inférieurs *ou égaux* à -1.

3 Application des règles

Énoncé p. 77

Collège Monthéty, Pontault-Combault

1 $3 + x < -1$ donc $3 - 3 + x < -1 - 3$, c'est-à-dire $x < -4$.
Les solutions sont donc tous les nombres strictement inférieurs à -4.
On les représente sur une droite graduée :

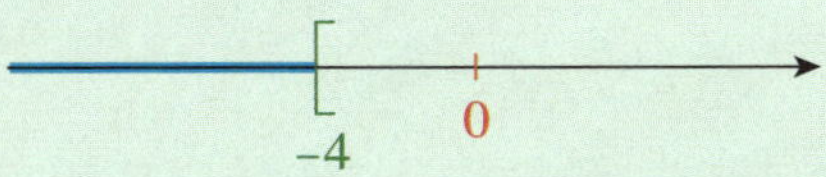

2 $-\dfrac{x}{4} \geqslant 2$ donc $-\dfrac{x}{4} \times (-4) \leqslant 2 \times (-4)$ (attention à ne pas oublier de changer le sens de l'inégalité car on a multiplié par un nombre négatif !).
Ainsi, $x \leqslant -8$. Les solutions de cette inéquation sont donc tous les nombres inférieurs ou égaux à -8.
On les représente sur une droite graduée :

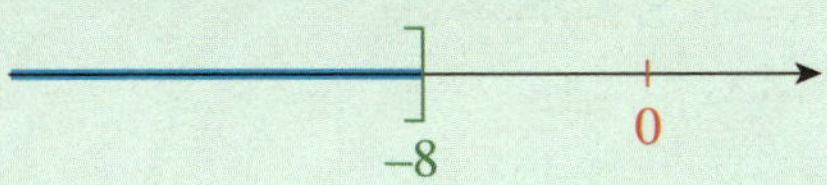

3

$$\begin{aligned}
6 - 5x &\leqslant 7 + x\\
6 - 5x - 6 &\leqslant 7 + x - 6\\
-5x &\leqslant 1 + x\\
-5x - x &\leqslant 1 + x - x\\
-6x &\leqslant 1\\
\frac{-6x}{-6} &\geqslant \frac{1}{-6}\\
x &\geqslant -\frac{1}{6}
\end{aligned}$$

Les solutions de cette inéquation sont tous les nombres supérieurs ou égaux à $-\frac{1}{6}$. On les représente sur une droite graduée :

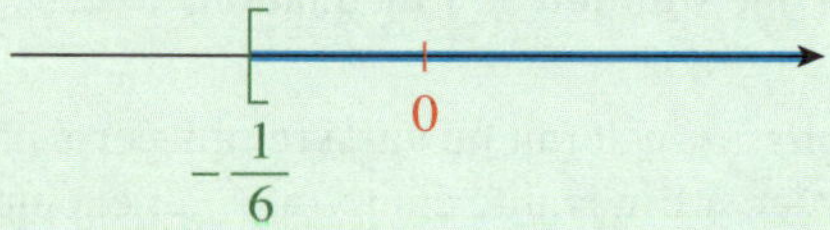

4 En développant

Énoncé p. 77

Collège Saint-Joseph de Tivoli, Bordeaux

1

$$\begin{aligned}
-4(2x+5) &< -2(3x+1)\\
-8x-20 &< -6x-2\\
-8x-20+6x &< -6x-2+ +6x\\
-2x-20 &< -2\\
-2x-20+20 &< -2+20\\
-2x &< 18\\
\frac{-2x}{-2} &> \frac{18}{-2} \quad \text{(changer le sens du signe car } -2<0\text{)}\\
x &> -9.
\end{aligned}$$

Ainsi, les solutions de l'inéquation $-4(2x+5) < -2(3x+1)$ sont toutes les valeurs de x strictement supérieures à -9. On les représente sur une droite graduée :

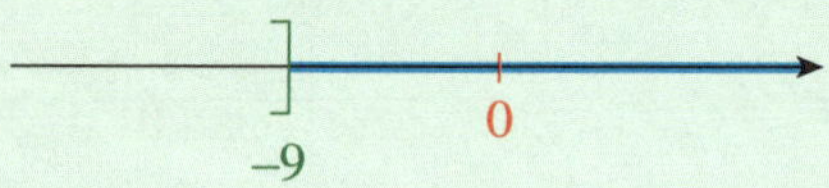

2

$$\begin{aligned}
3(x+2) &\geqslant 7(x-1)\\
3x+6 &\geqslant 7x-7\\
3x+6-7x &\geqslant 7x-7-7x\\
-4x+6 &\geqslant 7\\
-4x+6-6 &\geqslant -7-6\\
-4x &\geqslant -13\\
\frac{-4x}{-4} &\leqslant \frac{-13}{-4}\\
x &\leqslant \frac{13}{4}.
\end{aligned}$$

Les solutions de l'inéquation $3(x+2) \geqslant 7(x-1)$ sont donc tous les nombres inférieurs ou égaux à $\frac{13}{4}$. On les représente sur un axe :

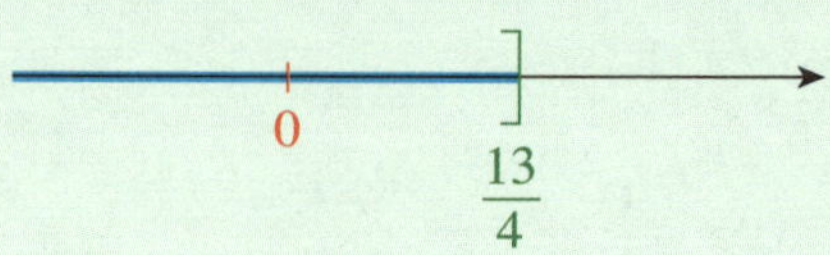

5 En développant à nouveau

Énoncé p. 77

Collège Louis Lumière, Échirolles

1 Pour développer $(3x-1)^2$, on utilise l'identité remarquable :

$$(a-b)^2 = a^2 - 2ab + b^2$$

$$A = (3x-1)^2 + 3(1-3x)(x+2)$$
$$A = 9x^2 - 6x + 1 + 3(x + 2 - 3x^2 - 6x)$$
$$A = 9x^2 - 6x + 1 + 3(-3x^2 - 5x + 2)$$
$$A = 9x^2 - 6x + 1 - 9x^2 - 15x + 6$$
$$A = -21x + 7.$$

2 On utilise le calcul précédent :

$$-21x + 7 \geqslant 1$$
$$-21x + 7 - 7 \geqslant 1 - 7$$
$$-21x \geqslant -6$$
$$\frac{-21x}{-21} \leqslant \frac{-6}{-21}$$
$$x \leqslant \frac{6}{21}$$
$$x \leqslant \frac{2 \times 3}{3 \times 7}$$
$$\text{soit } x \leqslant \frac{2}{7}$$

Les solutions sont les nombres inférieurs ou égaux à $\frac{2}{7}$.

6 Développement et fractions

Énoncé p. 77

Collège Fustel de Coulanges, Massy

1 $3(5x-2) - 2(3x-5) > 4(3x-1)$

$$15x - 6 - 6x + 10 > 12x - 4$$
$$9x + 4 > 12x - 4$$
$$9x + 4 - 12x > 12x - 4 - 12x$$
$$-3x + 4 > -4$$
$$-3x + 4 - 4 > -4 - 4$$
$$-3x > -8$$
$$\frac{-3x}{-3} < \frac{-8}{-3}$$
$$x < \frac{8}{3}.$$

Les solutions de l'inéquation $3(5x - 2) - 2(3x - 5) > 4(3x - 1)$ sont donc tous les nombres strictement inférieurs à $\frac{8}{3}$.

2 **MÉTHODE**

Pour résoudre l'inéquation $\frac{3x - 1}{12} - \frac{1}{4} < 2x - \frac{5(1 - 2x)}{6}$, il faut commencer par se débarasser des dénominateurs. Comme pour les équations, on met tous les termes au même dénominateur, puis on multiplie les deux membres de l'inéquation par ce dénominateur commun, en faisant attention au signe de celui-ci (s'il est négatif, il faudra changer le sens de l'inégalité). Ici le dénominateur commun est 12.

$$\frac{3x - 1}{12} - \frac{3}{12} < \frac{24x}{12} - \frac{2 \times 5(1 - 2x)}{12}.$$

On peut maintenant multiplier les deux membres de l'inéquation par 12 qui est positif, donc on garde le sens de l'inégalité. On obtient ainsi :

$$3x - 1 - 3 < 24x - 10(1 - 2x)$$
$$3x - 4 < 24x - 10 + 20x$$
$$3x - 4 < 44x - 10$$
$$3x - 4 - 44x < 44x - 10 - 44x$$
$$-41x - 4 < -10$$
$$-41x - 4 + 4 < -10 + 4$$
$$-41x < -6$$
$$\frac{-41x}{-41} > \frac{-6}{-41}$$
$$x > \frac{6}{41}.$$

Les solutions de l'inéquation $\frac{3x - 1}{2} - \frac{1}{4} < 2x - \frac{5(1 - 2x)}{6}$ sont donc tous les nombres strictement supérieurs à $\frac{6}{41}$.

7 Encadrement

Énoncé p. 77

Collège Saint-Joseph de Tivoli, Bordeaux

1 **MÉTHODE**

Quand on écrit « $-6 < x < 2$ », il faut comprendre que $x > -6$ ET $x < 2$, donc que x est compris entre -6 et 2.

MÉTHODE

Pour trouver l'encadrement demandé, il faut « construire » l'expression $-3x+1$ à partir de x en utilisant les mêmes propriétés que lors d'une résolution d'inéquation.

Pour obtenir l'expression $-3x+1$ à partir de x, il faut d'abord multiplier x par -3, puis ajouter 1.

On sait que $-6 < x < 2$, donc en multipliant par -3, on obtient :

$$-6 \times (-3) > -3x > 2 \times (-3) \qquad \text{soit :} \qquad 18 > -3x > -6.$$

Par habitude, on préfère présenter les encadrements dans l'ordre croissant, donc on écrit :

$$-6 < -3x < 18$$

Ensuite, on ajoute 1 :

$$-6+1 < -3x+1 < 18+1 \qquad \text{soit :} \qquad -5 < -3x+1 < 19.$$

2 On sait que $-10 < -5x+7 < 10$. En soustrayant 7 à chacun des membres de cet encadrement, on a :

$$-10-7 < -5x+7-7 < 10-7$$

soit :

$$-17 < -5x < 3.$$

En divisant par -5 (en n'oubliant pas de changer le sens des signes car $-5 < 0$), on obtient :

$$\frac{-17}{-5} > \frac{-5x}{-5} > \frac{3}{-5}$$

c'est-à-dire :

$$\frac{17}{5} > x > -\frac{3}{5} \qquad \text{ou encore :} \qquad -\frac{3}{5} < x < \frac{17}{5}.$$

8 Le club de billard

Énoncé p. 78

Collège Foch, Strasbourg

1
- Avec le tarif A, le prix est de 30 € quelle que soit la valeur de x.
- Avec le tarif B, le prix payé (en €) est de $15+x$.
- Avec le tarif C, le prix payé (en €) est de $2{,}5x$.

2 **(a)** On a intérêt à choisir le tarif A plutôt que le tarif B si $30 \leqslant 15+x$.
Ce qui donne, en soustrayant 15 dans chaque membre : $15 \leqslant x$.
Il faut donc un minimum de 15 parties pour préférer le tarif A au tarif B.

(b) On a intérêt à choisir le tarif B plutôt que le tarif C si $15+x \leqslant 2{,}5x$.
Ce qui donne, en soustrayant x dans chaque membre : $15 \leqslant 1{,}5x$.
En divisant chaque membre par 1,5, on obtient : $10 \leqslant x$.

Il faut donc un minimum de 10 parties pour préférer le tarif B au tarif C.

(c) On a intérêt à choisir le tarif A plutôt que le tarif C si $30 \leqslant 2{,}5x$.

En divisant chaque membre par 2,5, on obtient : $12 \leqslant x$, soit $x \geqslant 12$.

Il faut donc un minimum de 12 parties pour préférer le tarif A au tarif C.

3 Simon a eu raison de choisir le tarif C. En effet, les tarifs A et B sont plus avantageux pour un nombre minimal de parties respectivement de 12 et 10 parties. Donc pour un nombre maximal de 8 parties, le tarif C est le moins cher.

9 Calcul d'aires

Énoncé p. 78

Collège Paul Bert, Chatou

live!

1 M est un point du segment [BC] qui mesure 12 cm. Donc la longueur du segment [BM] (qui est nécessairement un nombre positif) est inférieure ou égale à 12 cm.

Ce qui se traduit par :

$$0 \leqslant x \leqslant 12$$

2 Commençons par exprimer l'aire du triangle DMC (que nous noterons $\mathcal{A}_{\text{DMC}}$) et l'aire du triangle ABM (que nous noterons $\mathcal{A}_{\text{ABM}}$) en fonction de x.

M est un point de [BC] donc $\text{MC} = \text{BC} - \text{BM} = 12 - x$.

Ainsi :

$$\mathcal{A}_{\text{DMC}} = \frac{\text{DC} \times \text{MC}}{2} = \frac{10 \times (12 - x)}{2}$$
$$= 5(12 - x) = 60 - 5x$$

et :

$$\mathcal{A}_{\text{ABM}} = \frac{\text{AB} \times \text{BM}}{2} = \frac{6 \times x}{2} = 3x.$$

On cherche les valeurs de x telles que $\mathcal{A}_{\text{DMC}} \geqslant \mathcal{A}_{\text{ABM}}$, c'est-à-dire telles que $60 - 5x \geqslant 3x$.

On résout donc cette inéquation :

$$60 - 5x + 5x \geqslant 3x + 5x$$
$$8x \leqslant 60$$
$$\frac{8x}{8} \leqslant \frac{60}{8}$$
$$x \leqslant 7{,}5$$

Les solutions de l'inéquation $60 - 5x \geqslant 3x$ sont donc tous les nombres inférieurs ou égaux à 7,5. Mais on rappelle que d'après la question 1, x est un nombre positif.

Ainsi, l'aire du triangle DMC est supérieure à l'aire du triangle ABM pour toute valeur de x comprise entre 0 et 7,5, c'est-à-dire pour une longueur BM comprise entre 0 et 7,5 cm.

10 Problème arithmétique

Énoncé p. 79

Collège Saint-Bernard, Troyes

Soit x un nombre entier positif.

« Le double de x, diminué de 10, est strictement inférieur à 100 » se traduit par :

$$2x - 10 < 100 \quad \text{soit :} \quad 2x < 110 \quad \text{c'est-à-dire :} \quad x < 55.$$

« Le triple de x, augmenté de 10, est strictement supérieur à 160 » se traduit par :

$$3x + 10 > 160 \quad \text{soit :} \quad 3x > 150 \quad \text{donc :} \quad x > 50.$$

On a donc :

$$50 < x < 55$$

Les nombres entiers positifs vérifiant les hypothèses sont donc :

$$51 - 52 - 53 - 54$$

11 La bibliothèque

Énoncé p. 79

Collège Chaptal, Paris

On note x le nombre de livres empruntés.

Avec la carte d'abonnement, on paiera : $0{,}35x + 10$.

Sans la carte, on paiera : $0{,}75x$.

Pour que la formule avec abonnement soit plus avantageuse, x doit vérifier :

$$0{,}35x + 10 < 0{,}75x$$

$$0{,}35x - 0{,}35x + 10 < 0{,}75x - 0{,}35x$$

$$10 < 0{,}4x$$

$$\frac{10}{0{,}4} < \frac{0{,}4x}{0{,}4}$$

$$25 < x \quad \text{soit } x > 25.$$

La formule avec abonnement est donc plus avantageuse lorsque l'on emprunte plus de 25 livres, soit au moins 26 livres.

12 Le marchand de glaces

Énoncé p. 79

Collège Saint-Joseph de Tivoli, Bordeaux

1 **(a)**

À RETENIR

Un nombre est solution d'une inéquation si, en remplaçant x par ce nombre, l'inégalité est vraie.

Si $x = 60$ alors $2{,}5x - 75 = 2{,}5 \times 60 - 75 = 150 - 75 = 75$. Or, 75 n'est pas supérieur à 76 donc le nombre 60 n'est pas solution de l'inéquation $2{,}5x - 75 > 76$.

(b)

$$2{,}5x - 75 > 76$$

$$2{,}5x - 75 + 75 > 76 + 75$$

$$2{,}5x > 151$$

$$\frac{2{,}5x}{2{,}5} > \frac{151}{2{,}5}$$

$$x > 60{,}4$$

Les solutions de l'inéquation $2{,}5x - 75 > 76$ sont donc toutes les valeurs strictement plus grandes que 60,4.

2

MÉTHODE

Dès que l'on demande de trouver une valeur, il faut avoir le réflexe de poser x cette valeur et de trouver une équation ou une inéquation avec x. Ici, bien entendu, il s'agit d'une inéquation.

Posons x le nombre de glaces que le marchand doit vendre pour que son bénéfice soit supérieur à 76.

Une glace est vendue 2,50 € donc s'il vend x glaces, sa recette sera égale à $2{,}50x$. Or, il dépense chaque semaine 75 € donc le bénéfice est égal à $2{,}5x - 75$.

On cherche donc x pour que $2{,}5x - 75 > 76$. Nous avons résolu cette inéquation précédemment (comme par hasard...) et nous avons trouvé $x > 60{,}4$. x étant un nombre entier (car c'est un nombre de glaces), il faut que le marchand vende au minimum 61 glaces pour avoir un bénéfice supérieur à 76 €.

Chapitre

5

Nombres premiers et fractions irréductibles

Plan du chapitre

Exercice type — **Collège Carnot International, Lille**

1 Expliquer pourquoi nous pouvons affirmer que la fraction $\dfrac{1\,848}{2\,040}$ n'est pas irréductible sans calcul.

2 Décomposer en produit de facteurs premiers 1 848 et 2 040.

3 Donner la forme irréductible de $\dfrac{1\,848}{2\,040}$.

Voir corrigé page 94

1 Diviseurs et multiples d'un nombre entier

Dans tout ce paragraphe, a et b sont des nombres entiers positifs non nuls, avec $a \geqslant b$.

Définition 1 : diviseurs et multiples

Lorsque le reste de la division euclidienne de a par b est nul, on dit que :

- a est *divisible* par b ;
- a est *un multiple* de b ;
- b est *un diviseur* de a.

On peut aussi écrire que $\dfrac{a}{b} = q$, ou encore que $a = b \times q$.

$$\begin{array}{r|l} a & b \\ \cline{2-2} 0 & q \end{array}$$

Exemples

- 35 est divisible par 7 car $35 \div 7 = 5$;
- 24 est un multiple de 6 car $24 = 6 \times 4$;
- 8 est un diviseur de 40 car $40 \div 8 = 5$.

Remarques :

- Tout nombre entier est divisible par 1.
- Les multiples d'un nombre entier sont tous les produits de sa table de multiplication (7, 14, 21 et 28 par exemple, sont des multiples de 7).
- Tout nombre entier possède donc une infinité de multiples.

À RETENIR : Critères de divisibilité

Un nombre entier est divisible …

- par 2 s'il se termine par 0, 2, 4, 6 ou 8 ;
- par 3 si la somme des chiffres qui le composent est un multiple de 3 ;
- par 5 s'il se termine par 0 ou 5 ;
- par 9 si la somme des chiffres qui le composent est un multiple de 9.

Exemple : 642 est divisible par …

- 2 car il se termine par 2 ;
- 3 car $6 + 4 + 2 = 12$, et 12 est un multiple de 3.

2 Nombres premiers

Définition 2 : nombre premier

Un *nombre premier* est un entier positif qui a exactement deux diviseurs : 1 et lui-même.

Exemples

- 7 est un nombre premier, car ses seuls diviseurs sont 1 et 7.
- 22 n'est pas un nombre premier car ses diviseurs sont 1 ; 2 ; 11 et 22.

Remarques

- « 0 » n'est pas un nombre premier car il n'est pas divisible par lui-même.
- « 1 » n'est pas un nombre premier car il admet un seul diviseur (lui-même).

À RETENIR : liste des nombres premiers inférieurs à 100

Il existe 25 nombres premiers inférieurs à 100 :

2 ; 3 ; 5 ; 7 ; 11 ; 13 ; 17 ; 19 ; 23 ; 29 ; 31 ; 37 ; 41 ;
43 ; 47 ; 53 ; 59 ; 61 ; 67 ; 71 ; 73 ; 79 ; 83 ; 89 ; 97.

Propriété 1 : décomposition en produit de facteurs premiers

Tout nombre entier supérieur à 2 s'écrit comme le produit de puissances de nombres premiers. Ce produit s'appelle la *décomposition en produit de facteurs premiers* du nombre et elle est unique (à l'ordre près des facteurs).

Exemples

- $56 = 2^3 \times 7$;
- $2\,700 = 2^2 \times 3^3 \times 5^2$.

MÉTHODE

Pour décomposer un nombre donné en produit de facteurs premiers, on essaie de le diviser par les nombres premiers qui lui sont inférieurs en allant du plus petit au plus grand (2, 3, 5, 7, 11, etc.) et on s'arrête lorsque le quotient est un nombre premier. On écrit alors le produit de tous les facteurs premiers trouvés à l'aide d'exposants, en les rangeant par ordre croissant.

Exemple : on veut décomposer 12 540 en produit de facteurs premiers.

12 540	2	12 540 est divisible par 2 car il se termine par « 0 ». $12\,540 \div 2 = 6\,270$.
6 270	2	6270 est aussi divisible par 2 et $6\,270 \div 2 = 3\,135$.
3 135	3	3 135 n'est pas divisible par 2, mais il est divisible par 3 car $3 + 1 + 3 + 5 = 12$ et 12 est divisible par 3. On vérifie à la calculatrice que $3\,135 \div 3 = 1\,045$.
1 045	5	1 045 n'est pas divisible par 3 car $1 + 0 + 4 + 5 = 10$ qui n'est pas divisible par 3. En revanche, 1 045 est divisible par 5 car il se termine par « 5 » et $1\,045 \div 5 = 209$.
209	11	209 n'est pas divisible par 5 et la calculatrice montre qu'il n'est pas non plus divisible par 7. Mais $209 \div 11 = 19$, donc ce nombre est divisible par 11.
19	19	19 est un nombre premier donc on s'arrête.
1		

On obtient ainsi la décomposition suivante :

$$12\,540 = 2^2 \times 3 \times 5 \times 11 \times 19.$$

3 Fractions irréductibles

3.1 Rappels sur les calculs avec des fractions

3.1.1 - Somme et différence de deux fractions

Pour additionner ou soustraire deux fractions, il faut qu'elles aient le même dénominateur. Dans ce cas, on additionne ou on soustrait les numérateurs entre eux tout en gardant le dénominateur.

Exemples

- $\dfrac{9}{7}+\dfrac{11}{7}=\dfrac{9+11}{7}=\dfrac{20}{7}$.
- $\dfrac{8}{5}-\dfrac{12}{5}=\dfrac{8-12}{5}=\dfrac{-4}{5}=-\dfrac{4}{5}$.

Si les deux fractions n'ont pas le même dénominateur, on les transforme de sorte que ce soit le cas.

Exemple : $\dfrac{3}{4}-\dfrac{7}{5}=\dfrac{3\times 5}{4\times 5}-\dfrac{7\times 4}{5\times 4}=\dfrac{15}{20}-\dfrac{28}{20}=\dfrac{15-28}{20}=-\dfrac{13}{20}$.

3.1.2 - Produit de deux fractions

Pour multiplier deux fractions, on multiplie les numérateurs entre eux et les dénominateurs entre eux.

Exemple : $\dfrac{-7}{6}\times\dfrac{5}{3}=\dfrac{-7\times 5}{6\times 3}=\dfrac{-35}{18}=-\dfrac{35}{18}$.

Remarque : on pensera à simplifier les produits lorsque c'est possible avant d'effectuer les multiplications.

Exemple : $\dfrac{-32}{15}\times\dfrac{-25}{8}=\dfrac{4\times 8\times 5\times 5}{3\times 5\times 8}=\dfrac{20}{3}$.

3.1.3 - Quotient de deux fractions

Diviser par une fraction revient à multiplier par son inverse.

Exemple : $\dfrac{5}{3}\div\left(-\dfrac{8}{7}\right)=\dfrac{5}{3}\times\left(-\dfrac{7}{8}\right)=\dfrac{5\times(-7)}{3\times 8}=-\dfrac{35}{24}$.

⚠ ATTENTION

Ne pas confondre « inverse » et « opposé » d'une fraction.

- L'inverse de $\frac{3}{7}$ est $\frac{7}{3}$;
- L'opposé de $\frac{3}{7}$ est $-\frac{3}{7}$.

3.2 Fraction irréductible

Définition 3

Une fraction est *irréductible* si son numérateur et son dénominateur ont pour seul diviseur commun 1.

Exemple : $169 = 13 \times 13$, donc les diviseurs de 169 sont : 1, 13 et 169.
$34 = 2 \times 17$, donc les diviseurs de 34 sont : 1, 2, 17 et 34.
169 et 34 ont pour seul diviseur commun « 1 », donc la fraction $\frac{169}{34}$ est irréductible.

MÉTHODE

Pour obtenir la forme irréductible d'une fraction, on décompose en produit de facteurs premiers son numérateur et son dénominateur, puis on simplifie par les facteurs premiers communs.

Exemple : on veut rendre irréductible $\frac{216}{378}$, on décompose d'abord 216 et 378 en produit de facteurs premiers :

216	2		378	2
108	2		189	3
54	2		63	3
27	3		21	3
9	3		7	7
3	3		1	
1				

On peut alors écrire :

$$\frac{216}{378} = \frac{2^3 \times 3^3}{2 \times 3^3 \times 7} = \frac{2 \times 2^2 \times 3^3}{2 \times 3^3 \times 7} = \frac{4}{7}.$$

Ainsi, $\frac{4}{7}$ est la forme irréductible de $\frac{216}{378}$.

COURS INTERROS CORRIGÉS

Solution de l'exercice type

Collège Carnot International, Lille

1 La fraction $\frac{1\,848}{2\,040}$ n'est pas irréductible car 1 848 et 2 040 sont deux nombres pairs, donc divisibles par 2. Ainsi, elle peut au moins être simplifiée par 2.

2 La décomposition en produit de facteurs premiers de 1 848 et 2 040 est :

$$\begin{array}{r|l} 1\,848 & 2 \\ 924 & 2 \\ 462 & 2 \\ 231 & 3 \\ 77 & 7 \\ 11 & 11 \\ 1 & \end{array} \qquad \begin{array}{r|l} 2\,040 & 2 \\ 1\,020 & 2 \\ 510 & 2 \\ 255 & 3 \\ 85 & 5 \\ 17 & 17 \\ 1 & \end{array}$$

Ainsi, $1\,848 = 2^3 \times 3 \times 7 \times 11$ et $2\,040 = 2^3 \times 3 \times 5 \times 17$.

3 De la question précédente, on peut déduire :

$$\frac{1\,848}{2\,040} = \frac{2^3 \times 3 \times 7 \times 11}{2^3 \times 3 \times 5 \times 17} = \frac{7 \times 11}{5 \times 17} = \frac{77}{85}.$$

Voir énoncé page 89

1 QCM Diviseurs et multiples

3 min

Corrigé p. 103

Pour chacune des propositions, choisir la réponse correcte. Aucune justification n'est demandée.

1 Le nombre 1 842 est divisible par

- **a** 3
- **b** 5

2 Le nombre 480

- **a** divise 2
- **b** a pour diviseur 2

3 Tout nombre a au moins deux diviseurs distincts.

- **a** Vrai
- **b** Faux

4 Deux nombres premiers n'ont aucun diviseur commun.

- **a** Vrai
- **b** Faux

2 QCM Nombres premiers

4 min

Corrigé p. 103

Pour chacune des propositions, choisir la ou les réponse(s) correcte(s). Aucune justification n'est demandée.

1 Un nombre premier est :

- **a** 25
- **b** 37
- **c** 51
- **d** 91

2 La décomposition en produit de facteurs premiers de 36 est :

- **a** 6×6
- **b** 4×9
- **c** $2^2 \times 3^2$
- **d** 12×3

3 Si $x = 2^2 \times 3^2 \times 5 \times 7$ et $y = 2^3 \times 3^3 \times 7$ alors un multiple commun à x et y est :

- **a** $2^2 \times 3^2 \times 5 \times 7$
- **b** $2 \times 3 \times 5 \times 7$
- **c** $2^3 \times 3^3 \times 5 \times 7$
- **d** 5×7

4 Si $x = 2^2 \times 3^2 \times 5$ et $y = 2^3 \times 3^3 \times 7$ alors le plus grand diviseur commun à x et y est :

- **a** $2^2 \times 3^2 \times 5 \times 7$
- **b** $2^3 \times 3^3$
- **c** $2^3 \times 3^3 \times 5 \times 7$
- **d** $2^2 \times 3^2$

COURS INTERROS CORRIGÉS

3 QCM Fractions irréductibles

3 min Corrigé p. 104

Pour chacune des propositions, choisir la ou les réponse(s) correcte(s). Aucune justification n'est demandée.

1 Parmi les fractions suivantes, laquelle est irréductible ?

a $\dfrac{357}{48}$ b $\dfrac{405}{44}$ c $\dfrac{8\,002}{7\,064}$

2 La fraction irréductible égale à $\dfrac{270}{504}$ est :

a $\dfrac{135}{252}$ b $\dfrac{13}{22}$ c $\dfrac{15}{28}$

3 Si n n'est pas divisible par 3 et si p n'est pas divisible par 2, la fraction $\dfrac{2n}{3p}$ est :

a irréductible b simplifiable c On ne peut pas répondre

4 V/F Avec des fractions

2 min Corrigé p. 105

Pour chacune des propositions suivantes, répondre par « vrai » ou « faux ». Aucune justification n'est demandée.

1 Le produit de deux fractions de même dénominateur a le même dénominateur.

2 Multiplier par $\dfrac{10}{7}$ revient à diviser par 0,7.

3 L'inverse d'une fraction irréductible non nulle est toujours irréductible.

Multiples et diviseurs

5 Nombres parfaits

★ 6 min Corrigé p. 105

Collège Jean-Jacques Perret, Aix-les-bains

1 Quels sont les diviseurs de 6 ? Ajouter tous les diviseurs de 6 excepté 6. Que remarque t-on ? On dit que 6 est un nombre *parfait*.

Un nombre entier est *parfait* s'il est égal à la somme de tous ses diviseurs excepté lui-même.

2 Le nombre 496 a 10 diviseurs. Quels sont-ils ? Le nombre 496 est-il un nombre *parfait* ?

6 Nombres divisibles par 3 et 5

★ 8 min Corrigé p. 105

Collège Foch, Strasbourg

Déterminer tous les nombres entiers s'écrivant avec 4 chiffres sous la forme $1a5b$, divisibles par 3 et par 5 à la fois. Justifier votre réponse.

7 Somme de trois nombres consécutifs

★ 5 min Corrigé p. 106

Collège Saint-Joseph de Tivoli, Bordeaux

Montrer que la somme de trois nombres entiers consécutifs quelconques est toujours divisible par 3.

8 Suite de Syracuse

★★ 15 min Corrigé p. 106

Collège Chaptal, Paris

On rappelle que sur Scratch (a modulo b) calcule le reste de la division euclidienne du nombre entier a par le nombre entier b.

1 Compléter les pointillés :

- Le nombre a est pair lorsque : a modulo $2 = \ldots$
- Le nombre a est impair lorsque : a modulo $2 = \ldots$

2 Considérons le programme suivant :

> - On choisit un nombre entier supérieur à 1.
>   – S'il est pair, alors on le divise par deux.
>   – Sinon, on le multiplie par trois, puis on ajoute un.
> - On répète l'opération jusqu'à obtenir le nombre 1.
> - On écrit tous les nombres obtenus au cours du programme.

Les nombres obtenus représentent la suite de Syracuse du nombre choisi.

(a) Quelle est la suite de Syracuse du nombre 16 ? du nombre 42 ?

(b) Trouver un nombre dont la suite de Syracuse possède 11 nombres.

(c) Compléter les pointillés du programme Scratch de la page suivante pour qu'il affiche la suite de Syracuse du nombre choisi au départ.

Voir le programme page suivante.

COURS | INTERROS | CORRIGÉS

Vous pouvez retrouver ce programme en tapant :

`https://scratch.mit.edu/projects/472381121/`

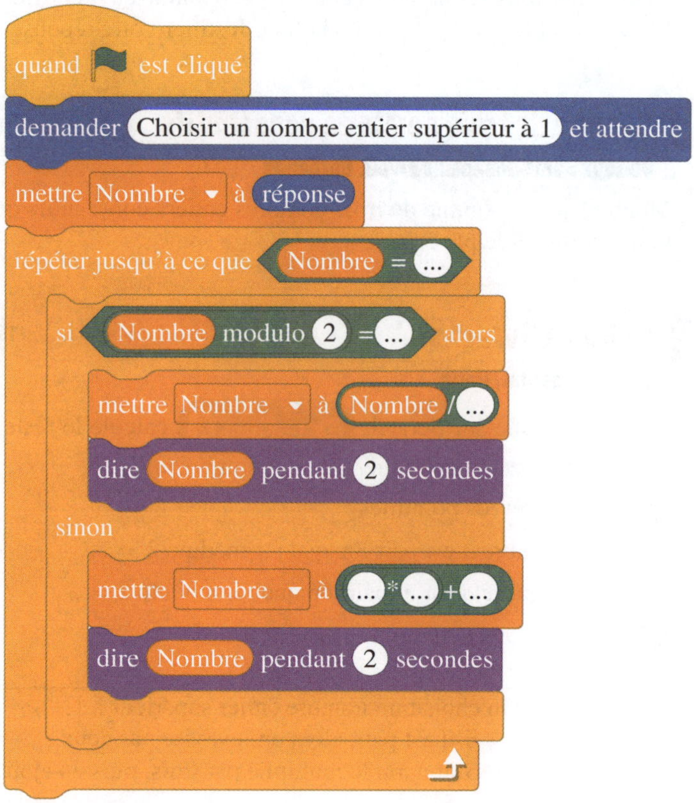

9 Dans un centre aéré

★★ 15 min Corrigé p. 107

Collège Foch, Strasbourg

Un centre aéré organise une sortie pour 315 enfants et 42 accompagnateurs. Comment peut-on constituer des groupes comportant le même nombre d'enfants et d'accompagnateurs ? Donner toutes les solutions possibles.

10 Remplir une boîte de cubes

★★ 15 min Corrigé p. 108

Collège Monthéty, Pontault-Combault

Les dimensions d'une caisse parallélépipédique sont 80 cm, 32 cm et 48 cm. On veut la remplir par des cubes identiques dont l'arête (en cm) est un entier naturel plus grand que 5. Est-ce possible ? Combien faut-il de cubes au minimum pour remplir cette boîte ? Justifier.

Nombres premiers

11 V/F

8 min

Corrigé p. 109

Répondre par Vrai ou Faux en justifiant brièvement.

1 La somme de deux nombres premiers est un nombre premier.

2 7 994 est divisible par 3.

3 Le carré d'un nombre premier admet exactement 3 diviseurs.

4 12 est le plus grand diviseur de 24.

5 3 472 est un multiple de 31.

12 Décomposition

★ 8 min

Corrigé p. 110

Collège Saint-Charles, Athis-Mons

Décomposer en produit de facteurs premiers les nombres suivants :

1 152

2 1 520

3 8 820

4 6 125

13 Décompositions et puissances

★ 10 min

Corrigé p. 110

Extrait du DNB 2019, Métropole

1 Déterminer la décomposition en produit de facteurs premiers de 2 744.

2 En déduire la décomposition en produit de facteurs premiers de $2\,744^2$.

3 À l'aide de cette décomposition, trouver x tel que $x^3 = 2\,744^2$.

14 Programme de calcul

★★ 10 min

Corrigé p. 111

Collège Henri Matisse, Nice

Voici un programme de calcul :

- Choisir un nombre premier différent de 2
- Prendre le carré de ce nombre
- Soustraire 1

1 Hugo affirme que s'il prend le nombre « 11 », il obtient un multiple de 4. Est-ce vrai ?

2 Il souhaite voir si c'est le cas pour n'importe quel nombre premier différent de 2.

Pour cela, il note p le nombre premier pris au départ.

(a) Montrer que le résultat final est égal à $(p+1)(p-1)$.

(b) Justifier que $p-1$ et $p+1$ sont deux nombres pairs, puis montrer alors que le résultat final est toujours divisible par 4.

15 Arbres et diviseurs

★★ 10 min Corrigé p. 111

Collège Saint-Louis de Gonzague, Paris

live!

Vous pouvez retrouver le corrigé de cet exercice en vidéo.

1 Décomposer 968 en produit de facteurs premiers.

2 En déduire la forme sous laquelle s'écrivent les diviseurs de 968.

3 À l'aide d'un arbre des diviseurs, déterminer tous les diviseurs de 968.

16 Les néons défectueux

★★ 10 min Corrigé p. 112

Collège Chaptal, Paris

Les deux néons défectueux de la salle de musique clignotent. Le premier s'allume toutes les 153 secondes et l'autre toutes les 187 secondes.

À 8 h 15, ils s'allument ensemble. Déterminer l'heure précise à laquelle ils s'allumeront de nouveau ensemble.

17 Trouver tous les facteurs premiers

★★★ 20 min Corrigé p. 113

Collège Fenelon Sainte-Marie, Paris

Soit $n \geqslant 2$ un nombre entier non premier.

On se propose ici de démontrer le résultat suivant :

« n a au moins un diviseur premier inférieur à $\sqrt{n}$ »

Nous allons pour cela utiliser un raisonnement par l'absurde, qui consiste à émettre une hypothèse à partir de laquelle on déduit un résultat faux, ce qui prouve que l'hypothèse est fausse.

Nous admettrons ici la propriété suivante :

« *Si a et b sont deux nombres positifs tels que $a \leqslant b$, alors $\sqrt{a} \leqslant \sqrt{b}$.* »

1 On pose $n = p \times q$, où p et q sont deux entiers naturels, où p est le plus petit diviseur de n différent de 1 et où $p \leqslant q$.

On suppose que p n'est pas premier et donc que $p = d \times k$, où k et d sont deux entiers naturels non nuls différents de 1.
Montrer que c'est contradictoire avec le fait que p soit le plus petit diviseur de n. En déduire que p est premier.

2 Montrer que $p^2 \leqslant pq$ et donc que $p \leqslant \sqrt{n}$.

3 Trouver tous les diviseurs premiers de 5 083.

Fractions irréductibles

18 Vérification d'irréductibilité ★ 5 min Corrigé p. 114

Collège Foch, Strasbourg

Vérifier que la fraction $\frac{216}{325}$ est irréductible.

19 Simplification de fraction ★ 5 min Corrigé p. 114

Collège Saint-Joseph, Caudan

Soient les nombres $a = 1\,170$ et $b = 1\,830$. Rendre irréductible la fraction $\frac{a}{b}$ en détaillant la méthode utilisée.

20 Calculs avec des fractions ★ 3 min Corrigé p. 114

Collège du Haut-Mesnil, Montrouge

Calculer et donner le résultat sous forme de fraction irréductible :

$$\mathrm{A} = \frac{7}{5} - \frac{9}{5} \times \frac{2}{21}.$$

21 Calculs avec des fractions ★ 5 min Corrigé p. 115

Collège Paul Bert, Chatou

En donnant le résultat sous la forme d'une fraction irréductible, calculer :

$$\frac{932}{1\,631} + \frac{19}{28}.$$

22 Une histoire de proportion ★ 5 min Corrigé p. 116

Collège Jean-Baptiste de La Salle, Saint Denis de la Réunion

Monsieur Morfalou a acheté une boîte de bonbons dans laquelle il y a 40 chocolats et 35 caramels.

1 Donner sous forme de fraction irréductible la proportion de chocolats dans la boîte.

COURS INTERROS CORRIGÉS

2 Gourmand, il mange 5 chocolats et 5 caramels avant d'arriver chez lui. Il prétend que la proportion de chocolats est restée la même. Que penser de cette affirmation ?

23 À l'aide d'un contre-exemple

★★ 10 min Corrigé p. 116

Collège Petit Val, Sucy en Brie

Pour tout entier naturel n, on considère le nombre :

$$A = \frac{n^2 - n + 3}{n^2 + n + 2}$$

1 Calculer A pour n prenant des valeurs de 1 à 5.

2 Léa affirme que A est toujours une fraction irréductible directement avec la formule donnée. Montrer qu'elle a tort.

24 Irrationalité de $\sqrt{2}$

★★★ 20 min Corrigé p. 117

Collège Les Bons Raisins, Rueil-Malmaison

Un nombre est dit *irrationnel* s'il ne peut pas s'écrire sous la forme d'une fraction irréductible $\frac{p}{q}$, où p et q sont deux nombres entiers non nuls.

On définit le nombre $\sqrt{2}$ comme étant le nombre positif dont le carré est égal à 2 : $(\sqrt{2})^2 = 2$.

On cherche à démontrer que $\sqrt{2}$ est irrationnel. Pour cela, on suppose le contraire et on pose $\sqrt{2} = \frac{p}{q}$, où $\frac{p}{q}$ est une fraction irréductible.

1 Soit p un entier strictement supérieur à 1 tel que p^2 soit pair. Supposons que p soit impair, et donc que p puisse s'écrire sous la forme $p = 2k+1$, où k est un entier naturel non nul.

(a) Exprimer en fonction de k le nombre p^2.

(b) p^2 est-il pair ? Conclure sur la parité de p.

2 Exprimer en fonction de p et q le nombre $(\sqrt{2})^2$.
En déduire que $2q^2 = p^2$.

3 Montrer alors que p s'écrit sous la forme $p = 2k$, où k est un entier naturel non nul.

4 En déduire que q est pair, puis conclure que $\sqrt{2}$ ne peut pas s'écrire comme une fraction irréductible $\frac{p}{q}$.

1 QCM Diviseurs et multiples

Énoncé p. 95

1 Réponse [a]. Le nombre 1 842 est divisible par 3.
$1+8+4+2=15$ et 15 est un multiple de 3 donc 1 842 est divisible par 3. Mais 1 842 ne se termine ni par 0, ni par 5 donc 1 842 n'est pas divisible par 5.

2 Réponse [b]. 480 a pour diviseur 2.
En effet, la formulation « avoir pour diviseur » est équivalente à « être divisible par » et 480 est bien un nombre pair puisqu'il se termine par 0. En revanche la formulation « divise 2 » signifie « est un diviseur de 2 » et 480 n'est évidemment pas un diviseur de 2 !

3 Réponse [b]. Tout nombre a au moins deux diviseurs distincts : faux.
Ceci est vrai pour tout nombre strictement plus grand que 1 puisque tout nombre est divisible par 1 et par lui-même. Mais le nombre 1 n'a qu'un seul diviseur : lui-même !

4 Réponse [b]. Deux nombres premiers n'ont aucun diviseur commun : faux.
Deux nombres ont toujours au moins un diviseur commun : le nombre 1, y compris les nombres premiers.

2 QCM Nombres premiers

Énoncé p. 95

1 Réponse [b]. $25=5^2$, $51=3\times 17$ et $91=7\times 13$ donc ce ne sont pas des nombres premiers.

2 Réponse [c]. Les réponses [a], [b] et [d] sont bien égales à 36, mais les facteurs ne sont pas premiers.

3 Réponse [c]. Un multiple commun à x et y est un nombre m qui s'écrit $m=k\times x$ et $m=k'\times y$, où k et k' sont deux entiers non nuls. La réponse [d] est donc évidemment impossible car $5\times 7=35$ ne peut pas être un multiple d'un nombre plus grand que 35 (ce qui est le cas pour x et y). La réponse [a] n'est pas non plus possible car $2^2\times 3^2\times 5\times 7$ n'est pas un multiple de $y=2^3\times 3^3\times 7$; en effet, il faudrait que les exposants de « 2 » et « 3 » soient au moins égaux à 3. Enfin la réponse [b] est impossible car $2\times 3\times 5\times 7$ est inférieur à x et à y.

MÉTHODE

Quand on a la décomposition en produit de facteurs premiers de deux nombres, le plus petit multiple commun est obtenu en multipliant chaque facteur premier élevé à l'exposant le plus élevé.
Par exemple, si $x=3\times 5^2\times 7^3$ et $y=2\times 3^2\times 5$, les facteurs que l'on va prendre sont : 2, 3^2, 5^2 et 7^3 ; le plus petit multiple commun à x et y est donc $2\times 3^2\times 5^2\times 7^3$.

COURS
INTERROS
CORRIGÉS

4 Réponse **d**. Un diviseur commun à x et y doit comporter dans sa décomposition en produit de facteurs premiers les facteurs de x et de y à la fois. Les réponses **a** et **c** sont donc impossibles car elles contiennent « 5 » et « 7 » ; or, x ne possède pas « 7 » dans sa décomposition. La réponse **b** n'est pas non plus possible car la décomposition proposée possède des facteurs trop grands (2^3 et 3^3) pour qu'elle puisse représenter un diviseur de x.

3 QCM Fractions irréductibles

Énoncé p. 96

1 Réponse **b**. 357 est divisible par 3 (car $3 + 5 + 7 = 15$, et 15 est un multiple de 3) et 48 aussi ; donc la fraction $\frac{357}{48}$ est simplifiable par 3, donc n'est pas irréductible.

8 002 et 7 064 sont pairs donc $\frac{8\,002}{7\,064}$ n'est pas non plus irréductible (car simplifiable par 2).

Pour la fraction $\frac{405}{44}$, on constate que les diviseurs de 44 sont :

$$1 \quad - \quad 2 \quad - \quad 4 \quad - \quad 11 \quad - \quad 22 \quad - \quad 44.$$

405 n'est pas pair, donc n'est pas divisible par 2, et donc par 4.
De plus, 405 n'est pas divisible par 11 (car $405 \div 11$ ne donne pas un nombre entier).

Par conséquent, la seule fraction irréductible est $\frac{405}{44}$.

2 Réponse **c**. La fraction irréductible égale à $\frac{270}{504}$ est $\frac{15}{28}$. En effet, on a les décompositions en produit de facteurs premiers suivantes :

270	2
135	3
45	3
15	3
5	5
1	

504	2
252	2
126	2
63	3
21	3
7	7
1	

$$\text{Ainsi, } \frac{270}{504} = \frac{2 \times 3^3 \times 5}{2^3 \times 3^2 \times 7}$$

$$= \frac{2 \times 3^2 \times 3 \times 5}{2 \times 2^2 \times 3^2 \times 7}$$

$$= \frac{3 \times 5}{2^2 \times 7} = \frac{15}{28}.$$

3 Réponse **C**. On ne peut pas répondre. En effet, si $n = 55$ et $p = 5$, la fraction est simplifiable par 5. Mais si $n = 11$ et $p = 7$, la fraction est irréductible. Il manque une donnée sur n et p pour savoir si la fraction est irréductible ou simplifiable.

4 V/F Avec des fractions

Énoncé p. 96

1 *Faux*. Le produit de deux fractions de même dénominateur a le même dénominateur.

En effet, il ne faut pas confondre avec l'addition pour laquelle cette règle est vraie ! Mais quand on multiplie deux fractions, qu'elles aient ou non le même dénominateur, on multiplie les dénominateurs entre eux, ce qui donne en général un dénominateur différent.

2 *Vrai*. Multiplier par $\frac{10}{7}$ revient à diviser par 0,7.

En effet, $0{,}7 = \frac{7}{10}$ est l'inverse de $\frac{10}{7}$ donc diviser par 0,7 et multiplier par $\frac{10}{7}$ est une seule et même opération.

3 *Vrai*. En effet, si $\frac{a}{b}$ est irréductible alors a et b n'ont aucun diviseur commun, et donc son inverse $\frac{b}{a}$ est aussi irréductible.

5 Nombres parfaits

Énoncé p. 96

Collège Jean-Jacques Perret, Aix-les-bains

1 Les diviseurs de 6 sont : 1 – 2 – 3 – 6. $1 + 2 + 3 = 6$.

On remarque que la somme des diviseurs de 6, excepté 6, est égale à 6.

2 $496 = 1 \times 496 = 2 \times 248 = 4 \times 124 = 8 \times 62 = 16 \times 31$ donc les diviseurs de 496 sont : 1 – 2 – 4 – 8 – 16 – 31 – 62 – 124 – 248 – 496.

Or $1 + 2 + 4 + 8 + 16 + 31 + 62 + 124 + 248 = 496$.

La somme des diviseurs de 496 excepté 496 est égale à 496 donc le nombre 496 est un nombre *parfait*.

6 Nombres divisibles par 3 et 5

Énoncé p. 97

Collège Foch, Strasbourg

On cherche des nombres divisibles par 5 donc qui se terminent par 0 ou par 5.

Ce qui donne deux listes de nombres possibles :

Si $b = 0$:

1 050 – 1 150 – 1 250 – 1 350 – 1 450 – 1 550 – 1 650 – 1 750 – 1 850 – 1 950

Si $b = 5$:

1 055 – 1 155 – 1 255 – 1 355 – 1 455 – 1 555 – 1 655 – 1 755 – 1 855 – 1 955

De plus, ils doivent aussi être divisibles par 3 donc la somme des 4 chiffres qui les composent $(1 + a + 5 + b)$ doit être un multiple de 3.

On élimine donc des listes précédentes les nombres 1 150 – 1 250 – 1 450 – 1 550 – 1 750 – 1 850 – 1 055 – 1 255 – 1 355 – 1 555 – 1 655 – 1 855 et 1 955.

Les nombres cherchés sont donc : 1 050 – 1 350 – 1 650 – 1 950 – 1 155 – 1 455 et 1 755.

7 Somme de trois nombres consécutifs

Énoncé p. 97

Collège Saint-Joseph de Tivoli, Bordeaux

Notons n un nombre entier. Alors, le nombre qui précède n est égal à $n - 1$, et celui qui succède n est égal à $n + 1$.

Leur somme est égale à : $(n - 1) + n + (n + 1) = 3n$.

Cette somme est donc toujours divisible par 3 car elle s'écrit comme le produit de 3 par un nombre entier (ici, ce nombre entier est n).

8 Suite de Syracuse

Énoncé p. 97

Collège Chaptal, Paris

1
- Le nombre a est pair lorsque : a modulo $2 = 0$.
- Le nombre a est impair lorsque : a modulo $2 = 1$.

En effet, un nombre pair est un nombre divisible par 2, donc le reste de la division euclidienne de ce nombre par 2 est égal à 0. Et lorsqu'on divise un nombre impair par 2, le reste est égal à 1.

2 **(a)** Appliquons le programme au nombre 16 :
- $16 \div 2 = 8$
- $8 \div 2 = 4$
- $4 \div 2 = 2$
- $2 \div 2 = 1$

La suite de Syracuse du nombre 16 est donc : 8 – 4 – 2 – 1.

- $42 \div 2 = 21$
- $21 \times 3 + 1 = 64$
- $64 \div 2 = 32$
- $32 \div 2 = 16$
- $16 \div 2 = 8$
- $8 \div 2 = 4$

- $4 \div 2 = 2$
- $2 \div 2 = 1$

La suite de Syracuse du nombre 42 est :

$$21 - 64 - 32 - 16 - 8 - 4 - 2 - 1.$$

(b) Pour trouver un nombre dont la suite de Syracuse possède 11 nombres, il suffit de prendre $2^{11} = 2\,048$, que l'on va donc pouvoir diviser onze fois de suite par 2 avant d'obtenir 1.

Remarque : étant donné que la suite de Syracuse de 42 contient 8 nombres, on aurait également pu prendre $42 \times 2^3 = 336$.

(c) Le programme Scratch complété est le suivant :

Vous pouvez retrouver ce programme en tapant :

`https://scratch.mit.edu/projects/472409044/`

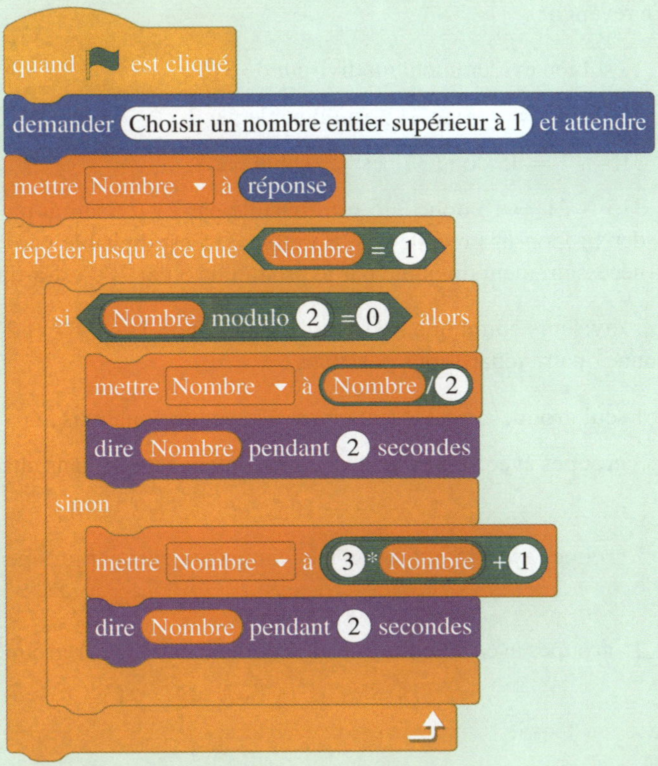

9 Dans un centre aéré

Énoncé p. 98

Collège Foch, Strasbourg

MÉTHODE

Dans un exercice où il est demandé de constituer plusieurs groupes avec le même nombre d'éléments de deux catégories différentes (ici, des enfants et des accompagnateurs), il sera toujours question de diviseurs.

Notons N le nombre de groupes d'enfants. On doit répartir les 315 enfants et les 42 accompagnateurs dans ces N groupes de façon à ce qu'il y ait autant d'enfants et d'accompagnateurs dans chacun des N groupes. Donc N est un diviseur commun à 315 et 42.

Déterminons donc la liste des diviseurs communs à 315 et 42.

$$42 = 1 \times 42 = 2 \times 21 = 3 \times 14 = 6 \times 7$$

Donc les diviseurs de 42 sont : 1 - 2 - 3 - 6 - 7 - 14 - 21 et 42.

On pourrait de même chercher tous les diviseurs de 315 mais seuls les diviseurs *communs* nous intéressent donc il suffit de voir parmi les diviseurs de 42 ceux qui sont aussi des diviseurs de 315. 315 étant un nombre impair, il n'est divisible ni par 2, ni par tout multiple de 2. Les nombres 6, 14 et 42 ne sont donc pas des diviseurs de 315.

En revanche :

- 1 est bien évidemment un diviseur de 315.
- $3 + 1 + 5 = 9$ donc 315 est divisible par 3.
- $315 \div 7 = 45$ donc 315 est divisible par 7.
- $315 \div 21 = 15$ donc 315 est divisible par 21 (on aurait pu le déduire des deux réponses précédentes. En effet, 315 est divisible par 7 et par 3 donc nécessairement divisible par le produit de 3 par 7, c'est-à-dire par 21).

Les diviseurs communs à 315 et 42 sont donc : 1 – 3 – 7 et 21. Ce qui nous donne quatre répartitions possibles :

- 1 seul groupe avec 315 enfants et 42 accompagnateurs ;
- 3 groupes avec 105 enfants et 14 accompagnateurs dans chaque groupe :

$$315 \div 3 = 105 \quad \text{et} \quad 42 \div 3 = 14\,;$$

- 7 groupes avec 45 enfants et 6 accompagnateurs par groupe :

$$315 \div 7 = 45 \quad \text{et} \quad 42 \div 7 = 6\,;$$

- 21 groupes avec 15 enfants et 2 accompagnateurs par groupe :

$$315 \div 21 = 15 \quad \text{et} \quad 42 \div 21 = 2.$$

10 Remplir une boîte de cubes

Énoncé p. 98

Collège Monthéty, Pontault-Combault

Pour que la caisse soit remplie par des cubes identiques dont l'arête (que nous noterons a) est un entier naturel, il faut que a soit un diviseur commun à chacune des arêtes de la boîte. On veut de plus que a soit plus grand que 5. Nous allons donc chercher les diviseurs communs à 80, 32 et 48 et voir s'il y a un (ou plusieurs) diviseur(s) commun(s) plus grand(s) que 5.

$$\begin{aligned} 80 &= 1 \times 80 \\ &= 2 \times 40 \\ &= 4 \times 20 \\ &= 5 \times 16 \\ &= 8 \times 10 \end{aligned} \qquad \begin{aligned} 32 &= 1 \times 32 \\ &= 2 \times 16 \\ &= 4 \times 8 \end{aligned} \qquad \begin{aligned} 48 &= 1 \times 48 \\ &= 2 \times 24 \\ &= 3 \times 16 \\ &= 4 \times 12 \\ &= 6 \times 8 \end{aligned}$$

On en déduit que :

- Les diviseurs de 80 sont : 1 - 2 - 4 - 5 - 8 - 10 - 16 - 20 - 40 et 80.
- Les diviseurs de 32 sont : 1 - 2 - 4 - 8 - 16 et 32.
- les diviseurs de 48 sont : 1 - 2 - 3 - 4 - 6 - 8 - 12 - 16 - 24 et 48.

Les diviseurs communs à 32, 48 et 80 sont donc : 1 - 2 - 4 - 8 et 16.

Il y a donc 2 diviseurs communs plus grands que 5 : 8 et 16. Il est donc possible de remplir cette boîte exactement avec des cubes d'arête 8 cm ou 16 cm.

De plus, on veut qu'il y ait le moins possible de cubes donc il faut que l'arête de ces cubes soit *la plus grande possible*. L'arête des cubes est donc de 16 cm. Il y aura :

- 5 cubes sur l'arête de 80 cm (car $80 = 16 \times 5$)
- 2 cubes sur l'arête de 32 cm (car $32 = 16 \times 2$)
- 3 cubes sur l'arête de 48 cm (car $48 = 16 \times 3$)

Or $5 \times 2 \times 3 = 30$ donc il faut 30 cubes d'arête 16 cm pour remplir cette boîte avec un nombre minimal de cubes.

11 V/F

Énoncé p. 99

MÉTHODE

Pour prouver qu'une affirmation est fausse, il suffit de trouver un contre-exemple. En revanche, pour prouver qu'elle est vraie, il faut effectuer un calcul ou utiliser une règle du cours permettant de démontrer le résultat.

1. C'est faux. En effet, si on choisit 3 et 5 qui sont des nombres premiers, leur somme 8 n'est pas un nombre premier.
2. C'est faux, car $7 + 9 + 9 + 4 = 29$ et 29 n'est pas divisible par 3.
3. C'est vrai. Nommons a le nombre premier choisi. Son carré admet alors pour uniques diviseurs 1 ; a et a^2.
4. C'est faux. Le plus grand diviseur de 24 n'est pas 12 mais 24.
5. C'est vrai, car $3\,472 = 31 \times 112$, donc 3 472 est bien un multiple de 31.

12 Décomposition

Énoncé p. 99

Collège Saint-Charles, Athis-Mons

1

152	2
76	2
38	2
19	19
1	

Ainsi, $152 = 2^3 \times 19$.

2 $1\,520 = 152 \times 10$ donc d'après la question précédente,
$1\,520 = 2^3 \times 19 \times 2 \times 5 = 2^4 \times 5 \times 19$.

3

8 820	2
4 410	2
2 205	3
735	3
245	5
49	7^2
1	

Donc $8\,820 = 2^2 \times 3^2 \times 5 \times 7^2$.

4

6 125	5
1 225	5
245	5
49	7^2
1	

Donc $6\,125 = 5^3 \times 7^2$.

13 Décompositions et puissances

Énoncé p. 99

Extrait du DNB 2019, Métropole

1

2 744	2
1 372	2
686	2
343	7
49	7
7	7
1	

Donc : $2\,744 = 2^3 \times 7^3$.

2 Le résultat précédent entraîne :

$$2\,744^2 = (2^3 \times 7^3)^2 = (2^3)^2 \times (7^3)^2 = 2^6 \times 7^6.$$

3 On cherche un nombre x vérifiant $x^3 = 2\,744^2$, c'est-à-dire :

$$x^3 = 2^6 \times 7^6 = (2^2)^3 \times (7^2)^3 = (2^2 \times 7^2)^3 = (4 \times 49)^3 = 196^3.$$

Il suffit donc de prendre $x = 196$.

14 Programme de calcul

Énoncé p. 99

Collège Henri Matisse, Nice

1 Exécutons le programme de calcul lorsque l'on prend 11 au départ :

• Choisir un nombre premier différent de 2 :	11
• Prendre le carré de ce nombre :	$11^2 = 121$
• Soustraire 1 :	$121 - 1 = 120$

$120 = 4 \times 30$ donc 120 est bien un multiple de 4, donc Hugo a raison.

2 **(a)** Exécutons le programme de calcul pour un nombre premier p quelconque différent de 2 :

• Choisir un nombre premier différent de 2 :	p
• Prendre le carré de ce nombre :	p^2
• Soustraire 1 :	$p^2 - 1$

Or $p^2 - 1 = p^2 - 1^2 = (p-1)(p+1)$ d'après les identités remarquables vues dans le chapitre 2 (voir page 26).
Ainsi, le résultat final est bien égal à $(p-1)(p+1)$.

(b) p étant un nombre premier différent de 2, il est nécessairement impair ; ainsi, $p - 1$ et $p + 1$ sont pairs.
On en déduit alors que $p - 1 = 2 \times k$ et $p + 1 = 2 \times q$, où k et q sont deux entiers naturels supérieurs à 1.
Alors, $(p-1)(p+1) = 2 \times k \times 2 \times q = 4 \times k \times q$, ce qui montre bien que le résultat final du programme de calcul s'écrit sous la forme $4 \times \text{N}$, où N est un entier naturel supérieur à 1, et donc qu'il est divisible par 4.

15 Arbres et diviseurs

Énoncé p. 100

live!

Collège Saint-Louis de Gonzague, Paris

1 $968 = 2 \times 484 = 2^2 \times 242 = 2^3 \times 121 = 2^3 \times 11^2$.

2 Les diviseurs de 968 s'écrivent donc sous la forme $2^n \times 11^p$, où n et p sont des nombres entiers vérifiant : $0 \leqslant n \leqslant 3$ et $0 \leqslant p \leqslant 2$.

3 Cherchons tous les diviseurs de 968 à l'aide d'un arbre.

Voir l'arbre page suivante.

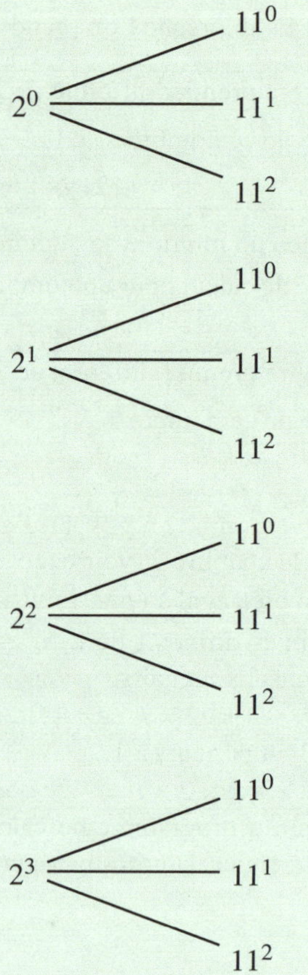

$2^0 \times 11^0 = 1$

$2^0 \times 11^1 = 11$

$2^0 \times 11^2 = 121$

$2^1 \times 11^0 = 2$

$2^1 \times 11^1 = 22$

$2^1 \times 11^2 = 242$

$2^2 \times 11^0 = 4$

$2^2 \times 11^1 = 44$

$2^2 \times 11^2 = 484$

$2^3 \times 11^0 = 8$

$2^3 \times 11^1 = 88$

$2^3 \times 11^2 = 968$

Les diviseurs de 968 sont donc : 1 ; 2 ; 4 ; 8 ; 11 ; 22 ; 44 ; 88 ; 121 ; 242 ; 484 et 968.

16 Les néons défectueux

Énoncé p. 100

Collège Chaptal, Paris

MÉTHODE

Pour déterminer la durée au bout de laquelle les deux néons s'allumeront de nouveau ensemble, on doit trouver un temps qui est à la fois multiple de 153 et de 187. Comme on cherche le premier moment où cela se produira, on cherche le plus petit multiple commun à 153 et 187.

Pour cela, décomposons-les en produit de facteurs premiers.

$$153 = 3^2 \times 17 \text{ et } 187 = 11 \times 17.$$

Le plus petit multiple commun à ces deux nombres est donc :

$$3^2 \times 11 \times 17 = 1\,683.$$

Dans 1 683 secondes, le premier néon s'allumera pour la 11e fois depuis 8 h 15 et le deuxième néon s'allumera pour la 9e fois.

En effectuant la division euclidienne de 1 683 par 60, on obtient :

$$1683 \text{ s} = 28 \text{ min } 3 \text{ s}.$$

Les deux néons s'allumeront ensemble de nouveau 28 minutes et 3 secondes plus tard. Il sera donc 8 h 43 min 3 s.

17 Trouver tous les facteurs premiers

Énoncé p. 100

Collège Fenelon Sainte-Marie, Paris

1 Si $p = d \times k$ alors d (par exemple) est plus petit que p. Or p divise n donc d divise aussi n. Ainsi, d est un diviseur de n plus petit que p, ce qui est contradictoire avec le fait que p est le plus petit diviseur de n.
Par conséquent, p ne peut pas s'écrire sous la forme $d \times k$, et donc p est nécessairement premier.

2 D'après l'énoncé,

$$p \leqslant q$$

donc en multipliant par p les deux membres de l'inégalité, on a :

$$p \times p \leqslant p \times q\ ,$$

soit :

$$p^2 \leqslant n.$$

p et n étant deux nombres positifs, on peut prendre la racine carrée des deux membres pour obtenir finalement :

$$p \leqslant \sqrt{n}.$$

3 D'après ce qui a été fait précédemment, si 5 083 admet un diviseur premier p, alors $p \leqslant \sqrt{5\,083}$.
À l'aide de la calculatrice, on trouve $\sqrt{5\,083} \approx 71{,}3$. Il faut donc regarder tous les nombres premiers inférieurs à 71 et voir celui ou ceux qui divisent 5 083.
On peut exclure 2, 3, 5 et 9 d'après les critères de divisibilité.

- $5\,083 \div 7 \approx 726{,}14$ donc 7 n'est pas un diviseur de 5 083 ;
- $5\,083 \div 11 \approx 462{,}1$ donc 11 n'est pas un diviseur de 5 083 ;
- $5\,083 \div 13 = 391$ donc 13 est un diviseur de 5 083 ;
- $391 \div 17 = 23$ donc on peut conclure que :

$$5\,083 = 13 \times 17 \times 23.$$

COURS
INTERROS
CORRIGÉS

18 Vérification d'irréductibilité

Énoncé p. 101

Collège Foch, Strasbourg

Décomposons en produit de facteurs premiers les nombres 216 et 325 :

216	2	et	325	5
108	2		65	5
54	2		13	13
27	3		1	
9	3			
3	3			
1				

Ainsi, il n'y a aucun facteur commun dans les deux décompositions donc la fraction est irréductible.

19 Simplification de fraction

Énoncé p. 101

Collège Saint-Joseph, Caudan

Décomposons en produit de facteurs premiers les nombres 1 170 et 1 830.

1 170	2	et	1 830	2
585	3		915	3
195	3		305	5
65	5		61	61
13	13		1	
1				

Ainsi,

$$\frac{1\,170}{1\,830} = \frac{2 \times 3 \times 5 \times 3 \times 13}{2 \times 3 \times 5 \times 61} = \frac{3 \times 13}{61} = \frac{39}{61}.$$

20 Calculs avec des fractions

Énoncé p. 101

Collège du Haut-Mesnil, Montrouge

⚠ ATTENTION

Le type de calcul proposé dans cet exercice, qui n'est pourtant pas très compliqué, est pourtant malheureusement « fatal » à beaucoup trop d'élèves de 3e car on est tenté de commencer par effectuer la soustraction qui paraît plus simple... Mais cela donnerait un résultat faux car c'est la *multiplication* qu'il faut effectuer en premier, celle-ci étant prioritaire. Cette règle est trop souvent oubliée.

$$
\begin{aligned}
A &= \frac{7}{5} - \frac{9}{5} \times \frac{2}{21} \\
&= \frac{7}{5} - \frac{3 \times 3 \times 2}{5 \times 3 \times 7} \\
&= \frac{7}{5} - \frac{3 \times 2}{5 \times 7} \qquad \text{(simplification par 3)} \\
&= \frac{7}{5} - \frac{6}{35} \\
&= \frac{49}{35} - \frac{6}{35} \\
&= \frac{43}{35}.
\end{aligned}
$$

21 Calculs avec des fractions

Énoncé p. 101

Collège Paul Bert, Chatou

MÉTHODE

Dans une somme (ou différence) de fractions, avant de réduire au même dénominateur, il faut toujours se demander si l'une des fractions au moins est simplifiable, surtout quand une des fractions comporte de « grands » nombres comme ici.

Nous allons trouver la décomposition en produit de facteurs premiers de 932 et de 1 631 pour déterminer si la fraction $\frac{932}{1\,631}$ est irréductible ou si, au contraire, on peut la simplifier.

$$
\begin{array}{r|l} 932 & 2 \\ 466 & 2 \\ 233 & 233 \\ 1 & \end{array}
\qquad \text{et} \qquad
\begin{array}{r|l} 1\,631 & 7 \\ 233 & 233 \\ 1 & \end{array}
$$

La fraction $\frac{932}{1\,631}$ n'est donc pas irréductible (car simplifiable par 233). On peut donc écrire :

$$\frac{932}{1\,631} = \frac{932 \div 233}{1\,631 \div 233} = \frac{4}{7}.$$

Remarque : vous conviendrez que la fraction $\frac{4}{7}$ est beaucoup plus « sympathique » pour les calculs que la fraction $\frac{932}{1\,631}$...

Nous pouvons donc maintenant effectuer le calcul demandé :

$$\begin{aligned}\frac{932}{1\,631}+\frac{19}{28}&=\frac{4}{7}+\frac{19}{28}\\&=\frac{4\times 4}{7\times 4}+\frac{19}{28}\\&=\frac{16}{28}+\frac{19}{28}\\&=\frac{35}{28}\\&=\frac{5}{4}.\end{aligned}$$

22 Une histoire de proportion

Énoncé p. 101

Collège Jean-Baptiste de La Salle, Saint Denis de la Réunion

1 La proportion de chocolats dans la boîte est donnée par la fraction :

$$\frac{40}{40+35}=\frac{40}{75}$$

car il y a 40 chocolats et $40+35=75$ bonbons en tout dans la boîte.
Or, $40=8\times 5=2^3\times 5$ et $75=3\times 25=3\times 5^2$ donc :

$$\frac{40}{75}=\frac{8\times 5}{3\times 5\times 5}=\frac{8}{15}.$$

La proportion de chocolats dans la boîte est donc égale à $\frac{8}{15}$

2 Si monsieur Morfalou mange 5 chocolats et 5 caramels, la proportion de chocolats devient :

$$\frac{40-5}{(40-5)+(35-5)}=\frac{35}{65}=\frac{7\times 5}{13\times 5}=\frac{7}{13}.$$

Ainsi, la proportion de chocolats n'est pas restée la même que lorsqu'il a acheté la boîte.

23 À l'aide d'un contre-exemple

Énoncé p. 102

Collège Petit Val, Sucy en Brie

1 Pour $n=1$, $A=\frac{1^2-1+3}{1^2+1+2}=\frac{3}{4}$.

Pour $n=2$, $A=\frac{2^2-2+3}{2^2+2+2}=\frac{5}{8}$.

Pour $n=3$, $A=\frac{3^2-3+3}{3^2+3+2}=\frac{9}{14}$.

Pour $n=4$, $A=\frac{4^2-4+3}{4^2+4+2}=\frac{15}{22}$.

Pour $n=5$, $A=\frac{5^2-5+3}{5^2+5+2}=\frac{23}{32}$.

2 **MÉTHODE**

Ce n'est pas parce qu'une formule fonctionne pour quelques valeurs qu'une formule fonctionne pour toutes les valeurs.

Pour démontrer qu'elle n'est pas toujours vraie, il suffit de trouver une valeur pour laquelle elle est fausse ; c'est ce que l'on appelle un *contre-exemple*.

Si l'on veut démontrer qu'elle est toujours vraie, il faut utiliser les propriétés algébriques et raisonner en conservant les lettres.

Sur les résultats obtenus à la question 1, en effet, A est toujours une fraction irréductible. Cependant, ce n'est pas parce que cela est vrai pour quelques valeurs de n que ça l'est pour *toutes* les valeurs. Prenons $n = 6$. Alors :

$$A = \frac{6^2 - 6 + 3}{6^2 + 6 + 2} = \frac{33}{44}.$$

33 et 44 sont deux multiples de 11 donc la fraction obtenue n'est pas irréductible immédiatement après avoir appliqué la formule de l'énoncé.

Ainsi, Léa a tort.

24 Irrationalité de $\sqrt{2}$

Énoncé p. 102

Collège Les Bons Raisins, Rueil-Malmaison

1 **(a)** $p = 2k + 1$ donc :

$$\begin{aligned} p^2 &= (2k+1)^2 \\ &= (2k)^2 + 2 \times 2k \times 1 + 1^2 \text{ (d'après les identités remarquables)}, \\ &= 4k^2 + 4k + 1. \end{aligned}$$

(b) $4k^2$ est un multiple de 4, donc il est divisible par 2. De même, $4k$ est divisible par 2. Ainsi, $4k^2 + 4k$ est pair, ce qui implique que $4k^2 + 4k + 1$ est impair.

On trouve donc que si p est impair, p^2 est impair. Or d'après l'énoncé, p^2 est pair. Il faut donc que p soit pair pour que p^2 soit pair.

On peut donc en déduire que si p^2 est pair, alors p est pair lui aussi.

2 On suppose que $\sqrt{2} = \frac{p}{q}$ donc :

$$(\sqrt{2})^2 = \left(\frac{p}{q}\right)^2 = \frac{p^2}{q^2}.$$

Or $\left(\sqrt{2}\right)^2 = 2$ donc :

$$2 = \frac{p^2}{q^2}$$

ou encore :

$$2q^2 = p^2 \text{ (égalité des produits en croix).}$$

3 Si $2q^2 = p^2$, cela signifie que p^2 est un nombre pair (car $2q^2$ est un multiple de 2).

Par conséquent, d'après la question 1, p est aussi pair.

Dans ce cas, $p = 2k$ où k est un entier naturel non nul.

4 Si $p = 2k$ alors :

$$p^2 = (2k)^2 = 4k^2.$$

On a alors :

$$\begin{cases} 2q^2 = p^2 \\ p^2 = 4k^2 \end{cases}$$

On en déduit alors :

$$2q^2 = 4k^2$$

soit :

$$q^2 = 2k^2$$

(en divisant par 2 les deux membres de l'égalité)

Ainsi, q^2 est pair et d'après la question 1, on en déduit que q est aussi pair, ce qui est contradictoire avec l'hypothèse que nous avons faite au départ, à savoir que p et q n'ont pas de diviseur commun (or ici, si p et q sont pairs, ils ont pour diviseur commun le nombre « 2 »).

Bilan : nous sommes partis de l'hypothèse selon laquelle $\sqrt{2}$ pouvait s'écrire comme une fraction irréductible $\frac{p}{q}$ et nous en avons déduit que p et q étaient pairs, ce qui est contradictoire.

Par conséquent, cette hypothèse est fausse : $\sqrt{2}$ ne peut pas s'écrire sous la forme d'une fraction irréductible, et donc $\sqrt{2}$ est irrationnel.

MÉTHODE : raisonnement pas l'absurde

Nous avons vu dans cet exercice à deux reprises le même raisonnement : supposer qu'une propriété est vraie et en déduire un résultat contradictoire (faux, ou qui rentre en contradiction avec la propriété supposée vraie).
C'est ce que l'on appelle un *raisonnement par l'absurde*.
Ce type de raisonnement est extrêmement important en mathématiques..

Deuxième partie

ORGANISATION ET GESTION DE DONNÉES, FONCTIONS

Chapitre 6

Statistiques

Plan du chapitre

1. Définitions
2. Caractéristiques d'une série statistique
3. Comparer deux séries statistiques

Exercice type — **Collège Saint-Michel, Lille**

Les diagrammes en bâtons suivants donnent la répartition des notes dans deux classes de 3e pour un même contrôle.

Classe 1

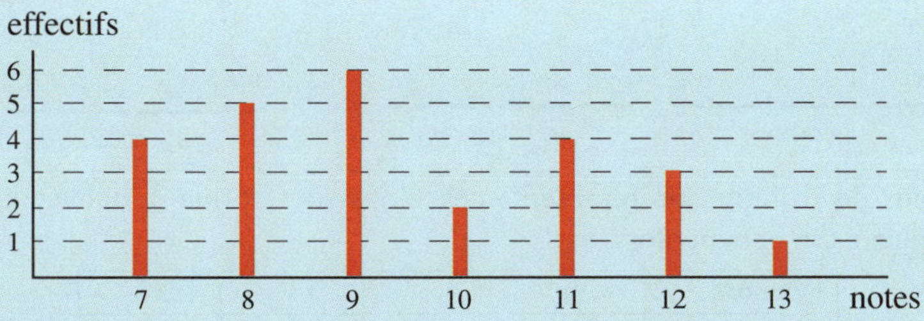

Classe 2

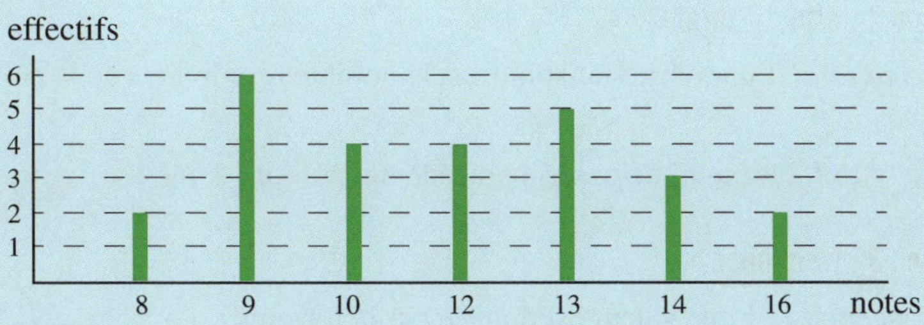

1 Pour chacune des classes,

(a) Combien d'élèves ont été notés à ce contrôle ?

(b) Calculer la moyenne, la médiane et l'étendue de ces notes.

2 Comparer les notes obtenues à ce contrôle dans les deux classes.

3 Calculer la fréquence des notes supérieures ou égales à 10 dans chacune des classes. Les fréquences seront exprimées en pourcentage.

Voir corrigé page 126

1 Définitions

Définition 1 : série statistique

Une *série statistique* est une suite de valeurs permettant d'étudier un aspect particulier d'un ensemble de personnes ou d'objets. L'ensemble étudié s'appelle la *population* et chaque élément de cet ensemble est un *individu*.

Exemples

L'étude peut porter sur les notes des élèves d'une classe à un contrôle, sur les températures mensuelles moyennes dans une ville pendant un temps donné, ou encore sur les poids des cartables à la rentrée de sixième.

On considère une série statistique à p valeurs distinctes rangées dans l'ordre croissant.

$$\underbrace{x_1 \,;\, x_1 \,;\, \ldots \,;\, x_1}_{n_1 \text{ valeurs}} \,;\, \underbrace{x_2 \,;\, x_2 \,;\, \ldots \,;\, x_2}_{n_2 \text{ valeurs}} \,;\, \ldots \,;\, \underbrace{x_p \,;\, x_p \,;\, \ldots \,;\, x_p}_{n_p \text{ valeurs}}.$$

Pour plus de lisibilité, on représente ces séries sous forme de tableaux (ou de graphiques). On obtient alors :

Valeurs	x_1	x_2	$\cdots$	x_p
Effectifs	n_1	n_2	$\cdots$	n_p

Définition 2 : effectif total

L'*effectif total* d'une série statistique est le nombre d'individus de la population étudiée.

On note N l'effectif total de la série précédente, $N = n_1 + n_2 + \cdots + n_p$.

Définition 3 : fréquence

La *fréquence* f d'une valeur est donnée par la formule :

$$f = \frac{\text{Effectif}}{\text{Effectif total}}.$$

Remarque : pour obtenir la fréquence en pourcentage, on calcule $f \times 100$.

Exemple : un professeur d'EPS compte le nombre de tours de stade effectués par chacun de ses élèves. Il obtient les résultats du tableau qui suit.

Voir tableau page suivante.

Nombre de tours	3	5	6	7	8
Effectifs	1	3	6	8	2

$$N = 1 + 3 + 8 + 6 + 2 = 20.$$

L'effectif total est 20, ce qui signifie qu'il y a 20 élèves dans ce groupe.

$\frac{3}{20}$ des élèves ont effectué 5 tours de stade, soit 15% des élèves car :

$$\frac{3}{20} \times 100 = 15.$$

2 Caractéristiques d'une série statistique

2.1 Moyenne (caractéristique de position)

Définition 4 : moyenne

La *moyenne* d'une série statistique se calcule en additionnant toutes les valeurs de la série et en divisant le résultat obtenu par le nombre de valeurs.
On la note $\overline{x}$.

Lorsqu'on a un tableau d'effectifs, on utilise la formule suivante :

$$\overline{x} = \frac{n_1 x_1 + n_2 x_2 + \cdots + n_p x_p}{N}.$$

Exemple : Le nombre moyen de tours effectués par les élèves se calcule ainsi :

$$\overline{x} = \frac{1 \times 3 + 3 \times 5 + 6 \times 6 + 8 \times 7 + 2 \times 8}{20} = \frac{126}{20} = 6{,}3.$$

De la même manière, pour calculer la moyenne d'une série de notes affectées de coefficients : on fait la somme des notes multipliées par leurs coefficients et on divise le résultat obtenu par la somme des coefficients.

2.2 Médiane (caractéristique de position)

Définition 5 : médiane

Quand une série statistique est ordonnée, la *médiane* est la valeur qui partage cette série en deux parties de même effectif.

MÉTHODE

Pour déterminer la médiane d'une série, on range les valeurs de la série dans l'ordre croissant, puis :

- si N est pair, alors la médiane est la moyenne des valeurs de la série aux rangs $\frac{N}{2}$ et $\frac{N}{2}+1$.
- si N est impair, alors la médiane est la valeur de la série au rang $\frac{N+1}{2}$.

Exemples

- *Cas où l'effectif total est pair.*

  Reprenons les nombres de tours de stade effectués par les 20 élèves. On écrit toutes les valeurs dans l'ordre croissant :

  $$\underbrace{3\,;\,5\,;\,5\,;\,5\,;\,6\,;\,6\,;\,6\,;\,6\,;\,6\,;\,6}_{\text{10 valeurs}}\,;\,\underbrace{7\,;\,7\,;\,7\,;\,7\,;\,7\,;\,7\,;\,7\,;\,7\,;\,8\,;\,8}_{\text{10 valeurs}}.$$

  Ici $N = 20$ et N est pair. On calcule : $20 \div 2 = 10$.

  La médiane de la série est donc la moyenne de la dixième et de la onzième valeur de la série, soit $\frac{6+7}{2} = 6{,}5$.

  Interprétation de ce résultat : cela signifie que la moitié des élèves (soit 50% des élèves) ont effectué moins de 6,5 tours et l'autre moitié plus de 6,5 tours.

- *Cas où l'effectif total est impair.*

  On considère les 9 notes obtenues par un élève en anglais cette année :

  $$\underbrace{8\,;\,8\,;\,10\,;\,12}_{\text{4 valeurs}}\,;\,13\,;\,\underbrace{14\,;\,16\,;\,16\,;\,17}_{\text{4 valeurs}}$$

  Ici, $N = 9$ et N est impair. On calcule $9 \div 2 = 4{,}5$.

  La médiane de la série est donc la cinquième note de la série, soit 13.

2.3 Étendue (caractéristique de dispersion)

Définition 6 : étendue

L'*étendue* d'une série statistique est la différence entre la plus grande valeur de la série et la plus petite.

Exemple :

Le plus grand nombre de tours effectués est 8, le moins grand nombre est 3.

$8 - 3 = 5$. L'étendue de cette série est donc égale à 5 tours.

À RETENIR

Quand l'étendue est petite, on dit que la série est *homogène* ; quand elle est relativement grande, on dit que la série est *hétérogène*.

3 Comparer deux séries statistiques

Pour comparer deux séries statistiques, on peut s'aider des caractéristiques de position et de dispersion.

Exemple : le tableau ci-dessous donne le nombre de tours de stade effectués par des élèves de troisième.

Nombre de tours	4	5	6	7
Effectifs	1	4	6	9

Le nombre moyen de tours effectués par les élèves est :

$$\overline{x} = \frac{1 \times 4 + 4 \times 5 + 6 \times 6 + 9 \times 7}{20} = \frac{123}{20} = 6{,}15.$$

La série ordonnée dans l'ordre croissant est :

4 ; 5 ; 5 ; 5 ; 5 ; 6 ; 6 ; 6 ; 6 ; 6 ; 6 ; 7 ; 7 ; 7 ; 7 ; 7 ; 7 ; 7 ; 7 ; 7

La dixième et la onzième valeur sont égales à 6, donc la médiane est égale à 6.

L'étendue est égale à $7 - 4 = 3$ tours.

On a alors le tableau comparatif suivant :

	Classe de quatrième	Classe de troisième
Moyenne	6,3	6,15
Médiane	6,5	6
Étendue	5	3

On peut alors remarquer que :

- le nombre de tours moyen et médian de la classe de quatrième sont supérieurs à ceux de la classe de troisième, mais les résultats diffèrent peu ;
- l'étendue des tours en quatrième est nettement supérieure à l'étendue des tours en troisième.

On peut donc en conclure que le niveau en course des élèves de quatrième est légèrement supérieur au niveau de la classe de troisième, mais que la classe de troisième a un niveau bien plus homogène.

COURS

INTERROS

CORRIGÉS

Solution de l'exercice type

Collège Saint-Michel, Lille

1 **(a)** Pour la classe 1, il y a
4 élèves qui ont eu 7/20,
5 élèves qui ont eu 8/20,
6 élèves qui ont eu 9/20,
2 élèves qui ont eu 10/20,
4 élèves qui ont eu 11/20,
3 élèves qui ont eu 12/20,
1 élèves qui ont eu 13/20.
Il y a donc $4+5+6+2+4+3+1=25$ élèves qui ont été notés à ce contrôle.

Pour la classe 2, on effectue la même démarche.
Il y a donc $2+6+4+4+5+3+2=26$ élèves qui ont été notés à ce contrôle.

(b) Pour la classe 1,

- La moyenne est :

$$\overline{x}=\frac{4\times 7+5\times 8+\cdots+1\times 13}{25}=\frac{235}{25}=9{,}4.$$

- Pour déterminer la médiane, on range les 25 notes dans l'ordre croissant. $25\div 2=12{,}5$. La médiane est donc la treizième note.

$$\underbrace{7\ ;\ 7\ ;\ \cdots\ ;\ 9}_{\text{12 notes}}\ ;\ 9\ ;\ \underbrace{9\ ;\ 9\ ;\ \cdots\ ;\ 12\ ;\ 13}_{\text{12 notes}}$$

La médiane est donc égale à 9.

- L'étendue est : $13-7=6$.

Pour la classe 2,

- La moyenne est :

$$\overline{x}=\frac{2\times 8+6\times 9+\cdots+2\times 16}{26}=\frac{297}{26}\approx 11{,}4.$$

- En ordonnant les notes dans l'ordre croissant, on obtient :

$$\underbrace{8\ ;\ 8\ ;\ 9\ ;\ \cdots\ ;\ 10\ ;\ 12}_{\text{13 notes}}\ ;\ \underbrace{12\ ;\ 12\ ;\ \cdots\ ;\ 16}_{\text{13 notes}}$$

La médiane est donc la moyenne des 13e et 14e notes, qui sont toutes les deux égales à 12 ; donc la médiane est égale à 12.

- L'étendue est : $16-8=8$.

•••

Solution de l'exercice type (suite)

Collège Saint-Michel, Lille

2 Le tableau comparatif est :

	Classe 1	Classe 2
Moyenne	9,4	11,4
Médiane	9	12
Étendue	6	8

On constate alors que la classe 2 a une meilleure moyenne et une meilleure médiane. En revanche, son étendue est supérieure à celle de la classe 1, ce qui signifie que les notes sont plus dispersées.

Les notes de la classe 1 sont donc plus homogènes que celles de la classe 2.

3 Pour la classe 1, il y a $2 + 4 + 3 + 1 = 10$ élèves qui ont eu des notes supérieures ou égales à 10.

La fréquence des notes supérieures ou égales à 10 est donc égale à :

$$f_1 = \frac{10}{25} = \frac{2}{5},$$

soit 40% des élèves (car $\frac{2}{5} \times 100 = 40$).

Pour la classe 2,

$$f_2 = \frac{4+4+5+3+2}{26} = \frac{18}{26} = \frac{9}{13}.$$

Donc $\frac{9}{13}$ des élèves de cette classe ont eu des notes supérieures ou égales à 10, soit environ 69%.

Voir énoncé page 121

1 QCM Étude d'une série de notes

5 min Corrigé p. 133

Pour chacune des propositions, choisir la réponse correcte. Aucune justification n'est demandée.

Pour ce QCM, toutes les questions portent sur la série statistique suivante des notes d'une classe de 3ᵉ à un devoir de mathématiques :

Notes	3	4	6	8	9	10	11	12	13	15	17	18
Effectif	1	2	3	2	4	3	2	3	2	1	1	1

1 L'effectif total de cette série est de :

a 25   b 126   c 245

2 L'effectif associé à la note 3 est :

a 1   b 4   c 6

3 L'étendue de cette série est :

a 0   b 3   c 15

4 La moyenne de cette série est :

a 10,5   b 9,8   c Environ 2,1

5 La médiane de cette série est :

a 10,5   b 2,5   c 10

2 QCM Moyenne et médiane

3 min Corrigé p. 134

Pour chacune des propositions, choisir la ou les réponse(s) correcte(s). Aucune justification n'est demandée.

1 La médiane d'une série statistique est…

a inférieure à la moyenne   b supérieure à la moyenne

c On ne peut pas répondre

2 Sophie a eu 8 coefficient 3 en géométrie. La note d'algèbre est coefficient 5. Pour avoir au moins 10 de moyenne en mathématiques, sa note minimale doit être…

a qu'elle ait au moins 11 en algèbre

b qu'elle ait au moins 11,5 en algèbre

c qu'elle ait au moins 12 en algèbre

3 Moyenne avec un tableur

★ 4 min

Corrigé p. 135

Collège Monthéty, Pontault-Combault

Voici le relevé des heures effectuées par 16 employés d'une société au cours d'un mois donné :

189 ; 231 ; 230 ; 211 ; 226 ; 253 ; 211 ; 230 ;
202 ; 189 ; 170 ; 192 ; 200 ; 155 ; 241 ; 215.

1 Déterminer le nombre moyen d'heures effectuées par ces salariés au cours de ce mois.

2 On souhaite utiliser un tableur pour vérifier notre calcul. Pour cela, on entre dans la colonne A tous les nombres de cette liste, en commençant sur la ligne 1.
Quelle formule doit-on entrer dans la cellule B1 afin qu'apparaisse le nombre moyen d'heures effectuées par ces salariés au cours de ce mois ?

4 Moyenne, étendue

★ 6 min

Corrigé p. 135

Collège Évariste Galois, Bourg-la-Reine

Hugo et Lisa ont obtenu, aux 12 devoirs de l'année scolaire, les notes suivantes aux mêmes contrôles :

- Hugo : 11 – 9 – 10 – 10 – 12 – 8 – 11 – 13 – 9 – 10 – 11 – 12.
- Lisa : 5 – 16 – 6 – 7 – 15 – 10 – 8 – 15 – 10 – 8 – 17 – 9.

1 Calculer la moyenne annuelle de chacun de ces 2 élèves.

2 Calculer les étendues respectives des deux séries de notes.

3 Commenter les résultats obtenus aux questions 1 et 2.

5 Moyenne, médiane, étendue

★ 8 min

Corrigé p. 135

Collège Camille Saint-Saëns, Lizy-sur-Ourcq

Voici les tailles (en cm) de 35 carpes pêchées dans un étang :

27 – 25 – 25 – 22 – 24 – 24 – 25 – 25 – 26 – 27 – 23 – 23 – 26 – 28 – 24 –
24 – 25 – 25 – 30 – 24 – 26 – 24 – 28 – 24 – 27 – 24 – 28 – 28 – 23 – 24 –
25 – 26 – 26 – 22 – 23

1 Compléter le tableau suivant :

Taille (en cm)	22	23	24	25	26	27	28	29	30
Effectifs									

2 Calculer la moyenne de cette série statistique (arrondir au mm près).

3 Quelle est la médiane de cette série ?

4 Calculer l'étendue de cette série statistique.

COURS
INTERROS
CORRIGÉS

6 Diagramme circulaire et fréquence ★ 7 min

Corrigé p. 136

Collège Albert Camus, Bois-Colombes

Le diagramme circulaire suivant représente la répartition des notes de 250 élèves d'un collège lors d'un contrôle commun. Les notes sont toutes comprises entre 0 et 20.

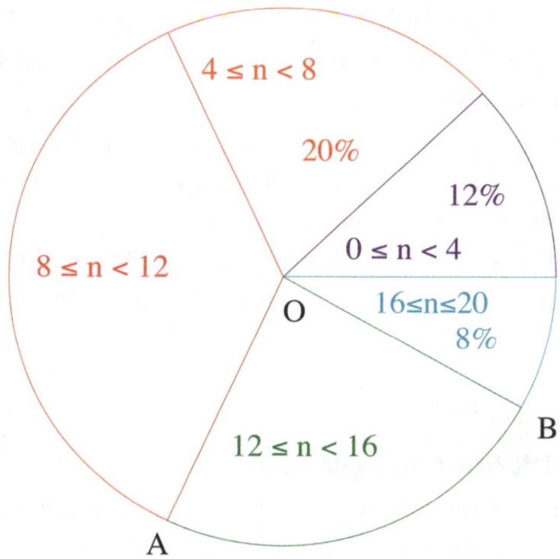

On désigne une note quelconque par la lettre n.

1 Sachant que 90 élèves ont une note telle que $8 \leqslant n < 12$, calculer le pourcentage correspondant.

2 Sachant que, sur le diagramme, l'angle $\widehat{AOB}$ vaut 86,4 °, calculer le nombre d'élèves dont la note vérifie $12 \leqslant n < 16$.

3 Sachant que 20 % des élèves ont une note qui vérifie $4 \leqslant n < 8$, calculer l'angle correspondant sur le diagramme.

7 Diagramme en bâtons ★ 7 min

Corrigé p. 137

Collège Ariane, Guyancourt

Les diagrammes en bâtons ci-dessous donnent les résultats des derniers contrôles de mathématiques et de français dans une classe de 3e.

Voir diagrammes en bâtons à la page suivante.

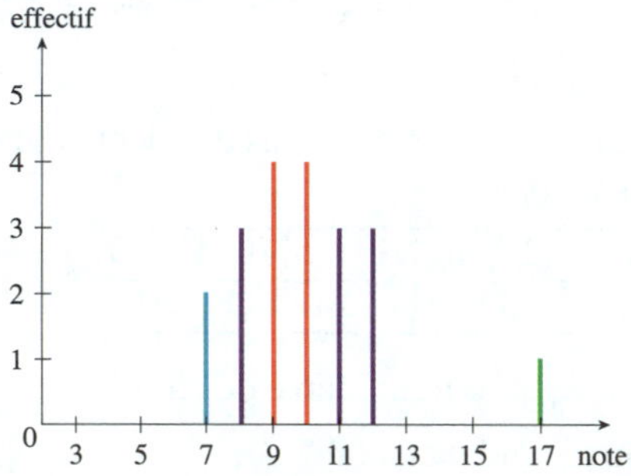

Français

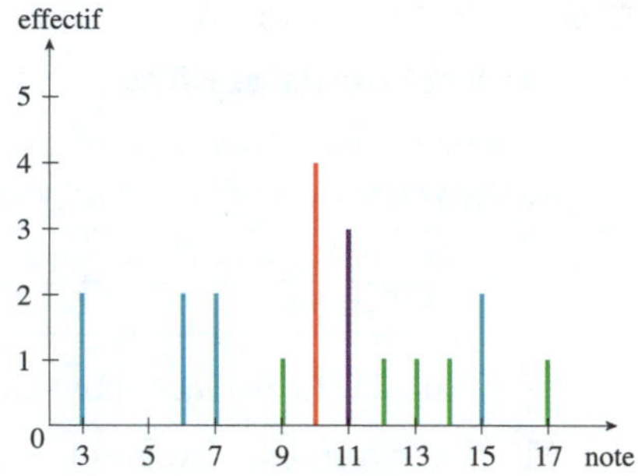

Mathématiques

1 **(a)** Calculer la moyenne et proposer une médiane pour les deux disciplines.

(b) Les résultats de la question 1.a fournissent-ils des éléments significatifs pour comparer les deux séries ?

2 D'après le graphique :

(a) Quelle semble être la série la plus dispersée ?

(b) Calculer l'étendue des deux séries.

(c) Comparer les étendues obtenues. Cela correspond-il au résultat de la question 2.a ?

8 Salaires

★★ 12 min Corrigé p. 138

live!

Collège Chaptal, Paris

Vous pouvez retrouver le corrigé de cet exercice en vidéo.

Le tableau ci-dessous donne les salaires mensuels bruts, en euros, des employés d'une entreprise.

Salaires (en €)	850	900	1 250	1 300	1 450	1 550	2 000	4 100	6 000
Effectifs	4	3	20	23	25	9	21	5	6

1 Combien y-a-t-il d'employés dans cette entreprise ?

2 Quelle est l'étendue de cette série statistique ?

3 Déterminer, pour cette entreprise, le salaire moyen (arrondi au centime près) et le salaire médian.

4 Peut-on affirmer ici que la moitié des salariés gagnent moins que la moyenne ?

5 Déterminer à 1 % près, le pourcentage de salaires supérieurs au SMIC (salaire minimum de croissance), dont le montant est de 1 539,42 € par mois.

9 Histogramme

★★ 10 min Corrigé p. 138

Collège Henri Matisse, Nice

On a demandé à quelques élèves la distance (en km) qu'ils devaient parcourir de chez eux au collège. Voici les résultats :

Distance (en km)	[0 ; 1[	[1 ; 3[	[3 ; 5[	[5 ; 10]
Effectif	20	32	24	10

1 Calculer la distance moyenne que parcourt un élève de chez lui au collège.

2 Construire un histogramme correspondant au tableau.

3 Déterminer dans quel intervalle se trouve la distance médiane.

10 Trouver la légende

★★ 15 min Corrigé p. 139

Collège Condorcet, Paris

On a interrogé les 624 élèves d'un collège sur le nombre d'heures qu'ils passaient devant un écran pendant un week-end quelconque.

On a représenté ci-dessous un histogramme représentant les résultats.

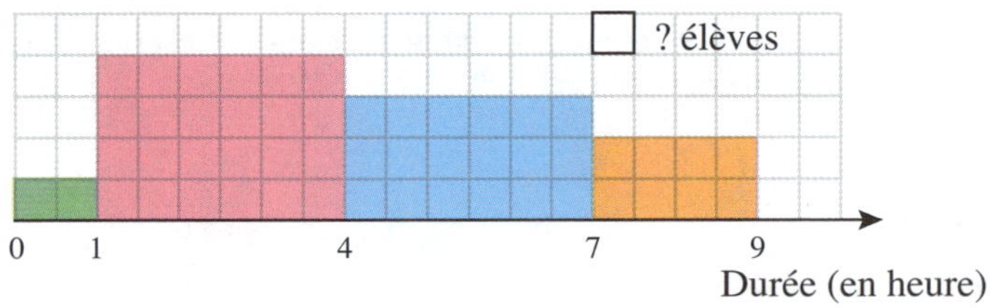

Trouver la légende de cet histogramme, puis calculer le nombre d'heures moyen que ces élèves passent devant un écran durant un week-end.

11 Avec de l'algèbre (tâche complexe)

★★★ 15 min Corrigé p. 140

Collège Saint-Joseph de Tivoli, Bordeaux

Hugo passe un examen où il y a quatre épreuves : trois épreuves écrites, coefficient 2, et une épreuve orale, coefficient 4. Toutes ces épreuves sont notées sur 20. Il réussit à cet examen si la moyenne des quatre notes est supérieure ou égale à 10/20.

1 Hugo a déjà ses notes aux épreuves écrites : 12/20, 7/20 et 9/20. Quelle note, au minimum, doit-il avoir à l'épreuve orale pour réussir son examen ?

2 Julie passe le même examen que Hugo. Elle a eu 15/20 et 11/20 aux deux premières épreuves écrites, mais n'a pas pu connaître la note de la troisième épreuve écrite à cause d'un problème informatique. À l'oral, le professeur lui a dit qu'elle aurait entre 11/20 et 13/20.

Quelques jours après, elle voit sur Internet que sa moyenne est égale à 11/20. Quelle a pu être sa note à la troisième épreuve écrite ?

1 QCM Étude d'une série de notes

Énoncé p. 128

1 Réponse **a**. L'effectif total de cette série est de 25.

Pour déterminer l'effectif total, il faut additionner tous les effectifs.

Il vient :

$$1 + 2 + 3 + 2 + 4 + 3 + 2 + 3 + 2 + 1 + 1 + 1 = 25.$$

ATTENTION

On obtient 126 en additionnant toutes les notes et 245 en faisant la somme des produits de chaque note par son effectif associé.

2 Réponse **a**. L'effectif associé à la note 3 est 1.

Il s'agit ici d'une simple lecture du tableau.

ATTENTION

Il ne faut pas confondre les lignes. Si vous avez répondu 6, vous avez peut-être confondu effectif et note : 3 est l'effectif associé à la note 6. Si vous avez répondu 4, vous avez peut-être compté le nombre de fois où le chiffre 3 apparaît dans le tableau.

3 Réponse **c**. L'étendue de cette série est 15.

L'étendue est la différence entre la note la plus élevée (18) et la note la plus basse (3). C'est donc bien 15.

ATTENTION

Si vous avez répondu 3, c'est que vous avez peut être calculé la différence entre le plus grand effectif (4) et le plus petit effectif (1), confusion classique. Quant à la réponse 0, il s'agit peut-être de la différence entre les effectifs associés aux notes 18 et 3, ce qui n'est pas l'étendue !

4 Réponse **b**. La moyenne de cette série est 9,8.

Pour calculer la moyenne de cette série, on effectue le calcul suivant :

$$\overline{x} = \frac{3 \times 1 + 4 \times 2 + 6 \times 3 + 8 \times 2 + \cdots + 17 \times 1 + 18 \times 1}{25} = \frac{245}{25} = 9{,}8.$$

COURS INTERROS CORRIGÉS

⚠ ATTENTION

10,5 est le résultat que l'on trouve en additionnant toutes les valeurs de notes et en divisant par 12 puisqu'il y a 12 notes différentes. En faisant cela, vous oubliez de prendre en compte que certaines notes ont été obtenues par plusieurs élèves et non un seul... Quant à la réponse 2,1 il s'agit de la moyenne des effectifs et non des valeurs du caractère.

5 Réponse **c**. La médiane de cette série est 10. Il y a 25 élèves dans cette classe et $25 \div 2 = 12{,}5$. La médiane de cette série est donc la 13e note de la série (en rangeant les notes par ordre croissant). Il y aura ainsi 12 notes avant et 12 notes après cette note médiane. En observant le tableau d'effectifs, on remarque que les 12 moins bonnes sont comprises entre 3 et 9, et que la 13e note est 10. C'est donc la note médiane de cette série.

⚠ ATTENTION

Les deux autres réponses proposées sont donc fausses et correspondent peut être à une confusion entre l'effectif total de la série et le nombre de colonnes du tableau. Il y a 12 colonnes et vous avez peut-être séparé le tableau en deux : la 6e colonne correspondant à la note 10 (d'effectif 2) et la 7e à la note 11 (d'effectif 3).

2 QCM Moyenne et médiane

Énoncé p. 128

1 Réponse **c**. La médiane d'une série statistique est ... On ne peut pas répondre.

En effet, considérons la série de 3 nombres : 1 – 2 – 6. La médiane est 2 et la moyenne est 3 donc la médiane est ici inférieure à la moyenne. Mais si on considère la série de 3 nombres : 1 – 5 – 6. La médiane est 5 et la moyenne vaut 4. Cette fois ci la médiane est supérieure à la moyenne.

2 Réponse **b**. Sophie a eu 8 coefficient 3 en géométrie. La note d'algèbre est coefficient 5. Pour avoir au moins 10 de moyenne en mathématiques, il faut qu'elle ait au moins 11,5 en algèbre.

C'est le calcul qui nous permet de répondre... Avec 11 en algèbre, la moyenne de Sophie sera de $\frac{8 \times 3 + 11 \times 5}{8} = 9{,}875$, ce qui est insuffisant. En revanche, avec 11,5 en algèbre, la moyenne de Sophie sera de $\frac{8 \times 3 + 11{,}5 \times 5}{8} = 10{,}187\,5$.

3 Moyenne avec un tableur

Énoncé p. 129

Collège Monthéty, Pontault-Combault

1 Il suffit ici d'ajouter tous les nombres de la liste et de diviser le résultat par 16 (car il y a 16 nombres dans la liste).

On trouve alors 209,06.

2 La formule à entrer dans une cellule afin qu'elle calcule et affiche la moyenne des données mises dans une même colonne (par exemple) est (voir annexe) :

=MOYENNE(1re cellule : dernière cellule)

Ici, on va donc entrer dans la cellule B1 la formule :

=MOYENNE(A1 :A16)

4 Moyenne, étendue

Énoncé p. 129

Collège Évariste Galois, Bourg-la-Reine

1 Pour Hugo :

$$m_1 = \frac{11+9+10+10+12+8+11+13+9+10+11+12}{12} = 10{,}5.$$

Pour Lisa :

$$m_2 = \frac{5+16+6+7+15+10+8+15+10+8+17+9}{12} = 10{,}5.$$

2 Les notes d'Hugo s'échelonnent de 8 à 13 donc l'étendue e_1 de sa série de notes est $e_1 = 13 - 8 = 5$.

Les notes de Lisa s'échelonnent de 6 à 17 donc l'étendue de sa série de notes est $e_2 = 17 - 5 = 12$.

3 Ces deux élèves ont la même moyenne mais ont un profil très différent. L'étendue de la série de notes de Lisa est beaucoup plus grande que l'étendue de la série de notes d'Hugo, ce qui signifie que les notes de Lisa sont beaucoup plus dispersées. Autrement dit, Lisa a des résultats moins réguliers que ceux d'Hugo.

5 Moyenne, médiane, étendue

Énoncé p. 129

Collège Camille Saint-Saëns, Lizy-sur-Ourcq

1 Pour chaque taille T donnée, on compte le nombre de carpes ayant cette taille T : on obtient l'effectif associé à T.

On obtient alors le tableau suivant :

Taille (en cm)	22	23	24	25	26	27	28	29	30
Effectifs	2	4	9	7	5	3	4	0	1

COURS INTERROS CORRIGÉS

2 La taille moyenne de ces carpes se calcule ainsi :

$$\bar{x} = \frac{22 \times 2 + 23 \times 4 + 24 \times 9 + 25 \times 7 + 26 \times 5 + 27 \times 3 + 28 \times 4 + 30 \times 1}{35}$$
$$= \frac{880}{35} \approx 25{,}1.$$

La taille moyenne de ces carpes est donc d'environ 25,1 cm (arrondi au mm près).

3 Il y a 35 carpes au total. Il faut donc séparer cette série en deux séries de 17 carpes, les 17 carpes de la 1re série ayant une taille inférieure ou égale aux tailles des 17 carpes de la 2e série. La médiane est la taille de la 18e carpe.

On peut remarquer que la 18e carpe mesure 25 cm. La médiane de cette série est donc 25.

4 L'étendue de cette série est la différence entre les tailles de la plus grande carpe pêchée et de la plus petite. L'étendue e de cette série vaut donc :

$$e = 30 - 22 = 8.$$

6 Diagramme circulaire et fréquence

Énoncé p. 130

Collège Albert Camus, Bois-Colombes

1 Soit p le pourcentage.

$$p = \frac{90}{250} \times 100 = 36.$$

Donc 36 % des élèves de ce collège ont eu à ce contrôle commun une note n telle que $8 \leqslant n < 12$.

2 360 ° (c'est-à-dire le cercle entier) représentent 250 élèves, donc, par proportionnalité, 86,4 ° représentent :

$$n = \frac{86{,}4}{360} \times 250 = 60.$$

Donc 60 élèves ont eu à ce contrôle commun une note n telle que $12 \leqslant n < 16$.

3 Soit α l'angle demandé.

$$\alpha = \frac{20}{100} \times 360 = 72.$$

Donc l'angle de la section qui correspond au nombre d'élèves ayant eu une note n telle que $4 \leqslant n < 8$ vaut 72 °.

7 Diagramme en bâtons

Énoncé p. 130

Collège Ariane, Guyancourt

1 **(a)** L'effectif total de cette classe de 3e est de 20 élèves.

En effet, si on additionne tous les effectifs associés aux notes obtenues en français, il vient : $2+3+4+4+3+3+1=20$.

Si on additionne les effectifs associés aux notes obtenues en mathématiques, il vient : $2+2+2+1+4+3+1+1+1+2+1=20$.

Pour calculer la moyenne de cette classe en français, on calcule :

$$\frac{7\times 2+8\times 3+9\times 4+10\times 4+11\times 3+12\times 3+17}{20}$$

$$=\frac{200}{20}=10.$$

Pour calculer la moyenne de cette classe en mathématiques, on calcule :

$$\frac{3\times 2+6\times 2+7\times 2+9+10\times 4+11\times 3+12+13+14+15\times 2+17}{20}$$

$$=\frac{200}{20}=10.$$

Les moyennes de français et de mathématiques de cette classe aux derniers contrôles sont donc toutes les deux égales à 10.

Pour déterminer la médiane de chacune de ces séries de notes, l'effectif total étant de 20, il faut séparer ces notes, rangées dans l'ordre croissant en deux groupes de 10.

En français, il vient :

$$\underbrace{7\ 7\ 8\ 8\ 8\ 9\ 9\ 9\ 9\ 10}_{\text{10 notes les plus basses}}\quad \underbrace{10\ 10\ 10\ 11\ 11\ 11\ 12\ 12\ 12\ 17}_{\text{10 notes plus élevées}}$$

La médiane est donc 10.

En mathématiques, il vient :

$$\underbrace{3\ 3\ 6\ 6\ 7\ 7\ 9\ 10\ 10\ 10}_{\text{10 notes les plus basses}}\quad \underbrace{10\ 11\ 11\ 11\ 12\ 13\ 14\ 15\ 15\ 17}_{\text{10 notes les plus élevées}}$$

La médiane est donc 10.

(b) Nous avons calculé la même moyenne et déterminé la même médiane pour chacune des deux séries de notes. Ces valeurs ne nous permettent donc pas de comparer de façon significative ces deux séries. On pourrait en effet penser que les notes sont réparties de la même façon, ce qui n'est pas le cas !

2 **(a)** D'après le graphique, la série des notes obtenues en mathématiques paraît plus dispersée que celle des notes obtenues en français qui sont plus regroupées entre 7 et 12.

(b) L'étendue de la série de notes obtenues en français est $17-7=10$ et l'étendue de la série de notes obtenues en mathématiques est $17-3=14$.

(c) L'étendue de la série des notes de mathématiques est plus grande que l'étendue des notes obtenues en français, ce qui correspond à notre réponse à la question (a).

8 Salaires

Énoncé p. 131

Collège Chaptal, Paris

1 Le nombre d'employés correspond à l'effectif total de cette série, soit :

$$4+3+20+23+25+9+21+5+6=116.$$

Il y a donc 116 employés dans cette entreprise.

2 L'étendue des salaires est égale à : 6 000 − 850 = 5 150 €.

3 Pour calculer le salaire moyen, on effectue le calcul suivant :

$$\overline{x} = \frac{4\times 850+3\times 900+20\times 1\,250+\cdots+6\times 6\,000}{116}$$
$$= \frac{209\,700}{116} \approx 1\,807{,}76\ €.$$

Le salaire moyen est donc d'environ 1 807,76 € (arrondi au centime près).

Comme il y a 116 employés et que $116 \div 2 = 58$, le salaire médian est la moyenne entre le 58e et le 59e salaire (en rangeant les salaires par ordre croissant). Ces deux valeurs sont toutes les deux dans la colonne 1 450 €, donc le salaire médian vaut 1 450 €.

4 Par définition de la médiane, 50 % des salariés gagnent donc moins de 1 450 €, la moyenne étant supérieure à ce salaire médian, on peut donc affirmer que la moitié des salariés gagnent moins que la moyenne.

5 Il y a : $9+21+5+6=41$ employés qui ont un salaire supérieur au SMIC. Cela représente donc : $\frac{41}{116}\times 100 \approx 35\ \%$ (arrondi à 1 % près).

Dans cette entreprise, environ 35 % des employés ont un salaire supérieur au SMIC.

9 Histogramme

Énoncé p. 132

Collège Henri Matisse, Nice

1 **MÉTHODE**

Pour calculer une moyenne à partir de données regroupées par classes (ici, on entend par *classes* le fait que l'on regarde les distances comprises entre 0 et 1, puis entre 1 et 3, etc.), il faut prendre en compte le milieu de chaque classe.

Distance (en km)	[0 ; 1[	[1 ; 3[	[3 ; 5[	[5 ; 10]
Milieu	0,5	2	4	7,5
Effectif	20	32	24	10

La moyenne est donc :

$$m = \frac{0{,}5 \times 20 + 2 \times 32 + 4 \times 24 + 7{,}5 \times 10}{20 + 32 + 24 + 10}$$
$$= \frac{245}{86}$$
$$\approx 2{,}85$$

La distance moyenne que parcourt les élèves de chez eux au collège est donc environ égale à 2,85 km.

2 **⚠ ATTENTION**

Il ne faut pas oublier que dans un histogramme, ce n'est pas la hauteur du rectangle qui est proportionnelle à l'effectif, mais son aire.

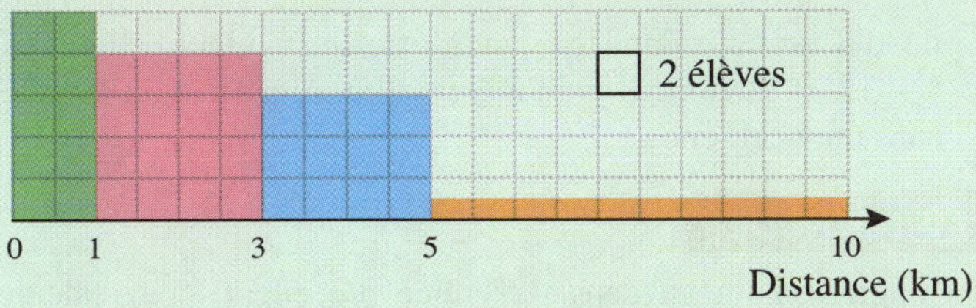

Si la hauteur du dernier rectangle avait été égale à 1, il aurait eu une aire de 10 carreaux, qui aurait donc représenté $10 \times 2 = 20$ élèves. Mais ce rectangle représente 10 élèves et non 20, soit la moitié ; donc la hauteur donc être égale à la moitié de 1, soit 0,5.

3 L'effectif total est égal à 86. La moitié de l'effectif total est égale à 43. On doit donc trouver l'intervalle dans lequel les effectifs cumulés croissants sont au moins égaux à « 43 ».

$20 + 32 = 52 > 43$ donc la médiane est atteinte dans l'intervalle [1 ; 3]. La distance médiane est donc comprise entre 1 km et 3 km.

10 Trouver la légende

Énoncé p. 132

Collège Condorcet, Paris

Nous pouvons compter en tout 52 carreaux dans l'histogramme. Ces 52 carreaux doivent représenter les 624 élèves du collège.

$$\frac{624}{52} = 12$$

donc 1 carreau représente 12 élèves.

On peut donc déduire le tableau ci-dessous :

Nombre d'heures	[0 ; 1[	[1 ; 4[	[4 ; 7[	[7 ; 9]
Effectif	24	288	216	96

Explications :

- Pour savoir le nombre d'élèves qui regardent un écran entre 0 et 1 heure par week-end, on compte le nombre de carreau dans le rectangle de l'histogramme correspondant à cet intervalle : il y en a 2. Comme 1 carreau représente 12 élèves, il y a $2 \times 12 = 24$ élèves dans cet intervalle.
- Il y a $6 \times 4 = 24$ carreaux (6 carreaux en longueur et 4 en hauteur) dans le rectangle correspondant à l'intervalle [1 ; 4[.
  $24 \times 12 = 288$ donc il y a 288 élèves qui regardent un écran entre 1 h et 4 h dans un week-end.
- Il y a $6 \times 3 = 18$ carreaux dans le rectangle correspondant à l'intervalle [4 ; 7[.
  $18 \times 12 = 216$ donc il y a 216 élèves qui regardent un écran entre 4 h et 7 h dans un week-end.
- Il y a 8 carreaux dans le rectangle correspondant à l'intervalle [7 ; 9[.
  $8 \times 12 = 96$ donc il y a 96 élèves qui regardent un écran entre 7 h et 9 h dans un week-end.

MÉTHODE

Comme on l'a vu dans l'exercice précédent, pour calculer le nombre d'heures moyen que ces élèves passent devant un écran, on va calculer le centre de chaque classe, puis multiplier les effectifs de chaque classe par le centre de la classe, et diviser le résultat par l'effectif total.

Calculons les centres des classes :

$$\frac{0+1}{2} = 0{,}5 \quad \frac{1+4}{2} = 2{,}5 \quad \frac{4+7}{2} = 5{,}5 \quad \frac{7+9}{2} = 8.$$

On peut ensuite calculer la durée moyenne passée devant les écrans :

$$\overline{x} = \frac{0{,}5 \times 24 + 2{,}5 \times 288 + 5{,}5 \times 216 + 8 \times 96}{24 + 288 + 216 + 96} = \frac{2\,688}{624} \approx 4{,}3.$$

Les élèves passent donc en moyenne environ 4,3 h soit environ 4 h 18 min devant un écran par week-end.

11 Avec de l'algèbre (tâche complexe)

Énoncé p. 132

Collège Saint-Joseph de Tivoli, Bordeaux

1 Avant tout, remarquons que si a, b et c représentent les notes aux épreuves écrites (coefficient 2) et d représente celle de l'épreuve orale (coefficient 4), alors la moyenne des notes se calcule ainsi :

$$\begin{aligned} m &= \frac{2a+2b+2c+4d}{2+2+2+4} \\ &= \frac{2(a+b+c+2d)}{10} \\ &= \frac{a+b+c+2d}{5}. \end{aligned}$$

La moyenne de Hugo est donc :

$$\begin{aligned} m &= \frac{12+7+9+2x}{5} \\ &= \frac{28+2x}{5}, \end{aligned}$$

où x est la note qu'il obtient à l'oral.

Il réussit son examen si $m \geqslant 10$:

$$\frac{28+2x}{5} \geqslant 10$$

$$28+2x \geqslant 10 \times 5$$

(en multipliant chaque membre par 5)

$$\begin{aligned} 2x &\geqslant 50-28 \\ 2x &\geqslant 22 \\ x &\geqslant 11 \end{aligned}$$

Il faut donc que Hugo ait au moins 11/20 pour réussir à son examen.

2 Notons y la note de Julie à la troisième épreuve écrite et z sa note à l'oral.

Sa moyenne est :

$$\begin{aligned} m' &= \frac{15+11+y+2z}{5} \\ &= \frac{26+y+2z}{5} \\ &= 11 \end{aligned}$$

donc, en multipliant par 5 les deux membres de cette égalité :

$$26+y+2z = 55 \qquad \text{soit :} \qquad y+2z = 55-26 = 29.$$

On sait d'après l'énoncé que :

$$11 \leqslant z \leqslant 13 \qquad \text{soit :} \qquad 22 \leqslant 2z \leqslant 26$$

donc, en ajoutant y à chaque membre de cet encadrement :

$$22 + y \leqslant y + 2z \leqslant 26 + y.$$

Or, $y + 2z = 29$ donc :

$$22 + y \leqslant 29 \leqslant 26 + y.$$

- Si on considère la partie gauche de cet encadrement, on a :

$$22 + y \leqslant 29$$

soit :

$$y \leqslant 29 - 22$$

et donc :

$$y \leqslant 7.$$

- Si on considère la partie droite de l'encadrement, on a :

$$29 \leqslant 26 + y$$

soit :

$$y \geqslant 29 - 26$$

et donc :

$$y \geqslant 3.$$

Finalement,

$$3 \leqslant y \leqslant 7.$$

Julie a donc eu une note comprise entre 3 et 7 à la troisième épreuve écrite.

Chapitre 7

Probabilités

Plan du chapitre

Exercice type

Collège Alain Fournier, Bordeaux

Dylan dispose d'un jeu de 52 cartes tout à fait normal. Il y a bien 10 cartes numérotées de 1 à 10 ainsi qu'un valet, une dame et un roi dans chaque couleur.

Dans tout cet exercice, on notera C l'évènement « tirer un cœur » et A l'évènement « tirer un as ».

1 Sophie tire une carte au hasard.

(a) Quelle est la probabilité $p(A)$ que cette carte soit un as ?

(b) Quelle est la probabilité $p(C)$ que cette carte soit un cœur ?

(c) Quelle est la probabilité $p(A \text{ et } C)$ que cette carte soit l'as de cœur ?

2 Sophie a tiré l'as de cœur. Elle garde la carte entre les mains sans la montrer à Dylan. Dylan manipule le reste du jeu, faces cachées bien sûr, puis retourne successivement deux cartes : un as puis un cœur. Il annonce alors fièrement que la carte que Sophie a entre les mains est l'As de cœur.

On considère dans cette question que Dylan retourne au hasard les deux cartes qui lui ont permis de deviner celle que Sophie a dans les mains.

(a) Déterminer la probabilité $p(C_1)$ de retourner en premier une carte de cœur.

(b) Déterminer la probabilité $p(A_1)$ de retourner en premier un as.

(c) Compléter l'arbre pondéré page suivante qui représente cette expérience aléatoire en précisant chaque calcul de probabilité.

...

Exercice type (suite) **Collège Alain Fournier, Bordeaux**

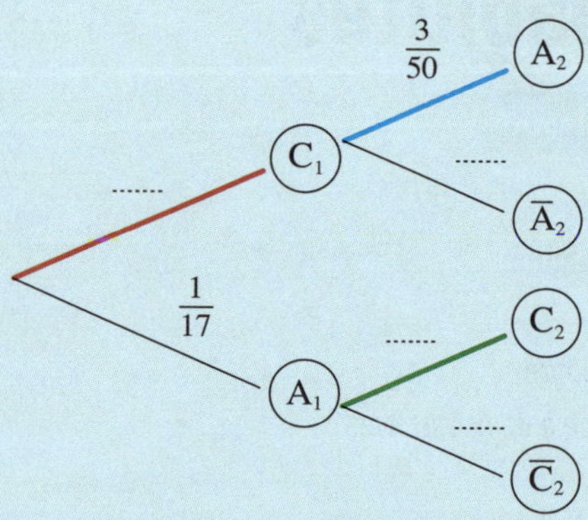

(d) Déterminer la probabilité $p(C_1, A_2)$ de retourner un cœur puis un as.

(e) Déterminer la probabilité $p(A_1, C_2)$ de retourner un as puis un cœur. Que remarquez-vous ?

(f) Déterminer la probabilité p de retourner une carte de cœur et un as, quel que soit l'ordre dans lequel elles sont retournées.

3 À votre avis, Dylan n'a-t-il été guidé que par le hasard pour retourner ces deux cartes ?

Voir corrigé page 148

1 Définitions

Définition 1 : expérience aléatoire

Une *expérience aléatoire* est une expérience dont on connaît toutes les issues (ou résultats) possibles, mais dont on ne peut pas prévoir de façon *certaine* le résultat.
L'ensemble des issues d'une expérience aléatoire est appelé *univers*. Il est noté Ω (se lit « oméga »).

Exemples

On lance un dé cubique et on s'intéresse au nombre obtenu sur la face supérieure. Cette expérience a six issues : 1 ; 2 ; 3 ; 4 ; 5 et 6.

Définition 2 : évènement

Un *évènement* est un ensemble d'issues de l'expérience aléatoire.
On dit que chacune de ces issues « réalise l'évènement ».

- Un évènement qui ne contient qu'une seule issue s'appelle un *évènement élémentaire*.
- Un évènement qui est sûr de se produire s'appelle un *évènement certain*.
- Un évènement qui ne peut pas se produire s'appelle un *évènement impossible*.

Exemples

Reprenons notre dé à six faces.
Si l'on note A l'évènement « Obtenir un multiple 3 », A contient comme issues 3 et 6. On dit que « 3 et 6 réalisent l'évènement A ».

On note B l'évènement « Obtenir 4 ». B est un évènement élémentaire.

On note C l'évènement « Obtenir un nombre positif ». C est un évènement certain.

On note D l'évènement « Obtenir un nombre supérieur à 8 ». D est un évènement impossible.

Définition 3 : évènement contraire

L'*évènement contraire* d'un évènement A est l'évènement qui contient toutes les issues de l'univers qui ne *réalisent pas* A.
On le note $\overline{A}$ (se lit « A barre »).

Exemple : Pour le dé à six faces, l'évènement $\overline{A}$ (A étant l'évènement « obtenir un multiple de 3 ») contient comme issues : 1 ; 2 ; 4 et 5.

Définition 4 : évènements incompatibles

On dit que deux évènements sont *incompatibles* lorsqu'ils ne peuvent pas se réaliser en même temps.

Exemple : Pour le dé à six faces, les évènements A et B sont incompatibles.

2 Équiprobabilité

Définition 5 : situation d'équiprobabilité

On est dans une *situation d'équiprobabilité* lorsque chaque issue de l'univers a autant de chance que les autres d'être obtenue.

Exemples : le lancer d'un dé non pipé ou le tirage d'une carte au hasard sont des situations d'équiprobabilité.

Propriété 1

Dans une situation d'équiprobabilité, la probabilité d'un évènement A est donnée par la formule suivante :

$$p(A) = \frac{\text{nombre d'issues qui réalisent } A}{\text{nombre d'issues de l'univers}}.$$

Exemple : dans le cas du dé cubique non pipé, on a ainsi :

$$p(A) = \frac{2}{6} = \frac{1}{3} \; ; \; p(B) = \frac{1}{6} \; ; \; p(C) = 1 \; ; \; p(D) = 0.$$

3 Propriétés

La probabilité d'un évènement est un nombre compris entre 0 et 1.

Remarque : comme on l'a observé dans l'exemple précédent, la probabilité d'un évènement *impossible* est 0 et la probabilité d'un évènement *certain* est 1.

Propriétés 2

- Soit E un évènement, on a alors $p(\overline{E}) = 1 - p(E)$.
- Si E et F sont deux évènements incompatibles, alors on a :
  $p(E \text{ ou } F) = p(E) + p(F)$.
- La somme des probabilités des évènements élémentaires est égale à 1.

Exemples

Dans le cas du dé cubique, la probabilité de ne pas obtenir un multiple de 3 est :

$$p(\overline{A}) = 1 - p(A) = 1 - \frac{1}{3} = \frac{2}{3}.$$

Par ailleurs, comme A et B sont incompatibles, la probabilité d'obtenir « 4 » ou un multiple de 3 est :

$$p(A \text{ ou } B) = p(A) + p(B) = \frac{1}{3} + \frac{1}{6} = \frac{1}{2}.$$

4 Arbre pondéré

On représente les issues possibles d'une expérience aléatoire par un schéma qu'on appelle un « arbre ». Chaque branche mène à une des issues possibles. Si on indique de plus, sur chaque branche, la probabilité d'obtenir ce résultat, on dit que l'arbre est « pondéré ».

Exemple : considérons une urne dans laquelle il y a 10 boules bleues, 5 boules rouges et une boule noire.

On note B l'évènement « tirer une boule bleue », R l'évènement « tirer une boule rouge » et N l'évènement « tirer une boule noire ».

Dans cette expérience, il y a trois issues possibles :

- Tirer une boule rouge avec la probabilité :
$$p(R) = \frac{5}{16} = 0{,}312\,5.$$
- Tirer une boule bleue avec la probabilité :
$$p(B) = \frac{10}{16} = 0{,}625.$$
- Tirer une boule noire avec la probabilité :
$$p(N) = \frac{1}{16} = 0{,}062\,5.$$

On peut donc représenter cette expérience aléatoire par l'arbre pondéré suivant :

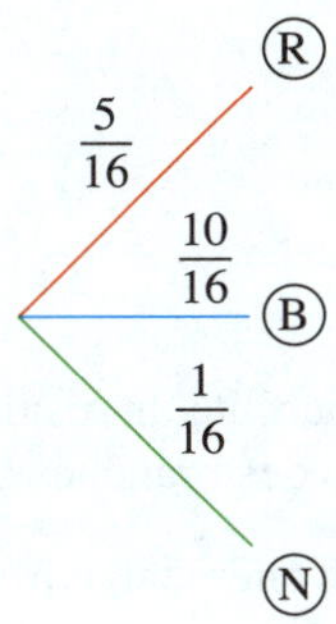

5 Expérience à deux épreuves

On dit qu'une expérience est « à deux épreuves » si elle consiste en une succession de deux expériences aléatoires élémentaires.

Définition 6

Chaque succession de deux branches représentant un résultat possible est appelée un « chemin ».

Par exemple, l'expérience aléatoire qui consiste à tirer successivement deux boules au hasard dans l'urne est une expérience à deux épreuves.

Considérons que l'on remet la boule tirée en premier avant de tirer la deuxième, on peut alors représenter les issues possibles de cette expérience par l'arbre pondéré de la page suivante.

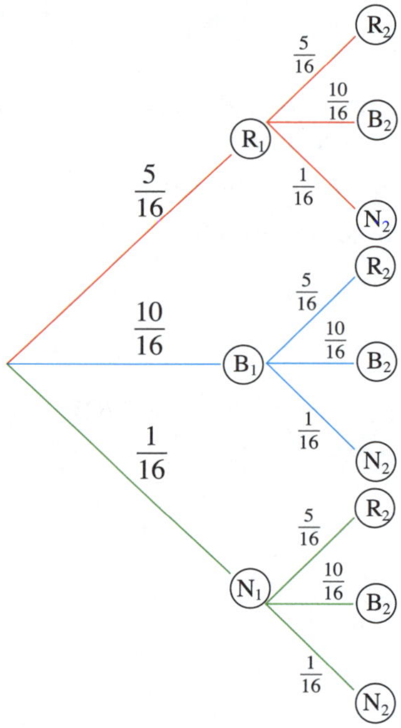

Propriété 3

Dans un arbre pondéré, la probabilité du résultat auquel conduit un chemin est égal au *produit* des probabilités des branches qui constituent ce chemin.

Par exemple, la probabilité de l'évènement « tirer une boule bleue puis une boule noire », que l'on note « B_1, N_2 » est :

$$p(B_1, N_2) = \frac{10}{16} \times \frac{1}{16} = \frac{10}{256} = \frac{5}{128}.$$

Solution de l'exercice type

Collège Alain Fournier, Bordeaux

1 Dans cet exercice, l'univers est l'ensemble des 52 cartes du jeu.

(a) Il y a dans ce jeu 4 as donc :

$$p(A) = \frac{4}{52} = \frac{1}{13}$$

(b) Il y a dans ce jeu 13 cartes de cœur donc $p(C) = \frac{13}{52} = \frac{1}{4}$.

(c) Il n'y a qu'un seul as de cœur dans ce jeu donc : $p(A \text{ et } C) = \frac{1}{52}$.

…

➔ Solution de l'exercice type

Collège Alain Fournier, Bordeaux

2 **(a)** Sophie a entre les mains l'as de cœur. Il n'y a donc plus que 51 cartes dans le jeu et parmi ces 51 cartes, il n'y a plus que 12 cartes de cœur donc :

$$p(C_1) = \frac{12}{51} = \frac{4}{17}.$$

(b) Parmi les 51 cartes que Dylan manipule, il n'y a plus que 3 as donc :

$$p(A_1) = \frac{3}{51} = \frac{1}{17}.$$

(c) Pour la deuxième carte, $p(A_2)$ est donnée donc on peut déduire rapidement que :

$$p(\overline{A_2}) = 1 - p(A_2) = 1 - \frac{3}{50} = \frac{47}{50}.$$

Après avoir retourné la première carte, il reste 50 cartes. Si c'est un as que le magicien a retourné en premier, il reste dans le jeu 12 cartes de cœur.

Donc la probabilité de retourner un cœur après avoir retourné un as est :

$$p(C_2) = \frac{12}{50} = \frac{6}{25}.$$

Et on en déduit :

$$p(\overline{C_2}) = 1 - p(C_2)$$
$$= 1 - \frac{6}{25} = \frac{19}{25}.$$

On peut alors compléter l'arbre en y inscrivant sur les deux premières branches les probabilités $p(C_1)$ et $p(A_1)$ déterminées aux questions 2.a) et 2.b).

On obtient l'arbre suivant.

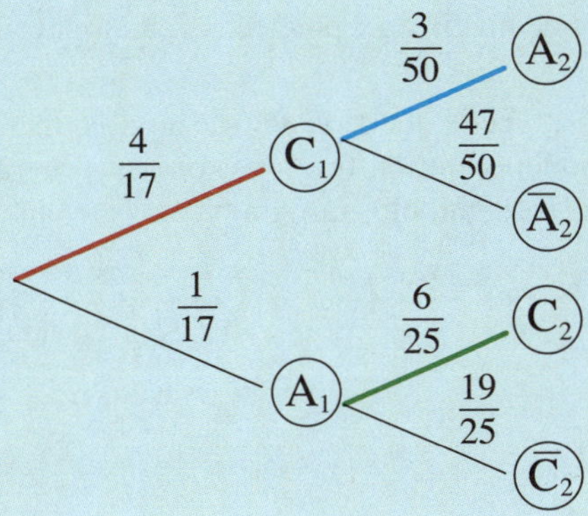

➜ Solution de l'exercice type (suite)

Collège Alain Fournier, Bordeaux

Remarque : on peut vérifier la probabilité de retourner un as en deuxième si la première carte retournée est un cœur. Comme il ne reste que 50 cartes, dont 3 as, cette probabilité est bien de $\frac{3}{50}$.

(d) Pour calculer $p(C_1, A_2)$ on utilise le chemin correspondant de l'arbre précédent et on en déduit :

$$p(C_1, A_2) = \frac{4}{17} \times \frac{3}{50} = \frac{12}{850} = \frac{6}{425}.$$

(e) De même qu'à la question précédente, d'après l'arbre :

$$p(A_1, C_2) = \frac{1}{17} \times \frac{6}{25} = \frac{6}{425}.$$

On remarque que $p(C_1, A_2) = p(A_1, C_2)$. Autrement dit, il y a autant de chances de retourner d'abord un cœur puis un as que d'abord un as puis un cœur.

(f) On cherche la probabilité de retourner un as puis un cœur ou de retourner un cœur puis un as. Ces deux évènements sont incompatibles, donc on peut additionner leurs probabilités. On en déduit :

$$\begin{aligned} p &= p(A_1, C_2) + p(C_1, A_2) \\ &= \frac{6}{425} + \frac{6}{425} \\ &= \frac{12}{425} \\ &\approx 0{,}03. \end{aligned}$$

3 D'après les questions précédentes, si Dylan tire les cartes au hasard, il n'a environ que 3 % de chances de réussir à retourner un as et un cœur. De plus, on a vu qu'il n'y a qu'une chance sur 52 que Sophie ait tiré l'as de cœur et pas une autre carte. Dylan doit donc forcément utiliser un « truc de magicien » pour réussir à étonner ses amis !

Remarque : cette question aborde intuitivement la notion de probabilité conditionnelle, notion qui n'est pas au programme de 3e et que vous étudierez en détail plus tard au lycée.

Voir énoncé page 143

1 V/F Vrai ou faux ?

4 min | Corrigé p. 159

Pour chacune des propositions, répondre par « vrai » ou « faux ».
Aucune justification n'est demandée.

1 On tire au hasard deux cartes dans un jeu. L'évènement contraire de « les deux cartes sont des as » est « aucune des deux cartes n'est un as ».

2 Si je lance plus de 6 fois de suite un dé à 6 faces bien équilibré, je suis certain(e) d'obtenir au moins une fois le chiffre 6.

3 Quand on tire deux dés, il est plus probable de tirer un 1 puis un 2 qu'un double 6.

2 QCM Calculs de probabilités

8 min | Corrigé p. 159

Pour chacune des propositions, choisir la ou les réponse(s) possible(s). Aucune justification n'est demandée.

1 Si la probabilité de tirer une boule rouge dans une urne où il n'y a que des boules rouges et noires est de 0,3 alors la probabilité de tirer une boule noire dans cette urne est de ...

a 0,7   b 0,5   c On ne peut pas répondre

2 Un couple a déjà trois enfants (deux garçons et une fille) et attend un quatrième enfant. La probabilité que cet enfant soit un garçon est ...

a 0,25   b 0,5   c 0,75

3 La probabilité d'obtenir deux fois de suite le même numéro avec un dé bien équilibré à 6 faces est de :

a $\frac{1}{3}$ b $\frac{1}{6}$ c $\frac{1}{36}$

4 Dans une forêt, 40 % des chênes et 20 % des autres arbres sont malades. Si on considère un arbre pris au hasard dans cette forêt, la probabilité qu'il soit malade est de :

a 0,6   b 0,8   c On ne peut pas répondre.

5 Une population compte 60 femmes et 40 hommes. 55 % des hommes et 35 % des femmes pratiquent une activité sportive. La probabilité qu'une personne prise au hasard parmi celles-ci pratique une activité sportive est de :

a 0,43   b 0,9   c On ne peut pas répondre.

3 Lancers d'un dé

★ 3 min Corrigé p. 160

Collège Jules Vallès, Saint-Leu-d'Esserent

On lance 20 fois de suite un dé bien équilibré à 8 faces. Les faces sont numérotées de 1 à 8. Voici les résultats de ces lancers :

2 – 4 – 6 – 8 – 1 – 1 – 3 – 5 – 4 – 3 – 2 – 6 – 7 – 1 – 5 – 6 – 7 – 8 – 3 – 1

1 Combien de fois le numéro 5 a-t-il été obtenu ?

2 Quelle est la probabilité d'obtenir un 5 avec un tel dé ?

4 Une histoire de sacs

★★ 10 min Corrigé p. 161

Extrait du DNB 2009, Métropole

Trois personnes Aline, Bernard et Claude ont chacun un sac contenant des billes. Le contenu des sacs est le suivant :

- Sac d'Aline : 5 billes rouges.
- Sac de Bernard : 10 billes rouges et 30 billes noires.
- Sac de Claude : 100 billes rouges et 3 billes noires.

Chacune tire au hasard une bille de son sac

1 Laquelle de ces personnes a la probabilité la plus grande de tirer une bille rouge ?

2 On souhaite qu'Aline ait la même probabilité que Bernard de tirer une bille rouge. Avant le tirage, combien de billes noires faut-il ajouter pour cela dans le sac d'Aline ?

5 Groupes sanguins

★ 6 min Corrigé p. 162

Collège Monthéty, Pontault-Combault

Dans une population, les groupes sanguins sont répartis en quatre groupes : A, B, AB et O. D'autre part, ils sont répartis suivant le facteur rhésus (+ et –). Nous avons indiqué ces répartitions (en %) dans le tableau suivant :

Groupe	A	B	AB	O
Rhésus +	31,9 %	8,2 %	4,15 %	36 %
Rhésus –	8,1 %	1,8 %	0,85 %	9 %

Un individu est pris au hasard dans cette population. Quelle est la probabilité :

1 Qu'il soit du groupe B ?

2 Qu'il ait un rhésus + ?

3 Qu'il soit du groupe B ou qu'il ait un rhésus + ?

COURS
INTERROS
CORRIGÉS

6 Dans une urne

★ 6 min Corrigé p. 163

Collège Joliot Curie, Bagneux

Une urne contient quatre boules identiques au toucher : une boule rouge et trois boules bleues. On tire au hasard une première boule, on la remet dans l'urne puis on en tire une deuxième.

1. Réaliser un arbre pondéré pour représenter toutes les possibilités.
2. Quelle est la probabilité de tirer deux fois de suite la boule rouge ?

7 Moyens de locomotion

★★ 5 min Corrigé p. 163

Collège Monthéty, Pontault-Combault

Dans une entreprise, 74 % des employés viennent en voiture. Une enquête a montré que 40 % de ceux qui viennent en voiture et 60 % des autres employés mettent plus de 30 minutes pour venir travailler. Quelle est la probabilité qu'un employé pris au hasard soit un de ceux qui mettent plus de 30 minutes pour venir travailler ?

8 À la remise des copies

★★ 6 min Corrigé p. 164

Collège de Staël, Paris

Un professeur rendant des copies notées sur 20 annonce :

- $\frac{2}{5}$ des élèves n'ont pas eu la moyenne
- 20 % des élèves ont eu strictement plus de 15 sur 20

Quelle est la probabilité qu'une copie prise au hasard dans ce paquet ait une note entre 10 et 15 ?

9 Le pari d'Enzo

★★ 15 min Corrigé p. 164

Collège Monthéty, Pontault-Combault

Pour éviter de mettre le couvert, Enzo propose à sa sœur de lancer deux dés et lui dit :

« Si la somme des deux nombres obtenus fait 8, c'est toi qui met le couvert ! »

Sa sœur ayant accepté le pari, Enzo lance les deux dés et obtient la configuration ci-contre.

À la place d'Enzo, auriez-vous choisi le même nombre ? Justifier votre réponse.

10 Les urnes

★★ 10 min Corrigé p. 165

Extrait du DNB 2020, Antilles

On dispose de deux urnes :

- une urne bleue contenant trois boules bleues numérotées : ②, ③ et ④;
- une urne rouge contenant quatre boules rouges numérotées : ②, ③, ④ et ⑤.

Dans chaque urne, les boules sont indiscernables au toucher et ont la même probabilité d'être tirées.

Urne bleue	Urne rouge
②③④	②③④⑤

On s'intéresse à l'expérience aléatoire suivante :

« On tire au hasard une boule bleue et on note son numéro, puis on tire au hasard une boule rouge et on note son numéro. »

Exemple : si on tire la boule bleue numérotée ③, puis la boule rouge numérotée ④, le tirage obtenu sera noté (3; 4).

On précise que le tirage (3; 4) est différent du tirage (4; 3).

1 On définit les deux évènements suivants :
« On obtient deux nombres premiers » et :
« La somme des deux nombres est égale à 12 ».

(a) Pour chacun des deux évènements précédents, dire s'il est possible ou impossible lorsqu'on effectue l'expérience aléatoire.

(b) Déterminer la probabilité de l'évènement « On obtient deux nombres premiers ».

2 On obtient un « double » lorsque les deux boules tirées portent le même numéro. Justifier que la probabilité d'obtenir un « double » lors de cette expérience, est $\frac{1}{4}$.

3 Dans cette question, aucune justification n'est attendue.
On souhaite simuler cette expérience 1 000 fois.
Pour cela, on a commencé à écrire un programme, à ce stade, encore incomplet. Des copies d'écran se trouvent page suivante.

Script principal :

Vous pouvez retrouver ce programme en tapant :

`https://scratch.mit.edu/projects/481837803/`

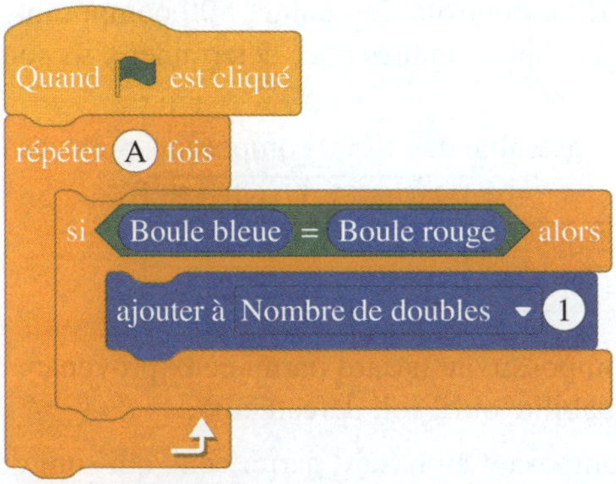

Bloc « Tirer deux boules » :

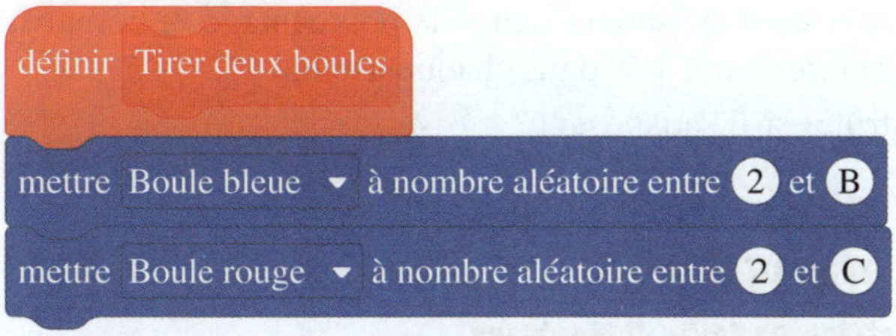

Remarques :

- Boule bleue, Boule rouge et Nombre de doubles sont des variables.
- Le bloc Tirer deux boules est à insérer dans le script principal.

(a) Par quels nombres faut-il remplacer les lettres A, B et C ?

(b) Dans le script principal, indiquer où placer le bloc Tirer deux boules.

(c) Dans le script principal, indiquer où placer le bloc

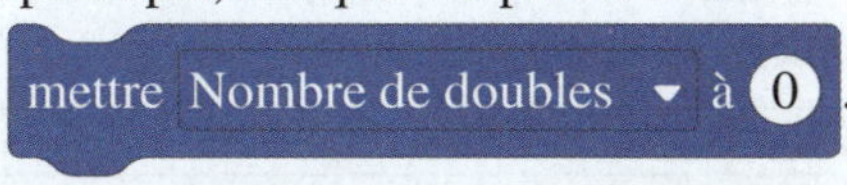

.

(d) On souhaite obtenir la fréquence d'apparition du nombre de « doubles » obtenus. Parmi les instructions ci-dessous, laquelle faut-il placer à la fin du script principal après la boucle « répéter » ?

Proposition 1	Proposition 2
dire Nombre de doubles	dire Nombre de doubles / 1000
Proposition 3	
dire Nombre de doubles / 2	

11 Composants électroniques

★★ 10 min Corrigé p. 166

Extrait du DNB 2016, Métropole

Une société commercialise des composants électroniques qu'elle fabrique dans deux usines. Lors d'un contrôle de qualité, 500 composants sont prélevés dans chaque usine et sont examinés pour déterminer s'ils sont « bons » ou « défectueux ».

Résultats obtenus pour l'ensemble des 1 000 composants prélevés :

	Usine A	Usine B
Bons	473	462
Défectueux	27	38

1 Si on prélève un composant au hasard parmi ceux provenant de l'usine A, quelle est la probabilité qu'il soit défectueux ?

2 Si on prélève un composant au hasard parmi ceux qui sont défectueux, quelle est la probabilité qu'il provienne de l'usine A ?

3 Le contrôle est jugé satisfaisant si le pourcentage de composants défectueux est inférieur à 7 % dans chaque usine.
Ce contrôle est-il satisfaisant ?

12 Internet avec option

★★ 20 min Corrigé p. 167

Collège Saint-Joseph de Tivoli, Bordeaux

Vous pouvez retrouver le corrigé de cet exercice en vidéo.

Un fournisseur d'accès Internet (FAI) propose un service avec deux options A et B facultatives.

On sait que sur 20 000 de ses clients choisis au hasard.

- 20 % ont choisi l'option A ;
- parmi les clients qui ont choisi l'option A, 20 % ont aussi choisi l'option B ;
- parmi les clients n'ayant pas choisi l'option A, 6 % ont choisi l'option B.

1 Compléter le tableau suivant :

Clients	Avec l'option A	Sans l'option A	Total
Avec l'option B			
Sans l'option B			
Total			20 000

2 On choisit au hasard un client parmi les 20 000 pris précédemment. On note :

- A l'évènement : « le client a choisi l'option A »
- B l'évènement : « le client a choisi l'option B »

(a) Calculer la probabilité de l'évènement A, puis celle de l'évènement B.

(b) Calculer la probabilité que le client ait choisi les deux options A et B.

(c) Calculer la probabilité que le client ait choisi une option et une seule.

3 On choisit au hasard un client ayant choisi l'option A.
Quelle est la probabilité pour que ce client n'ait pas choisi l'option B ?

13 Le jeu du nombre premier

★★★ 20 min Corrigé p. 168

Collège Alain Fournier, Bordeaux

Nous disposons de la « grille » suivante :

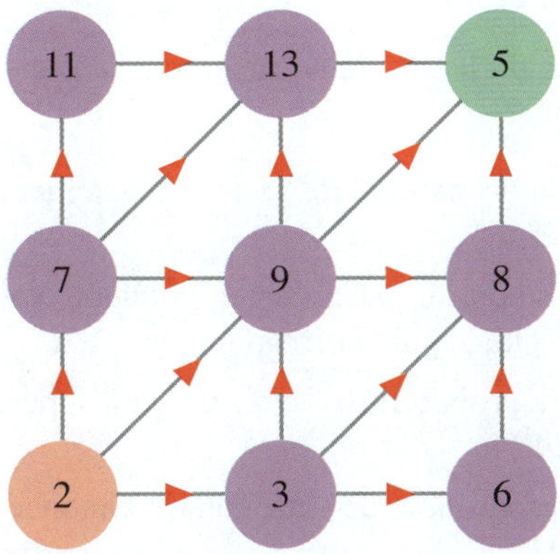

Le jeu consiste à partir de la case rouge (en bas à gauche) sur laquelle se trouve le nombre « 2 » pour rejoindre la case verte (en haut à droite) sur laquelle est inscrit le nombre « 5 » en empruntant le chemin que l'on veut dans la mesure où l'on va dans le sens indiqué par les flèches.

Par exemple, on peut emprunter le chemin : « 2 – 9 – 8 – 5 ».

À la fin, on additionne les nombres rencontrés sur le chemin emprunté ; si c'est un nombre premier, on a gagné.

1 Montrer que le nombre de chemins possibles est un nombre premier.

2 On choisit au hasard l'un de ces chemins.
Quelle est la probabilité de gagner le jeu du nombre premier ?

3 Une variante de ce jeu est de gagner lorsque la décomposition en produit de facteurs premiers de la somme des nombres rencontrés sur le chemin emprunté ne fait intervenir qu'un seul nombre premier.
Quelle est alors la probabilité de gagner à cette variante du jeu ?

14 Loterie

★★★ 20 min Corrigé p. 169

Collège Jules Vallès, Saint-Leu-d'Esserent

Un jeu de loterie consiste à faire tourner une roue deux fois de suite. Cette roue est partagée en 20 secteurs angulaires de surface identique. On admet que chaque secteur a autant de chance d'être désigné.

Parmi ces secteurs, il y en a un rouge, un noir, deux de couleur bleu. Les autres sont verts. À chaque tour de roue, le gain dépend de la couleur du secteur désigné.

- Rouge : le joueur gagne 10 €
- Noir : le joueur perd 10 €
- Bleu : le joueur gagne 5 €
- Vert : le joueur gagne 1 €

Le gain au terme du jeu est la somme des gains et pertes correspondant aux deux tours de roue.

1. Quelle est la probabilité de gagner exactement 5 euros au premier tour de roue ?
2. Illustrer la situation par un arbre pondéré. Vous indiquerez au bout de chaque branche le gain correspondant.
3. Quelle est la probabilité d'avoir un gain supérieur strictement à 5 € au terme du jeu ?
4. Le forain responsable de cette loterie annonce « Jeu gagnant plus de 9 fois sur 10 ! ».

   Sachant que pour avoir le droit de jouer, il faut payer 5 euros, qu'en pensez-vous ?

1 V/F Vrai ou faux ?

Énoncé p. 151

1 On tire au hasard deux cartes dans un jeu. L'évènement contraire de : « les deux cartes sont des as » est « aucune des deux cartes n'est un as » : *Faux*. En effet, le contraire d'avoir deux as n'est pas de n'avoir aucun as ! L'évènement contraire de « les deux cartes sont des as » est « aucune des deux cartes n'est un as ou une seule des deux cartes est un as », ce qui peut se dire aussi « une carte au plus est un as ».

2 Si je lance plus de 6 fois de suite un dé à 6 faces bien équilibré, je suis certain(e) d'obtenir au moins une fois le chiffre 6 : *Faux*.

La fréquence théorique d'un tel tirage est de $\frac{1}{6}$ effectivement. On peut donc raisonnablement espérer qu'en lançant plus de 6 fois un dé bien équilibré, le 6 (comme chacun des 5 autres chiffres d'ailleurs) soit obtenu au moins une fois. Plus le nombre de lancers est grand et plus cela est vrai ... mais il n'y a aucune certitude ! D'autant plus qu'il n'est pas précisé ici combien de lancers ont lieu. Et on peut facilement concevoir qu'il est possible de lancer 10 fois par exemple un dé sans jamais obtenir le 6 !

3 Quand on tire deux dés, il est plus probable de tirer un 1 puis un 2 qu'un double 6 : *Faux*.

En effet, la probabilité est la même ! On a une chance sur 6 d'obtenir le 1 avec le 1er dé et une chance sur 6 d'obtenir le 2 avec le 2e dé. La probabilité est donc de $\frac{1}{36}$, comme celle d'obtenir un double 6.

2 QCM Calculs de probabilités

Énoncé p. 151

1 Si la probabilité de tirer une boule rouge dans une urne où il n'y a que des boules rouges et noires est de 0,3 alors la probabilité de tirer une boule noire dans cette urne est de 0,7 (réponse **a**).

Comme il n'y a que des boules rouges et noires dans cette urne, l'évènement contraire de « tirer une boule rouge » est « tirer une boule noire » et donc la probabilité de tirer une boule noire vaut $1 - 0{,}3 = 0{,}7$.

2 Un couple a déjà trois enfants (deux garçons et une fille) et attend un quatrième enfant. La probabilité que cet enfant soit un garçon est de 0,5 (réponse **b**).

Le sexe des premiers enfants n'a aucune influence sur le sexe de l'enfant à naître : la probabilité que ce soit un garçon ou une fille est toujours de 0,5 !

3 La probabilité d'obtenir deux fois de suite le même numéro avec un dé bien équilibré à 6 faces est de $\frac{1}{6}$ (réponse **b**).

En effet, la probabilité d'obtenir deux fois de suite un 6 est de $\frac{1}{36}$, celle d'obtenir deux fois un 5 est aussi de $\frac{1}{36}$ et ainsi de suite pour chaque chiffre de 1 à 6. De plus, chacun des évènements « obtenir deux fois le chiffre 6 », « obtenir deux fois le chiffre 5 », « obtenir deux fois le chiffre 4 », etc. est incompatible avec les autres donc on peut additionner leurs probabilités. On en déduit que la probabilité de l'évènement « obtenir deux fois de suite le même numéro » est la somme :

$$\underbrace{\frac{1}{36}+\frac{1}{36}+\cdots+\frac{1}{36}}_{6\text{ fois}}=6\times\frac{1}{36}=\frac{1}{6}.$$

4 On ne peut pas répondre (réponse **c**).
Il faudrait pouvoir déterminer la proportion d'arbres malades dans cette forêt. Or, on ne connaît pas la proportion de chênes dans cette forêt ; il est donc impossible de répondre à cette question. On peut seulement affirmer que la probabilité est comprise entre 20 % et 40 %.

5 La probabilité qu'une personne prise au hasard pratique une activité sportive est de 0,43 (réponse **a**).
En effet, déterminons le nombre de personnes qui pratiquent une activité sportive dans ce groupe. 55 % des 40 hommes en pratiquent une : ils sont donc 22. De plus, 35 % des 60 femmes pratiquent aussi une activité sportive : elles sont donc 21. Il y a donc 43 personnes dans ce groupe de 100 individus qui pratiquent une activité sportive. La probabilité qu'une personne prise au hasard soit l'une d'entre elles est donc de 0,43.

3 Lancers d'un dé

Énoncé p. 152

Collège Jules Vallès, Saint-Leu-d'Esserent

1 Le numéro 5 a été obtenu 2 fois au cours de ces 20 lancers.

2 Ce dé est équilibré donc il est équiprobable d'obtenir chaque numéro. Ce dé a 8 faces donc la probabilité de chaque numéro (et donc du numéro 5) est de $\frac{1}{8}$.

ATTENTION

On pourrait être tenté au vu des 20 lancers observés de répondre que la probabilité d'obtenir 5 est $\frac{2}{20}=\frac{1}{10}$ … Ce qui est faux bien sûr ! Il faudrait lancer ce dé un très grand nombre de fois pour vérifier la probabilité théorique de $\frac{1}{8}$. On observerait alors sans doute que chaque numéro est obtenu en moyenne une fois sur 8 !

4 Une histoire de sacs

Énoncé p. 152

Extrait du DNB 2009, Métropole

1 Le sac dans lequel la probabilité de tirer une bille rouge est la plus grande est le sac d'Aline. Effectivement, Aline n'ayant que des billes rouges dans son sac, elle ne peut tirer qu'une bille rouge ! La probabilité de tirer une bille rouge pour elle, est donc égale à 1.
Remarque : on dit alors que l'évènement « tirer une bille rouge dans le sac d'Aline » est un évènement certain.

ATTENTION

Ce n'est pas le sac dans lequel il y a le plus de billes rouges pour lequel la probabilité de tirer une bille rouge est la plus grande ! Dans le sac de Claude par exemple, la probabilité de tirer une bille rouge est de $\frac{100}{103}$ qui est inférieur à 1.

2 Dans le sac de Bernard, il y a 10 billes rouges et 30 billes noires. Il y a donc 40 billes au total ($10 + 30 = 40$) et parmi ces 40 billes, il y a 10 billes rouges. La probabilité de tirer une bille rouge dans le sac de Bernard est donc de $\frac{10}{40}$, soit de $\frac{1}{4}$.
Il y a actuellement 5 billes rouges dans le sac d'Aline. Soit x le nombre de billes noires que l'on va ajouter dans le sac d'Aline, il y aura alors $5 + x$ billes au total dans le sac. On veut que la probabilité de tirer une bille rouge soit égale à $\frac{1}{4}$, c'est-à-dire :

$$\frac{5}{5+x} = \frac{1}{4}.$$

Résolvons cette équation en utilisant l'égalité des produits en croix :

$$5 \times 4 = (5 + x) \times 1.$$

En réduisant chaque membre de l'équation, on obtient :

$$20 = 5 + x.$$

En soustrayant 5 dans chaque membre, il vient :

$$x = 15.$$

Il faut donc ajouter 15 billes noires dans le sac d'Aline pour que la probabilité d'y tirer une bille rouge soit la même que la probabilité de tirer une bille rouge dans le sac de Bernard.

MÉTHODE

On a utilisé ici une méthode classique en mathématiques pour résoudre un problème : la mise en équation, mais on aurait pu aussi raisonner de façon plus intuitive.

...

MÉTHODE

Effectivement, on remarque que dans le sac de Bernard, il y a trois fois plus de billes noires que de billes rouges. Il suffit qu'il y ait les mêmes proportions de billes rouges et de billes noires dans le sac d'Aline pour que les probabilités de tirer une bille rouge dans chacun des sacs soient identiques. Comme il y a 5 billes rouges dans le sac d'Aline , il faut ajouter trois fois plus de billes noires, c'est à dire 15 billes noires.

5 Groupes sanguins

Énoncé p. 152

Collège Monthéty, Pontault-Combault

1 $p(\mathrm{B}) = p(\mathrm{B}^+ \text{ ou } \mathrm{B}^-) = p(\mathrm{B}^+) + p(\mathrm{B}^-)$

$p(\mathrm{B}) = 8{,}2\ \% + 1{,}8\ \% = 10\ \% = 0{,}1.$

La probabilité que cet individu soit du groupe B est donc 0,1.

2 La probabilité p qu'un individu ait un rhésus + est 0,802 5. En effet :

$p = p(\mathrm{A}^+) + p(\mathrm{B}^+) + p(\mathrm{AB}^+) + p(\mathrm{O}^+)$

$p = 0{,}319 + 0{,}082 + 0{,}0415 + 0{,}36 = 0{,}802\,5.$

3 **ATTENTION**

Les évènements « être du groupe B » et « avoir un rhésus + » ne sont pas incompatibles donc on ne peut pas additionner les probabilités calculées aux deux questions précédentes.

Il faut donc ajouter aux individus de rhésus +, les individus de groupe B et de rhésus − :

$80{,}25 + 1{,}8 = 82{,}05$ donc 82,05 % de cette population est soit du groupe B, soit de rhésus +.

Remarque : on aurait aussi pu trouver le même résultat en ajoutant aux individus du groupe B, les individus des autres groupes et de rhésus + mais le calcul aurait été un peu plus long ...

La probabilité que cet individu soit du groupe B ou ait un rhésus + est donc de 0,820 5.

6 Dans une urne

Énoncé p. 153

Collège Joliot Curie, Bagneux

1

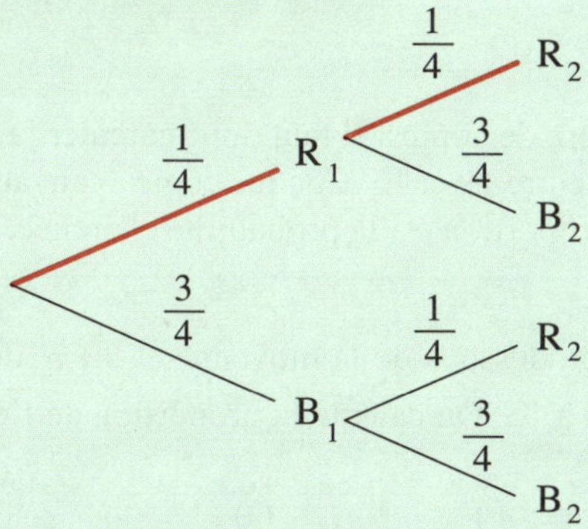

2 Le chemin correspondant au tirage successif de deux boules rouges a été tracé en rouge. On en déduit que la probabilité $p(R,R)$ de tirer deux fois de suite la boule rouge est de :

$$p(R_1, R_2) = \frac{1}{4} \times \frac{1}{4} = \frac{1}{16}.$$

7 Moyens de locomotion

Énoncé p. 153

Collège Monthéty, Pontault-Combault

74 % des employés viennent en voiture et 40 % d'entre eux mettent plus de 30 min pour se rendre sur leur lieu de travail donc les employés qui viennent en voiture et qui mettent plus de 30 min représentent 29,6 % des employés de l'entreprise.

En effet : 40 % de 74 % $= 0{,}4 \times 0{,}74 = 0{,}296 = 29{,}6$ %.

Par ailleurs, les employés qui ne viennent pas en voiture représentent 26 % des employés de l'entreprise ($100 - 74 = 26$) et parmi eux, 60 % mettent plus de 30 min. Ces derniers représentent donc 15,6 % des employés de l'entreprise.

En effet : 60 % de 26 % $= 0{,}6 \times 0{,}26 = 0{,}156 = 15{,}6$ %.

Finalement, les employés qui mettent plus de 30 min pour se rendre dans cette entreprise représentent 45,2 % du personnel (car $29{,}6 + 15{,}6 = 45{,}2$).

La probabilité qu'un employé pris au hasard soit l'un d'eux est donc de 0,452.

8 À la remise des copies

Énoncé p. 153

Collège de Staël, Paris

MÉTHODE

On ne connaît pas ici le nombre de copies. Il faut donc calculer la proportion de copies ayant une note entre 10 et 15. Chaque copie ayant autant de chance d'être choisie, cette proportion est la probabilité cherchée.

$\frac{2}{5}$ des élèves ont eu une note en dessous de la moyenne et 20 % des élèves ont obtenu une note supérieure à 15. On calcule la proportion de l'ensemble des élèves que cela représente :

$$\frac{2}{5} + \frac{20}{100} = \frac{40}{100} + \frac{20}{100} = \frac{60}{100}.$$

60 % des élèves ont donc eu une note soit en dessous de la moyenne soit strictement supérieure à 15.

$$100 - 60 = 40.$$

Donc 40 % des élèves ont eu une note comprise entre 10 et 15. La probabilité qu'une copie prise au hasard ait une note comprise entre 10 et 15 est donc de $\frac{40}{100}$ soit de 0,4.

9 Le pari d'Enzo

Énoncé p. 153

Collège Monthéty, Pontault-Combault

MÉTHODE

Il s'agit ici de définir la somme qu'il est le plus probable d'obtenir lorsqu'on lance deux dés.

On dresse un tableau à double entrée dans lequel on note les sommes obtenues en fonction des dés tirés.

Dé n° 1 / Dé n° 2	1	2	3	4	5	6
1	2	3	4	5	6	7
2	3	4	5	6	7	8
3	4	5	6	7	8	9
4	5	6	7	8	9	10
5	6	7	8	9	10	11
6	7	8	9	10	11	12

$6 \times 6 = 36$. Il y a donc 36 cases, donc 36 tirages possibles.

À l'aide du tableau, on peut déterminer les probabilités de chaque issue en comptant dans combien de cases le résultat apparaît :

$p(«\,2\,») = \dfrac{1}{36}$; $p(«\,3\,») = \dfrac{2}{36}$; $p(«\,4\,») = \dfrac{3}{36}$; $p(«\,5\,») = \dfrac{4}{36}$;

$p(«\,6\,») = \dfrac{5}{36}$; $p(«\,7\,») = \dfrac{6}{36}$; $p(«\,8\,») = \dfrac{5}{36}$; $p(«\,9\,») = \dfrac{4}{36}$;

$p(«\,10\,») = \dfrac{3}{36}$; $p(«\,11\,») = \dfrac{2}{36}$; $p(«\,12\,») = \dfrac{1}{36}$.

La somme qui a le plus de chance d'être obtenue est 7. C'est donc ce nombre qu'aurait dû choisir Enzo et non le nombre 8, dont la probabilité d'apparition est plus faible.

10 Les urnes

Énoncé p. 154

Extrait du DNB 2020, Antilles

1 **(a)** Il y a deux nombres premiers dans l'urne bleue (2 et 3) et il y en a trois dans l'urne rouge (2, 3 et 5). Il est donc possible que l'évènement « On obtient deux nombres premiers » se produise. L'issue (2; 2), par exemple, réalise cet évènement.

En revanche, la somme la plus grande que l'on puisse obtenir est $4 + 5 = 9$, donc l'évènement « La somme des deux nombres est égale à 12 » est un évènement impossible.

(b) Il y a $3 \times 4 = 12$ tirages différents. Les issues contenant deux nombres premiers sont : (2; 2), (2; 3), (2; 5), (3; 2), (3; 3) et (3; 5). Il y en a 6.

La probabilité d'obtenir deux nombres premiers vaut donc :

$\dfrac{6}{12} = \dfrac{1}{2} = 0{,}5$.

2 Les doubles possibles sont (2; 2), (3; 3) et (4; 4). Il y a donc 3 tirages sur 12 qui permettent d'obtenir un double. La probabilité de tirer un double est donc bien égale à $\dfrac{3}{12} = \dfrac{1}{4}$.

3 **(a)** On souhaite simuler cette expérience 1 000 fois, donc il faut faire tourner la boucle « répéter » 1 000 fois, donc remplacer A par 1 000.

On remplace de plus B par 4 (car l'urne bleue contient des boules dont le numéro va de 2 à *4*) et C par 5 (car l'urne rouge contient des boules dont le numéro va de 2 à *5*).

(b) Il faut tirer deux boules à chaque nouvelle simulation, il faut donc insérer le bloc comme première étiquette dans la boucle « Répéter 1 000 fois ».

(c) Au début de l'expérience, on n'a pas encore obtenu de doubles, donc le nombre de doubles doit être mis à zéro au début de l'expérience. Il faut donc placer le bloc juste après le drapeau.

(d) Pour obtenir la fréquence d'apparition des doubles, il faut diviser le nombre de doubles obtenus par le nombre de tirages effectués, c'est-à-dire mille, il s'agit donc de la proposition 2.

11 Composants électroniques

Énoncé p. 156

Extrait du DNB 2016, Métropole

À RETENIR

Lors d'un calcul de probabilités, il est nécessaire de savoir par rapport à quoi on souhaite faire nos calculs.
Pour les deux premières questions, le *référentiel* change : pour la première, le référentiel est l'usine A et dans la deuxième, le référentiel est l'ensemble des composants défectueux.

1 Le référentiel est ici l'ensemble des composants fabriqués par l'usine A ; il y en a en tout $473 + 27 = 500$.

Il y a 27 composants défectueux donc la probabilité de prélever un composant défectueux parmi ceux fabriqués par l'usine A est :

$$\frac{27}{500} = 0{,}054.$$

2 Le référentiel est ici l'ensemble des composants défectueux ; il y en a en tout $27 + 38 = 65$.

Il y a 27 composants défectueux qui proviennent de l'usine A donc la probabilité de prélever un composant qui provient de l'usine A parmi ceux qui sont défectueux est :

$$\frac{27}{65} \approx 0{,}415.$$

3 $\dfrac{27}{500} \times 100 = 5{,}4.$

Il y a donc 5,4 % de composants défectueux dans l'usine A.

$\dfrac{38}{500} \times 100 = 7{,}6.$

Il y a donc 7,6 % de composants défectueux dans l'usine B.

On peut donc dire que ce contrôle n'est pas satisfaisant car le pourcentage de composants défectueux dans l'usine B est supérieur à 7 %.

12 Internet avec option

Énoncé p. 156

Collège Saint-Joseph de Tivoli, Bordeaux

1 Le tableau complété est le suivant :

Clients	avec l'option A	sans l'option A	Total
avec option B	800	960	1 760
sans l'option B	3 200	15 040	18 240
Total	4 000	16 000	20 000

Explications :

- D'abord, on exploite le fait qu'il y ait 20 % de clients qui ont choisi l'option A : 20 % de 20 000 se calcule ainsi :
$$\frac{20}{100} \times 20\,000 = 4\,000.$$
On met donc « 4 000 » sur la dernière ligne (Total) dans la première colonne et dans la deuxième, 20 000 − 4 000 = 16 000.
- On exploite ensuite le fait que parmi les 4 000 clients qui ont choisi l'option A, 20 % ont aussi choisi l'option B :
$$\frac{20}{100} \times 4\,000 = 800.$$
On met donc « 800 » sur la ligne « avec option B » dans la première colonne et dans la deuxième, 4 000 − 80 = 3 200.
- On exploite enfin le fait que parmi les 16 000 clients n'ayant pas choisi l'option A, 6 % ont choisi l'option B :
$$\frac{6}{100} \times 16\,000 = 960.$$
- On en déduit alors que le nombre de clients sans l'option B ni l'option A est :
$$16\,000 - 960 = 15\,040.$$
- Il ne reste plus qu'à faire le total des deux premières lignes à compléter : 800 + 960 = 1 760 et 3 200 + 15 040 = 18 240.

2 **(a)** D'après l'énoncé, il y a 20 % de clients qui ont choisi l'option A, donc $p(\mathrm{A}) = 0{,}2$.
Il y a 1 760 clients qui ont choisi l'option B donc :
$$p(\mathrm{B}) = \frac{1\,760}{20\,000} = 0{,}088.$$

(b) Il y a 800 clients qui ont choisi les deux options donc la probabilité demandée est égale à $\frac{800}{20\,000} = 0{,}04$.

(c) Il y a 3 200 clients qui ont choisi l'option A sans l'option B, et 960 qui ont choisi l'option B sans l'option A. Il y a donc en tout 3 200 + 960 = 4 160 clients qui n'ont qu'une seule option.
La probabilité demandée est donc égale à $\frac{4\,160}{20\,000} = 0{,}208$.

COURS INTERROS CORRIGÉS

3 Ici, on change de référentiel : on ne s'intéresse plus aux 20 000 clients mais aux 4 000 qui ont choisi l'option A.
Parmi ceux-ci, 3 200 n'ont pas choisi l'option B ; la probabilité pour qu'un client avec l'option A n'ait pas l'option B est donc égale à :
$\frac{3\,200}{4\,000} = 0{,}8.$

Remarque : on sait que parmi les clients qui ont choisi l'option A, 20 % ont aussi choisi l'option B. Or $100 - 20 = 80$, donc 80 % d'entre eux n'ont pas choisi l'option B. La probabilité cherchée vaut bien 0,8.

13 Le jeu du nombre premier

Énoncé p. 157

Collège Alain Fournier, Bordeaux

1 **MÉTHODE**

Afin de compter tous les chemins possibles, il est nécessaire d'être organisé(e) dans notre dénombrement sans quoi, il est très facile d'oublier quelques chemins.
Ici, nous allons « faire un balayage » des possibilités, du chemin « 2 – 3 – 6 – 8 – 5 » au chemin « 2 – 7 – 11 – 13 – 5 ».

Nous allons donc énumérer tous les chemins possibles :

- 2 – 3 – 6 – 8 – 5
- 2 – 3 – 8 – 5
- 2 – 3 – 9 – 8 – 5
- 2 – 3 – 9 – 5
- 2 – 3 – 9 – 13 – 5
- 2 – 9 – 8 – 5
- 2 – 9 – 5
- 2 – 9 – 13 – 5
- 2 – 7 – 9 – 8 – 5
- 2 – 7 – 9 – 5
- 2 – 7 – 9 – 13 – 5
- 2 – 7 – 13 – 5
- 2 – 7 – 11 – 13 – 5

Il y a alors 13 chemins possibles, et « 13 » est bien un nombre premier.

2 On gagne le jeu si la somme des nombres rencontrés sur le chemin emprunté est un nombre premier ; il faut donc dresser la liste des sommes possibles, en nous aidant de ce qui a été fait précédemment :

- $2 + 3 + 6 + 8 + 5 = 24$
- $2 + 3 + 8 + 5 = 18$
- $2 + 3 + 9 + 8 + 5 = 27$
- $2 + 3 + 9 + 5 = 19$
- $2 + 3 + 9 + 13 + 5 = 32$
- $2 + 9 + 8 + 5 = 24$
- $2 + 9 + 5 = 16$
- $2 + 9 + 13 + 5 = 29$
- $2 + 7 + 9 + 8 + 5 = 31$
- $2 + 7 + 9 + 5 = 23$
- $2 + 7 + 9 + 13 + 5 = 36$
- $2 + 7 + 13 + 5 = 27$
- $2 + 7 + 11 + 13 + 5 = 38$

Nous pouvons voir que seuls 19, 29, 31 et 23 sont des nombres premiers.

Par conséquent, 4 chemins nous permettent de gagner, sur les 13 au total.

La probabilité de gagner le jeu du nombre premier est donc égale à $\frac{4}{13}$.

3 « La décomposition en produit de facteurs premiers de la somme des nombres rencontrés sur le chemin emprunté ne fait intervenir qu'un seul nombre premier » signifie que la somme s'exprime comme une puissance d'un nombre unique (par exemple, 2^3 ou 5^2).
Les nombres premiers satisfont bien entendu cette contrainte.
Parmi les autres sommes trouvées précédemment,

- $24 = 2^3 \times 3$ donc 24 ne convient pas car deux nombres premiers interviennent dans sa décomposition (2 et 3)
- $18 = 2 \times 3^2$ ne convient pas
- $27 = 3^3$ convient car il n'y a qu'un seul facteur premier
- $32 = 2^5$ convient
- $16 = 2^4$ convient
- $36 = 2^2 \times 3^2$ ne convient pas
- $28 = 2^2 \times 7$ ne convient pas

Pour gagner à la variante du jeu du nombre premier, il faut donc obtenir une somme égale à 27, 19, 32, 16, 29, 31 ou 23.
Il faut toutefois faire attention à compter « 27 » deux fois dans le calcul de la probabilité.
La probabilité de gagner à cette variante du jeu est donc égale à $\frac{8}{13}$.

14 Loterie

Énoncé p. 158

Collège Jules Vallès, Saint-Leu-d'Esserent

1 Pour gagner exactement 5 euros au premier tour, il faut que le secteur désigné soit bleu. Il y a 2 secteurs bleus sur un total de 20 secteurs. La probabilité de gagner 5 euros au premier tour est donc de $\frac{2}{20}$ soit de $0,1$.

2 On commence par tracer l'arbre qui traduit une expérience à deux épreuves. On note :

- R l'évènement « le secteur est rouge »
- N l'évènement « le secteur est noir »
- B l'évènement « le secteur est bleu »
- V l'évènement « le secteur est vert »

et on précise le gain associé à chacun de ces évènements. On peut ainsi calculer le gain correspondant à chaque branche. On obtient la figure suivante.

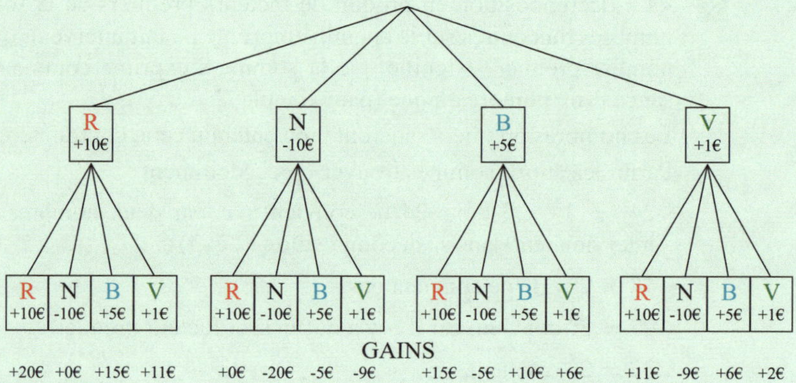

On peut ensuite compléter cet arbre en indiquant sur chaque branche la probabilité des évènements R, N, B et V (pour que l'arbre soit « pondéré »). Nous avons déjà calculé $p(\mathrm{B})$ à la question 1 ($p(\mathrm{B}) = 0{,}1$). Il faut donc calculer $p(\mathrm{R})$, $p(\mathrm{N})$ et $p(\mathrm{V})$. Il y a un seul secteur rouge donc $p(\mathrm{R}) = \dfrac{1}{20} = 0{,}05$.

De même, il y a un seul secteur noir donc $p(\mathrm{N}) = \dfrac{1}{20} = 0{,}05$.

Il y a 20 secteurs dont 4 secteurs bleus, noir ou rouge. Les autres étant verts, il reste 16 secteurs verts (car $20 - 4 = 16$) .

Donc $p(\mathrm{V}) = \dfrac{16}{20} = \dfrac{4}{5} = 0{,}8$.

On peut alors compléter l'arbre précédent :

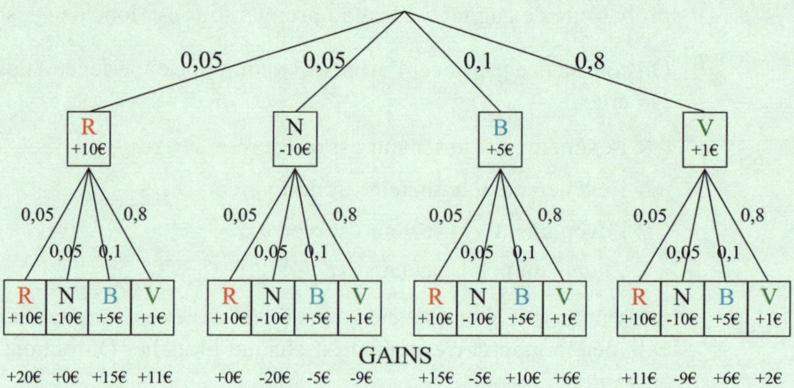

3

⚠ ATTENTION

On remarque qu'il y a 16 tirages possibles et que parmi ces 16 tirages, il y en a 8 qui aboutissent à un gain strictement supérieur à 5 € (entre +6 € et +20 €). Cependant, il ne faut pas être tenté de répondre que la probabilité d'obtenir un gain strictement supérieur à 5 € est de $\frac{8}{16}$ soit de 0,5 ! Effectivement, nous ne sommes pas dans une situation d'équiprobabilité. Il faut donc, pour calculer la probabilité de chaque chemin, effectuer le produit des probabilités des deux branches qui le constituent.

D'après l'arbre pondéré, les 8 chemins qui mènent à un gain supérieur strictement à 5 € sont les suivants :

RR – RB – RV – BR – BB – BV – VR – VB

Calculons les probabilités de chacun de ces chemins en effectuant les produits des probabilités rencontrées sur chaque branche :

$$p(\text{RR}) = 0{,}05 \times 0{,}05 = 0{,}0025$$
$$p(\text{RB}) = 0{,}05 \times 0{,}1 = 0{,}005$$
$$p(\text{RV}) = 0{,}05 \times 0{,}8 = 0{,}04$$
$$p(\text{BR}) = 0{,}1 \times 0{,}05 = 0{,}005$$
$$p(\text{BB}) = 0{,}1 \times 0{,}1 = 0{,}01$$
$$p(\text{BV}) = 0{,}1 \times 0{,}8 = 0{,}08$$
$$p(\text{VR}) = 0{,}8 \times 0{,}05 = 0{,}04$$
$$p(\text{VB}) = 0{,}8 \times 0{,}1 = 0{,}08$$

La probabilité d'avoir un gain strictement supérieur à 5 € est donc la somme des ces 8 probabilités, soit :

$$0{,}0025 + 0{,}005 + 0{,}04 + 0{,}005 + 0{,}01 + 0{,}08 + 0{,}04 + 0{,}08 = 0{,}2625.$$

4 Les chemins qui mènent à un gain négatif ou égal à 0 sont les suivants :

RN – NR – NN – NB – NV – BN – VN

La probabilité de ne pas gagner à cette loterie est donc de :

$$0{,}05 \times 0{,}05 + 0{,}05 \times 0{,}05 + 0{,}05 \times 0{,}05 + 0{,}05 \times 0{,}1 + 0{,}05 \times 0{,}8$$
$$+ 0{,}1 \times 0{,}05 + 0{,}8 \times 0{,}05$$
$$= 0{,}0025 + 0{,}0025 + 0{,}0025 + 0{,}005 + 0{,}04 + 0{,}005 + 0{,}04$$
$$= 0{,}0975 < 0{,}1.$$

La probabilité de ne pas gagner à cette loterie est inférieure à 10%, ce qui signifie qu'on perd moins de 1 fois sur 10. On peut en déduire que l'on gagne plus de 9 fois sur 10. Le forain dit donc vrai. Cependant, chaque joueur doit payer 5 € pour jouer. Il n'est donc vraiment gagnant que s'il gagne strictement plus de 5 €.

Or on a vu à la question 2. que la probabilité de gagner strictement plus de 5 € n'est que d'environ $0{,}26$ soit environ une fois sur 4 $\left(\text{car } \dfrac{1}{4} = 0{,}25\right)$.
Le joueur n'est donc réellement gagnant qu'environ une fois sur 4. Le reste du temps, c'est le forain qui est gagnant !

Chapitre 8

Généralités sur les fonctions

Plan du chapitre

1. Qu'est ce qu'une fonction ?
2. Images et antécédents par une fonction
3. Tableau de valeurs
4. Représentation graphique
5. Appartenance d'un point à une représentation graphique

Exercice type

Collège Chaptal, Paris

Voici un programme réalisé avec Scratch :

Vous pouvez retrouver ce programme en tapant :

`https://scratch.mit.edu/projects/450505024`

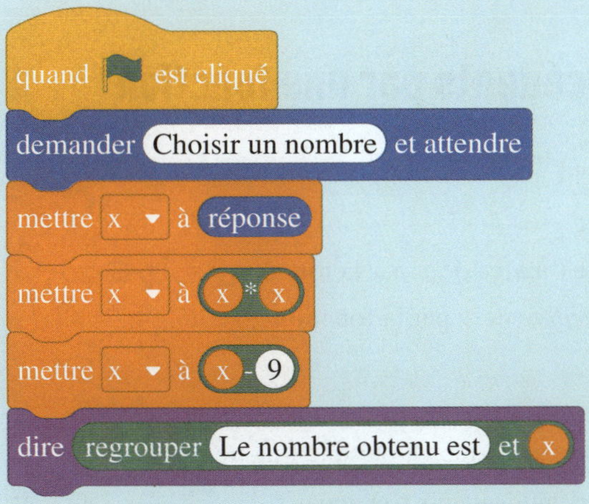

1 Appliquer ce programme au nombre -5.

2 On appelle f la fonction qui à tout nombre x fait correspondre le nombre obtenu avec le programme de calcul ci-dessus.

(a) Exprimer $f(x)$ en fonction de x.

(b) Vérifier que $f(-5) = 16$.

3 Calculer l'image de 2 par la fonction f.

4 Existe-t-il des nombres qui ont pour image 0 par la fonction f ?

5 Déterminer les antécédents éventuels de -4 par la fonction f.

Voir corrigé page 177

1 Qu'est ce qu'une fonction ?

Définition 1 : fonction

Une *fonction* f est un procédé qui permet d'associer à un nombre x un unique nombre noté $f(x)$ (se lit « f de x »).
Le nombre x s'appelle la *variable*.

On peut le schématiser de la manière suivante :

Nombre de départ		Nombre à l'arrivée
x	$\longrightarrow$ fonction f $\longrightarrow$	$f(x)$

On dit que « f est la fonction qui à x associe le nombre $f(x)$ ».

On le note : $x \mapsto f(x)$.

Exemple : Soit f la fonction qui à un nombre associe son triple.
On peut alors écrire $f(x) = 3x$ ou encore $f : x \mapsto 3x$.

2 Images et antécédents par une fonction

Définition 2 : image et antécédent

Soit $f : x \mapsto f(x)$. On pose $y = f(x)$.

- Le nombre $f(x)$ s'appelle l'*image* de x par la fonction f.
- Le nombre x est un *antécédent* de y par la fonction f.

Remarques

Un nombre ne peut avoir qu'une seule image par une fonction.

Un nombre peut avoir plusieurs antécédents (ou aucun).

Exemple : on considère la fonction g qui à tout nombre fait correspondre son carré. On peut donc écrire $g(x) = x^2$.

- $g(3) = 3^2 = 9$ donc 9 est l'image de 3 par g.
- $g(-3) = (-3)^2 = 9$ donc 9 est aussi l'image de -3 par g.

On peut aussi dire que 3 et -3 sont deux antécédents de 9 par g.

On remarque également que les nombres strictement négatifs n'ont pas d'antécédent par la fonction g (car un carré est toujours positif).

À RETENIR

Pour calculer l'image d'un nombre a par une fonction f, on remplace la variable x par a et on calcule $f(a)$.
Pour déterminer les antécédents d'un nombre b par une fonction f, on doit résoudre l'équation $f(x) = b$.

Exemple : on considère la fonction f définie par $f(x) = 4x - 7$.
L'image de 6 par f est :

$$f(6) = 6 \times 4 - 7 = 24 - 7 = 17.$$

Pour trouver le(s) antécédent(s) de 3 par f, on doit résoudre $f(x) = 3$, c'est-à-dire :

$$\begin{aligned} 4x - 7 &= 3 \\ 4x - 7 + 7 &= 3 + 7 \\ 4x &= 10 \\ x &= \frac{10}{4} = 2{,}5. \end{aligned}$$

On en conclut que 2,5 est l'unique antécédent de 3 par f.

3 Tableau de valeurs

Définition 3 : tableau de valeurs

Étant donnée une fonction f, on peut regrouper plusieurs nombres et leur image par f dans un tableau à deux lignes, que l'on nomme *tableau de valeurs*, de la forme :

x	x_1	x_2	x_3	...
$f(x)$	$f(x_1)$	$f(x_2)$	$f(x_3)$	...

où $x_1, x_2, x_3, \ldots$ sont différentes valeurs de x.

Exemple : avec la fonction g définie par $g(x) = x^2$, on peut construire le tableau de valeurs suivant :

x	-3	-2	-1	0	1	2	3
$g(x)$	9	4	1	0	1	4	9

4 Représentation graphique

Définition 4 : représentation graphique

Dans un repère, l'ensemble des points $M(x;\ f(x))$ est appelé la représentation graphique de f (ou courbe représentative de f). On note cette courbe $\mathcal{C}_f$.

Exemple : pour obtenir la représentation graphique de la fonction g définie par $g(x) = x^2$, on s'aide du tableau de valeurs obtenu précédemment, et on place les points A $(-3; 9)$, B $(-2; 4)$, C $(-1; 1)$, O $(0;0)$, D $(1; 1)$ et E $(2; 4)$ et F $(3; 9)$, puis on les relie à main levée pour obtenir la courbe suivante :

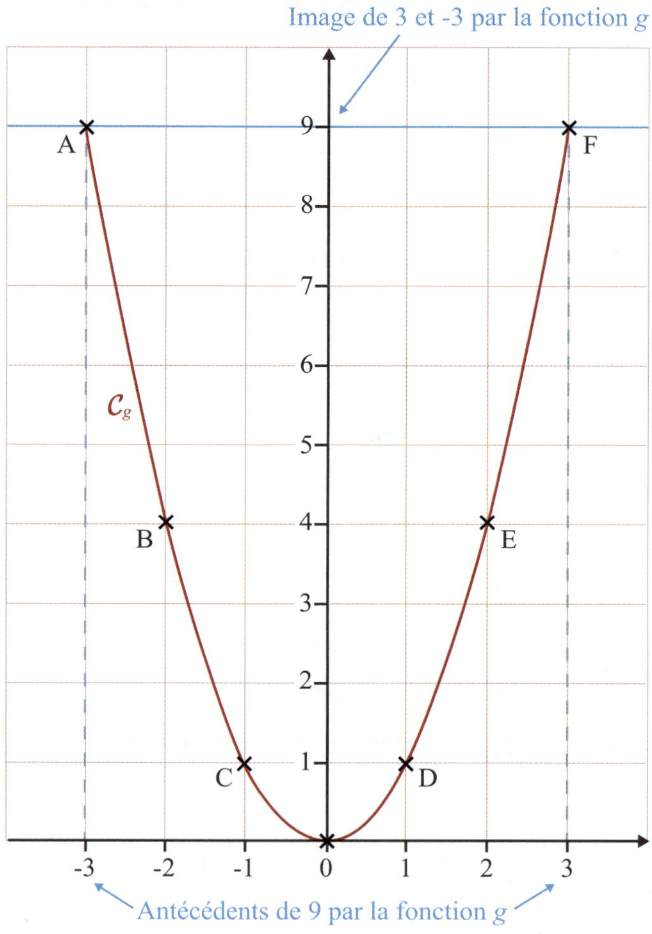

5 Appartenance d'un point à une représentation graphique

Propriété 1

Un point A de coordonnées $(x_A; y_A)$ appartient à la représentation graphique d'une fonction f si $y_A = f(x_A)$.

Exemple : soit la fonction f définie par $f(x) = -7x + 9$.
Le point A $(2; -5)$ appartient-il à la représentation graphique de f ?
On a : $f(2) = -7 \times 2 + 9 = -14 + 9 = -5$ donc $f(x_A) = y_A$.
Par conséquent, le point A appartient à la représentation graphique de f.

Solution de l'exercice type

Collège Chaptal, Paris

1 L'utilisateur choisit le nombre -5 qui va dans réponse. On a ensuite les étapes suivantes :

- La variable x prend la valeur -5.
- La variable x prend la valeur $(-5) \times (-5) = 25$.
- La variable x prend la valeur $25 - 9 = 16$.

Le nombre obtenu est 16.

2 **(a)** Ce programme multiple le nombre choisi par lui-même, c'est-à-dire calcule le carré de ce nombre, puis soustrait 9 au résultat obtenu.
La fonction f est donc définie par $f(x) = x^2 - 9$.

(b) $f(-5) = (-5)^2 - 9 = 25 - 9 = 16$.

3 Pour calculer l'image de 2 par f, on remplace x par 2. On obtient : $f(2) = 2^2 - 9 = 4 - 9 = -5$. L'image de 2 par f est donc -5.

4 S'ils existent, les nombres qui ont pour image 0 doivent vérifier $f(x) = 0$. On doit donc résoudre l'équation $x^2 - 9 = 0$, soit $x^2 = 9$.
Les solutions de cette équation sont -3 et 3. Il existe donc deux nombres qui ont pour image 0 par f : -3 et 3.
Autrement dit, -3 et 3 sont les antécédents de 0 par la fonction f.

Solution de l'exercice type (suite)

Collège Chaptal, Paris

5 On cherche l'ensemble des nombres vérifiant $f(x) = -4$, c'est-à-dire :

$$x^2 - 9 = -4$$
$$x^2 - 9 + 9 = -4 + 9$$
$$x^2 = 5$$
$$x = \sqrt{5} \text{ ou } x = -\sqrt{5}.$$

On en conclut que -4 admet deux antécédents par la fonction f : $-\sqrt{5}$ et $\sqrt{5}$.

Voir énoncé page 173

ANECDOTE

Le terme « fonction » a été utilisé pour la première fois au XVIIe siècle par le grand mathématicien et philosophe allemand Gottfried Wilhelm Leibniz, qui est aussi à l'origine de l'utilisation des mots « coordonnées » et « différentielle » en maths.

1 V/F Tester ses connaissances

5 min

Corrigé p. 185

Répondre par « vrai » ou « faux » à chacune des affirmations suivantes. Aucune justification n'est demandée.

1. On considère la fonction f qui à tout nombre fait correspondre sa moitié. On peut alors dire que 4 est l'image de 2 par f.
2. L'antécédent de 16 par la fonction $g : x \mapsto x^2$ est 4.
3. L'image de tout nombre par la fonction $h : x \mapsto (x-3)^2$ est positif.
4. Le point de coordonnées $(-2 ; 3)$ est sur la courbe représentative de la fonction $f : x \mapsto 1 - x^2$.

2 QCM QCM Fonctions et graphiques

5 min

Corrigé p. 185

On considère la fonction f dont la courbe $\mathcal{C}_f$ est représentée ci-dessous.

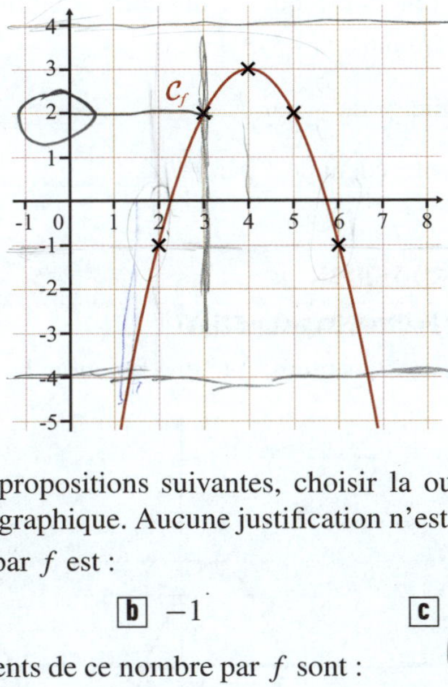

Pour chacune des propositions suivantes, choisir la ou les réponse(s) correcte(s) à l'aide du graphique. Aucune justification n'est demandée.

1. L'image de 2 par f est :

   a 3 b -1 c 5

2. Les 2 antécédents de ce nombre par f sont :

   a -4 b 0 c 3

3. $f(3)$ vaut :

   a 4 b 3 c 2

4. Le nombre 4 admet :

   a aucun antécédent par f ;
   b un unique antécédent par f ;
   c deux antécédents par f.

3 Tableau de valeurs

★ 6 min

Corrigé p. 186

Collège Chaptal, Paris

Voici un tableau de valeurs correspondant à une fonction g.

x	-4	-3	-2	-1	0	1	2	3	4
$g(x)$	-3	5	1	-2	-4	3	5	2	-4

image

1 Quelle est l'image de 3 par la fonction g ?

2 Quel nombre a pour image -3 par g ?

3 Quel est l'antécédent de 1 par g ?

4 Quels sont les nombres ayant plusieurs antécédents par g ?

4 Images et antécédents

★ 6 min

Corrigé p. 186

Collège Chaptal, Paris

On considère la fonction f qui à x fait correspondre $3x - 8$.

1 Calculer $f(7)$ puis $f(-5)$.

2 Calculer l'image de $\dfrac{2}{7}$ par f.

3 Quel est l'antécédent de 1 par f ?

5 Lectures graphiques

★ 4 min

Corrigé p. 187

Collège Georges Politzer, Ivry-sur-Seine

La courbe $\mathcal{C}_f$ ci-dessous représente une fonction f.

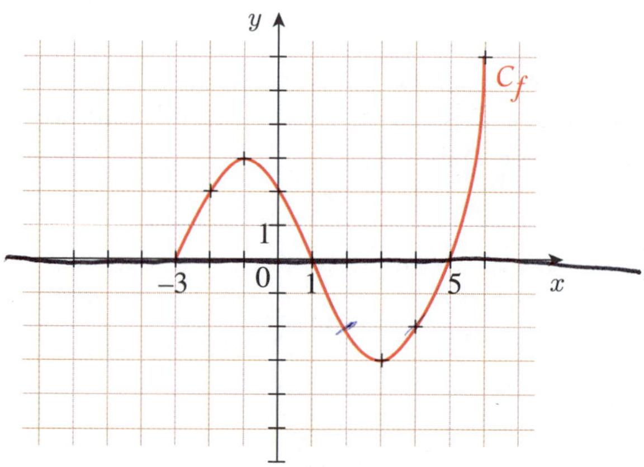

1 À l'aide de lectures graphiques, donner :

(a) les images de -2 et de 4 par f ; → "par la courbe"

(b) tous les antécédents de -2 par f.

2 Résoudre graphiquement l'équation $f(x) = 0$.

↳ trouver "les antécédents de 0"

= les solution de f(x) = 0 sont ....

6 Lectures graphiques

★★ 15 min Corrigé p. 187

Collège Monthéty, Pontault-Combault

À l'instant initial $t = 0$, une machine lance vers le ciel une balle de tennis. La courbe $\mathcal{C}$ ci-dessous donne la hauteur de la balle pour un instant t compris entre 0 et 6 secondes.

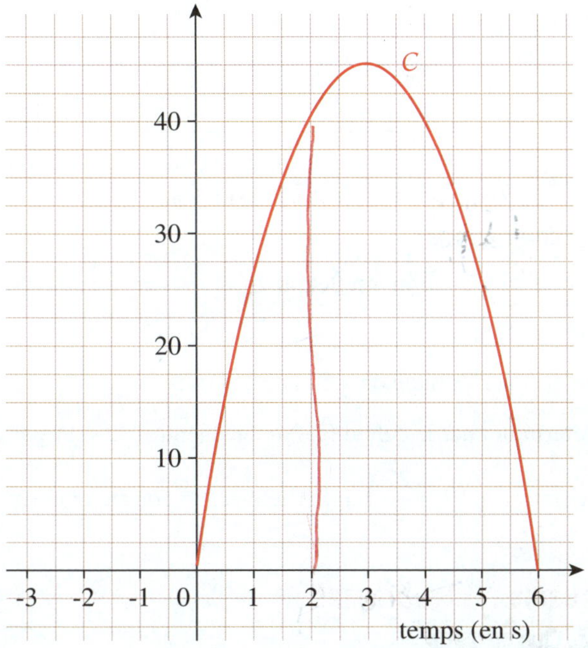

1 Répondre aux questions suivantes en utilisant le graphique :

(a) Quelle est la hauteur de la balle à l'instant $t = 2$?

(b) À quel instant la balle atteint-elle sa hauteur maximale ?

(c) Quelle est la hauteur maximale atteinte par cette balle ?

(d) Au bout de combien de temps la balle retombe t-elle sur le sol ?

2 Calculer la vitesse moyenne (en km/h) de cette balle entre les instants $t = 3$ et $t = 6$.

3 La trajectoire de la balle a été modélisée par une fonction f. La courbe $\mathcal{C}$ est la représentation graphique de cette fonction f. On donne :

$$f \,:\, x \mapsto -5x^2 + 30x$$

Calculer $f(1{,}5)$.

4 En indiquant sur le graphique les tracés nécessaires, donner, par lecture graphique :

(a) Le (ou les) antécédent(s) de 25 par la fonction f.

(b) L'image de 4 par la fonction f.

5 Que signifient les réponses des questions 4.a et 4.b pour la balle qui a été lancée ?

7 Tableau de valeurs

★ 6 min Corrigé p. 189

Collège Monthéty, Pontault-Combault

La fonction g est définie pour tous les nombres $x \geqslant 0$ par :

$$g(x) = \frac{3}{x+2}.$$

Compléter le tableau de valeurs suivant :

x	0	0,5	
$g(x)$			1

8 Images, antécédents et points sur la courbe

★★ 12 min Corrigé p. 189

Collège Chaptal, Paris

On considère la fonction h telle que $h(x) = -x^2 + 8x - 11$.

1. Calculer $h(2)$.
2. Déterminer l'image de -5 par h.
3. Déterminer par le calcul le(s) antécédent(s) de -11 par h.
4. Le point $A\left(\frac{1}{2}; -\frac{27}{4}\right)$ appartient-il à la courbe représentative de h ?

9 Expressions algébriques

★★ 10 min Corrigé p. 190

Collège Chaptal, Paris

1. À tout nombre x, on fait correspondre la somme de son double et de son inverse.
   - **(a)** Écrire une expression de la fonction f ainsi définie.
   - **(b)** Calculer l'image de 10^4 par la fonction f (en écriture décimale).
2. On considère la fonction g qui, à un nombre, associe le triple de son carré.
   - **(a)** Écrire une expression de la fonction g ainsi définie.
   - **(b)** -2 est-il un antécédent de 36 par g ? Justifier.

10 Le ballon de basket

★★ 15 min Corrigé p. 190

Collège Chaptal, Paris

On s'intéresse à la trajectoire d'un ballon de basket lancé par un joueur non professionnel. Cette trajectoire est représentée en rouge sur le graphique page suivante.

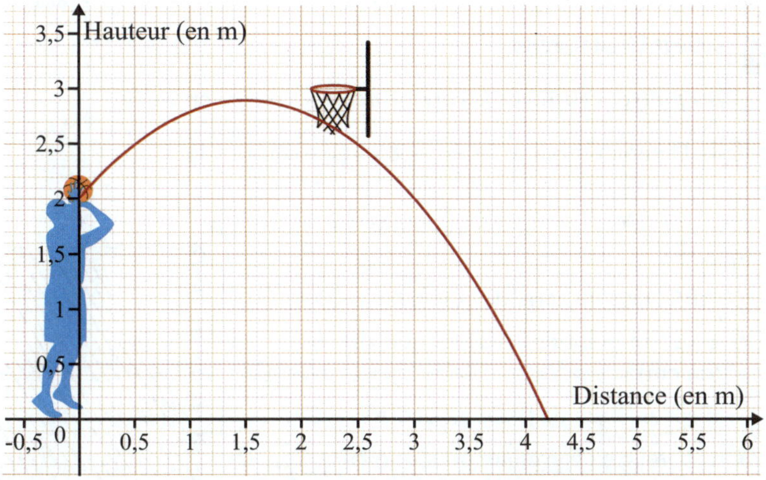

1 Répondre aux questions suivantes à l'aide du graphique :

(a) De quelle hauteur le ballon est-il lancé ?

(b) À quelle hauteur se trouve le ballon lorsqu'il s'est déplacé de 1 m latéralement ?

(c) Quelle est la hauteur maximale atteinte par le ballon ?

(d) À quelle distance du joueur le ballon retombe-t-il au sol ?

2 La trajectoire du ballon peut être modélisée par la fonction f dont la courbe est tracée en rouge sur le graphique. On donne :

$$f : x \mapsto -0{,}4x^2 + 1{,}2x + 2.$$

(a) Calculer l'image de 3,5 par f.

(b) Que signifie ce résultat concernant le ballon ?

(c) Déterminer graphiquement les antécédents de 2 par f, puis retrouver le résultat par le calcul.

3 Afin de déterminer précisément la hauteur du ballon en fonction de sa distance latérale par rapport au joueur, le coach décide d'utiliser un tableur. Il obtient le tableau suivant :

	A	B	C	D	E	F	G
1	x	0	0,2	0,4	0,6	0,8	1
2	$f(x)$	2	2,224	2,416	2,576	2,704	2,8

Pour remplir ce tableau, le coach a saisi une formule en `B2`, puis l'a étirée jusqu'à la cellule `G2`. Quelle formule a-t-il tapée dans la cellule `B2` ?

11 Aires et fonctions

★★★ 20 min Corrigé p. 191

Collège Chaptal, Paris

Vous pouvez retrouver le corrigé de cet exercice en vidéo.

1 Démontrer que $x^2 - 6x + 8 = (x - 2)(x - 4)$.

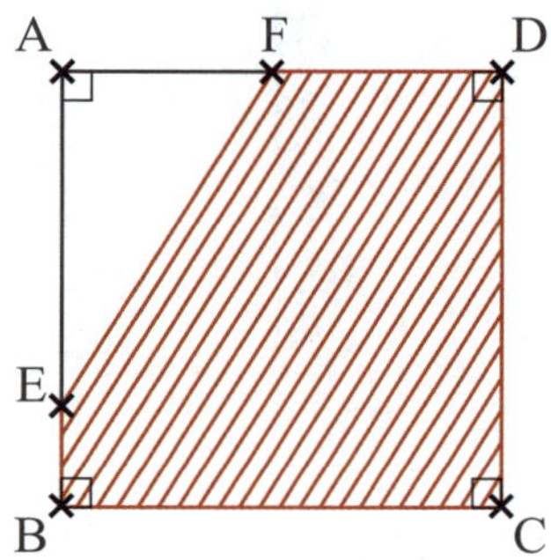

On considère la figure ci-contre sur laquelle :

- ABCD est un carré de côté 6 cm ;
- E est un point de [AB] tel que EB $= x$ (en cm) ;
- F est un point de [AD] tel que AF $= 2x$.

On cherche à déterminer pour quelle(s) valeur(s) de x l'aire de EBCDF est égale à 28 cm².

2 **(a)** Donner un encadrement de x.

(b) Exprimer AE en fonction de x.

3 **(a)** Exprimer, en fonction de x, l'aire $T(x)$ du triangle AEF.

(b) Calculer $T(1{,}5)$. Que cela représente-t-il graphiquement ?

4 **(a)** Exprimer, en fonction de x, l'aire $P(x)$ du polygone EBCDF.

(b) Déterminer, par le calcul, le(s) antécédent(s) éventuel(s) de 28 par P. Que peut-on en conclure ?

1 V/F Tester ses connaissances

Énoncé p. 179

1 *Faux*. Par la fonction f, l'image de 2 est la moitié de 2, c'est-à-dire 1, et non 4. En revanche, 4 est l'antécédent de 2 car la moitié de 4 est 2.

2 *Faux*. « 4 » est bien un antécédent de 16 par la fonction g car $g(4) = 16$, mais ce n'est pas le seul. Le nombre -4 est aussi un antécédent de 16 par g car :

$$(-4)^2 = 4^2 = 16.$$

Donc « 4 » n'est pas l'antécédent, mais UN antécédent de 16 par la fonction g.

3 *Vrai*. Comme $h(x)$ vaut $(x-3)^2$ et qu'un carré est toujours positif, $h(x)$ l'est aussi.

4 *Faux*. Le point de coordonnées $(-2\ ;\ 3)$ n'est pas sur la courbe représentative de la fonction $f : x \mapsto 1 - x^2$.
En effet :

$$\begin{aligned} f(-2) &= 1 - (-2)^2 \\ &= 1 - 4 \\ &= -3. \end{aligned}$$

Donc le point de coordonnées $(-2\ ;\ -3)$ est sur la courbe représentative de f mais pas le point de coordonnées $(-2\ ;\ 3)$.

2 QCM QCM Fonctions et graphiques

Énoncé p. 179

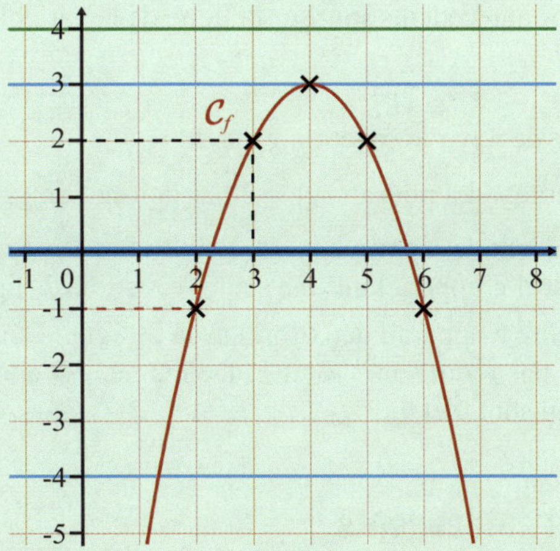

1 *Réponse* **b**. Pour déterminer l'image de 2 par f, on cherche le point de la courbe $\mathcal{C}_f$ qui a pour abscisse 2. Le tracé est en pointillés rouges sur le graphique. L'ordonnée de ce point est -1, c'est donc l'image de 2 par f.

2 *Réponses* **a** *et* **b**. Pour déterminer graphiquement le nombre d'antécédents de -4, on trace la droite parallèle à l'axe des abscisses passant par le point de coordonnées $(0; -4)$, en bleu sur le graphique, et on regarde combien de points d'intersection elle a avec la courbe $\mathcal{C}_f$. Ici, on en voit deux, donc -4 a deux antécédents par f.

De même, l'axe des abscisses coupe la courbe en deux points donc 0 a également deux antécédents par f.

En revanche, la droite parallèle à l'axe des abscisses passant par le point de coordonnées $(0; 3)$ ne coupe la courbe qu'en un point donc 3 n'admet qu'un seul antécédent par f.

3 *Réponse* **c**. $f(3)$ est l'image de 3 par f, on cherche donc le point de la courbe $\mathcal{C}_f$ qui a pour abscisse 3 (en pointillés noirs) : son ordonnée est 2.

4 *Réponse* **a**. La droite parallèle à l'axe des abscisses passant par le point de coordonnes $(0; 4)$, tracée en vert, ne coupe pas la courbe $\mathcal{C}_f$. Le nombre 4 n'admet donc aucun antécédent.

3 Tableau de valeurs

Énoncé p. 180

Collège Chaptal, Paris

MÉTHODE

Dans un tableau de valeurs, les images sont sur la ligne correspondant à $f(x)$, il s'agit généralement (comme c'est le cas dans cet exercice) de la 2e ligne. Les antécédents sont sur la ligne de la variable x, c'est-à-dire sur la 1re ligne.

1 L'image de 3 par la fonction g est 2.

2 Le nombre -4 a pour image -3 par la fonction g.

3 L'antécédent de 1 par g est -2. Le nombre 1 n'a qu'un seul antécédent par g car il n'apparaît qu'une seule fois sur la 2e ligne.

4 Le nombre 5 apparaît deux fois sur la 2e ligne. Donc 5 admet deux antécédents par g qui sont -3 et 2. De même, -4 admet deux antécédents par g qui sont 0 et 4.

4 Images et antécédents

Énoncé p. 180

Collège Chaptal, Paris

La fonction f est définie par $f(x) = 3x - 8$.

1 $f(7) = 3 \times 7 - 8 = 21 - 8 = 13$.

$f(-5) = 3 \times (-5) - 8 = -15 - 8 = -23$.

2 Calculer l'image de $\frac{2}{7}$ par f revient à calculer $f\left(\frac{2}{7}\right)$.

$$f\left(\frac{2}{7}\right) = 3 \times \left(\frac{2}{7}\right) - 8 = \frac{6}{7} - 8 = \frac{6}{7} - \frac{56}{7} = -\frac{50}{7}.$$

Donc l'image de $\frac{2}{7}$ par f est $-\frac{50}{7}$.

3 Déterminer l'antécédent de 1 par f revient à résoudre l'équation :

$$f(x) = 1$$
$$3x - 8 = 1$$
$$3x - 8 + 8 = 1 + 8$$
$$3x = 9$$
$$x = 3$$

L'antécédent de 1 par f est donc 3.

5 Lectures graphiques

Énoncé p. 180

Collège Georges Politzer, Ivry-sur-Seine

1 **MÉTHODE**

Pour déterminer graphiquement l'image d'un nombre x, on regarde le point de la courbe qui a pour abscisse x, et on lit son ordonnée. De même, pour déterminer graphiquement un antécédent d'un nombre y, on regarde le ou les points qui ont pour ordonnée y, et on lit leurs abscisses.

(a) L'image de -2 par la fonction f est 2 et l'image de 4 par f est -2.

(b) Il n'y a qu'un point sur la courbe $\mathcal{C}_f$ qui a pour ordonnée le nombre -2, donc -2 a un antécédent par f : le nombre 4 (attention : le point d'abscisse 2 n'est pas exactement sur la courbe).

2 La courbe $\mathcal{C}_f$ coupe trois fois l'axe des abscisses. Il y a donc trois nombres x tels que $f(x) = 0$. Les solutions de cette équation sont : -3 ; 1 et 5.

6 Lectures graphiques

Énoncé p. 181

Collège Monthéty, Pontault-Combault

1 **(a)** À l'instant $t = 2$, la balle est à 40 m du sol.

(b) La balle atteint sa hauteur maximale au bout de 3 secondes (à l'instant $t = 3$).

(c) La hauteur maximale atteinte par cette balle est de 45 m.

(d) La balle retombe sur le sol au bout de 6 secondes.

2 Rappel : la vitesse moyenne v d'un objet est donnée par la formule :

$v = \frac{d}{t}$, où t est le temps et d est la distance parcourue.

Entre les instants $t = 3$ et $t = 6$, la balle parcourt 45 m. Il s'est écoulé 3 s. Donc :

$$v = \frac{45}{3} = 15 \text{ m/s}$$

$$v = \frac{15 \text{ m}}{1 \text{ s}} = \frac{0{,}015 \text{ km}}{\frac{1}{3600} \text{ h}} = 0{,}015 \times 3600 \text{ km/h} = 54 \text{ km/h}.$$

La vitesse moyenne de cette balle entre les instants $t = 3$ et $t = 6$ est donc de 54 km/h.

3
$$\begin{aligned} f(1{,}5) &= -5 \times 1{,}5^2 + 30 \times 1{,}5 \\ &= -5 \times 2{,}25 + 45 \\ &= -11{,}25 + 45 \\ &= 33{,}75 \end{aligned}$$

4 Voici les tracés à faire pour répondre à cette question :

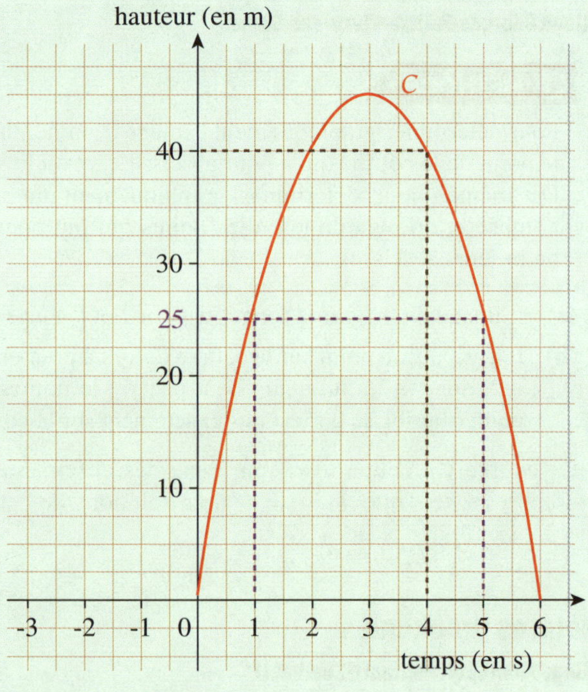

(a) 25 a deux antécédents par f : les nombres 1 et 5.

(b) L'image de 4 par la fonction f est 40.

5 La balle est à 25 mètres du sol aux instants $t = 1$ et $t = 5$ (c'est-à-dire 1 seconde et 5 secondes après le lancer). À l'instant $t = 4$ (c'est-à-dire 4 secondes après le lancer), la balle est à 40 mètres au-dessus du sol.

COURS INTERROS CORRIGÉS

7 Tableau de valeurs

Énoncé p. 182

Collège Monthéty, Pontault-Combault

Calcul des images de 0 et de 0,5 :

$$g(0) = \frac{3}{0+2} = 1{,}5 \qquad \text{et} \qquad g(0{,}5) = \frac{3}{0{,}5+2} = \frac{3}{2{,}5} = 1{,}2.$$

Pour déterminer l'antécédent de 1, il faut résoudre l'équation $g(x) = 1$, c'est-à-dire :

$$\frac{3}{x+2} = 1.$$

En multipliant chaque membre par $x + 2$, il vient $3 = x + 2$ et donc $x = 1$.

Finalement, le tableau de valeurs de g complété est :

x	0	0,5	1
$g(x)$	1,5	1,2	1

8 Images, antécédents et points sur la courbe

Énoncé p. 182

Collège Chaptal, Paris

La fonction h est définie par $h(x) = -x^2 + 8x - 11$.

1. $h(2) = -2^2 + 8 \times 2 - 11 = -4 + 16 - 11 = 1$.

2. $h(-5) = -(-5)^2 + 8 \times (-5) - 11 = -25 - 40 - 11 = -76$.
Donc l'image de -5 par h est -76.

3. Déterminer les antécédents éventuels de -11 par h revient à résoudre l'équation suivante :

$$\begin{aligned} h(x) &= -11 \\ -x^2 + 8x - 11 &= -11 \\ -x^2 + 8x &= 0 \\ x(-x+8) &= 0 \end{aligned}$$

Un produit de facteurs est nul si et seulement si l'un des facteurs est égal à 0. On a donc :

$$x = 0 \quad \text{ou} \quad -x + 8 = 0$$
$$x = 0 \quad \text{ou} \quad x = 8.$$

Les antécédents de -11 par h sont donc 0 et 8.

4. **MÉTHODE**

Pour savoir si un point $A(x_A ; y_A)$ appartient à la courbe représentative d'une fonction f, on calcule $f(x_A)$. Deux cas peuvent se produire :

- soit $f(x_A) = y_A$ et alors A appartient à $\mathcal{C}_f$;
- soit $f(x_A) \neq y_A$ et alors A n'appartient pas à $\mathcal{C}_f$.

Dans notre cas, $A\left(\frac{1}{2}; -\frac{27}{4}\right)$, on calcule donc $h\left(\frac{1}{2}\right)$ pour le comparer à $-\frac{27}{4}$:

$$h\left(\frac{1}{2}\right) = -\left(\frac{1}{2}\right)^2 + 8\times\frac{1}{2} - 11 = -\frac{1}{4} + 4 - 11 = -\frac{1}{4} + \frac{16}{4} - \frac{44}{4} = -\frac{29}{4}.$$

On constate que $h\left(\frac{1}{2}\right) \neq -\frac{27}{4}$, donc le point A n'appartient pas à la courbe représentative de h.

9 Expressions algébriques

Énoncé p. 182

Collège Chaptal, Paris

1 **(a)** Le double de x est $2x$ et l'inverse de x est $\frac{1}{x}$. La fonction f qui à tout nombre x, on fait correspondre la somme de son double et de son inverse s'écrit donc sous la forme $f(x) = 2x + \frac{1}{x}$.

(b) $f(10^4) = 2 \times 10^4 + \frac{1}{10^4} = 20\,000 + 0{,}000\,1 = 20\,000{,}000\,1$.

2 **(a)** La fonction g qui, à un nombre, associe le triple de son carré s'écrit :

$$g(x) = 3x^2.$$

(b) $g(-2) = 3 \times (-2)^2 = 3 \times 4 = 12$.
On constate que $g(-2) \neq 36$. Donc -2 n'est pas un antécédent de 36 par g.

Remarque : on aurait également pu déterminer tous les antécédents de 36 par g et regarder si -2 en fait partie. Mais pour cela, il aurait fallu résoudre l'équation $3x^2 = 36$, ce qui aurait été plus long que de calculer $g(-2)$.

10 Le ballon de basket

Énoncé p. 182

Collège Chaptal, Paris

1 **(a)** Le ballon est lancé d'une hauteur de 2 m.

(b) Lorsque le ballon est à 1 m du joueur latéralement, il se trouve à 2,8 m du sol.

(c) La hauteur maximale atteinte par le ballon est 2,9 m (lorsque le ballon est à 1,5 m du joueur latéralement).

(d) Le ballon retombe sur le sol à 4,2 m du joueur.

2 **(a)** $f(3{,}5) = -0{,}4 \times 3{,}5^2 + 1{,}2 \times 3{,}5 + 2 = -4{,}9 + 4{,}2 + 2 = 1{,}3$.

(b) Cela signifie que le ballon est à 1,3 m de hauteur lorsqu'il est 3,5 m plus loin latéralement.

(c) Pour déterminer graphiquement les antécédents de 2 par f, on trace la droite parallèle à l'axe des abscisses passant par le point de coordonnées (0; 2) et on cherche les abscisses des points d'intersection de cette droite avec la courbe. Cette droite coupe la courbe aux points de coordonnées (0; 2) et (3; 2), donc les antécédents de 2 par f sont 0 et 3.

Vérifions ce résultat par le calcul en résolvant l'équation :

$$\begin{aligned} f(x) &= 2 \\ -0{,}4x^2 + 1{,}2x + 2 &= 2 \\ -0{,}4x^2 + 1{,}2x &= 0 \\ x(-0{,}4x + 1{,}2) &= 0. \end{aligned}$$

Un produit de facteurs est nul si et seulement si l'un des facteurs est égal à 0. On a donc :

$$\begin{aligned} x = 0 \quad &\text{ou} \quad -0{,}4x + 1{,}2 = 0 \\ x = 0 \quad &\text{ou} \quad -0{,}4x = -1{,}2 \\ x = 0 \quad &\text{ou} \quad x = \frac{1{,}2}{0{,}4} = 3. \end{aligned}$$

Les antécédents de 2 par f sont bien 0 et 3.

3 On veut faire apparaître dans la cellule B2 la valeur de $f(0)$. Il faut donc demander à l'ordinateur de calculer l'expression $-0{,}4x^2 + 1{,}2x + 2$ en remplaçant x par le contenu de la cellule B1. Il faut donc taper dans la cellule B2 :

« `=-0.4*B1*B1+1.2*B1+2` ».

11 Aires et fonctions

Énoncé p. 184

Collège Chaptal, Paris

1 **MÉTHODE**

Pour prouver une égalité, il ne faut surtout pas écrire l'égalité à démontrer. On écrit par exemple le membre de gauche et on le transforme pour arriver au membre de droite (ou le contraire).

Dans notre cas, nous avons une forme développée dans le membre de gauche et une forme factorisée dans le membre de droite. Il est plus simple de développer, on va donc partir du membre de droite.

$$\begin{aligned} (x-2)(x-4) &= x^2 - 4x - 2x + 8 \\ &= x^2 - 6x + 8. \end{aligned}$$

Remarque : lorsque ce type de question est posé en début d'exercice et qu'il semble sans rapport avec la suite, cela signifie que le résultat sera utile pour résoudre une des questions de l'exercice. Il faut donc le garder en tête.

2 **(a)** x est une longueur, donc $x \geqslant 0$.
De plus, E est un point de [AB], donc EB $\leqslant$ AB, soit $x \leqslant 6$.
Enfin, F est un point de [AD] et AF $= 2x$, donc $2x \leqslant 6$, soit $x \leqslant 3$.
Ces trois conditions réunies nous donnent l'encadrement suivant :

$$0 \leqslant x \leqslant 3.$$

(b) E est un point de [AB], donc :

$$\text{AE} = \text{AB} - \text{EB} = 6 - x \text{ cm}.$$

3 **(a)** $T(x) = \dfrac{\text{AF} \times \text{AE}}{2} = \dfrac{2x(6-x)}{2} = x(6-x) = 6x - x^2 \text{ cm}^2.$

(b) $T(1{,}5) = 6 \times 1{,}5 - 1{,}5^2 = 9 - 2{,}25 = 6{,}75.$

Graphiquement, cela signifie que lorsque E est situé à 1,5 cm de B, l'aire du triangle AEF vaut 6,75 cm².

4 **(a)** $P(x) = \mathcal{A}_{\text{ABCD}} - T(x) = 6^2 - (6x - x^2) = 36 - 6x + x^2.$

(b) Pour trouver le(s) antécédent(s) de 28 par P, on résout :

$$\begin{aligned} P(x) &= 28 \\ 36 - 6x + x^2 &= 28 \\ 36 - 6x + x^2 - 28 &= 28 - 28 \\ x^2 - 6x + 8 &= 0. \end{aligned}$$

On reconnaît la forme développée de la question 1 dont on connaît la forme factorisée. On peut donc écrire :

$$(x-2)(x-4) = 0.$$

Un produit de facteurs est nul si et seulement si l'un des facteurs est égal à 0. On a donc :

$$\begin{array}{lcl} x - 2 = 0 & \text{ou} & x - 4 = 0 \\ x = 2 & \text{ou} & x = 4. \end{array}$$

Cependant, on sait que x est une longueur inférieure ou égale à 3 cm. Donc le seul antécédent de 28 par P est 2.

On peut donc en conclure que l'aire du polygone EBCDF vaut 28 cm² uniquement lorsque $x = 2$, c'est-à-dire lorsque E est placé à 2 cm de B, et F à 4 cm de A.

Chapitre

9

Fonctions linéaires et fonctions affines

Plan du chapitre

Exercice type

Collège Chaptal, Paris

Un coach sportif propose à ses clients plusieurs formules pour assister à ses cours cette année.

- Formule A : payer 20 € la séance.
- Formule B : payer l'abonnement « habitué » à 80 €, puis 10 € la séance.
- Formule C : payer l'abonnement « tout compris » à 200 €.
  On note x le nombre de séances effectuées par un des clients cette année. On note f la fonction qui à x associe le prix payé avec la formule A, g la fonction qui lui associe le prix payé la formule B, et h qui lui associe le prix payé avec avec la formule C.

1 **(a)** Combien va-t-il payer pour 6 séances avec la formule A ?

(b) Exprimer $f(x)$ en fonction de x.
Comment se nomme cette fonction ?

2 **(a)** Combien va-t-il payer pour 5 séances avec la formule B ?

(b) Exprimer $g(x)$ en fonction de x.
Comment se nomme cette fonction ?

3 **(a)** Combien va-t-il payer pour 10 séances avec la formule C ?

(b) Exprimer $h(x)$ en fonction de x.
Comment se nomme cette fonction ?

4 **(a)** Représenter ces trois fonctions dans un même repère.

(b) À partir de combien de séances la formule B est-elle plus avantageuse que la formule A ? Vérifier le résultat par un calcul.

(c) À partir de combien de séances la formule C est-elle plus avantageuse que la formule B ? Vérifier le résultat par un calcul.

5 L'année suivante, le coach augmente ses tarifs de 12 %.
Quel sera le tarif de la séance avec la formule A ?

Voir corrigé page 200

1 Fonctions linéaires

1.1 Définition

Définition 1 : fonction linéaire

Soit a un nombre fixé. La *fonction linéaire de coefficient a* est la fonction qui, à tout nombre x, associe le produit ax.
On note $f : x \mapsto ax$.

Exemples

La fonction linéaire de coefficient -5 est la fonction g telle que :

$$g(x) = -5x.$$

La fonction qui, à tout nombre associe sa moitié, est la fonction linéaire h telle que :

$$h(x) = \frac{1}{2}x.$$

⚠ ATTENTION

La fonction « carré » n'est pas une fonction linéaire, le coefficient a doit être une constante.

1.2 Lien avec la proportionnalité

Considérons la fonction f qui à tout nombre associe son triple, on a donc : $f(x) = 3x$. Dressons un tableau de valeurs de cette fonction :

x	-5	-3	0	2	4	10
$f(x)$	-15	-9	0	6	12	30

$\times 3$

Le tableau de valeurs associé à cette fonction linéaire de coefficient 3 est un tableau de proportionnalité dont le coefficient de proportionnalité est 3.

Propriété 1

Toute situation de proportionnalité peut être représentée par une fonction linéaire dont le coefficient est égal au coefficient de proportionnalité.

Exemple : si un kilogramme de tomates « cœur de bœuf » coûte 3,80 €, alors le prix que l'on va payer est proportionnel à la masse que l'on va prendre.
Le prix de x kg de ces tomates peut être exprimé par la fonction f définie par :

$$f(x) = 3{,}8x.$$

1.3 Augmentations et réductions en pourcentages

Propriétés 2

- Augmenter un nombre de t % revient à le multiplier par $1 + \frac{t}{100}$.
- Réduire un nombre de t % revient à le multiplier par $1 - \frac{t}{100}$.

Exemples

- Hugo mesurait 1,52 m il y a trois ans. Depuis, sa taille a augmenté de 25 %. Pour déterminer sa nouvelle taille, on calcule :
$$\left(1 + \frac{25}{100}\right) \times 1{,}52 = 1{,}25 \times 1{,}52 = 1{,}9.$$
Hugo mesure donc 1,90 m.
- Une tablette tactile vaut 450 €. Pendant les soldes, il y a 15 % de réduction. Pour déterminer le prix de cette tablette pendant les soldes, on calcule :
$$\left(1 - \frac{15}{100}\right) \times 450 = 0{,}85 \times 450 = 382{,}5.$$
Cette tablette vaut donc 382,50 € pendant ces soldes.

À RETENIR

- Augmenter x de t %, c'est calculer l'image de x par la fonction linéaire :
$$g : x \mapsto \left(1 + \frac{t}{100}\right)x.$$
- Diminuer x de t %, c'est calculer l'image de x par la fonction linéaire :
$$h : x \mapsto \left(1 - \frac{t}{100}\right)x.$$

1.4 Représentation graphique

Propriété 3

La représentation graphique d'une fonction linéaire de coefficient a est la droite passant par l'origine du repère et par le point de coordonnées $(1; a)$.

Remarque : cette droite passe aussi par tout point dont les coordonnées sont proportionnelles à $(1; a)$, par exemple $(2; 2a)$ ou $(-5; -5a)$.
En effet, par définition, la représentation graphique de la fonction $f : x \mapsto ax$ est constituée de tous les points de coordonnées $(x; f(x))$, c'est-à-dire de coordonnées $(x; ax)$.

Définition 2 : coefficient directeur

Soit la fonction linéaire f définie par $f(x) = ax$.
a est appelé le *coefficient directeur* de la droite représentative de f.

Le coefficient a représente la *pente* de la droite. En effet, a donne l'inclinaison de la droite par rapport à l'axe des abscisses.

Exemples

Construire les représentations graphiques des fonctions linéaires f, g et h définies par :

$$f(x) = 3x\ ;\ g(x) = -2x \text{ et } h(x) = \frac{4}{5}x.$$

La droite qui représente f passe par l'origine et par le point A de coordonnées $(1; 3)$. De plus, $a = 3 > 0$ donc la droite « monte ».
La droite qui représente g passe par l'origine et par le point B de coordonnées $(1; -2)$. De plus $a = -2 < 0$ donc la droite « descend ».
La droite qui représente h passe par l'origine et par le point C de coordonnées $\left(1; \frac{4}{5}\right)$ qui n'est pas facile à placer précisément, ou par le point D de coordonnées $\left(1 \times 5; \frac{4}{5} \times 5\right)$ c'est-à-dire $(5; 4)$.

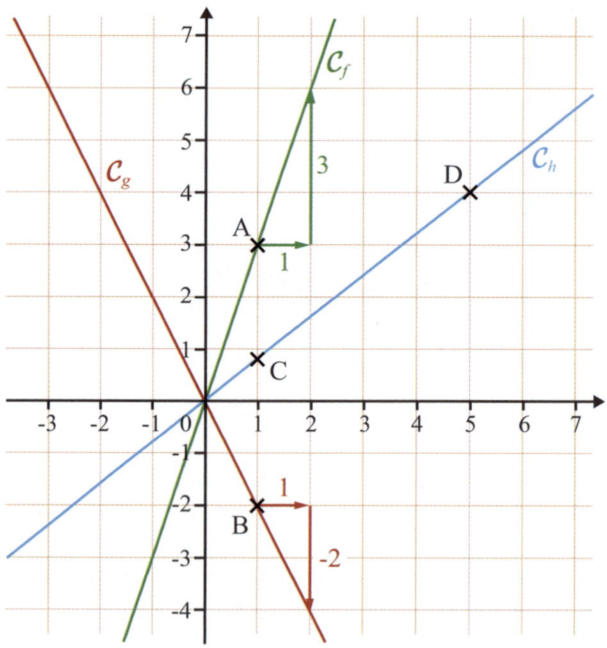

2 Fonctions affines

2.1 Définition

Définition 3 : fonction affine

Soit a et b deux nombres fixés. Une *fonction affine* est une fonction qui, à tout nombre x associe le nombre $ax + b$.
On note $f : x \mapsto ax + b$.

Exemple : La fonction qui à tout nombre associe la différence de son double et de 7 est la fonction affine g telle que $g(x) = 2x - 7$, avec $a = 2$ et $b = -7$.

Remarques

Lorsque $b = 0$, alors $f(x) = ax$ et f est la fonction linéaire de coefficient a.
Lorsque $a = 0$, alors $f(x) = b$, et f est la fonction constante égale à b.

2.2 Représentation graphique

Propriété 4

La représentation graphique d'une fonction affine est une droite.

Définition 4 : coefficient directeur et ordonnée à l'origine

La représentation graphique de la fonction affine $f : x \mapsto ax + b$ est la droite (d) passant par tous les points de coordonnées $(x ; ax + b)$ où :

- a est appelé le *coefficient directeur* de (d).
- b est appelé l'*ordonnée à l'origine* de (d).

MÉTHODE

Pour tracer la droite représentative d'une fonction affine dans un repère, on peut :

- soit placer l'ordonnée sur l'axe des ordonnées et utiliser le coefficient directeur pour trouver un deuxième point (cette méthode est utilisée lorsque a et b sont des nombres entiers) ;
- soit calculer l'image de deux nombres par cette fonction. On obtient ainsi les coordonnées de deux points par lesquels passe la droite cherchée.

Exemples

Traçons les représentations graphiques des fonctions affines f et g définies par :

$$f(x) = 5x - 4 \quad \text{et} \quad g(x) = \frac{2}{3}x + 3.$$

La droite représentative de la fonction f a pour coefficient directeur 5 et pour ordonnée à l'origine -4. On place donc sur l'axe des ordonnées le point d'ordonnée -4 et, à partir de ce point, on « avance » de 1 et on « monte » de 5 pour obtenir un deuxième point. La droite qui passe par ces deux points est la représentation graphique de f.

On a : $g(0) = \frac{2}{3} \times 0 + 3 = 3$ et $g(6) = \frac{2}{3} \times 6 + 3 = 4 + 3 = 7$. On peut donc placer les points A (0; 3) et B (6; 7). La représentation graphique de la fonction g est la droite (AB).

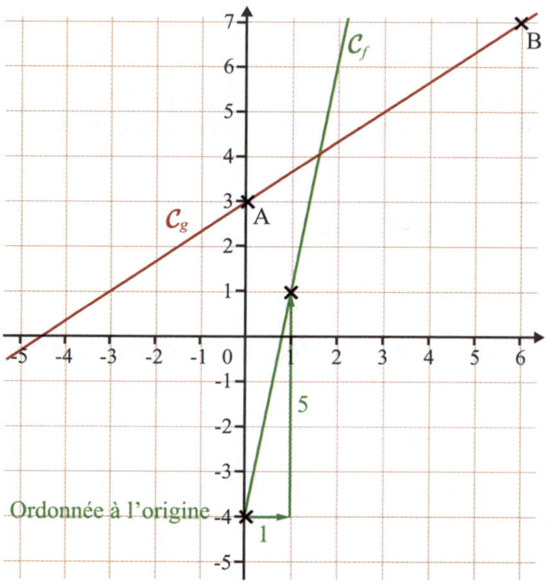

3 Détermination d'une fonction par le calcul

3.1 Cas d'une fonction linéaire

MÉTHODE

On sait que la fonction recherchée s'écrit sous la forme $f(x) = ax$.
Il faut alors déterminer la valeur de a en remplaçant x par le nombre dont on connaît l'image par f et résoudre l'équation obtenue.

Exemple : déterminer la fonction linéaire f qui vérifie $f(-4) = 5$.

f est une fonction linéaire donc elle s'écrit sous la forme $f(x) = ax$.

- $f(-4) = 5$;
- $f(-4) = a \times (-4) = -4a$.

On a donc $-4a = 5$ soit $a = \dfrac{5}{-4} = \dfrac{-5}{4}$.

Ainsi, la fonction f cherchée s'écrit : $f(x) = \dfrac{-5}{4}x$.

3.2 Cas d'une fonction affine

Propriété 5

On considère la fonction affine f définie par $f(x) = ax + b$.
Pour tous nombres x_1 et x_2 tels que $x_1 \neq x_2$, on a :

$$a = \frac{f(x_1) - f(x_2)}{x_1 - x_2}.$$

MÉTHODE

On sait que la fonction recherchée s'écrit sous la forme $f(x) = ax + b$.
On commence par calculer la valeur de a à l'aide de la formule ci-dessus.
On détermine ensuite la valeur de b en remplaçant x par un des deux nombres dont on connaît l'image par f et on résout l'équation obtenue.

Exemple : déterminons la fonction affine f telle que $f(3) = -5$ et $f(2) = 1$.
f est la fonction affine donc $f(x) = ax + b$. On calcule le coefficient a :

$$a = \frac{f(3) - f(2)}{3 - 2} = \frac{-5 - 1}{1} = -6.$$

Donc $f(x) = -6x + b$. De plus :

- $f(2) = 1$;
- $f(2) = -6 \times 2 + b = -12 + b$.

On a donc : $-12 + b = 1$, soit $b = 1 + 12 = 13$.

Ainsi, la fonction f cherchée s'écrit : $f(x) = -6x + 13$.

➔ Solution de l'exercice type

Collège Chaptal, Paris

1 **(a)** Chaque séance coûtant 20 €, pour 6 séances, il va payer $6 \times 20 = 120$ €.

(b) Pour x séances, il va donc payer $x \times 20 = 20x$ euros, donc :

$$f(x) = 20x.$$

f est la fonction linéaire de coefficient 20.

2 **(a)** Avec la formule B, il paie un abonnement à 80 €, puis pour les 5 séances, $5 \times 10 = 50$ €. Au total, il va donc payer :

$$80 + 50 = 130 \text{ €}.$$

(b) Pour x séances, il va donc payer $80 + x \times 10 = 80 + 10x$ euros. On obtient ainsi $g(x) = 10x + 80$. g est la fonction affine de coefficient 10 et d'ordonnée à l'origine 80.

3 **(a)** Avec la formule C, le nombre de séances est illimité : en effet, quel que soit le nombre de séances effectuées, le client paiera 200 €. Il va donc payer 200 € pour les 10 séances.

(b) Le prix ne dépendant pas du nombre de séances effectuées, $h(x) = 200$. h est la fonction constante égale à 200.

4 **(a)** On représente les trois fonctions dans le repère suivant :

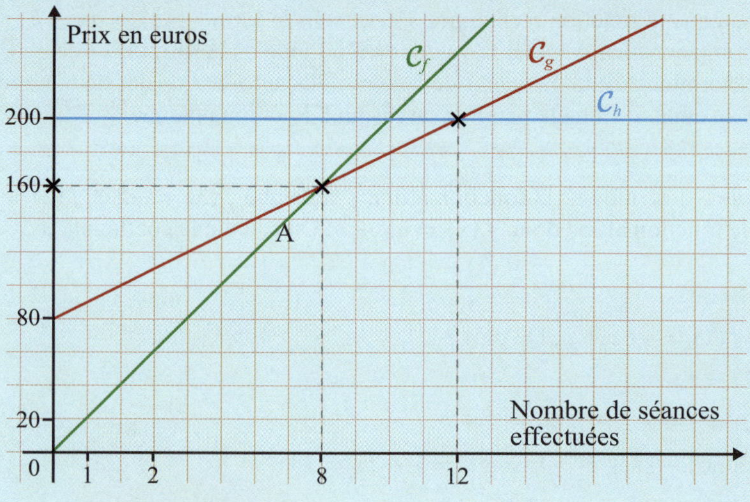

(b) **MÉTHODE**

Quand on vous demande de « lire sur le graphique » la réponse à une question, vous devez au moins tracer sur le graphique les pointillés qui mettent en évidence le point de la droite qui vous a permis de répondre, ainsi que ses coordonnées.

•••

➔ Solution de l'exercice type (suite)

Collège Chaptal, Paris

Graphiquement, le point d'intersection des droites représentatives de f et de g nous indique le nombre de séances pour lequel les formules A et B sont au même prix. Pour 8 séances, les formules A et B sont au même prix, ensuite la formule B devient plus avantageuse, c'est donc à partir de 9 séances que la formule B est préférable à la formule A.

Vérifions ce résultat par le calcul. On cherche pour quelles valeurs de x on a $f(x) > g(x)$, c'est-à-dire :

$$\begin{aligned} 20x &> 10x + 80 \\ 20x - 10x &> 10x - 10x + 80 \\ 10x &> 80 \\ \frac{10x}{10} &> \frac{80}{10} \\ x &> 8. \end{aligned}$$

Le premier entier strictement supérieur à 8 est bien 9.

(c) Pour 12 séances, les formules B et C sont au même prix, ensuite la formule C devient plus avantageuse, c'est donc à partir de 13 séances qu'il vaut mieux choisir la formule C.

Pour le vérifier par le calcul, on résout l'inéquation : $g(x) > h(x)$, soit :

$$\begin{aligned} 10x + 80 &> 200 \\ 100x + 80 - 80 &> 200 - 80 \\ 10x &> 120 \\ \frac{10x}{10} &> \frac{120}{10} \\ x &> 12 \end{aligned}$$

La formule C est donc plus avantageuse à partir de 13 séances.

5 Augmenter un tarif de 12 % revient à le multiplier par $1 + \frac{12}{100} = 1{,}12.$ or $20 \times 1{,}12 = 22{,}4$. Donc l'année suivante, le tarif de la formule A passera à 22,40 € la séance.

Voir énoncé page 193

1 V/F Tester ses connaissances

5 min Corrigé p. 207

Répondre par « vrai » ou « faux » à chacune des affirmations suivantes. Aucune justification n'est demandée.

1 La fonction $h : x \mapsto \dfrac{2x+1}{3}$ est une fonction affine.

2 Pour toute fonction linéaire f, on a : $f(0) = 0$.

3 Toute droite dans un repère représente une fonction linéaire.

4 Augmenter une quantité de 20 % revient à multiplier cette quantité par $\dfrac{6}{5}$.

2 QCM Fonction linéaire ou affine ?

3 min Corrigé p. 207

Pour chacune des propositions suivantes, choisir la ou les réponse(s) correcte(s). Aucune justification n'est demandée.

1 La fonction $f : x \mapsto 2(x+1) - (5x-8)$ est :

[a] linéaire [b] affine [c] ni l'un ni l'autre

2 La fonction $g : x \mapsto 2(x^2+1) - (5x^2-8)$ est :

[a] linéaire [b] affine [c] ni l'un ni l'autre

3 La fonction $h : x \mapsto 5(x^2+1) - (5x^2-8)$ est :

[a] linéaire [b] affine [c] ni l'un ni l'autre

3 QCM Représentation graphique

3 min Corrigé p. 208

Pour chacune des propositions suivantes, choisir la ou les réponse(s) correcte(s). Aucune justification n'est demandée.

1 Le point A(3 ; −2) est sur :

[a] la droite $\mathcal{D}_1$ qui représente la fonction $f : x \mapsto 2x - 8$

[b] la droite $\mathcal{D}_2$ qui représente la fonction $g : x \mapsto \dfrac{1}{3}x + 1$

[c] la droite $\mathcal{D}_3$ qui représente la fonction $h : x \mapsto -2$

2 La représentation graphique de la fonction $m : x \mapsto -2(3x+5) + 10$:

[a] est une droite qui passe par le point de coordonnées (0 ; 10)

[b] est une droite qui passe par l'origine du repère

[c] n'est pas une droite

4 QCM Augmentation et diminution

3 min

Corrigé p. 208

1 Une diminution de 27 % d'un nombre x se traduit par la fonction :

a $f : x \mapsto -\frac{27}{100}x$ **b** $g : x \mapsto x - \frac{27}{100}$

c $h : x \mapsto 0{,}73x$

2 Sur une foire, Sébastien arrive à négocier une remise de 10 % sur un salon de jardin. Ce salon de jardin lui revient alors à 800 euros. Ce qu'il ne sait pas, c'est que le vendeur, sur la foire, avait augmenté tous ses prix de 10 % par rapport aux prix affichés en magasin.

Si Sébastien avait acheté le salon de jardin au magasin, il aurait payé :

a moins de 800 euros **b** 800 euros **c** plus de 800 euros

Fonctions linéaires et pourcentages

5 Fonctions linéaires

★ 12 min

Corrigé p. 209

Collège Colette, Sartrouville

1 Soit f la fonction linéaire définie par la relation $f(x) = -\frac{8}{5}x$. Calculer :

(a) $f(-2)$

(b) les antécédents respectifs de 1 et -56

2 Déterminer la fonction linéaire g sachant que $\frac{3}{14}$ a pour image 1,5 par g.

3 Déterminer la fonction linéaire h sachant que 2 est l'image de 6 par h.

4 Représenter graphiquement les fonctions f, g et h dans un repère orthonormé d'unité 1 cm.

6 Pourcentages

★★ 5 min

Corrigé p. 211

Collège Louise Michel, Chaumont

Les trois questions de cet exercice sont indépendantes.

1 J'achète un meuble dont le prix est de 460 €. Combien vais-je payer si l'on me fait une réduction de 20 % ?

2 Je paie une chemise soldée à 36 €. Quel était son prix avant la réduction de 20 % ?

3 Un canapé soldé passe de 1 360 € à 884 €. Quel est le pourcentage de réduction qui a été accordé ?

7 Deux augmentations

★★ 6 min Corrigé p. 212

Collège Chaptal, Paris

Un vélo coûtait 80 € en 2018. Son prix augmente de 12 % en 2019, puis de 5 % en 2020.

1. Combien coûte-t-il en 2020 après ces deux augmentations ?
2. De quel pourcentage son prix a-t-il augmenté depuis 2018 ?

Fonctions affines

8 Association droites-fonctions

★ 3 min Corrigé p. 212

Collège Foch, Strasbourg

On a représenté page ci-contre les fonctions :

$$f : x \mapsto 2x + 3 \quad g : x \mapsto -2x + 3 \quad h : x \mapsto 2x - 3$$

et :

$$k : x \mapsto -2x - 3$$

Associer chaque droite à la fonction représentée.

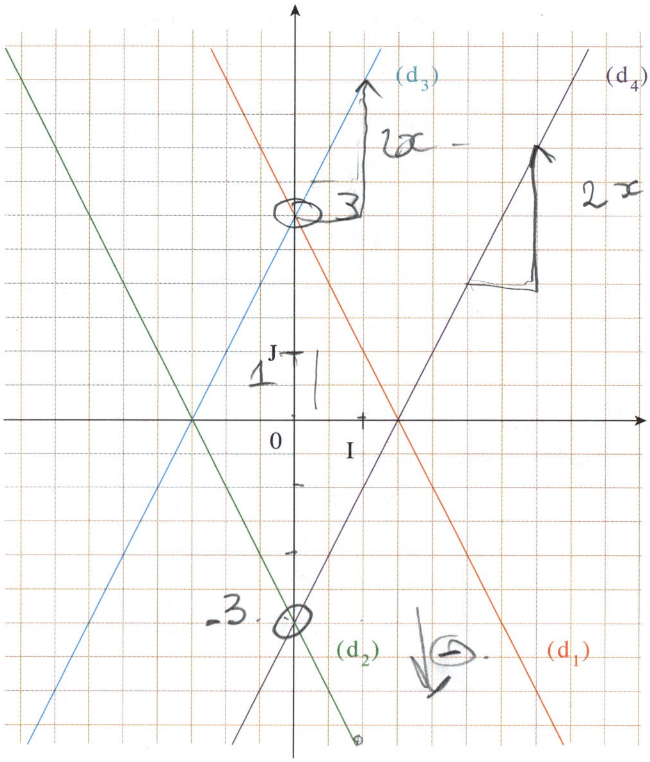

9 Avec un tableur

★ 5 min Corrigé p. 213

Extrait du DNB Polynésie 2019

On a utilisé une feuille de calcul pour obtenir les images de différentes valeurs de x par une fonction affine f.

B2		=3*B1-4						
	A	B	C	D	E	F	G	H
1	x	-2	-1	0	1	2	3	4
2	$f(x)$	-10	-7	-4	-1	2	5	8

1. Quelle est l'image de -1 par la fonction f ?
2. Quel est l'antécédent de 5 par la fonction f ?
3. Donner l'expression de $f(x)$.
4. Calculer $f(10)$.

10 Fonctions et représentations

★★ 16 min Corrigé p. 213

Collège Janson de Sailly, Paris

Vous pouvez retrouver le corrigé de cet exercice en vidéo.

On considère les trois fonctions suivantes :

$$f : x \mapsto -3x \quad ; \quad ; \quad g : x \mapsto 2x + 5 \quad ; \quad h : x \mapsto 7.$$

1. Pour chaque fonction, calculer l'image de $-\dfrac{2}{3}$.
2. Pour chaque fonction, calculer les antécédents de 7.
3. Pour chaque fonction, calculer les antécédents de $-2{,}5$.
4. Tracer la représentation graphique de chacune de ces trois fonctions.
5. Donner la solution de l'équation $-3x = 2x + 5$ graphiquement puis par le calcul.

11 Calcul des coefficients

★★ 10 min Corrigé p. 215

Collège des Buclos, Meylan

1. Déterminer la fonction affine f vérifiant $f(3) = 5$ et $f(-2) = 1$.
2. Soit $A(1 ; -3)$ et $B\left(2 ; \dfrac{21}{5}\right)$. Les points A et B appartiennent-ils à la représentation graphique de f ?

12 Des aires en fonctions

★★ 15 min Corrigé p. 216

Collège Monthéty, Pontault-Combault

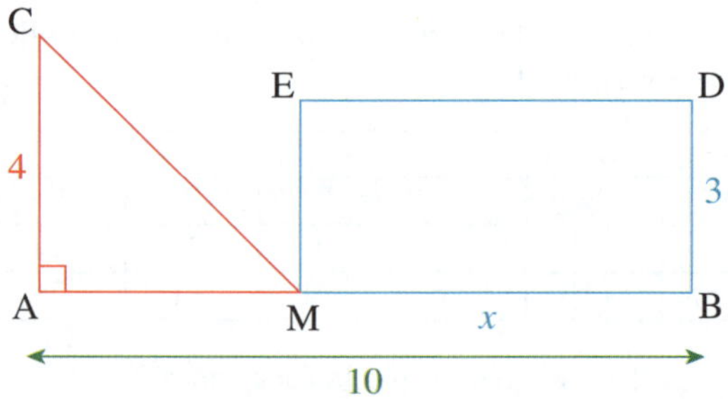

Le triangle AMC est rectangle en A et MEDB est un rectangle. M est un point du segment [AB]. L'unité est le centimètre.

On donne : AC = 4, BD = 3, AB = 10 et on note x la longueur MB.

1. Entre quelles valeurs le nombre x peut-il varier ?
2. Exprimer, en fonction de x, les aires $\mathcal{A}_1(x)$ du triangle AMC et $\mathcal{A}_2(x)$ du rectangle MEDB.
3. Représenter dans un repère orthonormé où l'unité est le centimètre les droites $(\mathcal{D}_1)$ et $(\mathcal{D}_2)$ représentant respectivement les fonctions :

$$x \mapsto -2x + 20 \qquad \text{et} \qquad x \mapsto 3x.$$

4. Lire sur le graphique les coordonnées du point d'intersection des droites $(\mathcal{D}_1)$ et $(\mathcal{D}_2)$. Interpréter ce résultat.
5. Est-il possible que l'aire du triangle AMC soit égale au triple de l'aire du rectangle MEDB ? Si oui, pour quelle valeur de x ?
Donner la valeur exacte puis une valeur arrondie au 1/10.

1 V/F Tester ses connaissances

Énoncé p. 202

1 *Vrai*. La fonction $h : x \mapsto \dfrac{2x+1}{3}$ est une fonction affine.

En effet, on peut écrire h sous la forme $h : x \mapsto \dfrac{2}{3}x + \dfrac{1}{3}$. C'est donc bien une fonction affine pour laquelle $a = \dfrac{2}{3}$ et $b = \dfrac{1}{3}$.

2 *Vrai*. f est une fonction linéaire donc elle s'écrit sous la forme $f(x) = ax$, donc $f(0) = a \times 0 = 0$. C'est d'ailleurs pour cela que la droite représentative d'une fonction linéaire passe par l'origine du repère.

3 *Faux*. Toute droite dans un repère ne représente pas toujours une fonction linéaire.

Hormis l'axe des ordonnées, seules les droites qui passent par l'origine du repère représentent une fonction linéaire. En revanche, on peut dire que toute droite, qui n'est pas parallèle à l'axe des ordonnées, représente une fonction affine.

4 *Vrai*. Augmenter une quantité de 20 % revient à multiplier cette quantité par $1 + \dfrac{20}{100} = 1{,}2$. Or $\dfrac{6}{5} = 1{,}2$, donc cela revient bien à multiplier cette quantité par $\dfrac{6}{5}$.

2 QCM Fonction linéaire ou affine ?

Énoncé p. 202

1 Réponse **b**. La fonction $f : x \mapsto 2(x+1) - (5x-8)$ est affine.

En développant $f(x)$, il vient :

$$2(x+1) - (5x-8) = 2x + 2 - 5x + 8 = -3x + 10.$$

La fonction f est donc bien une fonction affine pour laquelle $a = -3$ et $b = 10$.

2 Réponse **c**. La fonction $g : x \mapsto 2(x^2+1) - (5x^2-8)$ n'est ni linéaire, ni affine.

En développant $g(x)$, il vient :

$$2(x^2+1) - (5x^2-8) = 2x^2 + 2 - 5x^2 + 8 = -3x^2 + 10.$$

La fonction g n'est donc pas de la forme $x \mapsto ax + b$. Ce n'est donc pas une fonction affine, ni, *a fortiori*, une fonction linéaire.

3 Réponse **b**. La fonction $h : x \mapsto 5(x^2+1) - (5x^2-8)$ est une fonction affine.

En développant $h(x)$, il vient :

$$5(x^2+1) - (5x^2-8) = 5x^2 + 5 - 5x^2 + 8 = 13.$$

La fonction h est donc bien une fonction affine pour laquelle $a = 0$ et $b = 13$. Plus précisément, il s'agit d'une fonction constante.

3 QCM Représentation graphique

Énoncé p. 202

1 Réponses [a] et [c]. Le point A(3 ; −2) est sur la droite $\mathcal{D}_1$ qui représente graphiquement la fonction $f : x \mapsto 2x - 8$ mais aussi sur la droite $\mathcal{D}_3$ représentant la fonction $h : x \mapsto -2$.

Si $x = 3$:

$$2x - 8 = 2 \times 3 - 8 = -2$$

donc A(3 ; −2) est bien sur $\mathcal{D}_1$.

En revanche, si $x = 3$:

$$\begin{aligned}\frac{1}{3}x + 1 &= \frac{1}{3} \times 3 + 1\\ &= 1 + 1\\ &= 2.\end{aligned}$$

donc A(3 ; −2) n'est pas sur $\mathcal{D}_2$.

Enfin, la droite $\mathcal{D}_3$ représente la fonction $h : x \mapsto -2$, ce qui signifie que tous les points d'ordonnée −2 sont sur $\mathcal{D}_3$. Le point A a bien pour ordonnée −2 donc A est bien sur $\mathcal{D}_3$.

Remarque : $\mathcal{D}_3$ est parallèle à l'axe des abscisses et représente une fonction constante.

2 Réponse [b].

La représentation graphique de la fonction $m : x \mapsto -2(3x + 5) + 10$ est une droite qui passe par l'origine du repère.

En développant $m(x)$, il vient :

$$\begin{aligned}m(x) &= -2(3x + 5) + 10\\ &= -6x - 10 + 10\\ &= -6x.\end{aligned}$$

Donc m est une fonction linéaire et sa représentation graphique est une droite qui passe par l'origine du repère.

4 QCM Augmentation et diminution

Énoncé p. 203

1 Réponse [c]. Une diminution de 27 % d'un nombre x se traduit par la fonction $h : x \mapsto 0{,}73x$.

Une diminution de 27 % d'un nombre x se traduit par la fonction $x \mapsto \left(1 - \dfrac{27}{100}\right)x$. Or :

$$1 - \frac{27}{100} = 1 - 0{,}27 = 0{,}73.$$

2 Réponse [c]. Si Sébastien avait acheté le salon de jardin au magasin, il aurait payé plus de 800 euros. En effet, reprenons les choses dans l'ordre. Ce salon de jardin était à un certain prix en magasin. Le vendeur augmente ce prix de 10 % pour le vendre sur la foire. Puis il accorde une réduction de 10 % à Sébastien. Mais cette réduction est calculée sur la base du prix affiché à la foire, qui est plus élevé que le prix en magasin. Donc cette réduction de 10 % est plus importante que l'augmentation de 10 % faite par le vendeur avant la foire... Sébastien est donc gagnant et le prix en magasin était supérieur à 800 euros.

5 Fonctions linéaires

Énoncé p. 203

Collège Colette, Sartrouville

1 $f(x) = -\frac{8}{5}x$ donc :

(a) $f(-2) = -\frac{8}{5} \times (-2) = \frac{16}{5}$.

(b) On cherche le nombre x tel que :

$$f(x) = 1,$$

c'est-à-dire tel que $-\frac{8}{5}x = 1$.

On résout cette équation en multipliant par $-\frac{5}{8}$ chaque membre et on obtient : $x = -\frac{5}{8}$.

L'antécédent de 1 par f est donc le nombre $-\frac{5}{8}$.

On cherche x tel que $f(x) = -56$, c'est-à-dire tel que $-\frac{8}{5}x = -56$.

On résout donc cette équation en multipliant chaque membre par $-\frac{5}{8}$:

$$x = -\frac{5}{8} \times (-56) = \frac{5 \times 8 \times 7}{8} = 35.$$

L'antécédent de -56 par f est donc le nombre 35.

2 g est une fonction linéaire donc de la forme $g : x \mapsto ax$.

De plus, on sait que $g\left(\frac{3}{14}\right) = 1{,}5$ donc on a : $a \times \frac{3}{14} = 1{,}5$.

Ce qui donne en multipliant chaque membre de cette équation par $\frac{14}{3}$:

$$a = 1{,}5 \times \frac{14}{3} = \frac{3}{2} \times \frac{14}{3} = \frac{14}{2} = 7.$$

La fonction g est donc la fonction telle que $g(x) = 7x$.

3 h est une fonction linéaire donc de la forme $h : x \mapsto ax$.
De plus, on sait que $h(6) = 2$ donc on a $a \times 6 = 2$, ce qui donne en divisant par 6 chaque membre de cette équation : $a = \frac{2}{6} = \frac{1}{3}$.

La fonction h est donc la fonction telle que $h(x) = \frac{1}{3}x$.

4 Les fonctions f, g et h sont trois fonctions linéaires donc leur représentation graphique sont des droites que nous noterons respectivement (d_1), (d_2) et (d_3), qui passent par l'origine du repère.
De plus :

$$f(5) = -\frac{8}{5} \times 5 = -8$$

donc (d_1) passe par le point de coordonnées $(5\ ;\ -8)$.

Remarque : on avait déjà trouvé à la question 1 que :

$$f(-2) = \frac{16}{5} = 3{,}2$$

mais le point de coordonnées $(-2\ ;\ 3{,}2)$ est moins facile à placer que le point de coordonnées $(5\ ;\ -8)$.

On sait que $g\left(\frac{3}{14}\right) = 1{,}5$ mais le point $\left(\frac{3}{14}\ ;\ 1{,}5\right)$ ne sera pas non plus facile à placer, donc on calcule par exemple :

$$g(1) = 7 \times 1 = 7.$$

(d_2) passe donc par le point de coordonnées $(1\ ;\ 7)$.
Enfin, on sait que $h(6) = 2$ donc (d_3) passe par le point de coordonnées $(6\ ;\ 2)$.
On obtient alors le graphique suivant :

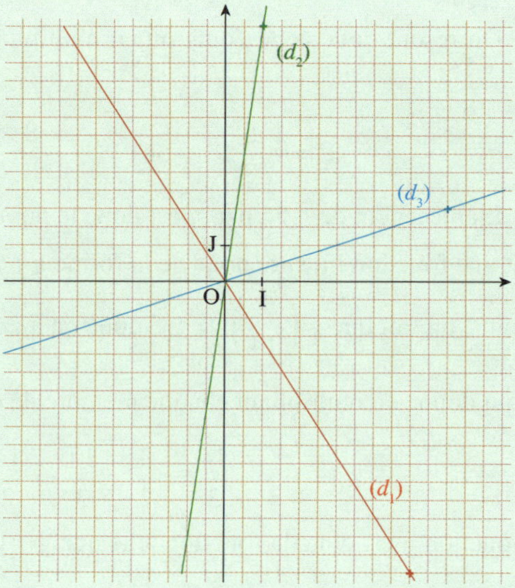

6 Pourcentages

Énoncé p. 203

Collège Louise Michel, Chaumont

1 $460 \times \left(1 - \frac{20}{100}\right) = 460 \times 0{,}8 = 368.$

Le prix de ce meuble après la réduction de 20 % est de 368 €.

2 Notons x le prix initial de cette chemise.

On sait que :

$$x \times \left(1 - \frac{20}{100}\right) = 36.$$

Nous allons donc résoudre cette équation :

$$x \times 0{,}8 = 36$$
$$x = \frac{36}{0{,}8}$$
$$x = 45.$$

Avant la réduction de 20 %, cette chemise coûtait 45 €.

ATTENTION

Pour répondre à ce type de question, il ne faut pas, pour calculer le prix initial avant la réduction de 20 %, augmenter le prix final de 20 %. En effet, ici, la somme correspondant à 20 % de 36 € n'est pas la même que celle correspondant à 20 % du prix initial. En augmentant 36 de 20 %, on aurait trouvé 43,20 ... et non 45.

3 **MÉTHODE**

Ici aussi, nous allons mettre en équation le problème pour répondre à la question posée.

Soit x le pourcentage de réduction qui a été accordé.

On sait que : $1\,360 \times \left(1 - \frac{x}{100}\right) = 884.$

On résout cette équation en commençant par développer le membre de gauche :

$$1\,360 - 13{,}6x = 884$$
$$-13{,}6x = 884 - 1\,360$$
$$-13{,}6x = -476$$
$$x = \frac{-476}{-13{,}6}$$
$$x = 35.$$

Une réduction de 35 % a donc été accordée sur le prix de ce canapé.

COURS

INTERROS

CORRIGÉS

7 Deux augmentations

Énoncé p. 204

Collège Chaptal, Paris

1 Augmenter un prix de 12 % revient à le multiplier par :

$$1 + \frac{12}{100} = 1,12.$$

En 2019, le vélo coûte donc : $80 \times 1,12 = 89,60$ €.

Augmenter un prix de 5 % revient à le multiplier par :

$$1 + \frac{5}{100} = 1,05.$$

En 2020, le vélo coûte donc : $89,60 \times 1,05 = 94,08$ €.

2 **ATTENTION**

Lorsqu'une valeur subit deux augmentations successives (ou deux diminutions), il ne faut surtout pas ajouter les pourcentages.
En effet, la deuxième augmentation se fait par rapport à la valeur augmentée (de 2019) et non par rapport à la valeur initiale. On peut résoudre ce type de problème en résolvant une équation (comme dans la question 3 de l'exercice précédent), ou en déterminant le coefficient permettant de trouver la valeur finale à partir de la valeur initiale.

Calculons ce coefficient :

$$\frac{94,08}{80} = 1,176.$$

Or, on remarque que $1,176 = 1 + 0,176 = 1 + \frac{17,6}{100}$.

Il s'agit donc d'une augmentation de 17,6 % par rapport au prix initial.

Remarque : pour trouver ce coefficient, on aurait pu également multiplier les deux coefficients trouvés à la question précédente. En effet :

$$1,12 \times 1,05 = 1,176.$$

8 Association droites-fonctions

Énoncé p. 204

Collège Foch, Strasbourg

En observant le graphique, on remarque que :

- Les droites (d_3) et (d_4) « montent » alors que les droites (d_1) et (d_2) « descendent ». Le coefficient directeur des droites (d_3) et (d_4) est donc positif alors que celui des droites (d_1) et (d_2) est négatif.
- Les droites (d_3) et (d_1) coupent l'axe des ordonnées en un point d'ordonnée $+3$ alors que les droites (d_2) et (d_4) coupent l'axe des ordonnées en un point d'ordonnée -3. L'ordonnée à l'origine (c'est-à-dire le coefficient b)

des droites (d_3) et (d_1) est donc 3 tandis que que celui des droites (d_2) et (d_4) est -3.

Au vu de ces deux remarques et des expressions algébriques des fonctions proposées, il vient que :

- la droite (d_1) représente la fonction g
- la droite (d_2) représente la fonction k
- la droite (d_3) représente la fonction f
- la droite (d_4) représente la fonction h

Remarque : les droites (d_1) et (d_2) ont toutes les deux -2 pour coefficient directeur. On remarque qu'elles sont parallèles. Il en est de même pour les droites (d_3) et (d_4), qui ont toutes les deux $+2$ pour coefficient directeur.

9 Avec un tableur

Énoncé p. 205

Extrait du DNB Polynésie 2019

1 -1 est dans la cellule `C1` donc l'image de -1 par f, c'est-à-dire $f(-1)$, est dans la cellule `C2` et vaut donc -7.

2 5 est dans la cellule `G2`, donc l'antécédent de 5 par f est en `G1` et vaut 3.

3 La formule écrite dans la cellule `B2` est « `=3*B1-4` », on en déduit que :

$$f(x) = 3x - 4.$$

4
$$\begin{aligned} f(10) &= 3 \times 10 - 4 \\ &= 30 - 4 \\ &= 26. \end{aligned}$$

10 Fonctions et représentations

Énoncé p. 205

Collège Janson de Sailly, Paris

1 $f\left(-\frac{2}{3}\right) = -3 \times \left(-\frac{2}{3}\right) = 2$, donc l'image de $-\frac{2}{3}$ par f est 2.

$g\left(-\frac{2}{3}\right) = 2 \times \left(-\frac{2}{3}\right) + 5 = -\frac{4}{3} + \frac{15}{3} = \frac{11}{3}$,

donc l'image de $-\frac{2}{3}$ par g est $\frac{11}{3}$.

h est la fonction constante égale à 7, donc l'image de $-\frac{2}{3}$ par h est 7.

2 Déterminer les antécédents de 7 par f et g revient à résoudre les deux équations :

$$\begin{aligned} f(x) &= 7 \\ -3x &= 7 \\ \frac{-3x}{-3} &= \frac{7}{-3} \\ x &= -\frac{7}{3}. \end{aligned} \qquad \begin{aligned} g(x) &= 7 \\ 2x + 5 &= 7 \\ 2x &= 7 - 5 \\ 2x &= 2 \\ x &= 1. \end{aligned}$$

Ainsi, l'antécédent de 7 par f est $-\frac{7}{3}$, et l'antécédent de 7 par g est 1.

D'autre part, $h(x) = 7$ pour tout nombre x, donc tous les nombres sont des antécédents de 7 par h (il y en a donc une infinité).

3 Pour déterminer les antécédents de $-2{,}5$ par f et g, on résout :

$$f(x) = -2{,}5 \quad\quad g(x) = -2{,}5$$
$$-3x = -2{,}5 \quad\quad 2x + 5 = -2{,}5$$
$$\frac{-3x}{-3} = \frac{-2{,}5}{-3} \quad\quad 2x = -2{,}5 - 5$$
$$\quad\quad 2x = -7{,}5$$
$$x = \frac{5}{6}. \quad\quad x = -3{,}75.$$

Ainsi, l'antécédent de $-2{,}5$ par f est $\frac{5}{6}$, et l'antécédent de $-2{,}5$ par g est $-3{,}75$.

Enfin, $-2{,}5$ n'a pas d'antécédent par h car pour tout nombre x, $h(x)$ vaut 7 et non $-2{,}5$.

4 f est une fonction linéaire donc sa représentation graphique est une droite passant par l'origine du repère.

De plus, $f(x) = -3x$, donc cette droite a pour pente -3 et passe donc par le point de coordonnées $(1; -3)$.

$g(x) = 2x + 5$, donc g est la fonction affine de coefficient 2 et d'ordonnée à l'origine 5. Sa représentation graphique est donc la droite passant par le point de coordonnées $(0; 5)$ et de pente 2.

Enfin, la représentation graphique de h est la droite parallèle à l'axe des abscisses passant le point de coordonnées $(0; 7)$.

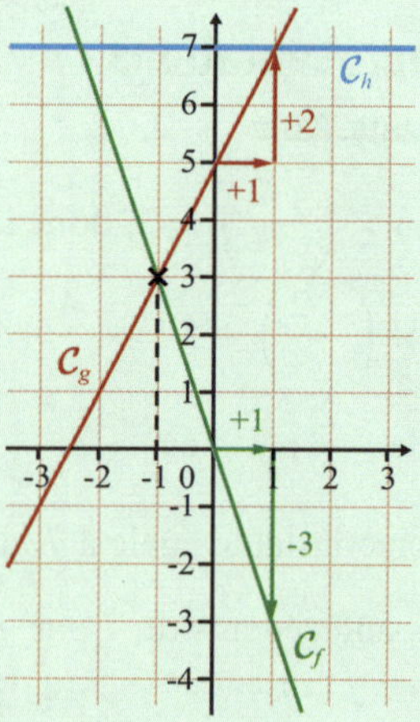

5 Pour résoudre graphiquement l'équation $-3x = 2x + 5$, on cherche l'abscisse du point d'intersection des représentations graphiques des fonctions f et g. On lit sur le graphique grâce aux pointillés $x = -1$.

Vérifions ce résultat par le calcul :

$$\begin{aligned} f(x) &= g(x) \\ -3x &= 2x+5 \\ -3x-2x &= 5 \\ -5x &= 5 \\ \frac{-5x}{5} &= \frac{5}{-5} \\ x &= -1. \end{aligned}$$

La solution de l'équation $-3x = 2x + 5$ est bien -1.

11 Calcul des coefficients

Énoncé p. 205

Collège des Buclos, Meylan

1 f est une fonction affine donc $f(x) = ax + b$.
On sait que $f(3) = 5$ et $f(-2) = 1$, on peut donc utiliser la formule :

$$a = \frac{f(3) - f(-2)}{3 - (-2)} = \frac{5-1}{5} = \frac{4}{5}.$$

Donc $f(x) = \frac{4}{5}x + b$. De plus :

- $f(3) = 5$;
- $f(3) = \frac{4}{5} \times 3 + b = \frac{12}{5} + b$.

On a donc $\frac{12}{5} + b = 5$ soit :

$$b = 5 - \frac{12}{5} = \frac{25}{5} - \frac{12}{5} = \frac{13}{5}.$$

Ainsi, la fonction f cherchée s'écrit : $f(x) = \frac{4}{5}x + \frac{13}{5}$.

2 $$\begin{aligned} f(x_A) &= f(1) \\ &= \frac{4}{5} \times 1 + \frac{13}{5} \\ &= \frac{17}{5} \neq y_A. \end{aligned}$$

Donc A n'appartient pas à la représentation graphique de f.

$$\begin{aligned} f(x_B) &= f(2) \\ &= \frac{4}{5} \times 2 + \frac{13}{5} \\ &= \frac{21}{5} = y_B. \end{aligned}$$

Donc B appartient à la représentation graphique de f.

COURS INTERROS CORRIGÉS

12 Des aires en fonctions

Énoncé p. 206

Collège Monthéty, Pontault-Combault

1 M est un point du segment [AB] qui mesure 10 cm donc on a :

$$0 \leqslant BM \leqslant 10.$$

x peut donc varier entre 0 et 10.

2 • $\mathcal{A}_1(x) = \dfrac{AC \times AM}{2}$
$= \dfrac{4 \times AM}{2}$
$= 2 \times AM.$

Or M est un point de [BC] donc :

$$AM = AB - BM = 10 - x.$$

Il vient alors :

$$\mathcal{A}_1(x) = 2 \times (10 - x) = 20 - 2x.$$

• $\mathcal{A}_2(x) = BM \times BD$
$= x \times 3$
$= 3x.$

3 • $(\mathcal{D}_1)$ représente la fonction affine $x \mapsto -2x + 20$. Son ordonnée à l'origine est donc 20. Elle coupe donc l'axe des ordonnées en un point d'ordonnée 20.
Et si $x = 10$:

$$-2x + 20 = -2 \times 10 + 20 = 0\ ,$$

donc $(\mathcal{D}_1)$ passe par le point de coordonnées (10 ; 0).

• $(\mathcal{D}_2)$ représente la fonction linéaire $x \mapsto 3x$. Elle passe donc par l'origine du repère et si $x = 6$ alors :

$$3x = 3 \times 6 = 18\ ,$$

donc $(\mathcal{D}_2)$ passe par le point de coordonnées (6 ; 18).

On obtient le graphique ci-contre.
Remarque : on n'a représenté que les portions des droites $(\mathcal{D}_1)$ et $(\mathcal{D}_2)$ qui correspondent aux nombres compris entre 0 et 10 (cf. question 1).

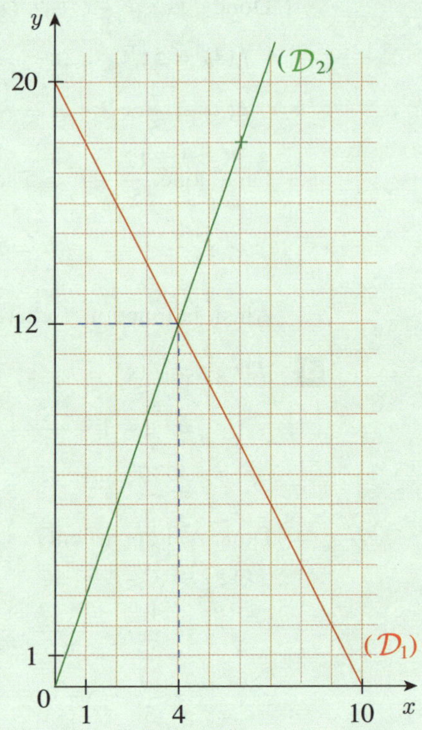

4 D'après le graphique, le point d'intersection des droites $(\mathcal{D}_1)$ et $(\mathcal{D}_2)$ a pour coordonnées (4 ; 12).

MÉTHODE

Quand on vous demande d'*interpréter* une lecture graphique, il faut chercher le lien entre le graphique et la situation initiale du problème.

D'après le graphique, si BM = 4 cm alors l'aire du triangle et l'aire du rectangle sont toutes les deux égales à 12 cm^2.

En effet :

- comme $(\mathcal{D}_1)$ représente la fonction affine $x \mapsto -2x + 20$ et que $\mathcal{A}_1(x) = 20 - 2x$, $\mathcal{D}_1$ représente l'aire du triangle AMC en fonction de x.
- comme $(\mathcal{D}_2)$ représente la fonction linéaire $x \mapsto 3x$ et que $\mathcal{A}_2(x) = 3x$, $\mathcal{D}_2$ représente l'aire du rectangle MBDE en fonction de x.

Les coordonnées du point d'intersection de $(\mathcal{D}_1)$ et $(\mathcal{D}_2)$ correspondent donc à la position du point M pour laquelle les aires $\mathcal{A}_1(x)$ et $\mathcal{A}_2(x)$ sont égales.

5 Traduisons ce problème par une équation. On cherche à déterminer s'il est possible que $\mathcal{A}_1(x) = 3 \times \mathcal{A}_2(x)$, c'est-à-dire à déterminer si l'équation $20 - 2x = 3 \times 3x$ a des solutions (comprises entre 0 et 10).

On va donc résoudre cette équation :

$$\begin{aligned} 20 - 2x &= 9x \\ 20 &= 9x + 2x \\ 20 &= 11x \\ x &= \frac{20}{11} \\ x &\approx 1{,}8. \end{aligned}$$

L'équation $\mathcal{A}_1(x) = 3 \times \mathcal{A}_2(x)$ a donc bien une solution comprise entre 0 et 10. Il est donc possible que l'aire du triangle AMC soit égale au triple de l'aire du rectangle MEDB.

Il faut que $x = \frac{20}{11}$ (valeur exacte), c'est-à-dire BM $\approx$ 1,8 cm (au 1/10 près).

COURS

INTERROS

CORRIGÉS

Troisième partie

ESPACE ET GÉOMÉTRIE

Chapitre 10

Triangles semblables, homothéties et théorème de Thalès

Plan du chapitre

1 Triangles semblables

Exercice type 1 — Collège Condorcet, Paris

ABC est un triangle tel que :

$$AB = 5 \text{ cm},\ BC = 2 \text{ cm et } AC = 6 \text{ cm}.$$

On considère alors le milieu D de [AC] et E le point de [AB] tel que :

$$\widehat{ADE} = \widehat{ABC}.$$

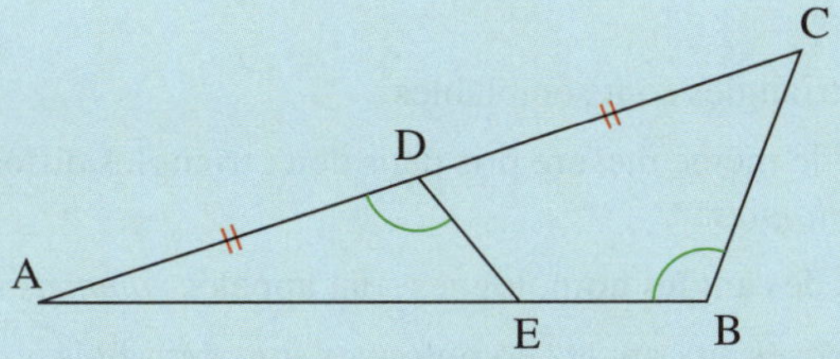

1 Montrer que ABC et ADE sont deux triangles semblables.

2 Calculer les longueurs des côtés du triangle ADE.

Voir corrigé page 224

1.1 Définitions

Définition 1 : triangles semblables

On dit que deux triangles sont *semblables* lorsque leurs angles sont égaux deux à deux. On dit aussi qu'ils ont la *même forme*.

Exemples

1) Les triangles ABC et LMN, représentés ci-dessous, sont semblables car on a :

$$\widehat{A} = \widehat{L} = 50° \text{ ; } \widehat{B} = \widehat{N} = 20° \text{ et } \widehat{C} = \widehat{M} = 110°.$$

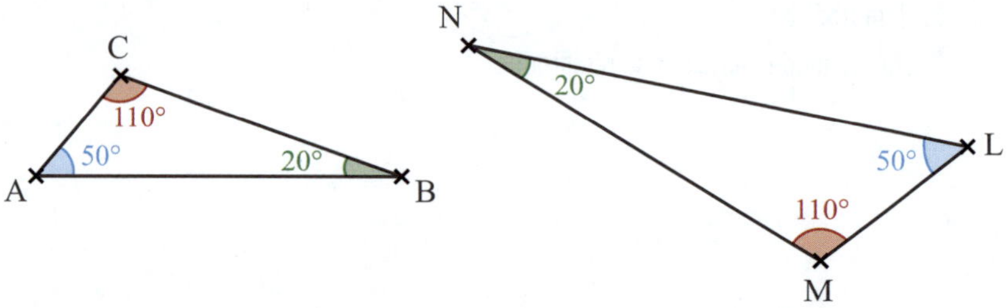

2) Les triangles ABC et LMN ci-dessous sont également semblables.

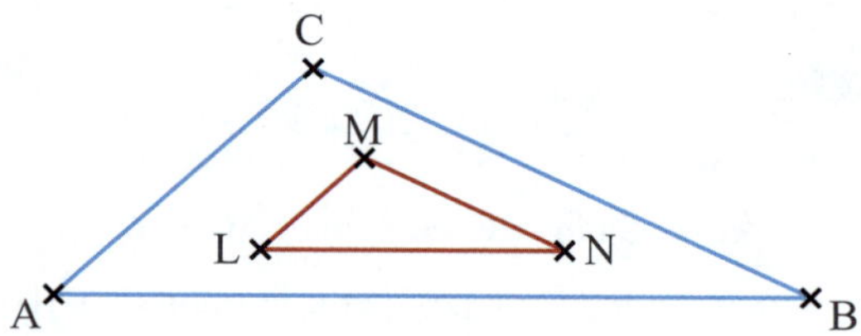

Définitions 2

Lorsque deux triangles sont semblables :

- deux angles de même mesure pris dans deux triangles différents sont appelés *angles homologues* ;
- les sommets des angles homologues sont appelés *sommets homologues* ;
- les côtés opposés aux angles homologues sont des *côtés homologues*.

Dans l'exemple 1 ci-dessous, les côtés [AB] et [NL] sont des côtés homologues car ils sont opposés à l'angle mesurant 110°.

Voir illustration page suivante.

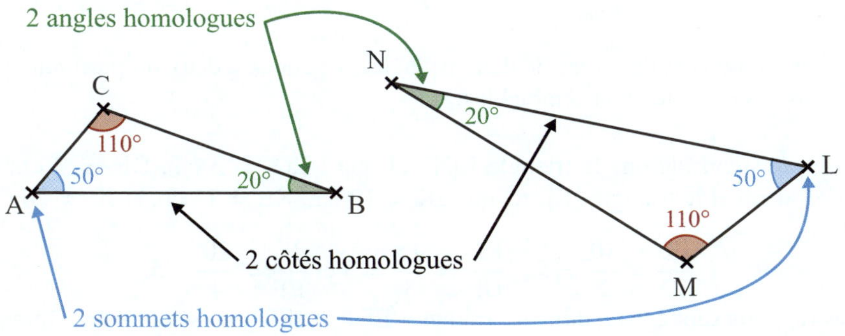

1.2 Propriétés

Propriété 1

Si deux angles d'un triangle sont égaux à deux angles d'un autre triangle alors ces triangles sont semblables.

En effet, comme la somme des angles d'un triangle est égale à 180°, dès qu'on a deux angles en commun pour les deux triangles, le troisième l'est aussi.

MÉTHODE

Dans les résolutions d'exercices où l'on vous demande de démontrer que deux triangles sont semblables, il suffit de vérifier que deux couples d'angles sont égaux deux à deux. Il est inutile de faire le calcul pour le troisième angle.

Propriété 2

Si deux triangles sont semblables, alors les longueurs de leurs côtés homologues sont proportionnelles.

Reprenons l'exemple précédent dans lequel les triangles ABC et LMN sont semblables. On peut donc dresser le tableau de proportionnalité suivant.

Longueurs dans le triangle ABC	AB	AC	BC
Longueurs dans le triangle LMN	LN	LM	MN

$\times k$

Le coefficient de proportionnalité k vaut donc :

$$k = \frac{LN}{AB} = \frac{LM}{AC} = \frac{MN}{BC}.$$

Remarques

- Lorsque $k > 1$, le triangle LMN est un agrandissement de ABC de rapport k.
- Lorsque $k < 1$, le triangle LMN est une réduction de ABC de rapport k.

Propriété 3 : réciproque de la propriété 2

Si les longueurs des côtés de deux triangles sont deux à deux proportionnelles, alors ces triangles sont semblables.

Exemple : considérons le triangle EDF tel que : ED = 2 cm, DF = 3 cm et EF = 4 cm et le triangle JKL tel que JK = 10 cm, KL = 15 cm et JL = 20 cm. On a :

$$\frac{JK}{ED} = \frac{10}{2} = 5\ ;\ \frac{KL}{DF} = \frac{15}{3} = 5 \text{ et } \frac{JL}{EF} = \frac{20}{4} = 5.$$

Les rapports sont égaux, donc les triangles EDF et JKL sont semblables. On peut également dire que :

- JKL est un agrandissement de EDF de rapport 5.
- EDF est une réduction de JKL de rapport $\frac{1}{5}$.

Solution de l'exercice type 1

Collège Condorcet, Paris

1 **MÉTHODE**

Dès lors qu'il s'agit de montrer que deux triangles sont semblables et que l'on parle d'angles dans l'énoncé, il est intéressant de penser à la propriété 1 vue ci-dessus.

D'après la figure et l'énoncé, $\widehat{ADE} = \widehat{ABC}$ et $\widehat{EAD} = \widehat{BAC}$.
Les triangles ABC et AED ont donc deux paires d'angles de même mesure.
Or, si deux angles d'un triangle sont égaux à deux angles d'un autre triangle alors ces triangles sont semblables (propriété 1).
Ainsi, les triangles ABC et AED sont semblables.

2 **MÉTHODE**

Quand on vous demande de calculer les longueurs d'un triangle semblable à un autre triangle dont on connaît les dimensions, commencez par repérer les côtés homologues pour écrire les égalités de quotients.

On sait que $\widehat{ADE} = \widehat{ABC}$ donc les côtés opposés à ces angles, c'est-à-dire [AE] et [AC] sont des côtés homologues.

…

Solution de l'exercice type 1 (suite) — Collège Condorcet, Paris

On a de la même manière : $\widehat{DAE} = \widehat{BAC}$ donc [DE] et [BC] sont homologues et enfin $\widehat{DEA} = \widehat{BCA}$ donc [AD] et [AB] le sont aussi.

Comme les triangles ABC et ADE sont semblables, les longueurs de leurs côtés homologues sont proportionnelles. Autrement dit :

$$\frac{AE}{AC} = \frac{DE}{BC} = \frac{AD}{AB}.$$

On sait que D est le milieu de [AC] donc $AD = \frac{AC}{2} = 3$ cm.

On remplace les longueurs connues dans l'égalité ci-dessus et on obtient :

$$\frac{AE}{6} = \frac{DE}{2} = \frac{3}{5}.$$

On calcule ensuite DE et AE à l'aide des produits en croix :

$\frac{DE}{2} = \frac{3}{5}$ donc $DE = \frac{3 \times 2}{5} = \frac{6}{5} = 1{,}2$ cm.

$\frac{AE}{6} = \frac{3}{5}$ donc $AE = \frac{6 \times 3}{5} = \frac{18}{5} = 3{,}6$ cm.

On a ainsi : AD = 3 cm, DE = 1,2 cm et AE = 3,6 cm.

MÉTHODE

On aurait pu également calculer le coefficient de réduction et multiplier les longueurs AC et BC par ce coefficient pour obtenir AE et DE.

Dans cet exercice, le coefficient de réduction vaut $\frac{3}{5} = 0{,}6$.

On a donc :
$AE = 0{,}6 \times AC = 0{,}6 \times 6 = 3{,}6$ cm
et $DE = 0{,}6 \times BC = 0{,}6 \times 2 = 1{,}2$ cm.

Voir énoncé page 221

2 Homothéties

2.1 Définitions

Définition 3 : homothétie

On appelle *homothétie* de centre O et de rapport k, la transformation du plan qui à tout point M du plan associe le point M' tel que :

- si $k > 0$ alors M et M' sont du même côté par rapport à O et $OM' = k \times OM$;
- si $k < 0$ alors M et M' sont de part et d'autre de O et $OM' = -k \times OM$.

Exemples

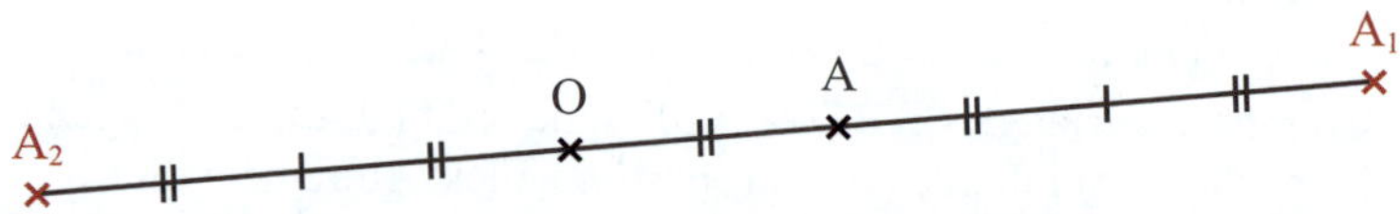

Ici, A_1 est l'image de A par l'homothétie de centre O et de rapport 3. En effet : O, A et A_1 sont alignés dans cet ordre et $OA_1 = 3 \times OA$.
A_2 est l'image de A par l'homothétie de centre O et de rapport -2. En effet : A_2, O et A sont alignés dans cet ordre et $OA_2 = 2 \times OA$.

MÉTHODE

Pour construire l'image M' d'un point M par l'homothétie de centre O et de rapport k, il faut :

- tracer la droite (OM), puis : soit $k > 0$ et M' est du même côté que M par rapport à O, soit $k < 0$ et M' est du côté opposé à M par rapport à O ;
- reporter les longueurs afin de vérifier les égalités :
$OM' = k \times OM$ lorsque $k > 0$ et $OM' = -k \times OM$ lorsque $k < 0$.

Remarques

- L'image du centre d'une homothétie est lui-même.
- L'homothétie de centre O et de rapport -1 est la symétrie centrale de centre O.

Comme pour les autres transformations du plan vues les années précédentes, l'image d'une figure (polygone, cercle, etc.) par une homothétie s'obtient en construisant les images de certains points de la figure initiale.

Exemple : dans l'illustration qui suit, la figure F' est l'image de la figure F par une homothétie de centre O et de rapport k (avec $k > 1$).

Visualisez l'image de F par une homothétie en vidéo.

2.2 Agrandissements et réductions

Propriété 4

On considère une figure F' qui est l'image d'une figure F par l'homothétie de centre O et de rapport k.

- Si $k > 1$, ou si $k < -1$, alors F' est un *agrandissement* de F.
- Si $-1 < k < 1$, alors F' est une *réduction* de F.

Propriété 5

Lors d'un agrandissement ou d'une réduction de rapport $k > 0$:

- les longueurs sont multipliées par k ;
- les aires sont multipliées par k^2 ;
- les volumes sont multipliés par k^3.

Exemple : Considérons le triangle A'B'C' qui est l'image du triangle ABC par l'homothétie de centre O et de rapport -2.

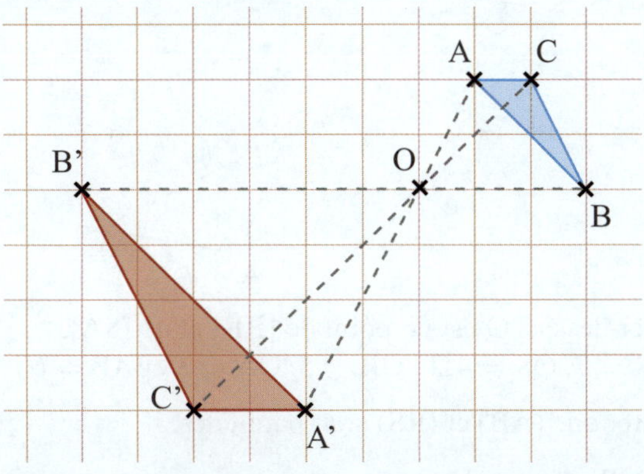

$k = -2 < -1$, donc le triangle A'B'C' est un agrandissement de rapport 2 du triangle ABC (un rapport n'est jamais négatif !).

Remarque : on en déduit que les triangles A'B'C' et ABC sont des triangles semblables.

Grâce à la propriété 5, on peut écrire :

A'B' $= 2 \times$ AB et Aire(A'B'C') $= 2^2 \times$ Aire(ABC).

Considérons page suivante le rectangle D'E'F'G' qui est l'image du rectangle DEFG par l'homothétie de centre O et de rapport 0,5.

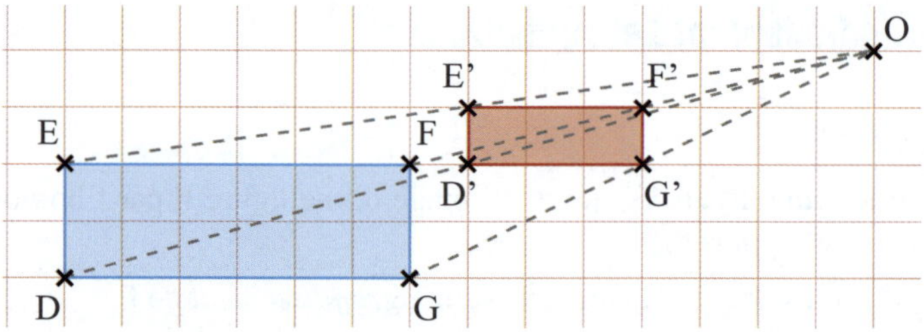

Le rectangle D'E'F'G' est réduction du rectangle DEFG de rapport 0,5 et on a :
D'E' = 0,5 × DE et Aire(D'E'F'G') = $0{,}5^2$ × Aire(DEFG).

3 Théorème de Thalès et sa réciproque

Exercice type 2 — Collège Jean Cocteau, Maisons-Laffitte

Vous pouvez retrouver le corrigé de cet exercice en vidéo.

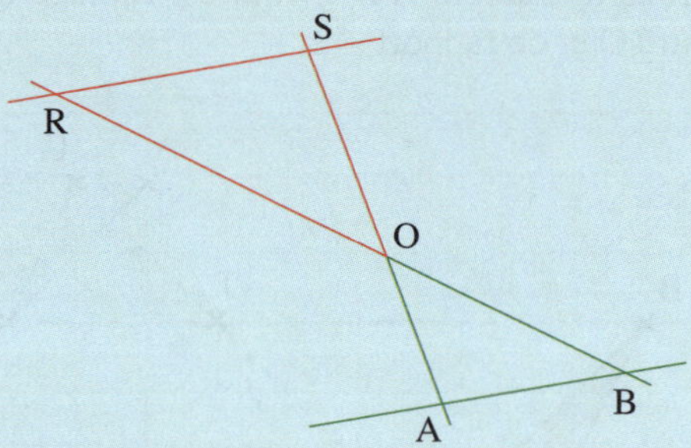

Sur la figure ci-dessus, O est un point de [RB] et de [SA].
On donne OR = 7, OS = 4,2 , OB = 5, OA = 3 et $AB = 6$.

1. Démontrer que (AB) et (RS) sont parallèles.
2. Calculer RS.

Voir corrigé page 232

3.1 Théorème de Thalès

Théorème 1

Si deux droites (BM) et (CN) sont sécantes en un point A, et si (BC) est parallèle à (MN), alors :

$$\frac{AB}{AM} = \frac{AC}{AN} = \frac{BC}{MN}.$$

Configurations possibles :

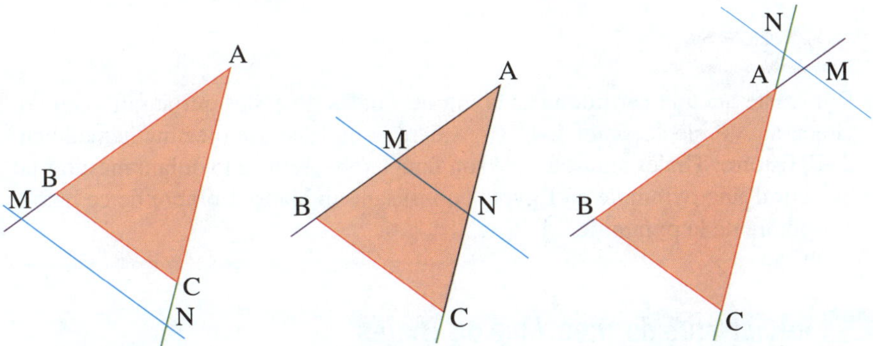

Remarques

Les triangles ABC et AMN sont des triangles semblables.
Dans la *configuration 1*, M et N sont les images respectives de B et C par une homothétie de centre A et de rapport $k > 1$.

Dans la *configuration 2*, M et N sont les images respectives de B et C par une homothétie de centre A et de rapport k où $0 < k < 1$.

Dans la *configuration 3*, M et N sont les images respectives de B et C par une homothétie de centre A et de rapport $k < 0$.

Exemple : on considère la figure ci-dessous. On sait que : (GF) // (DB). On cherche à calculer les longueurs EF et ED.

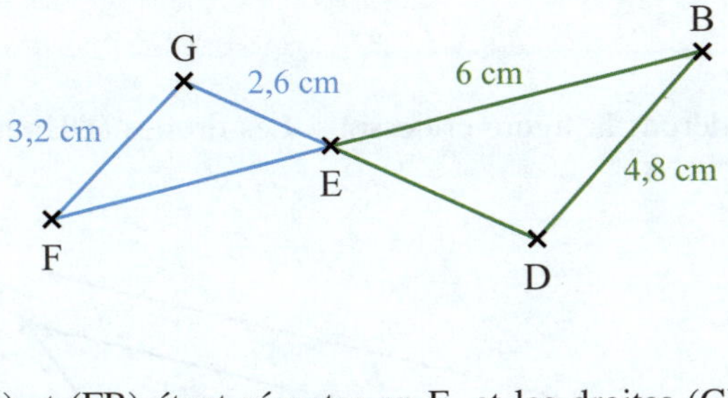

Les droites (GD) et (FB) étant sécantes en E, et les droites (GF) et (DB) étant parallèles, on peut utiliser le théorème de Thalès.

On a donc : $\dfrac{EG}{ED} = \dfrac{EF}{EB} = \dfrac{FG}{DB}$, soit $\dfrac{2,6}{ED} = \dfrac{EF}{6} = \dfrac{3,2}{4,8}$.

$\dfrac{EF}{6} = \dfrac{3,2}{4,8}$ donc $EF = \dfrac{6 \times 3,2}{4,8} = 4$ cm.

COURS
INTERROS
CORRIGÉS

$$\frac{2,6}{ED} = \frac{3,2}{4,8} \text{ donc } ED = \frac{2,6 \times 4,8}{3,2} = 3,9 \text{ cm.}$$

ANECDOTE

Il n'existe aucune certitude sur la vie de Thalès de Milet qui aurait vécu en Grèce au VIe siècle avant J.-C. Considéré comme le premier mathématicien de l'Histoire, Thalès aurait trouvé son fameux théorème en voulant mesurer la hauteur d'une pyramide en Égypte en utilisant un bâton, l'ombre de ce bâton et l'ombre de la pyramide...

3.2 Réciproque du théorème de Thalès

La réciproque du théorème de Thalès permet de prouver que deux droites sont parallèles.

Théorème 2

Si :

- A, M, B d'une part, et A, N, C d'autre part sont alignés dans le même ordre
- $\frac{AB}{AM} = \frac{AC}{AN}$

alors (BC) et (MN) sont parallèles.

ATTENTION

Il faut calculer *séparément* les quotients $\frac{AB}{AM}$ et $\frac{AC}{AN}$ pour vérifier qu'ils sont égaux.

Exemple : considérons la figure ci-dessous. Les droites (DE) et (BC) sont-elles parallèles ?

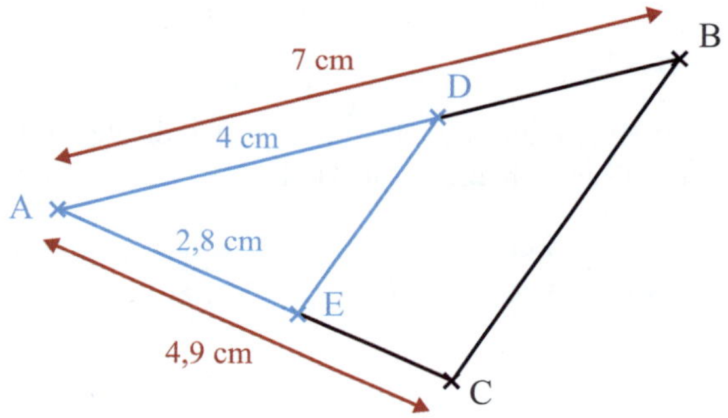

D'une part : $\dfrac{AD}{AB} = \dfrac{4}{7}$ et d'autre part : $\dfrac{AE}{AC} = \dfrac{2{,}8}{4{,}9} = \dfrac{28}{49} = \dfrac{4}{7}$.

Donc : $\dfrac{AD}{AB} = \dfrac{AE}{AC}$.

De plus, les points A, D et B sont alignés dans le même ordre que A, E et C. D'après la réciproque du théorème de Thalès, on peut en conclure que les droites (DE) et (BC) sont parallèles.

3.3 Application du théorème de Thalès

Le théorème de Thalès va également nous permettre de démontrer que deux droites ne sont pas parallèles.

Considérons la figure ci-dessous et démontrons que les droites (RS) et (TU) ne sont pas parallèles.

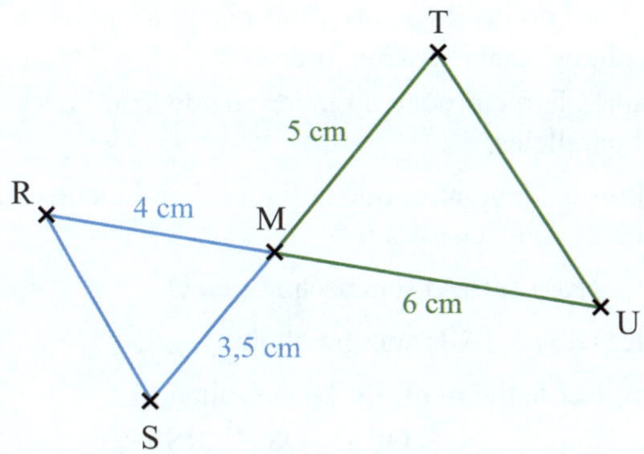

On calcule les rapports des longueurs que nous connaissons.

D'une part : $\dfrac{MR}{MU} = \dfrac{4}{6} = \dfrac{2}{3}$ et d'autre part : $\dfrac{MS}{MT} = \dfrac{3{,}5}{5} = \dfrac{7}{10}$.

Donc : $\dfrac{MR}{MU} \neq \dfrac{MS}{MT}$.

Or, si les droites (RS) et (TU) étaient parallèles, d'après le théorème de Thalès, ces rapports seraient égaux. Ce n'est pas le cas. On peut donc en conclure que les droites (RS) et (TU) ne sont pas parallèles.

À RETENIR

- Dans une configuration avec des triangles ayant deux côtés parallèles, le théorème de Thalès permet de calculer les longueurs des côtés.
- La réciproque du théorème de Thalès permet de prouver que deux droites sont parallèles.

Solution de l'exercice type 2

Collège Jean Cocteau, Maisons-Laffitte

1 **MÉTHODE**

La figure proposée rappelle la configuration 3 du paragraphe 3.1. De plus, on nous demande de prouver que deux droites sont parallèles. On se dit donc qu'il va falloir utiliser la réciproque du théorème de Thalès.
Pour cela, on commence par calculer les deux rapports *séparément*, pour vérifier qu'ils sont égaux.

On a d'une part : $\dfrac{OR}{OB} = \dfrac{7}{5}$;

et d'autre part : $\dfrac{OS}{OA} = \dfrac{4{,}2}{3} = \dfrac{42}{30} = \dfrac{6 \times 7}{6 \times 5} = \dfrac{7}{5}$.

On a donc : $\dfrac{OR}{OB} = \dfrac{OS}{OA}$.

Par ailleurs, les points R, O et B d'une part et les points S, O et A d'autre part, sont alignés dans le même ordre.

Ainsi, d'après la réciproque du théorème de Thalès, les droites (RS) et (AB) sont parallèles.

2 Nous venons de démontrer que la figure de l'énoncé est une configuration de Thalès. On a en effet :

- les droites (RB) et (SA) sont sécantes en O,
- les droites (RS) et (AB) sont parallèles.

On peut utiliser le théorème de Thalès, ainsi :

$$\frac{OR}{OB} = \frac{OS}{OA} = \frac{RS}{AB}$$

On remplace dans cette égalité les longueurs connues par leurs valeurs :

$$\frac{7}{5} = \frac{4{,}2}{3} = \frac{RS}{6}$$

Utilisons ensuite, pour les calculs, l'égalité $\dfrac{4{,}2}{3} = \dfrac{RS}{6}$.

D'après la propriété de l'égalité des produits en croix :

$$RS = \frac{4{,}2 \times 6}{3} = 4{,}2 \times 2 = 8{,}4.$$

Ainsi, RS = 8,4.

Remarque : pour le calcul de RS, on aurait aussi pu utiliser l'égalité :

$$\frac{7}{5} = \frac{RS}{6}.$$

On aurait bien sûr obtenu le même résultat.

Voir énoncé page 228

1 V/F Vrai ou faux

5 min Corrigé p. 243

ABC et A'B'C' sont deux triangles semblables tels que $\widehat{ABC} = \widehat{A'B'C'}$ et $\widehat{BAC} = \widehat{B'A'C'}$. De plus,

- $AB = 5$ cm et $A'B' = 3$ cm ;
- la hauteur issue du sommet C mesure 15 cm dans le triangle ABC.

Pour chacune des propositions suivantes, répondre par « vrai » ou « faux ».

1 Les angles $\widehat{ABC}$ et $\widehat{A'B'C'}$ sont homologues.

2 $B'C' = \frac{3}{5}BC$.

3 La hauteur issue du sommet C' dans le triangle A'B'C' mesure 9 cm.

4 L'aire de A'B'C' représente les trois cinquièmes de celle de ABC.

2 QCM Théorème de Thalès et sa réciproque

5 min Corrigé p. 244

Pour chacune des propositions, choisir la réponse correcte. Aucune justification n'est demandée.

Les questions de ce QCM sont indépendantes mais se rapportent toutes à la figure ci-contre.

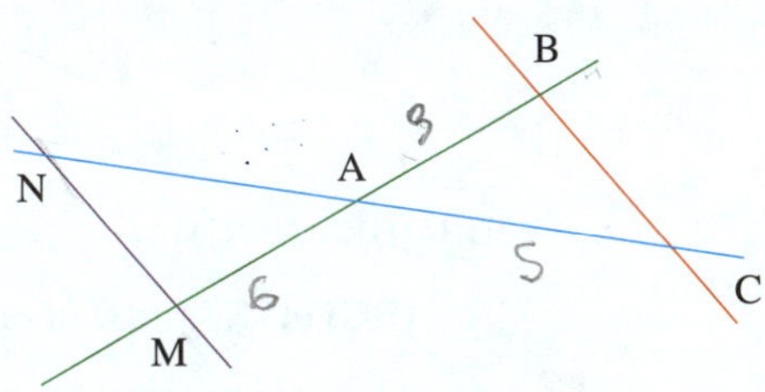

1 On peut utiliser le théorème de Thalès ...

a si on *sait* que (BC) // (MN)

b si on veut *démontrer* que (BC) // (MN)

2 Un élève a écrit : « si je sais que $\frac{AN}{AC} = \frac{AM}{AB}$, que $A \in (NC)$ et que $A \in (MB)$ alors je peux utiliser la réciproque du théorème de Thalès »

a Sa rédaction est correcte   **b** Sa rédaction n'est pas correcte

3 Si (MN) // (BC) alors :

a $\frac{MA}{MB} = \frac{NA}{NC} = \frac{MN}{BC}$ **b** $\frac{AM}{AB} = \frac{AN}{AC} = \frac{MN}{BC}$

4 On donne : $AB = 3$ cm, $AC = 5$ cm et $AM = 6$ cm alors :

a $AN = 10$ cm   **b** On ne peut pas calculer AN

3 QCM Application du théorème de Thalès

10 min

Corrigé p. 245

Pour chacune des propositions page suivante, choisir la ou les réponse(s) correcte(s). Aucune justification n'est demandée.

1

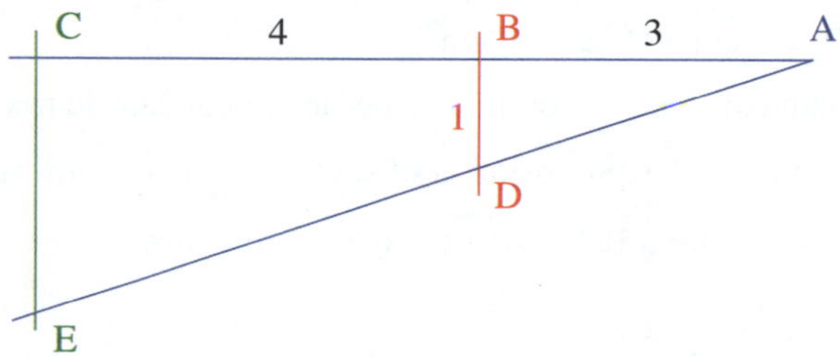

(BD) // (CE)

a EC $= \frac{4}{3}$ **b** EC $= \frac{7}{3}$ **c** EC $= 2{,}3$

2

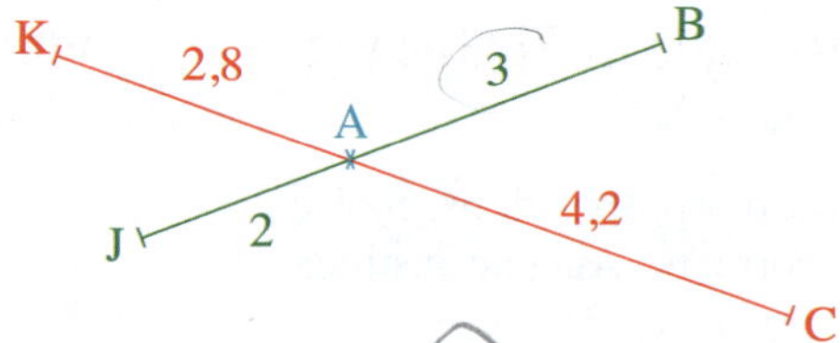

a (BK) // (CJ) **b** (JK) // (BC)

c (BC) et (KJ) ne sont pas parallèles

3 Avec les mêmes données qu'à la question 2. et si KJ = 4 cm alors :

a BC = 6 cm **b** BC = 7,2 cm

c On ne peut pas calculer BC

4

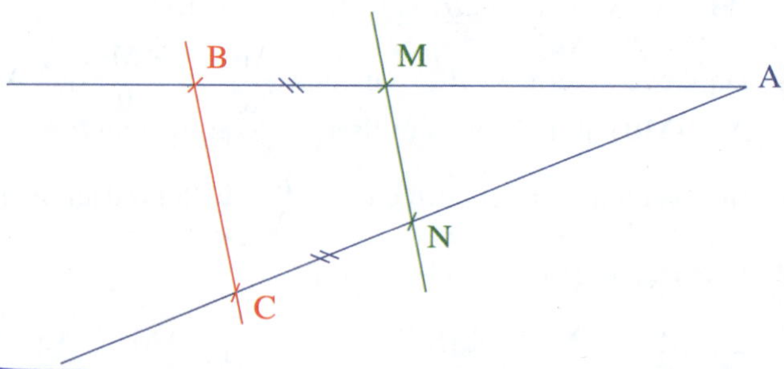

a (MN) // (BC) **b** On ne peut pas conclure

c (MN) et (BC) ne sont pas parallèles

5

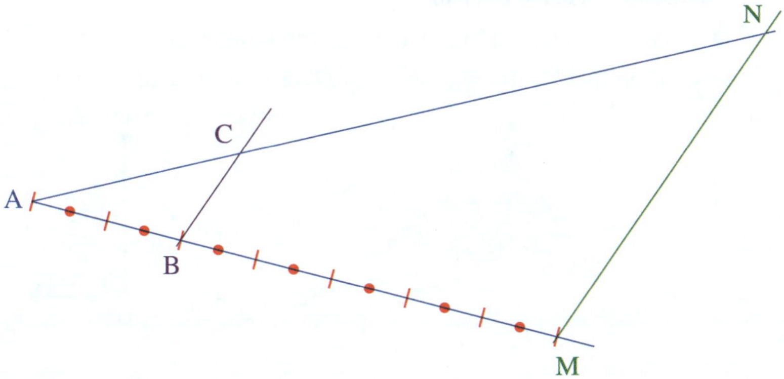

Si (BC) // (MN), alors :

a $\frac{BC}{MN} = \frac{2}{5}$ **b** $\frac{BC}{MN} = \frac{2}{7}$

c On ne peut pas conclure

Triangles semblables

4 Calculs de longueurs

★ 5 min Corrigé p. 246

Collège La Providence, Orléans

Sur la figure suivante, les triangles ABC et BA'C' sont semblables.
À l'aide des codages de cette figure, répondre aux questions suivantes.

1 Calculer la longueur BA'.

2 Calculer la longueur BC.

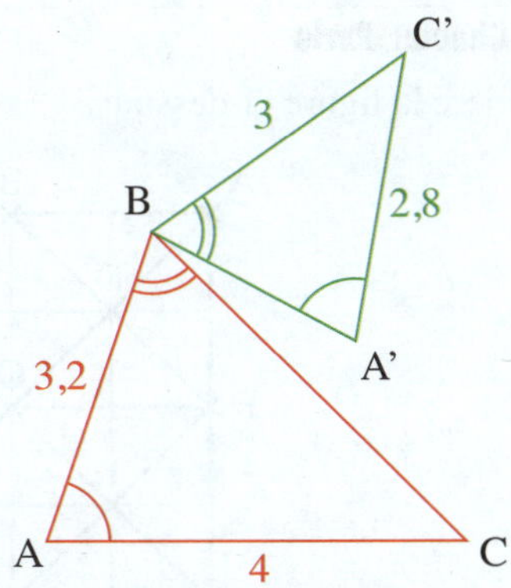

5 Avec les angles

★★ 6 min Corrigé p. 247

Collège Joliot Curie, Bagneux

Dans cet exercice, x désigne une mesure d'angle aigu.

Démontrer que les triangles ABC et DGF sont semblables.

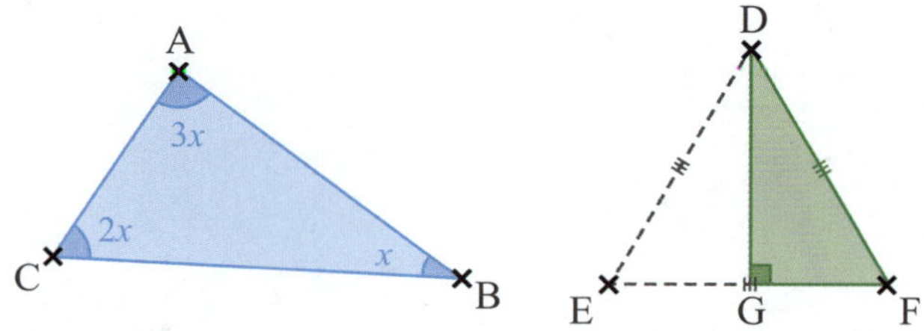

6 Dans un parallélogramme

★★ 15 min Corrigé p. 248

Collège Chaptal, Paris

Construire un parallélogramme ABCD tel que AB = 3 cm et AD = 5 cm.

Placer le point E sur le segment [DC] tel que DE = 2 cm. La droite (AE) coupe (BC) en F. Placer F.

1. Prouver que les triangles ADE et ABF sont semblables.
2. Calculer la longueur BF.

Homothéties

7 Transformations

★ 6 min Corrigé p. 249

Collège Chaptal, Paris

On considère la figure ci-dessous.

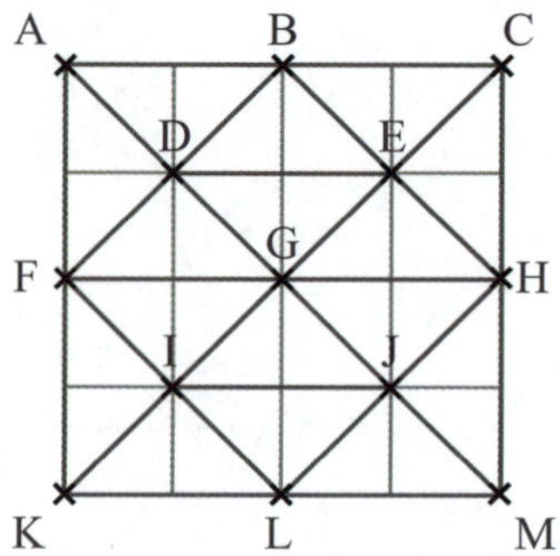

Répondre aux questions suivantes sans justifier :

1 Trouver l'image du triangle FKL :

(a) par l'homothétie de centre K et de rapport 2 ;

(b) par la rotation de centre G, d'angle 90° dans le sens horaire ;

(c) par la translation qui transforme G en C.

2 Recopier et compléter les phrases suivantes :

(a) Le triangle ABD est l'image du triangle GHJ par ….

(b) Le triangle DGE est l'image du triangle MGK par ….

(c) Le triangle BEC est l'image du triangle FIK par ….

8 Constructions et quadrillages

★ 10 min Corrigé p. 250

Collège Chaptal, Paris

À l'aide du quadrillage proposé page suivante, construire l'image du triangle gris :

1 par la translation qui transforme F en G, on le nomme T_1 ;

2 par la symétrie d'axe (AB), on le nomme T_2 ;

3 par la symétrie de centre C, on le nomme T_3 ;

4 par l'homothétie de centre O et de rapport 3, on le nomme T_4 ;

5 par l'homothétie de centre O et de rapport $-0,5$, on le nomme T_5 ;

6 par l'homothétie de centre O et de rapport -2, on le nomme T_6.

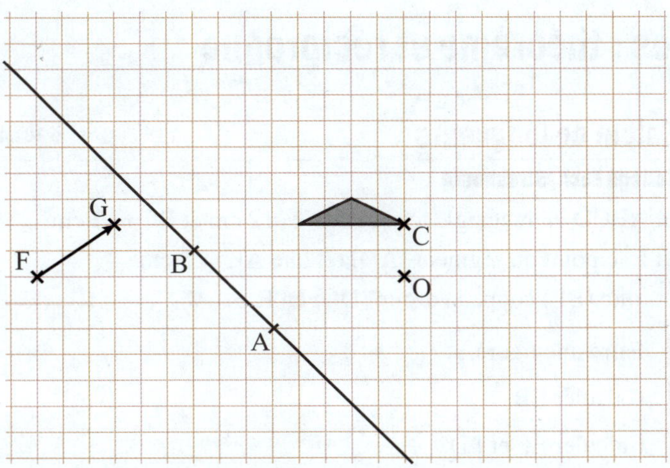

9 Les cerfs-volants

★ 8 min Corrigé p. 250

Collège Chaptal, Paris

Le cerf-volant A'B'C'D' est l'image du cerf-volant ABCD par une homothétie.

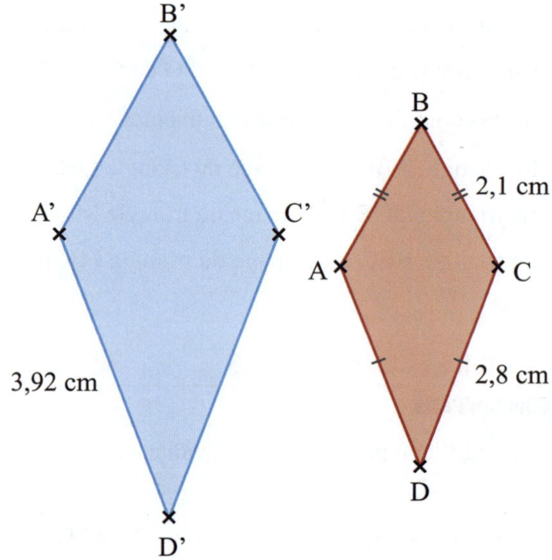

1. Retrouver et placer le centre E de cette homothétie.
2. Déterminer le rapport de cette homothétie.
3. Calculer la distance B'C'.
4. On sait que l'aire de ABCD vaut 4,5 cm^2. Calculer l'aire de A'B'C'D'.

Thalès : théorème et réciproque

10 Calcul de longueurs

★ 10 min Corrigé p. 251

Collège Foch, Strasbourg

Soit ABCD un rectangle tel que AB = 12 cm et BC = 7 cm.

Soit E le point du segment [AD] tel que AE = 5 cm.

La droite (BE) coupe la droite (DC) en F.

1. Faire une figure.
2. Calculer EB.
3. Calculer EF et FD.

11 Détermination d'un parallélisme

★ 5 min Corrigé p. 252

Collège Charles Péguy, Morsang-sur-Orge

Soit ABC un triangle et M un point de [AB], R un point de [AC].

Sachant que AM = 3, AB = 7, AC = 21 et RC = 12, que peut-on dire des droites (MR) et (BC) ? Justifier.

12 Profondeur d'un puits

★ 5 min Corrigé p. 253

Collège Camille Saint-Saëns, Lizy-sur-Ourcq

On veut mesurer la profondeur d'un puits par la méthode d'Euclide.

Une personne mesurant 1,62 m doit se placer à 70 cm du bord du puits pour apercevoir le fond du puits. Ce puits a un diamètre de 1,30 m.

La situation est représentée et schématisée géométriquement sur la figure page suivante.

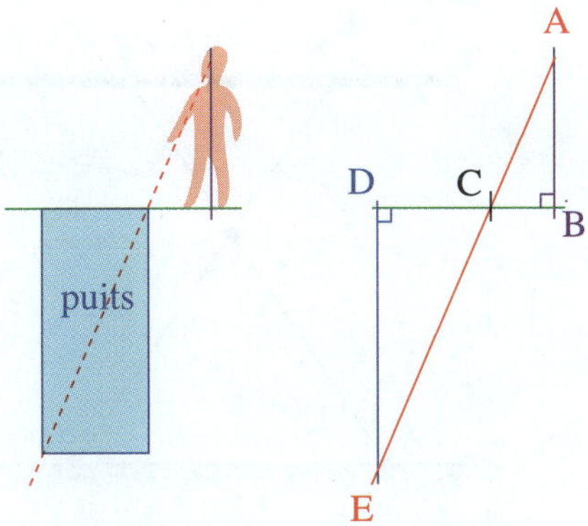

En vous aidant du schéma géométrique, calculer la profondeur de ce puits.

13 La tour de Tokyo

★ 8 min Corrigé p. 254

Collège Chaptal, Paris

Pendant ses vacances, Emilie visite la tour de Tokyo, représentée par le segment [CD]. Elle décide alors de calculer la hauteur du sommet de la tour, représenté par le point D. Pour cela, elle plante un bâton [FG] de 1,50 m de haut et se place au point E, comme l'indique la figure ci-dessous (qui n'est pas à l'échelle). Le bâton et la tour sont perpendiculaires au sol.

Voir le schéma page suivante.

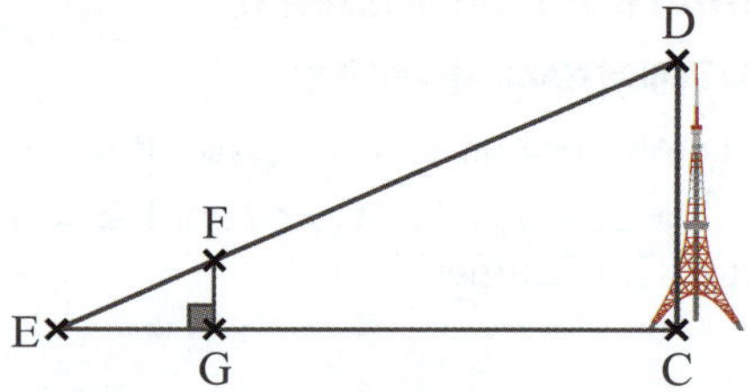

Elle effectue ensuite les relevés suivants : EG = 2,4 m et GC = 530,4 m.

Calculer la hauteur de la tour.

14 La planche est-elle horizontale ?

★★ 7 min Corrigé p. 254

Collège Saint-Joseph de Tivoli, Bordeaux

Une planche a été posée comme représentée ci-dessous.

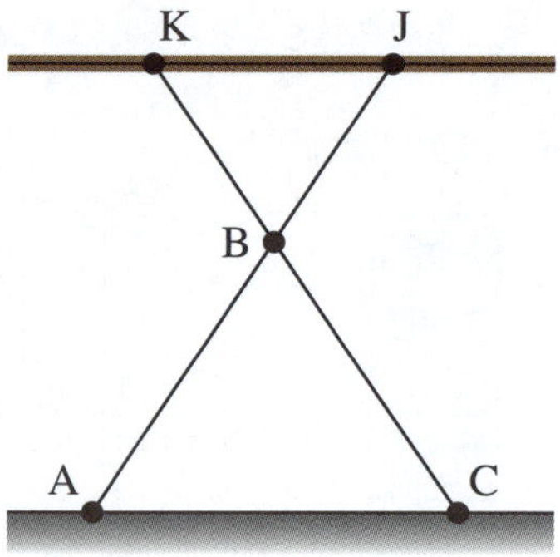

On donne :

- JB = 52 cm ;
- JA = 1,6 m ;
- KB = 54 cm ;
- KC = 1,62 m.

La planche est-elle parallèle au sol ?

15 Calcul de longueurs

★★ 10 min Corrigé p. 255

Collège Monthéty, Pontault-Combault

Dans la figure page suivante, ABC est un triangle rectangle en A tel que AB = 7 cm et AC = 5 cm.

M est un point de [AC]. On note AM = x.

N est le point de [AB] tel que (MN) et (BC) sont parallèles.

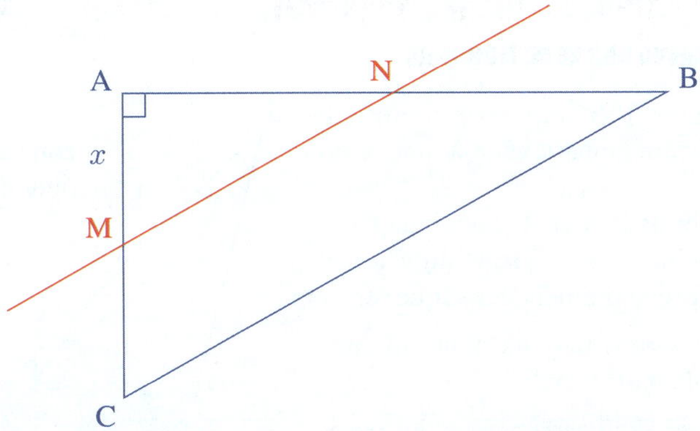

1 Exprimer AN en fonction de x.

2 Déterminer pour quelle position du point M, N est le milieu de [AB].

3 Exprimer l'aire $\mathcal{A}$ du triangle AMN en fonction de x.

4 Déterminer la valeur exacte de x telle que l'aire de AMN soit égale à 7 cm^2. En donner ensuite une valeur arrondie au mm près.

16 Le garage

★ 8 min Corrigé p. 256

Collège Chaptal, Paris

En se retournant lors d'une marche arrière pour garer sa voiture dans son garage, M. Tuc ne voit pas complètement la zone située derrière la voiture.

Sur le schéma, la zone rouge correspond à ce que M. Tuc ne voit pas lorsqu'il regarde en arrière.

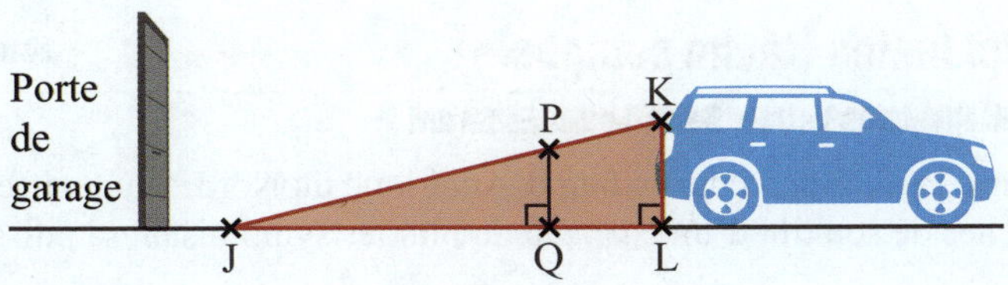

Données :

- KL = 1,40 m ;
- PQ = 1,10 m ;
- JK = 5 m.

1 Montrer que la longueur JL est égale à 4,8 m.

2 Calculer la longueur QL en arrondissant au centimètre près.

3 La fille de M. Tuc qui mesure 1,10 m passe derrière la voiture à 90 centimètres de celle-ci. Son père peut-il la voir ? Expliquer.

17 Le skatepark (tâche complexe) ★★★ 20 min

Corrigé p. 257

Extrait du DNB 2016, Métropole

La figure PRC ci-contre représente un terrain appartenant à une commune.
Les points P, A et R sont alignés.
Les points P, S et C sont alignés.
Il est prévu d'aménager sur ce terrain :

- une « zone de jeux pour enfants » sur la partie PAS ;
- un « skatepark » sur la partie RASC.

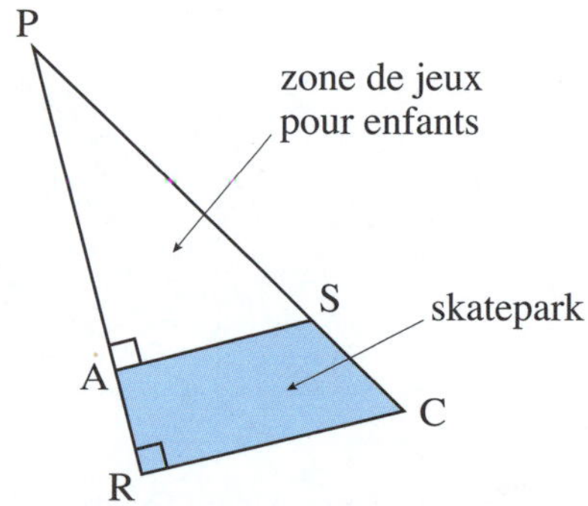

On connaît les dimensions suivantes :

- PA = 30 m ;
- AR = 10 m ;
- AS = 18 m.

1 La commune souhaite semer du gazon sur la « zone de jeux pour enfants ». Elle décide d'acheter des sacs de 5 kg de mélange de graines pour gazon à 13,90 € l'unité. Chaque sac permet de couvrir une surface d'environ 140 m^2.

Quel budget doit prévoir cette commune pour pouvoir semer du gazon sur la totalité de la « zone de jeux pour enfants » ?

2 Calculer l'aire du « skatepark ».

18 Tipi indien (tâche complexe) ★★ 20 min

Corrigé p. 258

Collège Jules Vallès, Saint-Leu-d'Esserent

Sitting Bull, grand chef indien d'Amérique du Nord, veut coiffer le haut des perches de son tipi d'un chapeau de plumes symbolisant sa puissance.

Son tipi est constitué de perches de 27 pieds de longueur appuyées les unes aux autres, recouverte d'une enveloppe faite de peaux d'animaux. Chaque perche dépasse de 3 pieds le sommet du tipi. La porte du tipi est, comme le veut la tradition, orientée vers l'Est. Le rayon du cercle tracé au sol par les perches est de 10 pieds.

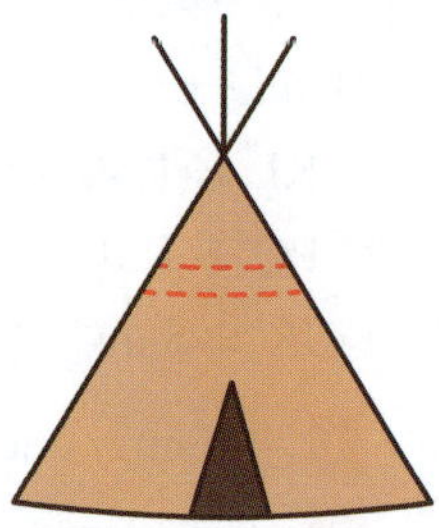

Quel doit être le diamètre du chapeau de plumes de Sitting Bull ? Expliquer la démarche par un texte présentant vos calculs et vos arguments.

1 V/F Vrai ou faux

Énoncé p. 233

1 *Vrai*. Si deux angles de deux triangles semblables ont la même mesure alors ils sont *homologues* d'après le cours.

2 *Vrai*. En effet, si ABC et A'B'C' sont semblables, on peut dire que les côtés sont proportionnels ; de plus, $\widehat{ABC} = \widehat{A'B'C'}$ et $\widehat{BAC} = \widehat{B'A'C'}$ donc :

$$\frac{A'B'}{AB} = \frac{A'C'}{AC} = \frac{B'C'}{BC}.$$

Ici, $\frac{A'B'}{AB} = \frac{3}{5}$ donc $\frac{B'C'}{BC} = \frac{3}{5}$, ce qui signifie que $B'C' = \frac{3}{5}BC$.

3 *Vrai*. Les triangles ABC et A'B'C' étant semblables, les côtés sont proportionnels et donc les hauteurs aussi, donc la hauteur issue de C' dans A'B'C' est égale aux $\frac{3}{5}$ de celle issue de C dans ABC, à savoir :

$$\frac{3}{5} \times 15 = \frac{3}{5} \times 3 \times 5 = 3 \times 3 = 9 \text{ cm}.$$

4 *Faux*. L'aire de ABC est donnée par la formule :

$$\mathcal{A} = \frac{AB \times h}{2},$$

où h représente la hauteur issue de C. Donc :

$$\mathcal{A} = \frac{5 \times 15}{2} = \frac{75}{2} = 37{,}5 \text{ cm}^2.$$

L'aire de A'B'C' est donnée par la formule :

$$\mathcal{A}' = \frac{A'B' \times h'}{2},$$

où h' représente la hauteur issue de C'. Donc :

$$\mathcal{A}' = \frac{3 \times 9}{2} = \frac{27}{2} = 13{,}5 \text{ cm}^2.$$

Ainsi,

$$\frac{\mathcal{A}'}{\mathcal{A}} = \frac{\frac{27}{2}}{\frac{75}{2}} = \frac{27}{2} \times \frac{2}{75} = \frac{27}{75} = \frac{3 \times 9}{3 \times 25} = \frac{9}{25} \neq \frac{3}{5}.$$

Remarque : on aurait pu également utiliser la propriété suivante : « lors d'un agrandissement ou d'une réduction de rapport k, les aires sont multipliées par k^2 ». Ici $k = \frac{3}{5}$, donc pour obtenir l'aire du triangle A'B'C', il faut multiplier l'aire de ABC par $\left(\frac{3}{5}\right)^2 = \frac{9}{25}$.

2 QCM Théorème de Thalès et sa réciproque

Énoncé p. 233

1 Réponse [a]. On peut utiliser le théorème de Thalès si on *sait* que (BC) // (MN).

Si on veut *démontrer* que (BC) // (MN), il faut utiliser la *réciproque* du théorème de Thalès.

2 Réponse [b]. Sa rédaction n'est pas correcte.

Cet élève oublie de préciser qu'il faut que les points N, A et C d'une part et M, A et B d'autre part soient alignés *dans le même ordre*.

Cette condition se lit bien sûr sur la figure mais il faut absolument l'écrire quand vous utilisez la réciproque du théorème de Thalès.

La figure ci-dessous par exemple vérifie bien les conditions décrites par cet élève :

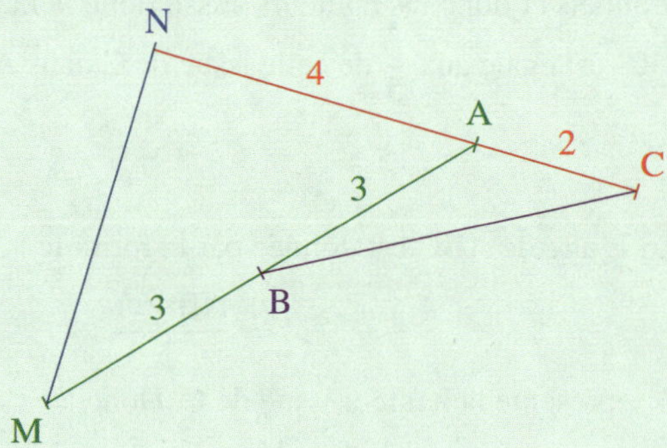

En effet :

$$\frac{AN}{AC} = \frac{4}{2} = 2$$

et :

$$\frac{AM}{AB} = \frac{3+3}{3} = 2$$

donc on a bien $\frac{AN}{AC} = \frac{AM}{AB}$.

De plus, on a bien : $A \in (NC)$ et $A \in (MB)$.

Et pourtant, on ne peut pas utiliser la réciproque du théorème de Thalès pour conclure que les droites (MN) et (BC) sont parallèles ! Ceci vient du fait que A est *sur* le segment [NC] alors que A est à l'*extérieur* du segment [BM]. Les points A, N et C d'une part et A, M et B d'autre part ne sont pas alignés dans le même ordre...

3 Réponse [b]. Si (MN) // (BC) alors $\frac{AM}{AB} = \frac{AN}{AC} = \frac{MN}{BC}$.

Si (MN) // (BC) on peut en effet utiliser le théorème de Thalès qui nous permet d'écrire la relation ci-dessus.

⚠ ATTENTION

La relation $\dfrac{MA}{MB} = \dfrac{NA}{NC} = \dfrac{MN}{BC}$ est fausse. Il s'agit d'une erreur courante. Il faut, pour ne pas se tromper dans l'écriture de l'égalité des trois rapports, que dans les deux premiers quotients interviennent les longueurs des 4 segments qui ont pour extrémité le point commun aux deux triangles de la configuration. Ici, il s'agit du point A et des longueurs AM, AN, AB et AC.

4 Réponse **b**. On donne : AB = 3 cm, AC = 5 cm et AM = 6 cm alors on ne peut pas calculer AN.
Les mesures des côtés [AB], [AC] et [AM] ne suffisent pas pour calculer AN. Il manque la condition nécessaire pour utiliser le théorème de Thalès : le parallélisme des droites (MN) et (BC). En revanche, si l'on avait su que (MN) et (BC) étaient parallèles, alors on aurait pu calculer AN et on aurait trouvé AN = 10 cm.

3 QCM Application du théorème de Thalès

➔ Énoncé p. 234

1 Réponse **b**. $EC = \dfrac{7}{3}$.
En effet, on peut ici utiliser le théorème de Thalès qui nous donne l'égalité : $\dfrac{AB}{AC} = \dfrac{BD}{CE}$ d'où $\dfrac{3}{3+4} = \dfrac{1}{CE}$, c'est-à-dire $\dfrac{3}{7} = \dfrac{1}{CE}$.
On en déduit $EC = \dfrac{7}{3}$.

⚠ ATTENTION

2,3 n'est qu'une valeur *arrondie* de EC. Quant à la réponse $EC = \dfrac{4}{3}$, elle vient sans doute d'une mauvaise application du théorème de Thalès (égalité des trois rapports fausse).

2 Réponse **b**. (JK) // (BC)
On a ici $\dfrac{3}{2} = \dfrac{4{,}2}{2{,}8}$ (ces deux quotients sont égaux à 1,5) donc :

$$\frac{AB}{AJ} = \frac{AC}{AK}.$$

De plus, les points K, A et C sont alignés dans le même ordre que les points J, A et B. Les hypothèses de la réciproque du théorème de Thalès sont donc vérifiées. On peut donc l'utiliser et conclure que (JK) // (BC).

COURS
INTERROS
CORRIGÉS

3 Réponse **a**. BC = 6 cm.

On peut en effet calculer BC avec les conditions de la question 2, puisqu'on a vu précédemment que dans ces conditions, (BC) // (KJ). On a donc une configuration de Thalès et on peut utiliser le théorème de Thalès qui nous mène à l'égalité :

$$\frac{AB}{AJ} = \frac{AC}{AK} = \frac{BC}{KJ} = 1{,}5.$$

Si KJ = 4 cm, il vient $\frac{BC}{4} = 1{,}5$, d'où :

$$BC = 1{,}5 \times 4 = 6.$$

4 On ne peut pas répondre (réponse **b**).

En effet, tout dépend de la mesure des segments [AM] et [AN].

Si par exemple AM = AN alors, comme MB = NC, on aura aussi AB = AC et donc $\frac{AM}{AB} = \frac{AN}{AC}$. Les points A, M et B d'une part et A, N et C d'autre part étant alignés dans le même ordre, on peut alors utiliser la réciproque du théorème de Thalès qui nous permet de conclure que (MN) // (BC).

En revanche, considérons un cas où AM ≠ AN. Prenons par exemple :

$$BM = CN = 1.$$

AM = 3 et AN = 4. On a alors :

$$\frac{AM}{AB} = \frac{3}{4} = 0{,}75 \qquad \text{et} \qquad \frac{AN}{AC} = \frac{4}{5} = 0{,}8$$

donc $\frac{AM}{AB} \neq \frac{AN}{AC}$ et les droites (BC) et (MN) ne sont pas parallèles.

5 Si (BC) // (MN), alors $\frac{BC}{MN} = \frac{2}{7}$ (réponse **b**).

Si (BC) // (MN), on a une configuration de Thalès. On a alors, d'après le théorème de Thalès, $\frac{AB}{AM} = \frac{AC}{AN} = \frac{BC}{MN}$. On ne connaît pas les longueurs AB et AM mais en utilisant le partage régulier du segment [AM], on peut dire que $\frac{AB}{AM} = \frac{2}{7}$. On en déduit que $\frac{BC}{MN} = \frac{2}{7}$.

4 Calculs de longueurs

Énoncé p. 235

Collège La Providence, Orléans

MÉTHODE

Quand deux triangles sont semblables, avant de commencer le moindre calcul, il est nécessaire de connaître les sommets homologues ou les côtés homologues.

D'après les codages, $\widehat{BAC} = \widehat{BA'C'}$ et $\widehat{ABC} = \widehat{A'BC'}$ donc les côtés homologues sont : [AB] et [A'B], [AC] et [A'C'], et [BC] et [BC']. Comme les triangles ABC et B'A'C' sont semblables, les longueurs de leurs côtés homologues sont proportionnelles.

On peut alors écrire :

$$\frac{A'B}{AB} = \frac{C'B}{BC} = \frac{A'C'}{AC}$$

soit :

$$\frac{A'B}{3,2} = \frac{3}{BC} = \frac{2,8}{4}.$$

1 Afin de déterminer la longueur BA', on prend l'égalité :

$$\frac{A'B}{3,2} = \frac{2,8}{4}.$$

À l'aide de l'égalité des produits en croix, on obtient :

$$A'B = \frac{2,8 \times 3,2}{4} = 2,24.$$

2 Afin de déterminer la longueur BC, on prend l'égalité :

$$\frac{3}{BC} = \frac{2,8}{4}.$$

On obtient alors :

$$BC = \frac{3 \times 4}{2,8} \approx 4,29.$$

5 Avec les angles

Énoncé p. 236

Collège Joliot Curie, Bagneux

Dans le triangle ABC, la somme des angles étant égale à 180°, on a :

$$\begin{aligned} x + 2x + 3x &= 180 \\ 6x &= 180 \\ x &= \frac{180}{6} \\ x &= 30. \end{aligned}$$

On en déduit que :

$$\widehat{B} = x = 30° ;$$
$$\widehat{C} = 2x = 2 \times 30 = 60° ;$$
$$\widehat{A} = 3x = 3 \times 30 = 90°.$$

Le triangle DEF étant équilatéral (comme le prouvent les codages), tous ses angles mesurent 60°.

Ainsi, dans le triangle GDF, on a : $\widehat{F} = 60°$ et $\widehat{G} = 90°$.

Les triangles ABC et GDF ont donc deux angles de même mesure. Or, si deux angles d'un triangle sont égaux à deux angles d'un autre triangle alors ces triangles sont semblables. Les triangles ABC et GDF sont donc semblables.

6 Dans un parallélogramme

Énoncé p. 236

Collège Chaptal, Paris

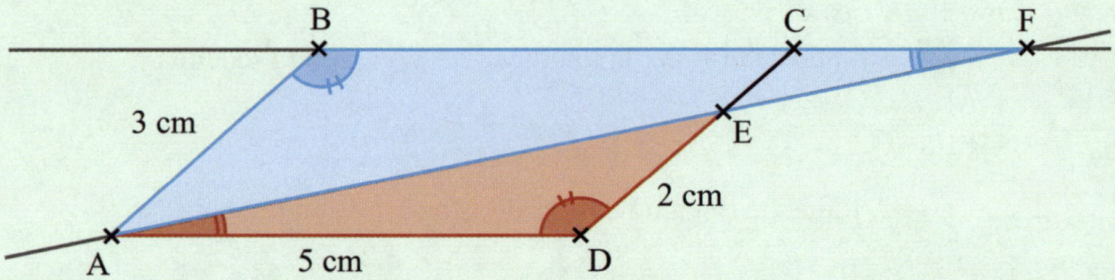

1 Dans un parallélogramme, les angles opposés sont de même mesure, on a donc : $\widehat{ABC} = \widehat{ADC}$.

Par ailleur, les angles $\widehat{BFA}$ et $\widehat{FAD}$ sont alternes internes par rapport aux droites (BC) et (AD) coupées par la sécante (AE). Comme les droites (BC) et (AD) sont parallèles, ces angles ont la même mesure.

On a donc : $\widehat{BFA} = \widehat{FAD}$.

Les triangles ADE et ABF ont donc deux angles de même mesure. Or, si deux angles d'un triangle sont égaux à deux angles d'un autre triangle alors ces triangles sont semblables. Les triangles ADE et ABF sont donc semblables.

2 **MÉTHODE**

Lorsqu'on doit calculer une longueur et que l'on a deux triangles semblables, on peut :

- soit calculer le rapport d'agrandissement ou de réduction entre les deux triangles, puis l'utiliser pour calculer les longueurs manquantes ;
- soit écrire l'égalité des rapports des côtés homologues.

Dans le cas présent, nous allons écrire l'égalité des rapports des côtés homologues.

On sait que $\widehat{ABF} = \widehat{ADE}$ donc les côtés opposés à ces angles, c'est-à-dire [AF] et [AE], sont des côtés homologues.

De la même manière [AB] et [DE] sont homologues et [AD] et [BF] le sont aussi. Comme les triangles ABF et ADE sont semblables, les longueurs de leurs côtés homologues sont proportionnelles. Autrement dit :

$$\frac{AE}{AF} = \frac{AD}{BF} = \frac{DE}{AB}.$$

En remplaçant les longueurs connues, on obtient :

$$\frac{AE}{AF} = \frac{5}{BF} = \frac{2}{3}.$$

On calcule ensuite BF à l'aide des produits en croix :

$$BF = \frac{3 \times 5}{2} = \frac{15}{2} = 7{,}5 \text{ cm}.$$

La longueur BF est donc égale à 7,5 cm.

7 Transformations

Énoncé p. 236

Collège Chaptal, Paris

1 **(a)** L'image du triangle FKL par l'homothétie de centre K et de rapport 2 est le triangle AKM.

En effet, l'image du centre K est K lui-même ; l'image de F est le point F' situé sur [KF) tel que KF' $= 2 \times$ KF, c'est donc le point A. On raisonne de même pour trouver l'image de L.

(b) L'image du triangle FKL par la rotation de centre G, d'angle 90° dans le sens horaire est le triangle BAF.

(c) L'image du triangle FKL par la translation qui transforme G en C est le triangle BGH.

2 **ATTENTION**

Il ne faut pas confondre l'image et le triangle initial.

(a) Le triangle ABD est l'image du triangle GHJ par la translation qui transforme G en A (ou J en D, ou encore L en F...).

(b) **MÉTHODE**

Pour déterminer le rapport d'une homothétie qui transforme un triangle en un triangle semblable, on cherche d'abord son signe (positif lorsque les deux figures sont dans le même sens, négatif dans le cas contraire) puis sa distance à zéro en divisant une longueur d'un côté de l'image par la longueur du côté correspondant sur la figure de départ.

Ici, DGE et MGK ne sont pas dans le même sens, donc le rapport est négatif. De plus, $\frac{DE}{MK} = \frac{1}{2}$ donc le rapport vaut $-\frac{1}{2}$.

Le triangle DGE est donc l'image du triangle MGK par l'homothétie de centre G et de rapport $-\frac{1}{2}$.

(c) Le triangle BEC est l'image du triangle FIK par la symétrie d'axe (AM).

8 Constructions et quadrillages

Énoncé p. 237

Collège Chaptal, Paris

MÉTHODE

Pour tracer l'image du triangle par les homothéties de centre O :

- on commence par construire l'image du point C en faisant attention au signe du rapport ;
- on continue la construction du triangle image en multipliant les longueurs initiales par la distance à zéro du rapport.

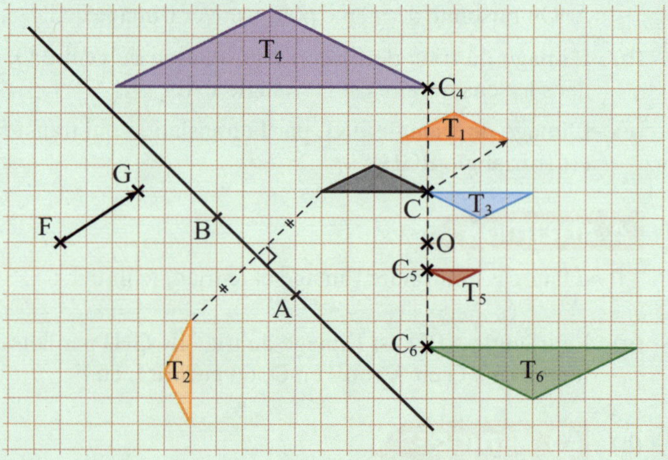

9 Les cerfs-volants

Énoncé p. 238

Collège Chaptal, Paris

1 Dans une homothétie, le centre, un point et son image sont alignés. Le point E doit être aligné avec A et A', ainsi qu'avec B et B'… Il suffit donc de tracer deux droites pour le placer, ici on a tracé (BB') et (DD').

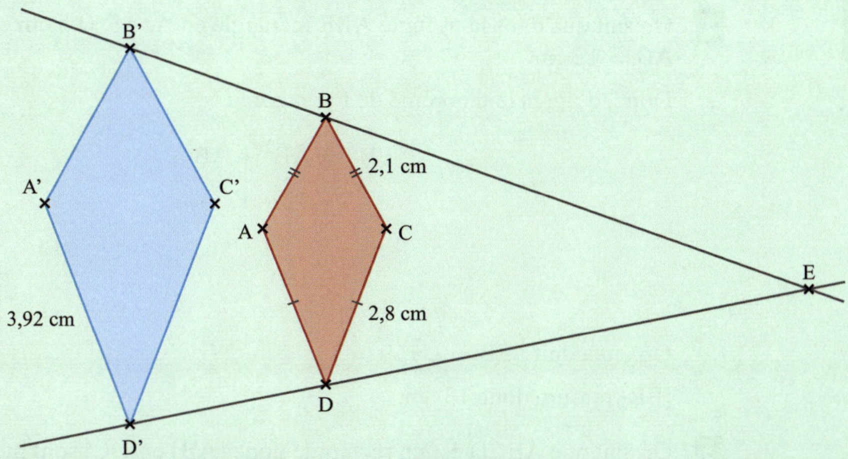

2 Les deux cerfs-volants sont situés du même côté par rapport au centre E, donc le rapport est positif.

On a donc $k = \dfrac{D'A'}{DA} = \dfrac{3,92}{2,8} = 1,4$.

Ainsi, A'B'C'D' est l'image de ABCD par l'homothétie de centre E et de rapport 1,4.

3 [B'C'] est l'image de [BC] par cette homothétie, on a donc :

$$B'C' = k \times BC = 1,4 \times 2,1 = 2,94 \text{ cm}.$$

4 Le cerf-volant A'B'C'D' est un agrandissement du cerf-volant ABCD de rapport 1,4. Or, lors d'un agrandissement de rapport k, les aires sont multipliées par k^2.

Ainsi on a : $\mathcal{A}_{A'B'C'D'} = k^2 \times \mathcal{A}_{ABCD}$

$= 1,4^2 \times 4,5$

$= 8,82 \text{ cm}^2$.

L'aire du cerf-volant A'B'C'D' est donc égale à 8,82 cm².

10 Calcul de longueurs

Énoncé p. 238

Collège Foch, Strasbourg

1

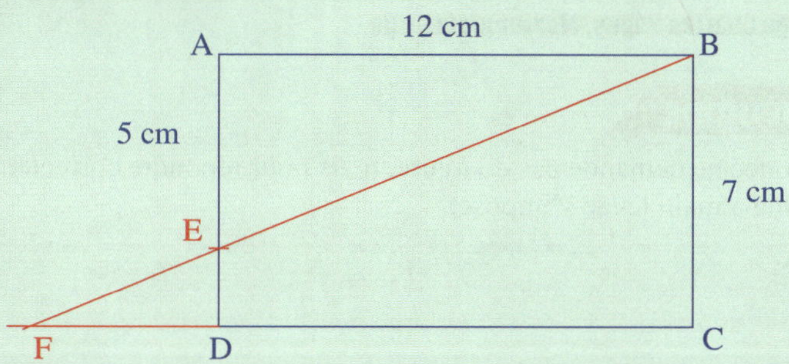

2 On sait que dans le triangle ABE rectangle en A, AE = 5 cm et AB = 12 cm.

Donc, d'après le théorème de Pythagore :

$$\begin{aligned} EB^2 &= AE^2 + AB^2 \\ &= 5^2 + 12^2 \\ &= 25 + 144 \\ &= 169. \end{aligned}$$

On en déduit : $EB = \sqrt{169} = 13$.

[EB] mesure donc 13 cm.

3 On sait que ABCD est un rectangle donc (AB) et (DC) sont parallèles.

On en déduit, comme F est sur (DC), que (FD) et (AB) sont parallèles.

De plus, les droites (AD) et (BF) sont sécantes en E.

Donc d'après le théorème de Thalès : $\dfrac{EF}{EB} = \dfrac{ED}{EA} = \dfrac{FD}{AB}$.

EB = 13 cm, AB = 12 cm, AE = 5 cm donc :

$$\frac{EF}{13} = \frac{ED}{5} = \frac{FD}{12}.$$

Or ABCD est un rectangle tel que BC = 7 cm donc AD = BC = 7 cm et E est sur [AD] donc $ED = AD - AE = 7 - 5 = 2$.

On a finalement : $\dfrac{EF}{13} = \dfrac{2}{5} = \dfrac{FD}{12}$.

D'après l'égalité $\dfrac{EF}{13} = \dfrac{2}{5}$, donc : $EF = \dfrac{13 \times 2}{5} = 5{,}2$.

D'après l'égalité $\dfrac{2}{5} = \dfrac{FD}{12}$, donc : $FD = \dfrac{12 \times 2}{5} = 4{,}8$.

Ainsi, EF = 5,2 cm et FD = 4,8 cm.

11 Détermination d'un parallélisme

Énoncé p. 239

Collège Charles Péguy, Morsang-sur-Orge

MÉTHODE

L'énoncé ne demande pas de figure, mais pour répondre correctement, un schéma à main levée s'impose.

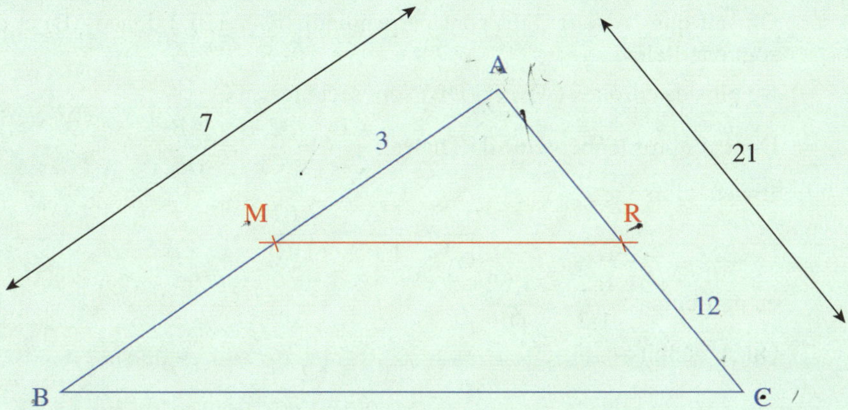

La figure fait penser à une configuration de Thalès et on nous demande si les droites (MR) et (BC) sont parallèles ou non… Commençons par déterminer si les quotients $\frac{AR}{AC}$ et $\frac{AM}{AB}$ sont égaux ou différents.

On a d'une part $\frac{AM}{AB} = \frac{3}{7}$.

De plus, comme $R \in [AC]$:

$$\begin{aligned} AR &= AC - RC \\ &= 21 - 12 \\ &= 9. \end{aligned}$$

et donc :

$$\begin{aligned} \frac{AR}{AC} &= \frac{9}{21} \\ &= \frac{3 \times 3}{3 \times 7} \\ &= \frac{3}{7}. \end{aligned}$$

Finalement : $\frac{AR}{AC} = \frac{AM}{AB}$.

De plus, les points A, M et B d'une part et A, R et C d'autre part sont alignés dans le même ordre donc, d'après la réciproque du théorème de Thalès, (MR) et (BC) sont parallèles.

12 Profondeur d'un puits

Énoncé p. 239

Collège Camille Saint-Saëns, Lizy-sur-Ourcq

Le schéma géométrique correspondant à la situation concrète, on en déduit que : AB = 1,62 m, BC = 0,7 m et que DC = 1,3 m. On cherche à déterminer DE.

On sait que (AB) et (DE) sont perpendiculaires à (BD) donc (AB) et (DE) sont parallèles.

De plus, les droites (AE) et (DB) sont sécantes en C.

Donc d'après le théorème de Thalès : $\frac{CB}{CD} = \frac{CA}{CE} = \frac{AB}{DE}$.

Il vient alors :

$$\frac{0,7}{1,3} = \frac{CA}{CE} = \frac{1,62}{DE},$$

en particulier : $\frac{0,7}{1,3} = \frac{1,62}{DE}$.

On en déduit :

$$DE = \frac{1,3 \times 1,62}{0,7} \approx 3.$$

La profondeur de ce puits est donc d'environ 3 m.

13 La tour de Tokyo

Énoncé p. 239

Collège Chaptal, Paris

$G \in [EC]$ donc $EC = EG + GC$

$EC = 2,4 + 530,4$

$EC = 532,8$ m.

Les droites (FG) et (DC) sont perpendiculaires à la même droite (EC) donc elles sont parallèles. Les droites (FD) et (GC) sont sécantes en E. On peut donc utiliser le théorème de Thalès. On a donc :

$$\frac{EF}{ED} = \frac{EG}{EC} = \frac{FG}{DC}$$

soit :

$$\frac{EF}{ED} = \frac{2,4}{532,8} = \frac{1,5}{DC}.$$

On calcule ensuite DC à l'aide des produits en croix :

$$DC = \frac{532,8 \times 1,5}{2,4}$$

$DC = 333$ m.

La tour de Tokyo mesure donc 333 m.

14 La planche est-elle horizontale ?

Énoncé p. 240

Collège Saint-Joseph de Tivoli, Bordeaux

⚠ ATTENTION

Dans un tel exercice, où l'on donne différentes mesures, il est important de convertir toutes ces mesures dans la même unité avant de faire le moindre calcul.

Ici, nous convertissons toutes les longueurs en cm :

- JB = 52 cm
- JA = 160 cm
- KB = 54 cm
- KC = 162 cm

Sur la configuration proposée, les droites (KC) et (AJ) se coupent en B.
De plus :

$$\frac{BJ}{BA} = \frac{52}{160 - 52} = \frac{52}{108} = \frac{13 \times 4}{27 \times 4} = \frac{13}{27}$$

et

$$\frac{BK}{BC} = \frac{54}{162 - 54} = \frac{54}{108} = \frac{2 \times 3^3}{2^2 \times 3^3} = \frac{1}{2}.$$

Ainsi,

$$\frac{BJ}{BA} \neq \frac{BK}{BC}.$$

Or, si les droites (KJ) et (AC) étaient parallèles, d'après le théorème de Thalès, ces rapports seraient égaux. Ce n'est pas le cas. On peut donc en conclure que les droites (KJ) et (AC) ne sont pas parallèles.

La planche n'est donc pas parallèle au sol.

15 Calcul de longueurs

Énoncé p. 240

Collège Monthéty, Pontault-Combault

1 On sait que (MN) et (BC) sont parallèles.
De plus, les points A, M et C d'une part et A, N et B d'autre part sont alignés.
Donc, d'après le théorème de Thalès, $\frac{AN}{AB} = \frac{AM}{AC} = \frac{MN}{BC}$.
On sait que AB = 7 cm, AC = 5 cm et que AM = x donc il vient :

$$\frac{AN}{7} = \frac{x}{5} = \frac{MN}{BC}, \qquad \text{en particulier :} \qquad \frac{AN}{7} = \frac{x}{5}.$$

On en déduit :

$$AN = \frac{7 \times x}{5} = 1{,}4x.$$

2 AB = 7 cm donc N est le milieu de [AB] si AN = 3,5.
Il faut donc résoudre l'équation $1{,}4x = 3{,}5$ ce qui donne :

$$x = \frac{3{,}5}{1{,}4} = 2{,}5.$$

N est donc le milieu de [AB] si M est à 2,5 cm de A sur le segment [AC], c'est-à-dire au milieu de [AC].

3 $\mathcal{A} = \dfrac{AM \times AN}{2}$

$= \dfrac{x \times 1{,}4x}{2}$

$= 0{,}7x^2$

4 Il faut résoudre l'équation $\mathcal{A} = 7$, c'est-à-dire $0{,}7x^2 = 7$.

Il vient, en divisant chaque membre de l'équation par 0,7 : $x^2 = 10$.

Cette équation a deux solutions : $\sqrt{10}$ et $-\sqrt{10}$.

Mais x est un nombre positif (puisque x est une longueur) donc on a nécessairement :

$$x = \sqrt{10} \quad \text{(valeur exacte)}$$
$$\approx 3{,}2 \quad \text{(valeur arrondie au mm près).}$$

Il faut donc placer M à environ 3,2 cm de A pour que l'aire de AMN soit de 7 cm^2.

16 Le garage

Énoncé p. 241

Collège Chaptal, Paris

1 Le triangle JKL est rectangle en L. On peut donc appliquer le théorème de Pythagore. On a alors :

$JK^2 = JL^2 + KL^2$

$JL^2 = 5^2 - 1{,}4^2$

$JL^2 = 23{,}04$

$JL = \sqrt{23{,}04}$

$JL = 4{,}8$ m.

2 Les droites (QL) et (PK) sont sécantes en J ; les droites (PQ) et (KL) sont parallèles car elles sont perpendiculaires à la même droite (JL). On peut donc utiliser le théorème de Thalès.

On a donc :

$$\frac{JQ}{JL} = \frac{JP}{JK} = \frac{PQ}{KL}$$

soit :

$$\frac{JQ}{4{,}8} = \frac{JP}{5} = \frac{1{,}1}{1{,}4}$$

ou encore :

$$\frac{JQ}{4{,}8} = \frac{1{,}1}{1{,}4}.$$

On peut donc calculer JQ à l'aide des produits en croix :

$JQ = \dfrac{4{,}8 \times 1{,}1}{1{,}4}$

$JQ \approx 3{,}77$ m (arrondi au cm).

$Q \in [JL]$ donc $JL = JQ + QL$

$4{,}8 \approx 3{,}77 + QL$

$QL \approx 1{,}03$ m.

La longueur QL vaut donc environ 1,03 m.

3 Si sa fille était placée en Q, elle ne serait pas dans le champ de vision de son père car le haut de sa tête serait en P.
Dans le cas présent, elle est à 90 cm (0,9 m) de l'arrière de la voiture. Elle est plus proche de la voiture que si elle était en Q (car $0{,}9 < 1{,}03$) donc le haut de sa tête est dans la zone rouge et son père ne peut pas la voir !

17 Le skatepark (tâche complexe)

Énoncé p. 242

Extrait du DNB 2016, Métropole

1 Dans cette question, on demande de calculer un budget qui est directement lié à la surface de la « zone de jeux pour enfants ».

$$\frac{PA \times AS}{2} = \frac{30 \times 18}{2} = 30 \times 9 = 270.$$

L'aire du triangle PAS est donc égale à 270 m^2.
Un sac peut couvrir 140 m^2 donc deux sacs seront nécessaires et suffisants pour couvrir la zone de jeux pour enfants (car $2 \times 140 = 280$ et $280 > 270$). Un sac coûte 13,90 €.

$$2 \times 13{,}90 = 27{,}80.$$

La commune doit donc prévoir un budget de 27,80 € pour pouvoir semer du gazon sur la totalité de la zone de jeux pour enfants.

2 Les droites (AR) et (SC) sont sécantes en P.
De plus, les droites (AS) et (RC) sont parallèles car elles sont perpendiculaires à la même droite (RP). On peut donc appliquer le théorème de Thalès. On a donc : $\frac{PA}{PR} = \frac{PS}{PC} = \frac{AS}{RC}$, soit $\frac{30}{30+10} = \frac{PS}{PC} = \frac{18}{RC}$,

donc : $\frac{30}{40} = \frac{18}{RC}$.

À l'aide de l'égalité des produits en croix, on déduit que :

$$RC = \frac{18 \times 40}{30} = 24.$$

Ainsi, l'aire du triangle PRC est :

$$\frac{PR \times RC}{2} = \frac{40 \times 24}{2} = 20 \times 24 = 480 \text{ m}^2.$$

L'aire de RASC s'obtient en soustrayant l'aire de PAS à l'aire de PRC.

$$480 - 270 = 210.$$

L'aire du « skatepark » est donc égale à 210 m^2.

COURS INTERROS CORRIGÉS

18 Tipi indien (tâche complexe)

Énoncé p. 242

Collège Jules Vallès, Saint-Leu-d'Esserent

MÉTHODE

Penser à représenter la situation par un schéma !

Représentons une « coupe » du tipi de Sitting Bull :

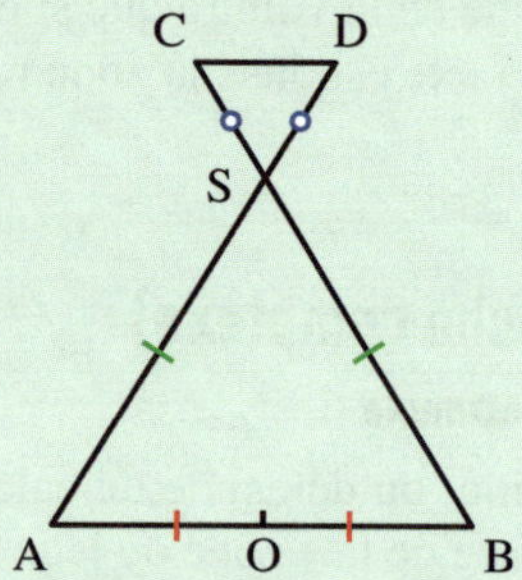

Sur le schéma précédent :

- O est le milieu de [AB] ;
- ASB représente la partie du tipi recouverte par l'enveloppe en peaux ;
- [SD] et [SC] sont les parties respectives des tiges [AD] et [BC] qui dépassent du sommet S du tipi.

Le schéma doit vous faire penser au théorème de Thalès.

Comme chaque perche mesure 27 pieds, on a :

$$AD = BC = 27.$$

De plus, chaque perche dépasse de 3 pieds donc :

$$SC = SD = 3$$

et

$$AS = BS = 27 - 3 = 24.$$

[AS] et [BS] mesurent 24 pieds.

D'après l'énoncé, le rayon du cercle tracé au sol est de 10 pieds donc :

$$AO = OB = 10$$

et

$$AB = 2 \times 10 = 20.$$

[AB] mesure 20 pieds.

On peut alors indiquer ces mesures sur le schéma :

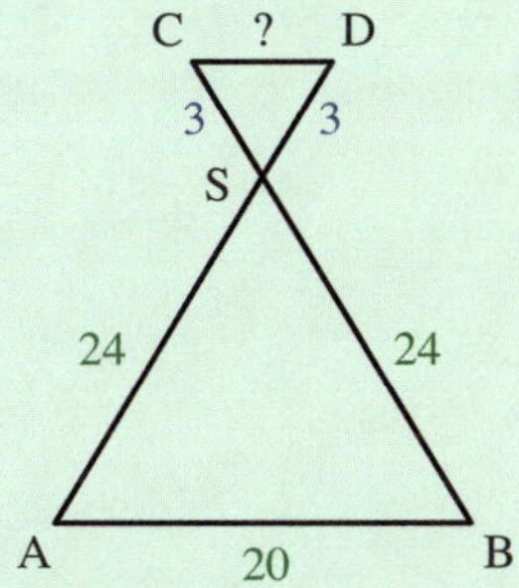

On cherche à calculer la longueur CD.

Pour cela, commençons par justifier que (CD) est parallèle à (AB).

En effet, on sait que A, S et D d'une part, B, S et C d'autre part sont respectivement alignés dans le même ordre et que :

$$\frac{SC}{SB} = \frac{SD}{SA} = \frac{3}{24}.$$

Donc, d'après la réciproque du théorème de Thalès, on a bien :

$$(CD) \; // \; (AB).$$

On peut donc utiliser le théorème de Thalès pour calculer CD :

$$\frac{SC}{SB} = \frac{SD}{SA} = \frac{CD}{AB}$$

soit :

$$\frac{3}{24} = \frac{3}{24} = \frac{CD}{20}.$$

On en déduit :

$$CD = \frac{3 \times 20}{24} = \frac{3 \times 4 \times 5}{3 \times 4 \times 2} = \frac{5}{2} = 2{,}5.$$

Ainsi, [CD] mesure 2,5 pieds.

Le diamètre du chapeau de plumes doit être de 2,5 pieds.

Remarque : une recherche personnelle permet de convertir cette mesure en centimètre.
1 pied correspond environ à 30,47 cm, donc le chapeau de plumes doit avoir un diamètre d'environ 76 cm.

Chapitre 11

Trigonométrie

Plan du chapitre

Exercice type — **Collège Paul Bert, Chatou**

Dans le triangle ABC ci-dessous, [AH] est la hauteur issue de A.
On donne AH = 5 cm, AB = 8 cm et $\widehat{ACH} = 51°$.

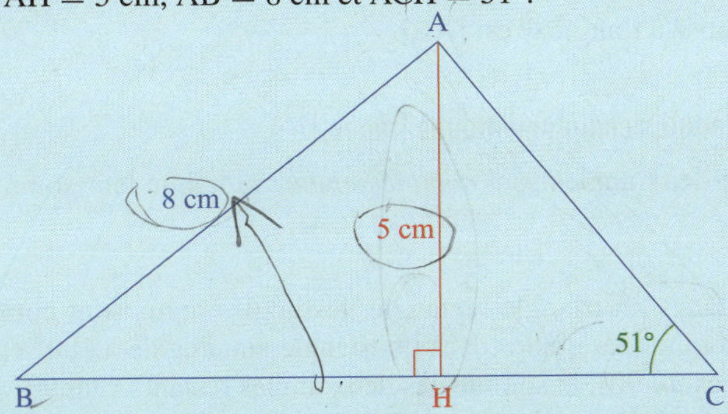

1 **(a)** Déterminer la valeur, arrondie au dixième de degré, de l'angle $\widehat{HBA}$.

(b) Le triangle ABC est-il rectangle en A ? Justifier votre réponse.

2 Calculer la valeur arrondie au mm près de HB.

3 Calculer la valeur arrondie au mm près de CH.

Voir corrigé page 265

1 Vocabulaire dans un triangle rectangle

Dans un triangle rectangle, le côté opposé à l'angle droit s'appelle l'*hypoténuse*. C'est le plus grand côté du triangle.

Si l'on considère un des deux angles aigus du triangle, les autres côtés du triangle rectangle s'appellent :

- le *côté adjacent* à cet angle ;
- le *côté opposé* à cet angle.

Exemple : on considère le triangle ABC rectangle en A.

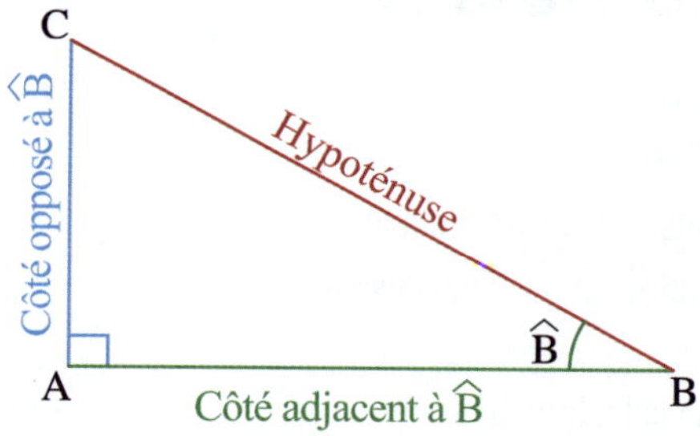

Remarques

On aurait pu choisir l'angle $\widehat{C}$ qui est aussi un angle aigu. Dans ce cas :

- le côté adjacent à l'angle $\widehat{C}$ est [AC] ;
- le côté opposé à l'angle $\widehat{C}$ est [AB].

Définition 1 : angles complémentaires (rappel)

On dit que deux angles sont *complémentaires* lorsque leur somme est égale à 90°.

Remarque : Dans un triangle rectangle, les angles aigus sont complémentaires. En effet, la somme des angles dans un triangle étant égale à 180° et l'angle droit ayant pour mesure 90°, la somme des deux angles restants vaut 90°.
Dans l'exemple ci-dessus, les angles $\widehat{B}$ et $\widehat{C}$ sont complémentaires. On a donc :

$$\widehat{B} + \widehat{C} = 90°.$$

Cette égalité permet de trouver rapidement la valeur de l'un lorsque l'on connaît l'autre.

2 Cosinus, sinus et tangente d'un angle aigu

Définitions 2 : cosinus, sinus et tangente

Dans un triangle rectangle :

- le *cosinus* d'un angle aigu x est : $\cos x = \dfrac{\text{côté adjacent à } x}{\text{hypoténuse}}$;
- le *sinus* d'un angle aigu x est : $\sin x = \dfrac{\text{côté opposé à } x}{\text{hypoténuse}}$;
- la *tangente* d'un angle aigu x est : $\tan x = \dfrac{\text{côté opposé à } x}{\text{côté adjacent à } x}$.

Exemple : on considère le triangle EFG rectangle en E.

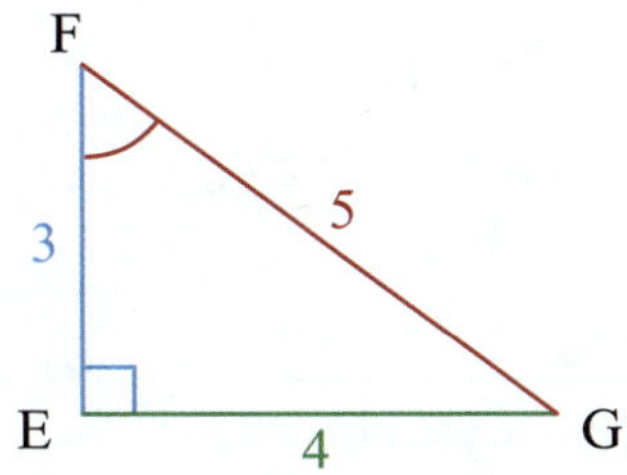

On a donc :

$$\cos\widehat{F} = \frac{\text{côté adjacent à } \widehat{F}}{\text{hypoténuse}} = \frac{FE}{FG} = \frac{3}{5} = 0{,}6\ ;$$

$$\sin\widehat{F} = \frac{\text{côté opposé à } \widehat{F}}{\text{hypoténuse}} = \frac{EG}{FG} = \frac{4}{5} = 0{,}8\ ;$$

$$\tan\widehat{F} = \frac{\text{côté opposé à } \widehat{F}}{\text{côté adjacent à } \widehat{F}} = \frac{EG}{FE} = \frac{4}{3}$$

Remarques

- Le cosinus, le sinus et la tangente d'un angle aigu sont des rapports de longueurs. Il s'agit donc de *nombres positifs* qui s'expriment sans unité.
- Le cosinus et le sinus d'un angle aigu s'obtiennent en divisant un côté par l'hypoténuse, qui est le plus grand côté du triangle rectangle. Ce sont donc des *nombres inférieurs* à 1.

Ainsi, pour tout angle aigu x, on a :

$$0 \leqslant \cos x \leqslant 1\ ;\ 0 \leqslant \sin x \leqslant 1\ ;\ \tan x \geqslant 0.$$

3 Propriétés

Propriété 1

Le cosinus d'un angle aigu est égal au sinus de son complémentaire.

$$\cos x = \sin(90° - x).$$

Exemple : $\cos 20° = \sin(90° - 20°) = \sin 70°$.

ANECDOTE

Le « co » du mot cosinus vient du mot *co*mplémentaire.

Reprenons en effet le triangle ABC rectangle en A, dans lequel les angles $\widehat{B}$ et $\widehat{C}$ sont complémentaires.

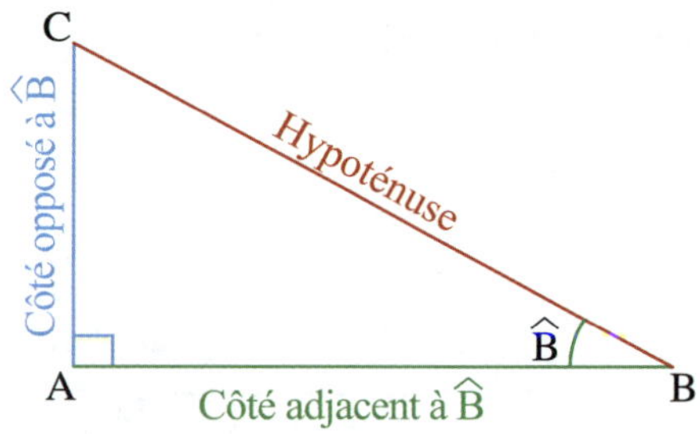

On a :

$$\cos\widehat{B} = \frac{\text{côté adjacent à }\widehat{B}}{\text{hypoténuse}} = \frac{\text{côté opposé à }\widehat{C}}{\text{hypoténuse}} = \sin\widehat{C}.$$

Propriété 2

Pour tout angle aigu x, on a :

- $(\cos x)^2 + (\sin x)^2 = 1$;
- $\tan x = \dfrac{\sin x}{\cos x}$.

Ces deux formules sont démontrées dans l'exercice 7 page 270

4 Utilisation de la calculatrice

⚠ ATTENTION

Vérifier que votre calculatrice soit en mode *degrés*, sinon elle affichera des résultats incorrects.
En effet, il existe d'autres unités que le degré (le *radian* ou le *grade*).

Les calculatrices « collège » sont programmées pour :

- donner la valeur approchée du cosinus, du sinus ou de la tangente de n'importe quel angle de mesure donnée à l'aide des touches **COS**, **SIN** et **TAN** ;
- donner la valeur approchée de l'angle aigu qui a pour cosinus, pour sinus ou pour tangente un nombre donné à l'aide des touches **ACOS**, **ASIN** et **ATAN** ou **COS^{-1}**, **SIN^{-1}** et **TAN^{-1}**. Ces touches sont en général les mêmes que les touches **COS**, **SIN** et **TAN** mais on y fait appel en appuyant d'abord sur la touche **SECONDE** ou **SHIFT** de la calculatrice.

Exemples :

Pour calculer $\cos 30°$, on tape successivement sur la touche **COS**, puis sur 30 et enfin sur **EXE** (ou **ENTER**). La calculatrice affiche alors une valeur approchée de $\cos 30°$: $\cos 30° \approx 0{,}87$ (arrondi au centième près).

Pour calculer la mesure d'un angle lorsque l'on connaît son sinus, comme dans l'exemple du paragraphe 2 dans lequel on a $\sin \widehat{\mathrm{F}} = 0{,}8$; on tape successivement sur les touches **SECONDE** (ou **SHIFT**) puis **SIN**, puis sur 0,8 et enfin sur **EXE** (ou **ENTER**). La calculatrice affiche alors une valeur approchée de l'angle $\widehat{\mathrm{F}}$ cherché : $\widehat{\mathrm{F}} \approx 53°$ (arrondi au dégré).

À RETENIR

Pour tout angle aigu x d'un triangle rectangle, on a :

$\cos x = \dfrac{\text{côté adjacent à } x}{\text{hypoténuse}}$	$\sin x = \dfrac{\text{côté opposé à } x}{\text{hypoténuse}}$
$\tan x = \dfrac{\text{côté opposé à } x}{\text{côté adjacent à } x} = \dfrac{\sin x}{\cos x}$	
$(\cos x)^2 + (\sin x)^2 = 1$	$\cos x = \sin(90° - x)$

Solution de l'exercice type

Collège Paul Bert, Chatou

1 (a)

MÉTHODE

Quand il est demandé de calculer la valeur d'un angle aigu dans un triangle rectangle, il faut penser aux formules de trigonométrie. Ensuite, il faut déterminer les longueurs qui sont données par l'énoncé et caractériser de quels côtés il s'agit par rapport à l'angle cherché.

Ici, on cherche la valeur de $\widehat{\mathrm{HBA}}$ et on connaît les longueurs des côtés [BA] et [AH] dans le triangle ABH rectangle en H. Ces côtés sont respectivement l'hypoténuse et le côté opposé à l'angle $\widehat{\mathrm{HBA}}$. Or la formule qui fait intervenir l'hypoténuse et le côté opposé est la formule du sinus. C'est donc le sinus de l'angle $\widehat{\mathrm{HBA}}$ que nous allons calculer. Nous en déduirons ensuite, à l'aide de la calculatrice, la valeur de l'angle $\widehat{\mathrm{HBA}}$.

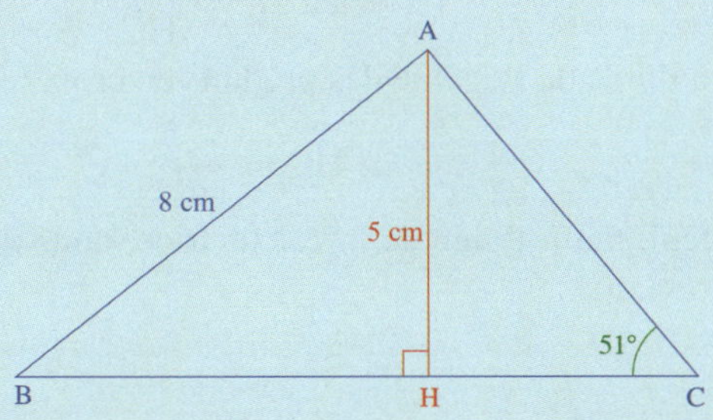

Solution de l'exercice type (suite) — **Collège Paul Bert, Chatou**

Dans le triangle HBA rectangle en H :

$$\sin\widehat{HBA} = \frac{AH}{AB} = \frac{5}{8} = 0,625.$$

On en déduit à l'aide de la calculatrice que $\widehat{HBA} \approx 38,7°$.

(b) On sait que dans le triangle ABC, $\widehat{CBA} = \widehat{HBA} \approx 38,7°$ et que $\widehat{ACB} = 51°$. Or la somme des angles d'un triangle vaut 180°.
Donc $\widehat{BAC} \approx 180 - (51 + 38,7) \approx 90,3°$.
Ainsi, le triangle ABC n'est pas rectangle en A.

2 Dans le triangle AHB rectangle en H, on sait que AB = 8 cm et que AH = 5 cm. Donc, d'après le théorème de Pythagore :

$$BH^2 = AB^2 - AH^2 = 8^2 - 5^2 = 64 - 25 = 39.$$

On en déduit : $BH = \sqrt{39} \approx 6,2$.
Ainsi, BH ≈ 6,2 cm (au mm près).
Remarque : pour calculer BH, on aurait aussi pu utiliser une formule de trigonométrie dans le triangle ABH rectangle en H. En effet, on connaît la valeur de $\widehat{HBA}$ et de la longueur du côté [BA]. La formule du cosinus de $\widehat{HBA}$ nous mènerait au calcul de BH. Cependant, cette méthode est moins précise que celle que nous avons utilisée car nous ne connaissons qu'une valeur *arrondie* de $\widehat{HBA}$.

3 **MÉTHODE**

Dans le triangle AHC rectangle en H on connaît la valeur de l'angle $\widehat{ACH}$, la longueur du côté opposé à $\widehat{ACH}$ (AH = 5 cm) et on cherche la longueur du côté adjacent à $\widehat{ACH}$. La formule de trigonométrie qui fait intervenir les longueurs des côtés opposé et adjacent étant la formule de la tangente d'un angle, on va exprimer $\tan\widehat{ACH}$.

Dans le triangle ACH rectangle en H : $\tan\widehat{ACH} = \frac{AH}{HC}$. On remplace dans cette égalité les grandeurs connues par leurs valeurs :

$$\tan 51° = \frac{5}{HC},$$

d'où, à l'aide de l'égalité des produits en croix :

$$HC = \frac{5}{\tan 51°}.$$

Le calcul, fait à l'aide de la calculatrice, nous donne HC ≈ 4 cm (au mm près).

Voir énoncé page 261

1 QCM Vérification des connaissances

2 min Corrigé p. 274

Pour chacune des propositions, choisir la réponse correcte. Aucune justification n'est demandée. L'utilisation d'une calculatrice est déconseillée si vous voulez vérifier votre seule maîtrise des connaissances du cours !

1 Dans un triangle EFG rectangle en F, le côté adjacent à $\widehat{E}$ est :

a [EF] b [EG]

2 Dans le triangle MNO ci-dessous, $\cos \widehat{M} = \dfrac{MO}{MN}$

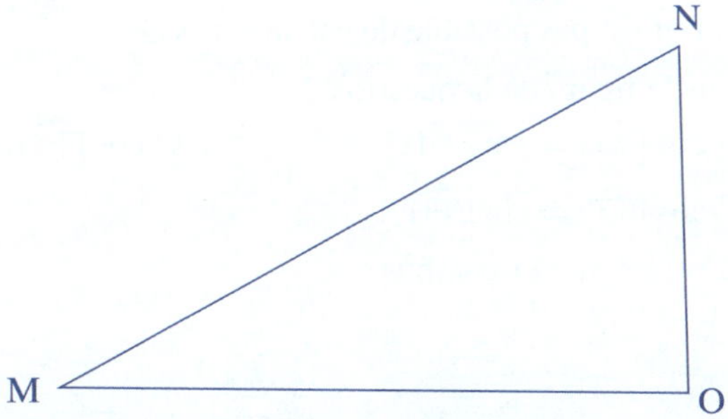

a Vrai b Faux

3 Sur une copie, un élève a écrit $\cos x = 1{,}2$:

a Il peut calculer x à l'aide de la calculatrice.

b Il ne peut pas calculer x.

2 QCM Calculs trigonométriques

10 min Corrigé p. 274

Pour chacune des propositions, choisir la ou les réponse(s) possible(s). Aucune justification n'est demandée.

1 Dans le triangle ci-dessous (tracé à main levée) :

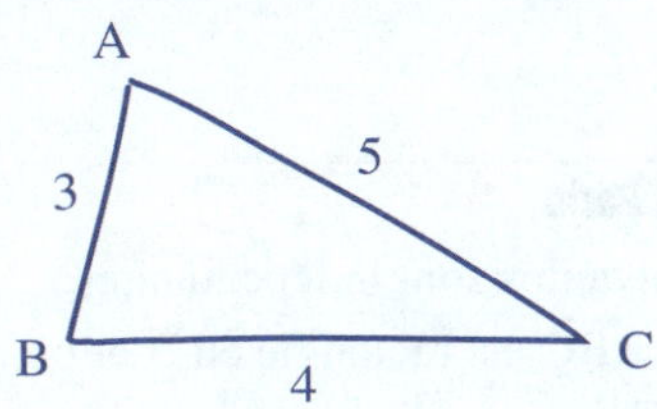

a $\sin \widehat{C} = \dfrac{3}{4}$ b $\sin \widehat{C} = \dfrac{3}{5}$

c Il n'est pas possible de calculer $\sin \widehat{C}$

2 Dans la figure suivante :

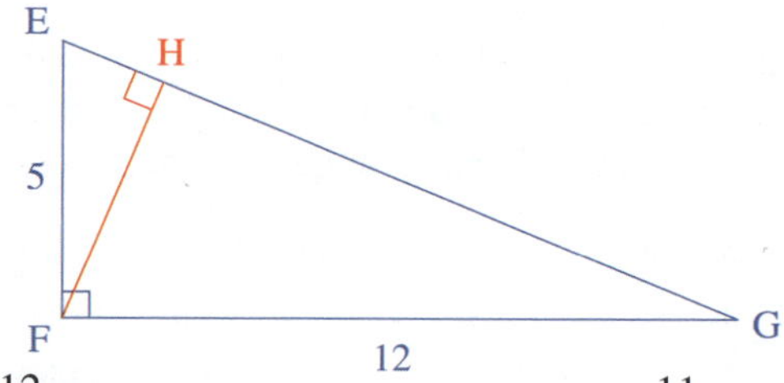

a $\cos \widehat{G} = \dfrac{12}{13}$

b $\cos \widehat{G} = \dfrac{11}{12}$

c Il n'est pas possible de calculer $\cos \widehat{G}$

3 Dans la figure de la question 2,

a $\cos \widehat{FEG} = \sin \widehat{EGF}$

b $\cos \widehat{FEG} = \sin \widehat{GEF}$

c $\cos \widehat{FEG} = \sin \widehat{EFH}$

4 Dans la figure ci-dessous :

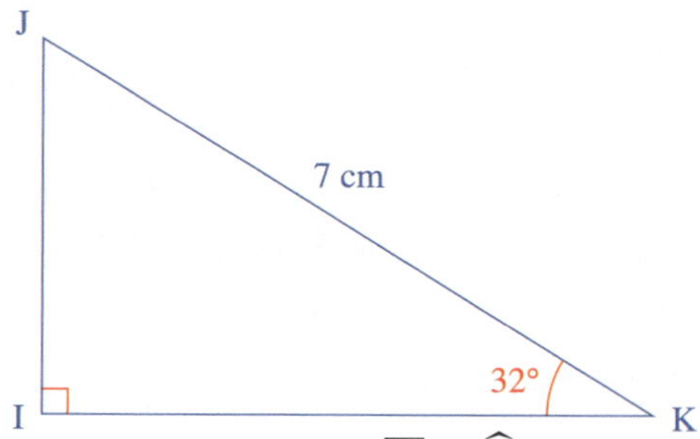

a $\cos \widehat{J} \approx 0{,}53$

b $\sin \widehat{J} \approx 0{,}53$

c Il est impossible de calculer $\cos \widehat{J}$ et $\sin \widehat{J}$

5 Dans la figure de la question 4,

a $IJ \approx 5{,}9$ cm

b $IJ \approx 3{,}7$ cm

c $IJ \approx 4{,}3$ cm

3 Calculs

★ 12 min Corrigé p. 276

Collège Chaptal, Paris

Les questions suivantes sont indépendantes.

1 Le triangle ABC est rectangle en B et on a : $\widehat{BAC} = 28°$ et $AC = 5$ cm. Calculer BC en arrondissant au centième près.

2 Le triangle DEF est rectangle en E et on a : $DE = 4{,}5$ cm et $DF = 6{,}7$ cm.
Calculer la mesure de l'angle $\widehat{EDF}$ arrondie au degré près.

3 Le triangle GHI est rectangle en H et on a : $\widehat{HGI} = 41°$ et $HI = 4{,}6$ cm. Calculer GH en arrondissant au millimètre près.

4 Utilisation de la trigonométrie

★ 5 min Corrigé p. 277

Collège Cocteau, Maisons-Laffitte

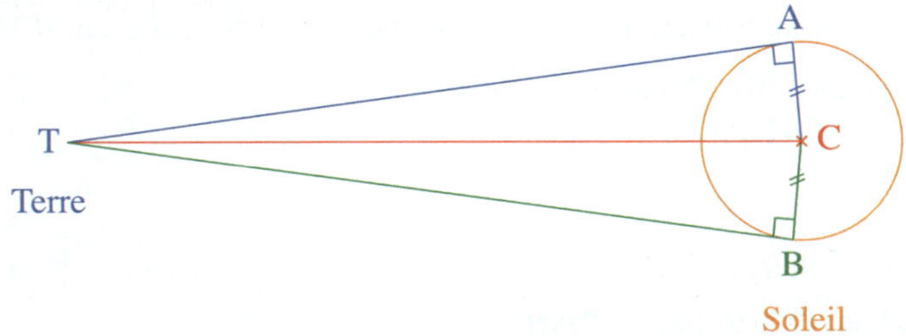

Depuis la surface de la Terre (T), on voit le Soleil sous un angle $\widehat{ATB}$ de 0,54°. On prendra comme distance Terre – Soleil arrondie : TC = 150 000 000 km. On admet que (TC) est la bissectrice de l'angle $\widehat{ATB}$.

1. Calculer $\widehat{ATC}$.
2. Calculer le rayon AC du Soleil. Donner le résultat arrondi à 100 km près.

5 Calcul de longueurs

★★ 14 min Corrigé p. 278

Collège Roger Martin du Gard, Épinay

On donne la figure suivante qui n'est pas aux vraies grandeurs.

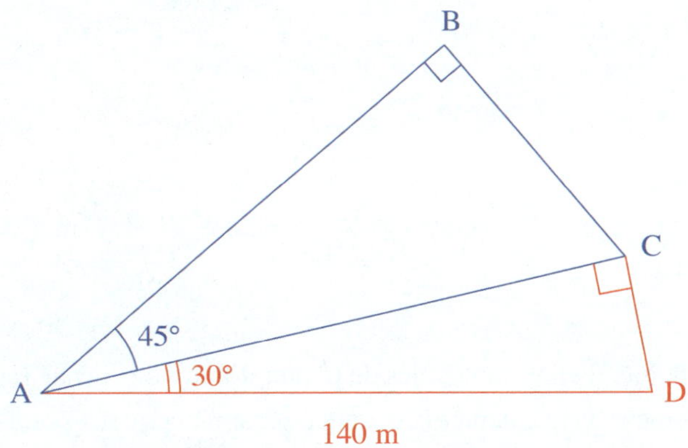

On donne les valeurs suivantes :

$\cos 30° \approx 0{,}866$; $\sin 30° = 0{,}5$; $\cos 40° \approx 0{,}766$; $\cos 45° \approx 0{,}766$.

1. Calculer les valeurs approchées de DC, AC et AB au centième de mètre.
2. Calculer la mesure en degrés de l'angle $\widehat{ACB}$.
   En déduire la nature du triangle ABC.
3. Calculer le périmètre et l'aire du quadrilatère ABCD. Donner les valeurs arrondies au 1/10.

COURS
INTERROS
CORRIGÉS

6 Calcul d'aire

★★ 6 min Corrigé p. 279

Collège Notre-Dame le Menimur, Vannes

Soit un triangle CDE isocèle en D de base [CE] et de hauteur [CH].

On donne $CH = 5$ cm et $\sin \widehat{CDH} = 0{,}4$.

Calculer l'aire de ce triangle.

7 Deux propriétés

★★ 8 min Corrigé p. 280

Collège Camille Claudel, Rouen

On considère un angle aigu x dans un triangle rectangle.

1. Prouver que $(\cos x)^2 + (\sin x)^2 = 1$.
2. Prouver que $\tan x = \dfrac{\sin x}{\cos x}$.

8 Le chenal Tahiti Moorea

★★ 12 min Corrigé p. 281

Collège Saint Pierre, Brunoy

La figure ci-dessous n'est pas à l'échelle.

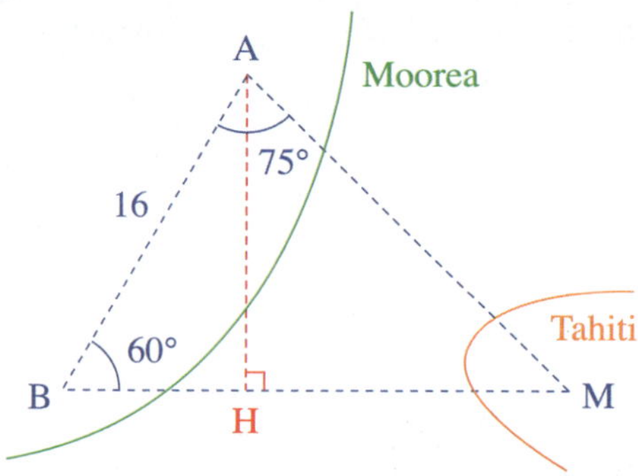

Deux points B et M sont situés de part et d'autre du chenal Tahiti Moorea.

Un géomètre veut calculer la distance séparant ces deux points.

À l'aide de ses instruments, il a fait les mesures suivantes : $AB = 16$ km, $\widehat{BAM} = 75$ ° et $\widehat{ABM} = 60$ °.

Dans le triangle ABM, on appelle H le pied de la hauteur issue de A.

1. Démontrer que la longueur BH est égale à 8 km.
2. Calculer la longueur AH arrondie au centième de kilomètre.
3. Montrer que $\widehat{HAM} = 45°$. En déduire, sans calcul que $HM = HA$. Justifier votre réponse.
4. Calculer BM.

9 À la fenêtre

★★ 8 min Corrigé p. 282

Collège Chaptal, Paris

Romain (R) observe ses amis Fabien (F) et Luc (L) de la fenêtre de sa chambre. À l'aide des données de la figure ci-dessous (qui n'est pas à l'échelle), déterminer la distance qui sépare Fabien de Luc. Arrondir au dm près.

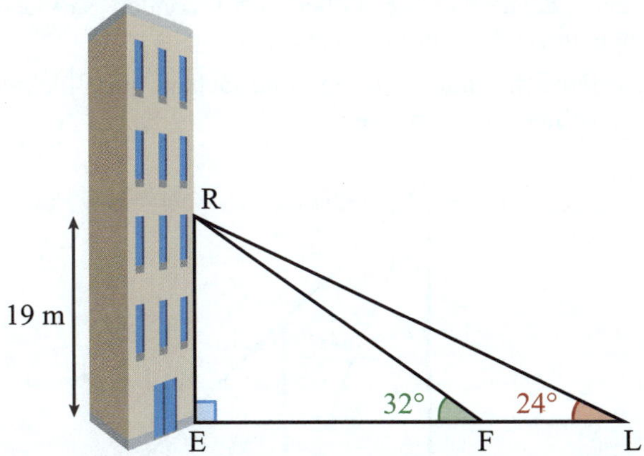

10 Calcul d'un angle et d'une longueur

★★ 10 min Corrigé p. 283

Collège Paul Bert, Chatou

On considère la figure ci-dessous (les dimensions ne sont pas respectées sur le schéma) :

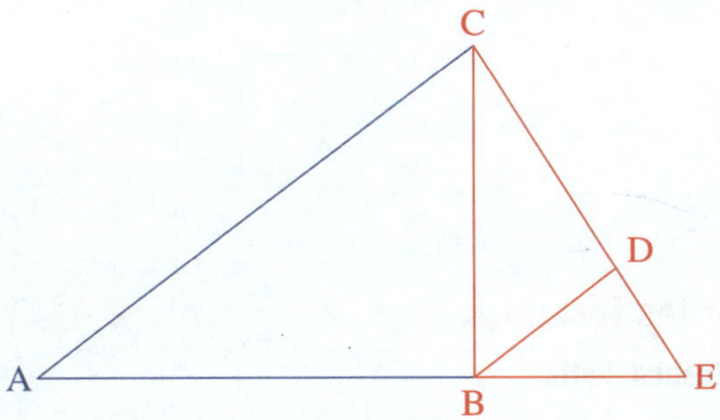

On donne AB = 6 cm, AC = 7,5 cm et BC = 4,5 cm.

E est un point de [AB] tel que AE = 10 cm.

La parallèle à (AC) passant par B coupe (CE) en D.

1. Démonter que le triangle ABC est rectangle.
2. Calculer la valeur arrondie au degré près de la mesure de $\widehat{BCE}$.
3. Déterminer la longueur du segment [BD].

11 Compétition de ski

★★ 15 min Corrigé p. 284

Collège Monthéty, Pontault-Combault

Vous pouvez retrouver le corrigé de cet exercice en vidéo.

Lors d'une compétition de ski, un présentateur annonce au micro :

« Le skieur a dévalé la piste d'élan en 5 secondes. Sa vitesse moyenne sur cette longueur est d'au moins 90 km/h. »

Cette dernière affirmation est-elle vraie sachant que l'inclinaison de la piste est 45° ? Justifier votre réponse.

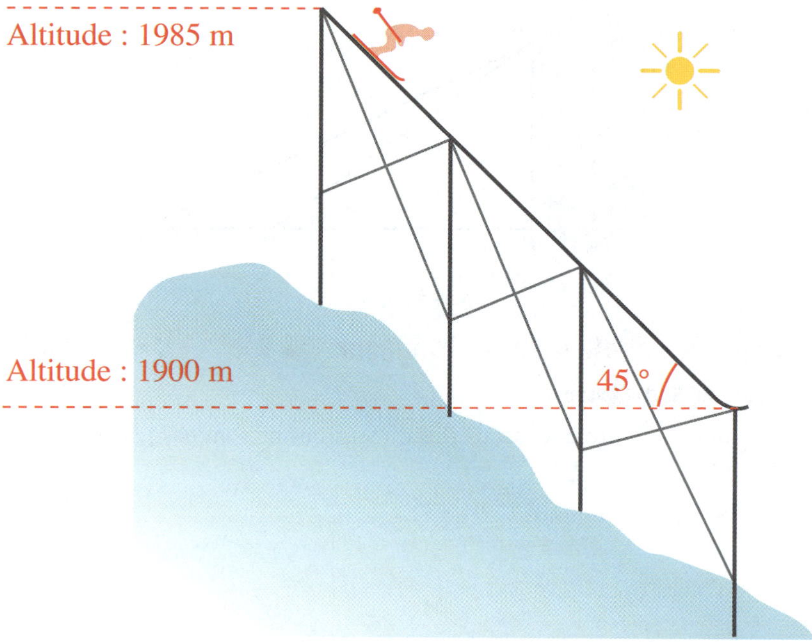

12 Utiliser les formules

★★ 6 min Corrigé p. 285

Collège Chaptal, Paris

On considère un angle aigu x tel que $\cos x = \frac{3}{5}$.

1. Sans utiliser la calculatrice, déterminer la valeur de $\sin x$.
2. En déduire la valeur de $\tan x$.

13 Valeur exacte de sin 15°

★★★ 30 min Corrigé p. 286

Collège Saint-Louis-de-Gonzague, Paris

Dans la figure ci-dessous :

- Le triangle ABC est équilatéral et $AB = 2$ cm.
- Le triangle BCD est isocèle et rectangle en D.
- H est le pied de la hauteur issue de A.

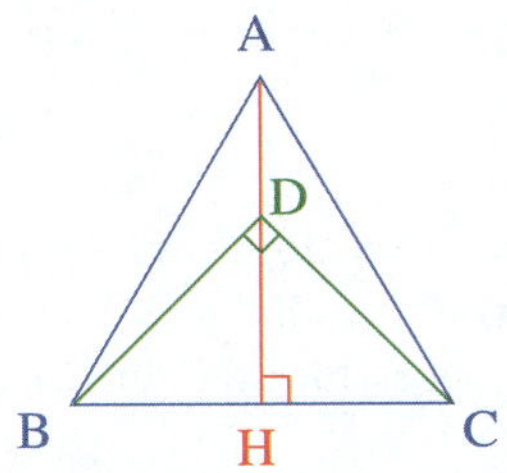

1 Montrer que le point D est sur la droite (AH).

2 Calculer la mesure de $\widehat{ABD}$.

3 Montrer que $AH = \sqrt{3}$ et $AD = \sqrt{3} - 1$.

4 Soit K le pied de la hauteur issue de D dans le triangle ABD.

(a) Montrer que $KD = \sqrt{2} \times \sin 15°$.

(b) En déduire l'expression de l'aire du triangle ABD en fonction de $\sin 15°$.

5 On veut calculer l'aire du triangle ABD par une autre méthode :

(a) Calculer l'aire exacte des triangles ABH et BDH.

(b) En déduire l'aire du triangle ABD.

6 Déduire des questions précédentes que $\sin 15° = \dfrac{\sqrt{6} - \sqrt{2}}{4}$

(on admettra pour cela que $\sqrt{3} \times \sqrt{2} = \sqrt{6}$).

COURS INTERROS CORRIGÉS

1 QCM Vérification des connaissances

Énoncé p. 267

1 Réponse [a]. Dans un triangle EFG rectangle en F, le côté adjacent à $\widehat{E}$ est [EF].

En effet, le côté adjacent à $\widehat{E}$ est celui qui relie le sommet E et le sommet de l'angle droit : F.

2 Réponse [b] : *faux*. En effet, $\cos \widehat{M} = \dfrac{MO}{MN}$ uniquement si OMN est un triangle rectangle en O, ce qui n'est pas précisé dans l'énoncé.

> **⚠ ATTENTION**
>
> Dès que l'on souhaite utiliser une propriété, on doit savoir si on en a le droit. Ainsi, si l'on souhaite utiliser une formule de trigonométrie du cours, il est nécessaire de vérifier avant tout que le triangle est rectangle.

3 Réponse [b]. Si $\cos x = 1{,}2$ on ne peut pas calculer x.

> **⚠ ATTENTION**
>
> Le cosinus d'un angle est un nombre nécessairement inférieur à 1. Il ne peut pas être égal à 1,2. Si vous essayez malgré tout d'utiliser la touche ACOS ou COS^{-1} de votre calculatrice, celle-ci vous affichera un message d'erreur.

2 QCM Calculs trigonométriques

Énoncé p. 267

1 Réponse [b]. Dans le triangle ABC, $\sin \widehat{C} = \dfrac{3}{5}$.

En effet, ici, au contraire de la question 2 du QCM précédent, on peut démontrer que le triangle ABC est bien rectangle en B :

Dans ce triangle ABC, on sait que $AB = 3$, $AC = 5$ et que $BC = 4$.

Donc $AB^2 + BC^2 = 9 + 16 = 25 = 5^2 = AC^2$.

On en déduit, d'après la réciproque du théorème de Pythagore que ABC est rectangle en B. On peut alors exprimer dans ce triangle le sinus de l'angle $\widehat{C}$:

$$\sin \widehat{C} = \frac{AB}{AC} = \frac{3}{5}.$$

2 Réponse [a]. $\cos \widehat{G} = \dfrac{12}{13}$.

Dans la figure proposée, on a deux possibilités pour exprimer $\cos \widehat{G}$:

- soit on se place dans le triangle FGH rectangle en H,
- soit on se place dans le triangle EFG rectangle en F.

Dans le triangle FGH, $\cos\widehat{G} = \dfrac{GH}{FG} = \dfrac{GH}{12}$ mais on ne connaît pas la valeur de GH…

Dans le triangle EFG, $\cos\widehat{G} = \dfrac{FG}{EG} = \dfrac{12}{EG}$ mais on ne connaît pas la valeur de EG…

Il est donc *a priori* impossible de calculer $\cos\widehat{G}$… mais en observant la figure, on se rend compte qu'on connaît les longueurs de deux côtés du triangle EFG rectangle en F : on peut donc calculer la longueur du troisième côté en utilisant le théorème de Pythagore :

$$EG^2 = EF^2 + FG^2 = 5^2 + 12^2 = 25 + 144 = 169\ ,$$

donc $EG = \sqrt{169} = 13$ et on a alors $\cos\widehat{G} = \dfrac{12}{13}$.

Remarque : si vous avez choisi la réponse **b**, c'est peut être que vous avez tracé la figure et mesuré la longueur GH… Car en effet, $GH \approx 11$. Mais les mesures sont souvent imprécises ! Démontrons que $GH \neq 11$:
On a vu que dans le triangle EFG, $\cos\widehat{G} = \dfrac{12}{13}$.
Mais en exprimant $\cos\widehat{G}$ dans FGH, on avait déterminé :

$$\cos\widehat{G} = \frac{GH}{12}.$$

Donc $GH = 12 \times \cos\widehat{G} = 12 \times \dfrac{12}{13} = \dfrac{144}{13} \approx 11{,}08$. On a bien $\dfrac{144}{13} \neq 11$ et $\cos\widehat{G} \neq \dfrac{11}{12}$.

3 Réponses **a** et **c**. $\cos\widehat{FEG} = \sin\widehat{EGF}$ et $\cos\widehat{FEG} = \sin\widehat{EFH}$.

- Dans le triangle EFG rectangle en F, $\cos\widehat{FEG} = \dfrac{EF}{EG} = \sin\widehat{EGF}$.
- Dans le triangle EFH rectangle en H,

$$\cos\widehat{FEG} = \cos\widehat{FEH} = \frac{EH}{EF} = \sin\widehat{EFH}.$$

- En revanche, dans le triangle EFG rectangle en F

$$\cos\widehat{FEG} = \frac{EF}{EG} = \frac{5}{13}$$

et $\sin\widehat{GEF} = \dfrac{FG}{EG} = \dfrac{12}{13}$ donc $\cos\widehat{FEG} \neq \sin\widehat{EFH}$.

COURS INTERROS CORRIGÉS

Remarques

- Pour les réponses **a** et **c**, on aurait pu utiliser la formule $\cos x = \sin(90 - x)$ car les angles $\widehat{FEG}$ et $\widehat{EGF}$ sont complémentaires (angles aigus du triangle rectangle EFG), et les angles $\widehat{FEG}$ et $\widehat{EFH}$ le sont aussi (dans le triangle FEH).
- Le seul angle aigu dont le cosinus et le sinus sont égaux est l'angle de 45°. Sachant cela, nous aurions pu justifier plus rapidement que la réponse **b** est fausse. En effet, dans la réponse **b**, on considère le cosinus et le sinus du même angle de sommet E.
  Or $\widehat{E} \neq 45°$. En effet, si on avait $\widehat{E} = 45°$ alors, on aurait nécessairement $\widehat{G} = 45°$ et le triangle EFG serait isocèle en F, ce qui n'est pas le cas.

4 Réponse **a**. $\cos\widehat{J} \approx 0{,}53$.

On sait que dans le triangle IJK rectangle en I, $\widehat{K} = 32°$.
Les angles $\widehat{J}$ et $\widehat{K}$ sont complémentaires donc $\widehat{J} = 90 - 32 = 58°$.
Il vient $\cos\widehat{J} \approx 0{,}53$ et $\sin\widehat{J} \approx 0{,}84$.

5 Réponse **b**. $IJ \approx 3{,}7$ cm.

Dans le triangle IJK rectangle en I, $\sin\widehat{K} = \dfrac{IJ}{JK}$ c'est-à-dire $\sin 32° = \dfrac{IJ}{7}$ donc $IJ = 7 \times \sin 32° \approx 3{,}7$ cm.

3 Calculs

Énoncé p. 268

Collège Chaptal, Paris

MÉTHODE

Penser à tracer une figure à main levée pour chaque question, même si cela n'est pas demandé.

1 Dans le triangle ABC rectangle en B, on connaît l'hypoténuse et on cherche le côté opposé à l'angle $\widehat{A}$, on pense donc à utiliser la formule du sinus.

$$\sin\widehat{A} = \frac{\text{côté opposé à l'angle } \widehat{A}}{\text{hypoténuse}} = \frac{BC}{AC}$$

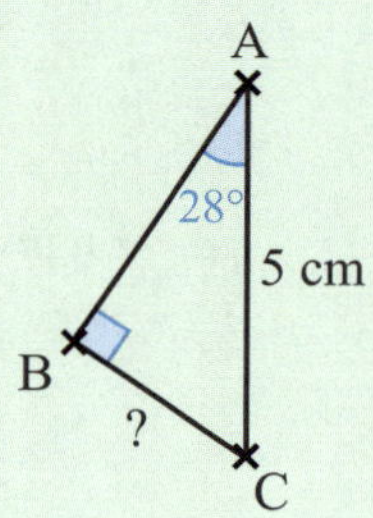

donc $\sin 28° = \dfrac{BC}{5}$.

À l'aide de l'égalité des produits en croix, on obtient :
$BC = 5 \times \sin 28°$
$BC \approx 2{,}35$ cm (arrondi au centième près).

2 Dans le triangle DEF rectangle en E, on connaît l'hypoténuse et le côté adjacent à l'angle $\widehat{D}$, on pense donc à utiliser la formule du cosinus.

$$\cos\widehat{D} = \frac{\text{côté adjacent à l'angle } \widehat{D}}{\text{hypoténuse}} = \frac{DE}{DF}$$

$$\cos\widehat{D} = \frac{4,5}{6,7}.$$

À l'aide de la calculatrice, on obtient :
$\widehat{EDF} \approx 48°$ (arrondi au degré près).

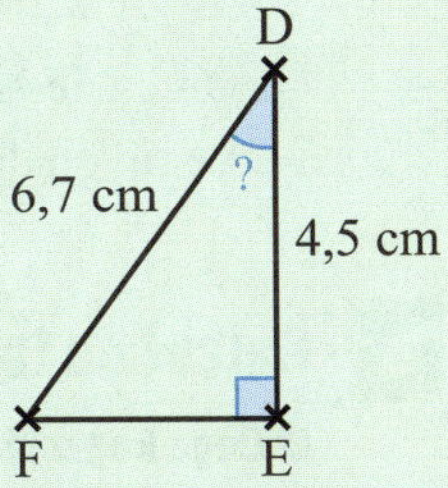

3 Dans le triangle GHI rectangle en H, on connaît le côté opposé et on cherche le côté adjacent à l'angle $\widehat{G}$, on pense donc à utiliser la formule de la tangente.

$$\tan\widehat{G} = \frac{\text{côté opposé à l'angle } \widehat{G}}{\text{côté adjacent à l'angle } \widehat{G}} = \frac{HI}{GH}$$

$$\tan 41° = \frac{4,6}{GH}$$

$$GH \times \tan 41° = 4,6$$

$$GH = \frac{4,6}{\tan 41°}$$

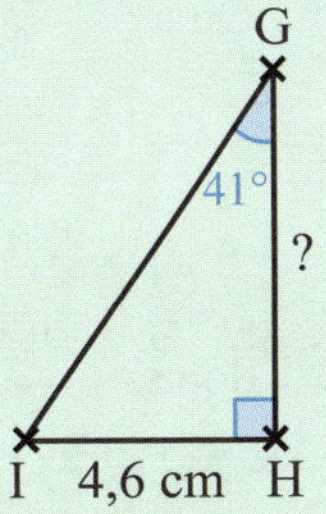

On obtient alors GH ≈ 5,3 cm (arrondi au millimètre près).

➔ À RETENIR : moyen mnémotechnique

« CAH SOH TOA » est un acronyme formé des initiales :

- CAH signifie que le Cosinus est le côté Adjacent divisé par l'Hypoténuse ;
- SOH signifie que le Sinus est le côté Opposé divisé par l'Hypoténuse ;
- TOA signifie que la Tangente est le côté Opposé divisé par le côté Adjacent.

4 Utilisation de la trigonométrie

➔ Énoncé p. 269

Collège Cocteau, Maisons-Laffitte

1 (TC) est la bissectrice de $\widehat{ATB}$ et on sait que $\widehat{ATB} = 0,54°$.

Donc $\widehat{ATC} = \dfrac{\widehat{ATB}}{2} = \dfrac{0,54}{2} = 0,27$.

Ainsi, $\widehat{ATC} = 0,27°$.

2 Dans le triangle TAC rectangle en A, $\sin\widehat{ATC} = \dfrac{AC}{AT}$.

En remplaçant les valeurs connues dans cette égalité, il vient :

$$\sin 0{,}27° = \frac{AC}{150\,000\,000}.$$

On en déduit : $AC = 150\,000\,000 \times \sin 0{,}27° \approx 706\,900$.

Le rayon du Soleil est donc d'environ 706 900 km.

5 Calcul de longueurs

Énoncé p. 269

Collège Roger Martin du Gard, Épinay

1 Dans le triangle ACD rectangle en C :

$$\sin \widehat{DAC} = \frac{DC}{AD}.$$

On a :

$$DC = AD \times \sin \widehat{DAC} = 140 \times \sin 30° = 140 \times 0{,}5 = 70 \text{ m}$$

et

$$\cos \widehat{DAC} = \frac{AC}{AD}$$

donc :

$$AC = AD \times \cos \widehat{DAC} = 140 \times \cos 30° \approx 140 \times 0{,}866 \approx 121{,}24 \text{ m}.$$

Dans le triangle ABC rectangle en A :

$$\cos \widehat{CAB} = \frac{AB}{AC}$$

donc :

$$AB = CA \times \cos \widehat{CAB} \approx 121{,}24 \times \cos 45° \approx 85{,}73 \text{ m}.$$

2 La somme des trois angles d'un triangle vaut 180°.
Dans le triangle ABC :

$$\widehat{ABC} + \widehat{BCA} + \widehat{CAB} = 180°$$

donc :

$$\widehat{ACB} = 180° - \widehat{CBA} - \widehat{BAC} = 180° - 90° - 45° = 45°.$$

Donc le triangle rectangle ABC est isocèle en B.

3 Le périmètre $\mathcal{P}$ est égal à $AD + DC + BC + AB$.
Nous avons calculé DC et AB, et comme ABC est isocèle en B :

$$BC = BA \approx 85{,}73 \text{ m}$$

$$\mathcal{P} \approx 140 + 70 + 85{,}73 + 85{,}73 \approx 381{,}5 \text{ m}$$

L'aire d'un triangle est donné par la relation :

$$\text{aire} = \frac{\text{base} \times \text{hauteur}}{2}.$$

L'aire du triangle ABC rectangle en B est donc :

$$\mathcal{A}_{\text{ABC}} = \frac{\text{BC} \times \text{BA}}{2} \approx \frac{85,73 \times 85,73}{2} = 3\,674,8 \text{ m}^2.$$

L'aire du triangle ACD rectangle en C est donc :

$$\mathcal{A}_{\text{ACD}} = \frac{\text{AC} \times \text{CD}}{2} \approx \frac{121,24 \times 70}{2} \approx 4\,243,4 \text{ m}^2$$

L'aire totale $\mathcal{A}$ est la somme des deux aires :

$$\mathcal{A} = \mathcal{A}_{\text{ABC}} + \mathcal{A}_{\text{ACD}} \approx 3\,675 + 4\,243,4 \approx 7\,918,2 \text{ m}^2.$$

6 Calcul d'aire

Énoncé p. 270

Collège Notre-Dame le Menimur, Vannes

Un schéma rapide permet de visualiser le problème :

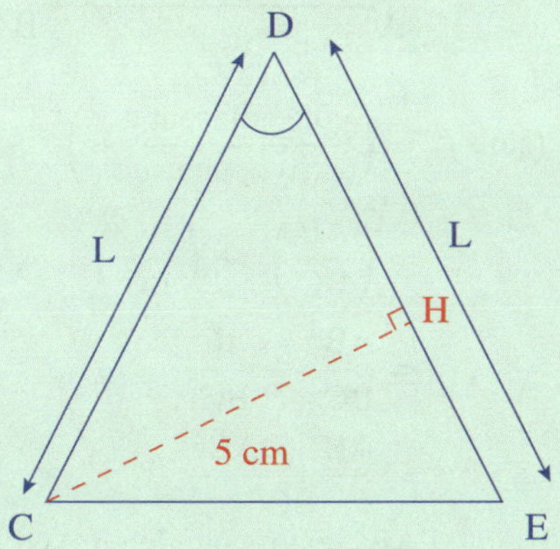

On rappelle que l'aire d'un triangle est donnée par la relation :

$$\text{aire} = \frac{\text{base} \times \text{hauteur}}{2}$$

où la hauteur est celle qui repose sur la base.

Donc l'aire $\mathcal{A}$ est égale à $\dfrac{\text{DE} \times \text{CH}}{2}$.

Il faut calculer DE, mais comme le triangle est isocèle en D, DE = CD.

Dans le triangle CHD rectangle en H, $\sin \widehat{\text{CDH}} = \dfrac{\text{CH}}{\text{CD}}$.

Donc :

$$\text{CD} = \frac{\text{CH}}{\sin \widehat{\text{CDH}}} = \frac{5}{0,4} = 12,5 \text{ cm}$$

$$\text{DE} = 12,5 \text{ cm}$$

donc :

$$\mathcal{A} = \frac{12,5 \times 5}{2} = 31,25 \text{ cm}^2.$$

7 Deux propriétés

Énoncé p. 270

Collège Camille Claudel, Rouen

MÉTHODE

Pour prouver ces égalités, il ne faut surtout pas écrire les égalités à démontrer. On écrit par exemple le membre de gauche et on le transforme pour arriver au membre de droite (ou le contraire).

Considérons le triangle ABC rectangle en A, et prenons $x = \widehat{ABC}$.

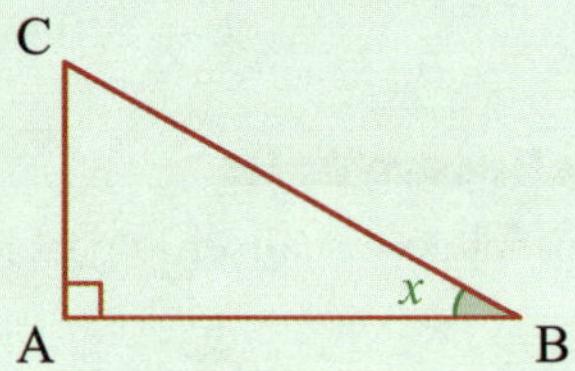

1 $$(\cos x)^2 + (\sin x)^2 = \left(\frac{\text{côté adjacent à } x}{\text{hypoténuse}}\right)^2 + \left(\frac{\text{côté opposé à } x}{\text{hypoténuse}}\right)^2$$
$$= \left(\frac{AB}{BC}\right)^2 + \left(\frac{AC}{BC}\right)^2$$
$$= \frac{AB^2}{BC^2} + \frac{AC^2}{BC^2}$$
$$= \frac{AB^2 + AC^2}{BC^2}$$

Comme le triangle ABC est rectangle en A, d'après le théorème de Pythagore, on a : $AB^2 + AC^2 = BC^2$.

On obtient donc :

$$(\cos x)^2 + (\sin x)^2 = \frac{BC^2}{BC^2} = 1.$$

On a donc prouvé que pour tout angle aigu x, on a :

$$(\cos x)^2 + (\sin x)^2 = 1.$$

2 Pour prouver la deuxième égalité, on va transformer le membre de droite :

$$\frac{\sin x}{\cos x} = \frac{\dfrac{\text{côté opposé à } x}{\text{hypoténuse}}}{\dfrac{\text{côté adjacent à } x}{\text{hypoténuse}}} = \frac{\dfrac{AC}{BC}}{\dfrac{AB}{BC}} = \frac{AC}{\cancel{BC}} \times \frac{\cancel{BC}}{AB} = \frac{AC}{AB} = \tan x.$$

Ainsi, pour tout angle aigu x, on a :

$$\tan x = \frac{\sin x}{\cos x}.$$

8 Le chenal Tahiti Moorea

Énoncé p. 270

Collège Saint Pierre, Brunoy

1 Dans le triangle ABH rectangle en H, $\cos \widehat{ABH} = \dfrac{BH}{BA}$.

En remplaçant les valeurs connues dans cette égalité, il vient :

$$\cos 60° = \frac{BH}{16}.$$

On en déduit : $BH = 16 \times \cos 60° = 8$.

Ainsi, $BH = 8$ km.

2 Dans le triangle ABH rectangle en H, on sait que $AB = 16$ km et que $BH = 8$ km.

Donc, d'après le théorème de Pythagore,

$$\begin{aligned} AH^2 &= AB^2 - BH^2 \\ &= 16^2 - 8^2 \\ &= 256 - 64 \\ &= 192. \end{aligned}$$

On en déduit que $AH = \sqrt{192} \approx 13{,}86$.

3 **MÉTHODE**

> On veut calculer ici la valeur d'un angle dans un triangle rectangle. Il est donc raisonnable de vouloir utiliser une des formules de trigonométrie. Cependant, pour que les calculs aboutissent, il faut connaître les longueurs d'au moins deux côtés du triangle. Or ici, nous ne connaissons que AH. C'est insuffisant. Il faut donc procéder autrement.

On va calculer $\widehat{BAH}$. On en déduira ensuite la valeur de $\widehat{HAM}$.

En effet, $\widehat{HAM} = \widehat{BAM} - \widehat{BAH} = 75 - \widehat{BAH}$.

Remarque : pour calculer $\widehat{BAH}$, on pourrait utiliser une formule de trigonométrie puisqu'on connaît les longueurs des trois côtés mais il y a plus simple :

Dans le triangle BAH, on sait que $\widehat{ABH} = \widehat{ABM} = 60°$ et que $\widehat{BHA} = 90°$.

Or la somme des angles d'un triangle vaut 180°.

Donc $\widehat{BAH} = 180 - (90 + 60) = 180 - 150 = 30$.

On en déduit alors : $\widehat{HAM} = 75 - 30 = 45$.

On a donc bien $\widehat{HAM} = 45°$.

Dans le triangle HAM, on sait que $\widehat{HAM} = 45°$ et que $\widehat{AHM} = 90°$.

Or la somme des angles d'un triangle vaut 180°.

Donc $\widehat{HMA} = 180 - (90 + 45) = 180 - 135 = 45$.

On a donc $\widehat{HMA} = \widehat{HAM} = 45°$.

Or si un triangle a deux angles de même mesure alors il est isocèle.

Donc HMA est isocèle en H, c'est-à-dire : HM = HA.

4 On sait que BH = 8 km, que HM = HA et que AH ≈ 13,86 km.

De plus, H ∈ [BM] donc :

$$BM = BH + HM \approx 21{,}86.$$

La longueur BM est donc d'environ 21,86 km.

9 À la fenêtre

Énoncé p. 271

Collège Chaptal, Paris

Pour trouver la distance FL, il nous faut calculer les distances EF et EL.

- Dans le triangle REF rectangle en E :

$$\tan \widehat{F} = \frac{RE}{EF}$$
$$\tan 32° = \frac{19}{EF}.$$

À l'aide de l'égalité des produits en croix, on obtient :

$$EF = \frac{19}{\tan 32°}.$$

MÉTHODE

$\dfrac{19}{\tan 32°}$ est la valeur exacte de la longueur EF, il est inutile (et même dangereux) d'en chercher un arrondi. Il faut garder les valeurs exactes pour faire les calculs qui suivent, afin d'obtenir des valeurs exactes jusqu'à la fin.

- Dans le triangle REL rectangle en E :

$$\tan \widehat{L} = \frac{RE}{EL}$$
$$\tan 24° = \frac{19}{EL}$$

À l'aide de l'égalité des produits en croix, on obtient :

$$EL = \frac{19}{\tan 24°}.$$

Le point F appartient au segment [EL] donc on a :

$$FL = EL - EF$$

$$FL = \frac{19}{\tan 24°} - \frac{19}{\tan 32°} \approx 12{,}3 \text{ m (arrondi au dm près).}$$

Fabien est donc à environ 12,3 mètres de Luc.

10 Calcul d'un angle et d'une longueur

Énoncé p. 271

Collège Paul Bert, Chatou

1 On sait que dans le triangle ABC, AB $= 6$ cm, AC $= 7{,}5$ cm et BC $= 4{,}5$ cm.

On calcule d'une part : $AC^2 = 7{,}5^2 = 56{,}25$.

Et d'autre part : $AB^2 + BC^2 = 6^2 + 4{,}5^2 = 36 + 20{,}25 = 56{,}25$.

On a donc : $AC^2 = AB^2 + BC^2$.

On en déduit, d'après la réciproque du théorème de Pythagore, que le triangle ABC est bien rectangle en B.

2 On cherche la mesure de l'angle $\widehat{BCE}$ dans le triangle BCE rectangle en B. On va donc utiliser une formule de trigonométrie. Mais pour cela il nous faut les longueurs d'au moins deux côtés.

On sait que BC $= 4{,}5$ cm.

On va calculer BE. En effet, on sait que AE $= 10$ cm et que B $\in$ [AE] donc $BE = AE - AB = 10 - 6 = 4$.

Dans le triangle BCE rectangle en B, $\tan \widehat{BCE} = \frac{BE}{BC} = \frac{4}{4{,}5}$.

On en déduit : $\widehat{BCE} \approx 42°$ (au degré près).

3 **⚠ ATTENTION**

Il ne faut pas se laisser tenter et essayer de calculer BD en utilisant une formule de trigonométrie. En effet, [BD] n'est pas le côté d'un triangle rectangle... Même si cela semble être le cas sur la figure.

Analysons un peu mieux les données :

On sait que (BD) et (AC) sont parallèles et les droites (AB) et (CD) sont sécantes en E.

On peut donc utiliser le théorème de Thalès qui nous permet d'écrire l'égalité :

$$\frac{ED}{EC} = \frac{EB}{EA} = \frac{BD}{AC}.$$

On remplace les longueurs connues par leurs valeurs :

$$\frac{ED}{EC} = \frac{4}{10} = \frac{BD}{7{,}5},$$

en particulier, $\frac{4}{10} = \frac{BD}{7{,}5}$ donc $BD = \frac{4 \times 7{,}5}{10} = 3$.

Ainsi, BD $= 3$ cm.

11 Compétition de ski

Énoncé p. 272

Collège Monthéty, Pontault-Combault

Représentons la situation par le schéma ci-dessous.

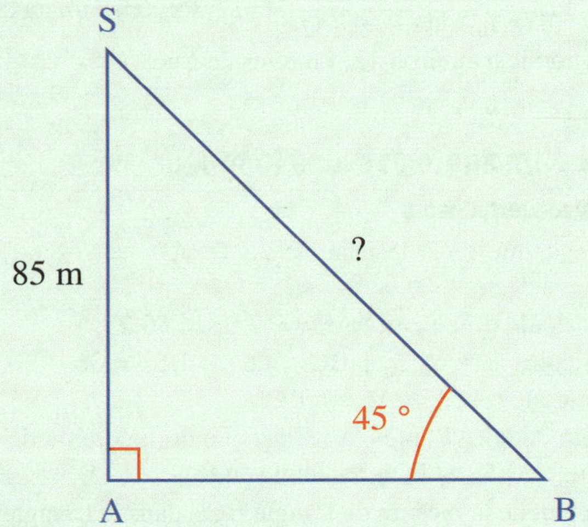

Dans ce schéma,

- [SB] représente la piste d'élan ;
- le triangle SAB est rectangle en A ;
- SA est la différence d'altitude entre le départ de la piste et la fin de la piste. On a donc :
$$SA = 1\,985 - 1\,900 = 85 \text{ m}.$$
- $\widehat{SBA}$ est l'angle d'inclinaison donc d'après l'énoncé :
$$\widehat{SBA} = 45°.$$

On cherche à calculer la vitesse V (en m/s) de ce skieur sachant qu'il parcourt la distance SB en 5 secondes. On a donc :

$$V = \frac{SB}{5}.$$

Il faut donc calculer SB.

Dans le triangle SAB rectangle en A,

$$\sin \widehat{SBA} = \frac{SA}{SB}$$
$$\sin 45° = \frac{85}{SB}.$$

On en déduit :

$$SB = \frac{85}{\sin 45°} \approx 120{,}2 \text{ m}.$$

Par suite, on obtient :

$$V \approx \frac{120{,}2}{5} \approx 24 \text{ m/s}.$$

Convertissons cette vitesse en km/h :

$$V \approx \frac{24 \times 3\,600}{1\,000}$$
$$V \approx 86{,}5 \text{ km/h.}$$

La vitesse moyenne de ce skieur est donc d'environ 86,5 km/h, ce qui est inférieur à 90 km/h. Le présentateur s'est donc trompé, mais de peu.

Remarque : On aurait pu aussi calculer SB en utilisant le théorème de Pythagore dans le triangle SAB rectangle en A.
En effet, d'après l'énoncé,

$$\widehat{\text{SBA}} = 45°$$

et

$$\widehat{\text{SAB}} = 90°\ ,$$

donc on a :

$$\widehat{\text{BSA}} = 180 - (90 + 45) = 45°$$

(car la somme des angles d'un triangle vaut 180°).
On en déduit alors que le triangle SAB est isocèle en A (car il a deux angles de même mesure). On a donc, dans le triangle SAB rectangle en A :

$$\text{AB} = \text{AS} = 85 \text{ m}\ ,$$

ce qui nous permet de calculer SB en utilisant la relation :

$$\text{SB}^2 = \text{SA}^2 + \text{AB}^2$$

que permet d'écrire le théorème de Pythagore.

12 Utiliser les formules

Énoncé p. 272

Collège Chaptal, Paris

1 **MÉTHODE**

Étant donné qu'on ne peut pas utiliser la calculatrice, on ne peut pas déterminer la valeur de x. Il faut donc penser à utiliser la formule reliant le cosinus et le sinus.

On sait que pour tout angle aigu x, on a :

$$(\cos x)^2 + (\sin x)^2 = 1.$$

En remplaçant $\cos x$ par $\frac{3}{5}$, on obtient :

$$\left(\frac{3}{5}\right)^2 + (\sin x)^2 = 1$$

$$\frac{9}{25} + (\sin x)^2 = 1$$

$$(\sin x)^2 = 1 - \frac{9}{25}$$

$$(\sin x)^2 = \frac{25}{25} - \frac{9}{25}$$

$$(\sin x)^2 = \frac{16}{25}.$$

Or l'équation $x^2 = a$ (pour $a \geqslant 0$) admet deux solutions $-\sqrt{a}$ et $\sqrt{a}$.
On en déduit que :

$$\sin x = -\sqrt{\frac{16}{25}} = -\frac{4}{5} \text{ ou } \sin x = \sqrt{\frac{16}{25}} = \frac{4}{5}.$$

Cependant, le sinus d'un angle aigu est un nombre compris entre 0 et 1, on peut donc en conclure que :

$$\sin x = \frac{4}{5}.$$

2 On utilise la formule $\tan x = \frac{\sin x}{\cos x}$, et on a donc :

$$\tan x = \frac{\frac{4}{5}}{\frac{3}{5}} = \frac{4}{5} \times \frac{5}{3} = \frac{4}{3}.$$

13 Valeur exacte de sin 15°

Énoncé p. 273

Collège Saint-Louis-de-Gonzague, Paris

1 On sait que ABC est équilatéral et que (AH) est la hauteur issue de A de ABC.

Or, dans un triangle équilatéral, les hauteurs, médianes, médiatrices et bissectrices sont confondues.

Donc (AH) est aussi la médiatrice de [BC].

On sait que BCD est isocèle en D donc D est équidistant de B et de C.

Or, si un point est équidistant des extrémités d'un segment, alors il est sur la médiatrice de ce segment.

Donc D est sur la médiatrice de [BC].

Ainsi, D est sur (AH).

2 On sait que ABC est équilatéral.

Or les trois angles d'un triangle équilatéral mesurent chacun 60°.

Donc :

$$\widehat{ABC} = 60°.$$

On sait que BCD est isocèle en D.

Or, si un triangle est isocèle, alors les deux angles adjacents à la base ont la même mesure.

Donc :

$$\widehat{DBC} = \widehat{DCB}.$$

On sait de plus que BCD est rectangle en D donc :

$$\widehat{BDC} = 90°.$$

Or la somme des angles d'un triangle vaut 180°.

Donc :

$$\widehat{DBC} = \frac{180 - 90}{2} = 45°.$$

Finalement,

$$\widehat{ABD} = \widehat{ABC} - \widehat{DBC} = 60 - 45 = 15°.$$

3 On sait que ABC est équilatéral et que AB = 2 cm donc BC = 2 cm.

On sait aussi que (AH) est la médiatrice de [BC] donc H est le milieu de [BC].

On en déduit : BH = 1 cm.

De plus, (AH) étant la médiatrice de [BC], ABH et BHD sont rectangles en H.

On a alors, d'après le théorème de Pythagore dans ABH rectangle en H :

$$AH^2 = AB^2 - BH^2$$
$$AH^2 = 2^2 - 1^2$$
$$AH^2 = 4 - 1$$
$$AH^2 = 3$$
$$AH = \sqrt{3}.$$

Dans le triangle BHD rectangle en H,

$$\tan \widehat{DBH} = \frac{DH}{BH}$$

d'où :

$$\tan 45° = \frac{DH}{1}$$

et donc :

$$DH = \tan 45° = 1.$$

Finalement, comme D est sur [AH],

$$AD = AH - DH = \sqrt{3} - 1.$$

COURS

INTERROS

CORRIGÉS

4 Complétons la figure de l'énoncé :

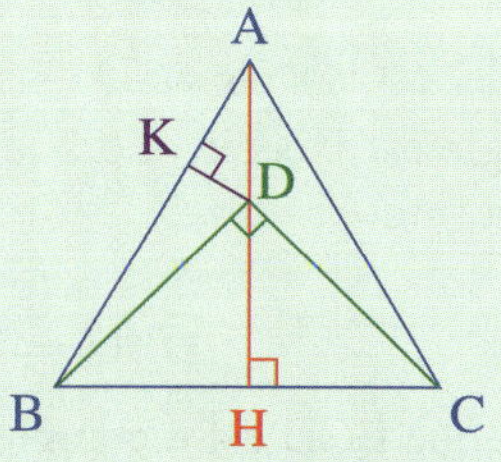

(a) D'après le théorème de Pythagore dans BHD rectangle en H, on a :

$$BD^2 = BH^2 + HD^2$$
$$BD^2 = 1^2 + 1^2$$
$$BD^2 = 2$$
$$BD = \sqrt{2}.$$

De plus, (DK) est la hauteur issue de D de ABD, donc BKD est rectangle en K.

Dans le triangle BKD rectangle en K,

$$\sin \widehat{KBD} = \frac{KD}{BD}$$

d'où :

$$\sin 15° = \frac{KD}{\sqrt{2}}.$$

On en déduit :

$$KD = \sqrt{2} \times \sin 15°.$$

(b) L'aire du triangle ABD en fonction de sin 15° (en cm^2) est :

$$\mathcal{A}_{ABD} = \frac{AB \times KD}{2}$$

$$\mathcal{A}_{ABD} = \frac{2 \times \sqrt{2} \times \sin 15°}{2}$$

$$\mathcal{A}_{ABD} = \sqrt{2} \times \sin 15°.$$

5 **(a)** L'aire de ABH (en cm^2) est :

$$\mathcal{A}_{ABH} = \frac{BH \times AH}{2}$$

$$\mathcal{A}_{ABH} = \frac{1 \times \sqrt{3}}{2}$$

$$\mathcal{A}_{ABH} = \frac{\sqrt{3}}{2}.$$

L'aire de BDH (en cm^2) est :

$$\mathcal{A}_{BDH} = \frac{BH \times HD}{2}$$

$$\mathcal{A}_{BDH} = \frac{1 \times 1}{2}$$

$$\mathcal{A}_{BDH} = \frac{1}{2}.$$

(b) On en déduit l'aire du triangle ABD :

$$\mathcal{A}_{ABD} = \mathcal{A}_{ABH} - \mathcal{A}_{BDH}$$

$$\mathcal{A}_{ABD} = \frac{\sqrt{3}}{2} - \frac{1}{2}$$

$$\mathcal{A}_{ABD} = \frac{\sqrt{3}-1}{2}.$$

6 D'après la question 4 (b),

$$\mathcal{A}_{ABD} = \sqrt{2} \times \sin 15°.$$

Et, d'après la question 5 (b),

$$\mathcal{A}_{ABD} = \frac{\sqrt{3}-1}{2}.$$

On en déduit l'égalité :

$$\sqrt{2} \times \sin 15° = \frac{\sqrt{3}-1}{2}.$$

En divisant par $\sqrt{2}$ chaque membre de cette égalité, il vient :

$$\sin 15° = \frac{\sqrt{3}-1}{2 \times \sqrt{2}}.$$

En multipliant alors le numérateur et le dénominateur de ce quotient par $\sqrt{2}$, on obtient :

$$\sin 15° = \frac{(\sqrt{3}-1) \times \sqrt{2}}{2 \times \sqrt{2} \times \sqrt{2}}$$

$$\sin 15° = \frac{\sqrt{3} \times \sqrt{2} - 1 \times \sqrt{2}}{2 \times 2}$$

$$\sin 15° = \frac{\sqrt{6}-\sqrt{2}}{4}.$$

Ainsi, la valeur exacte de sin 15° est donnée par la formule :

$$\sin 15° = \frac{\sqrt{6}-\sqrt{2}}{4}.$$

Chapitre 12

Géométrie dans l'espace

Plan du chapitre

1. La sphère et la boule
2. Repérage dans un pavé droit
3. Section d'un solide par un plan et volumes

Exercice type

Collège Jean Cocteau, Maisons-Laffitte

Vous pouvez retrouver le corrigé de cet exercice en vidéo.

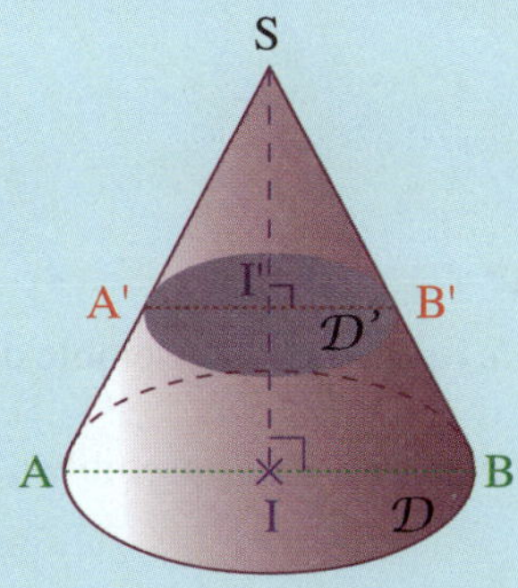

On a représenté sur la figure ci-dessus un cône de révolution de sommet S et d'axe (SI). La base de ce cône est un disque $\mathcal{D}$ de centre I et de diamètre [AB]. Ce cône a été sectionné par un plan parallèle à sa base et passant par le point I' de l'axe (SI). Les points A' et B' sont les points respectivement de [SA] et de [SB] appartenant à la section. On note $\mathcal{D}'$ cette section.
On donne :

$$SA' = SB' = 6{,}5 \text{ cm} \qquad \text{et} \qquad A'B' = 5 \text{ cm}.$$

On admet que (SI) est perpendiculaire à [A'B'] en I' et à [AB] en I.

1 Quelle est la nature de la section $\mathcal{D}'$?

2 Calculer la longueur SI'.

3 Déterminer :

(a) La valeur exacte de l'aire $\mathcal{A}'$ de $\mathcal{D}'$.

(b) La valeur exacte du volume $\mathcal{V}'$ du cône de sommet S et de base $\mathcal{D}'$.

...

Exercice type (suite) Collège Jean Cocteau, Maisons-Laffitte

Le cône de sommet S et de base $\mathcal{D}$ est un agrandissement du cône de sommet S et de base $\mathcal{D}'$. On donne $II' = 3$ cm.

4 Déterminer le rapport de cet agrandissement.

5 Exprimer :

(a) l'aire $\mathcal{A}$ du disque $\mathcal{D}$ en fonction de $\mathcal{A}'$.

(b) le volume $\mathcal{V}$ du cône de sommet S et de base $\mathcal{D}$ en fonction de $\mathcal{V}'$.

6 En déduire les valeurs arrondies à l'unité de $\mathcal{A}$ (en cm^2) et de $\mathcal{V}$ (en cm^3).

Voir corrigé page 298

1 La sphère et la boule

1.1 Définitions

Définitions 1 : sphère et boule

La *sphère de centre* O *et de rayon* r est l'ensemble des points M de l'espace tels que $OM = r$.
La *boule de centre* O *et de rayon* r est l'ensemble des points M de l'espace tels que $OM \leqslant r$.

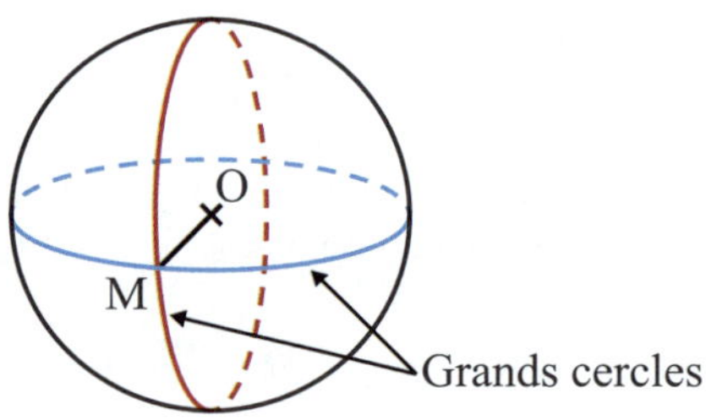

Remarques

Tout cercle de centre O et de rayon r est un *grand cercle* de la sphère.
Tout point de la sphère appartient à une infinité de cercles.

Propriétés 1

L'aire d'une sphère de rayon r vaut : $\mathcal{A} = 4\pi r^2$.
Le volume d'une boule de rayon r vaut : $\mathcal{V} = \frac{4}{3}\pi r^3$.

Exemples

L'aire d'une sphère de rayon 3 cm est égale à $4 \times \pi \times 3^2 = 36\pi$ cm², soit environ 113 cm² (arrondi à l'unité près).

Le volume d'une boule de rayon 5 m est égal à $\frac{4}{3}\pi \times 5^3 = \frac{500\pi}{3}$ m³, soit environ 524 m³ (arrondi à l'unité près).

1.2 Repérage sur une sphère

On assimile la Terre à une sphère.

Chaque point P de cette sphère est repéré par deux coordonnées (correspondant à des mesures d'angles) : sa longitude et sa latitude.

Pour déterminer ces deux angles, on trace :

- des méridiens (pour la longitude) ;
- des parallèles (pour la latitude).

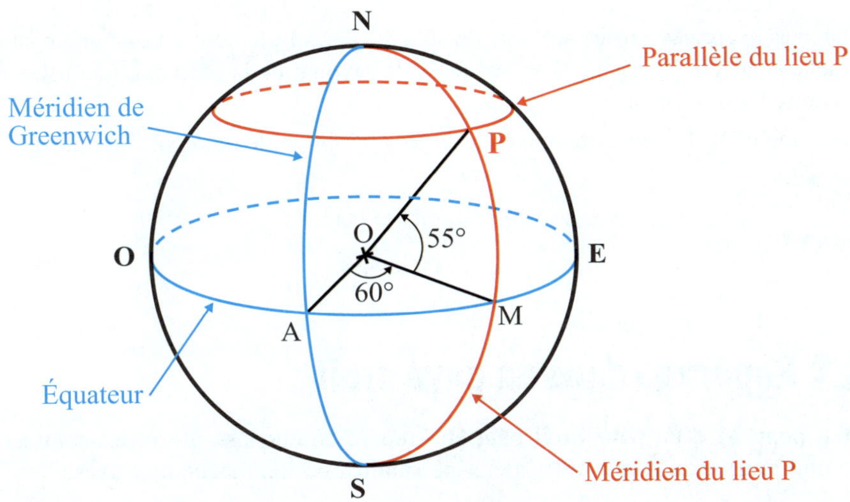

Le méridien de référence est le méridien de Greenwich. Ses points ont pour longitude 0°. La parallèle de référence est l'équateur. Les points sur l'équateur ont pour latitude 0°.

La longitude du lieu P est la mesure de l'angle $\widehat{AOM}$ suivie de l'indication Ouest ou Est. La latitude du lieu P est la mesure de l'angle $\widehat{MOP}$ suivie de l'indication Nord ou Sud.

Ici, le point P a pour coordonnées (60°E ; 55°N).

COURS INTERROS CORRIGÉS

1.3 Section d'une sphère par un plan

La section d'une sphère de centre O et de rayon R par un plan est un cercle de centre I et de rayon r.

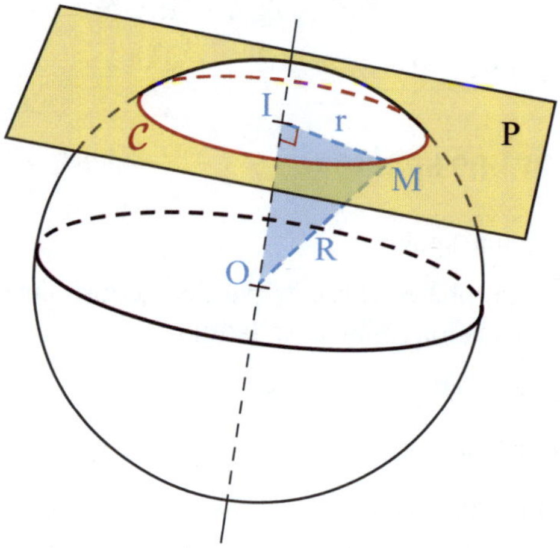

Dans les exercices sur les sections de sphères par un plan, on sera généralement amené à calculer le rayon R de la sphère, le rayon r de la section ou la distance OI entre les deux centres.

Le triangle OIM étant rectangle en I, on peut appliquer le théorème de Pythagore.

On a donc :

$$\mathrm{OM}^2 = \mathrm{OI}^2 + \mathrm{IM}^2$$
$$R^2 = \mathrm{OI}^2 + r^2.$$

2 Repérage dans un pavé droit

Tout point M d'un pavé droit peut être repéré en choisissant un des sommets comme origine du repère et les arêtes passant par ce sommet comme axes.

Voir figure page suivante.

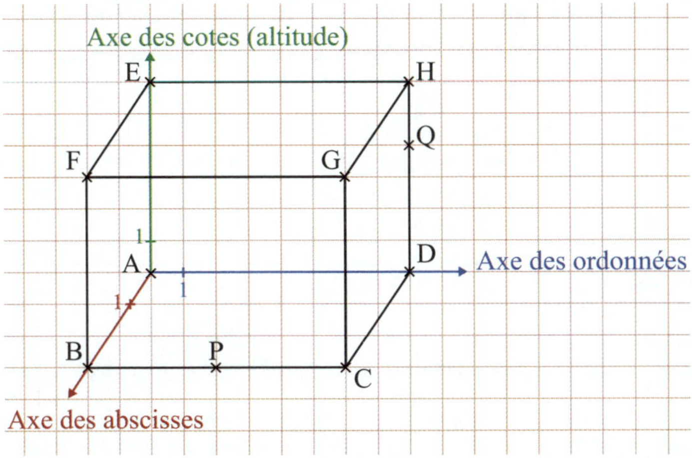

Ainsi, ici on a :

A (0; 0; 0) B (3; 0; 0) C (3; 8; 0) D (0; 8; 0) E (0; 0; 6)
F (3; 0; 6) G (3; 8; 6) H (0; 8; 6) P (3; 4; 0) Q (0; 8; 4)

3 Section d'un solide par un plan et volumes

Solide	Formule du volume $\mathcal{V}$	Type de section	Représentation dans l'espace	Nature de la section
Parallélépipède rectangle (ou pavé droit) d'arêtes a, b et c.	$\mathcal{V} = a \times b \times c$	Section par un plan $\mathcal{P}$ parallèle à une des faces	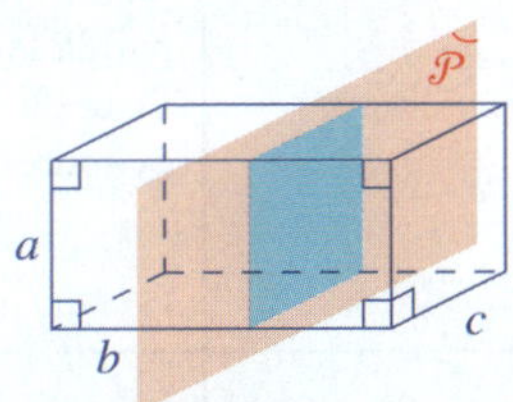	Rectangle de mêmes dimensions que la face à laquelle le plan est parallèle
		Section par un plan $\mathcal{P}$ parallèle à une des arêtes	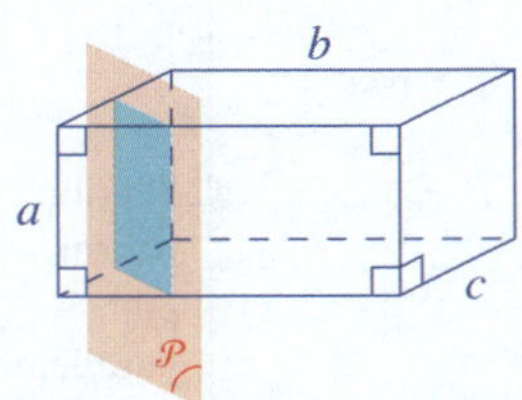	Rectangle dont un côté a la même mesure que l'arête à laquelle le plan est parallèle

Solide	Formule du volume $\mathcal{V}$	Type de section	Représentation dans l'espace	Nature de la section
Cube d'arête a	$\mathcal{V} = a^3$	Section par un plan $\mathcal{P}$ parallèle à une des faces	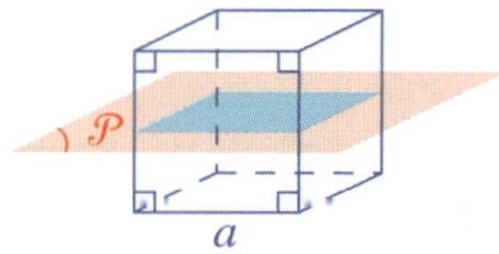	Carré de côté a
		Section par un plan $\mathcal{P}$ parallèle à une des arêtes	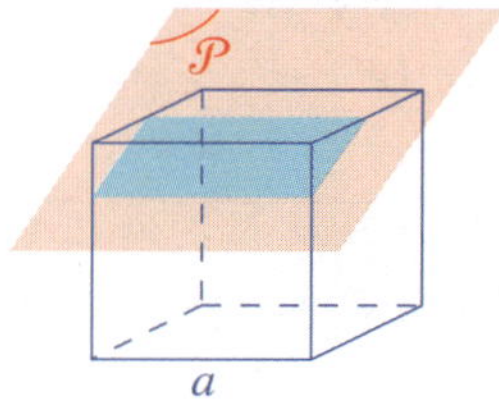	Rectangle dont un côté mesure a
Cylindre de révolution de hauteur h et de base circulaire de rayon r et d'aire B.	$\mathcal{V} = B \times h$ avec $B = \pi \times r^2$	Section par un plan $\mathcal{P}$ parallèle à la base	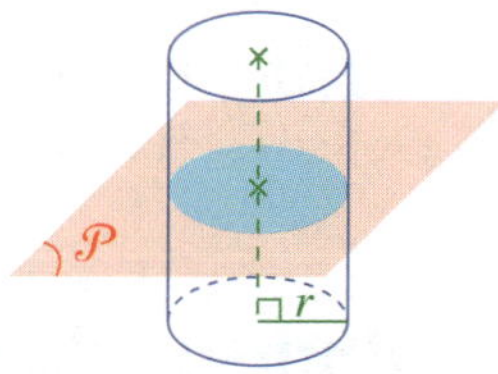	Disque de rayon r
		Section par un plan $\mathcal{P}$ parallèle à l'axe du cylindre	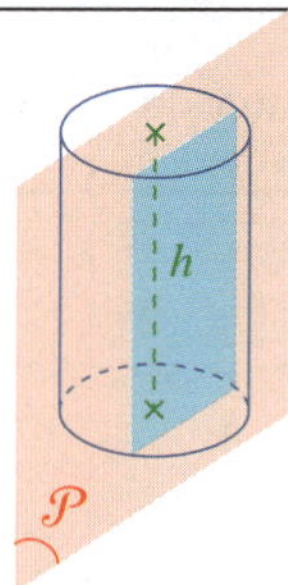	Rectangle dont un côté mesure h
Cône de révolution de hauteur h et de base circulaire de rayon r et d'aire B.	$\mathcal{V} = \dfrac{B \times h}{3}$ avec $B = \pi \times r^2$	Section par un plan $\mathcal{P}$ parallèle à la base	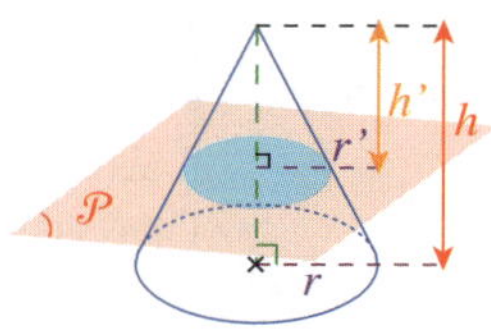	Réduction de la base dans le rapport $\dfrac{h'}{h}$
Pyramide de hauteur h et de base polygonale d'aire B	$\mathcal{V} = \dfrac{B \times h}{3}$		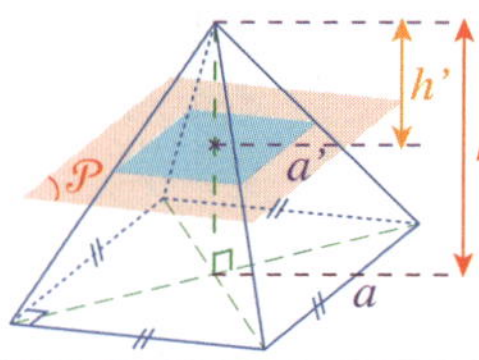	

Remarque : lorsqu'on sectionne un cône de révolution ou une pyramide par un plan parallèle à la base, on obtient un « petit » cône ou une « petite » pyramide qui sont des réductions du cône ou de la pyramide initiale.

Propriétés 2

Soient $\mathcal{F}'$ et $\mathcal{F}$ deux figures du plan, d'aires respectives $\mathcal{A}'$ et $\mathcal{A}$.
Si $\mathcal{F}'$ est un agrandissement ou une réduction de $\mathcal{F}$ de rapport $k > 0$ alors :

$$\mathcal{A}' = \mathcal{A} \times k^2.$$

Soient $\mathcal{S}'$ et $\mathcal{S}$ deux solides de l'espace, de volumes respectifs $\mathcal{V}'$ et $\mathcal{V}$.
Si $\mathcal{S}'$ est un agrandissement ou une réduction de $\mathcal{S}$ de rapport $k > 0$ alors :

$$\mathcal{V}' = \mathcal{V} \times k^3.$$

Exemple : on considère une pyramide ayant pour volume $\mathcal{V} = 250$ cm^3 et dont la base a pour surface $\mathcal{A} = 75$ cm^2. On coupe cette pyramide par un plan parallèle à sa base pour obtenir une réduction de cette pyramide de rapport $0,8$.

La base de cette réduction a pour aire : $\mathcal{A}_1 = \mathcal{A} \times 0,8^2 = 75 \times 0,8^2 = 48$ cm^2.
Le volume de cette réduction vaut : $\mathcal{V}_1 = \mathcal{V} \times 0,8^3 = 250 \times 0,8^3 = 128$ cm^3.

Remarque : on dit qu'une pyramide est *régulière* si sa base est un polygone dont tous les côtés et tous les angles ont la même mesure et si le pied de sa hauteur est le centre de ce polygone. Les autres faces sont alors des triangles isocèles superposables.

Exemple (très courant) :

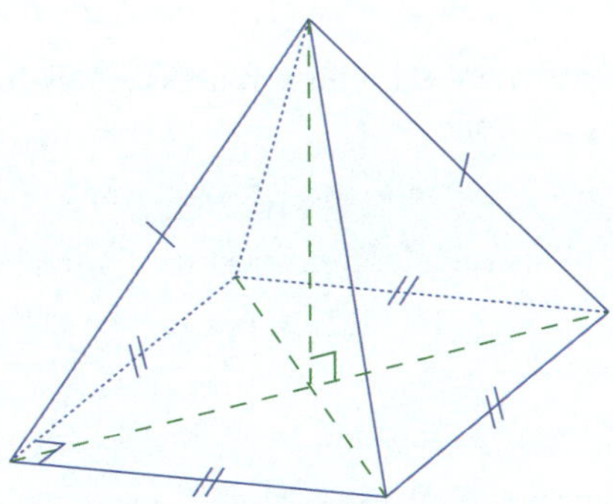

Pyramide régulière à base carrée

Solution de l'exercice type

Collège Jean Cocteau, Maisons-Laffitte

1 $\mathcal{D}'$ est un disque de centre I′ et de diamètre [A′B′]. D'après l'énoncé A′B′ = 5 cm donc la section est un disque de rayon 2,5 cm.

2 [A′I′] est un rayon du disque $\mathcal{D}'$ de diamètre 5 cm donc :

$$A'I' = \frac{5}{2} = 2{,}5 \text{ cm.}$$

On sait que A′SI′ est un triangle rectangle en I′, que A′I′ = 2,5 cm et que SA′ = 6,5 cm donc d'après le théorème de Pythagore :

$$(SI')^2 = (SA')^2 - (A'I')^2 = 6{,}5^2 - 2{,}5^2 = 36.$$

On en déduit que $SI' = \sqrt{36} = 6$ cm.

3 **(a)** $\mathcal{A}' = \pi \times (AI')^2 = \pi \times 2{,}5^2 = 6{,}25\pi.$

La valeur exacte de l'aire $\mathcal{A}'$ de $\mathcal{D}'$ est $6{,}25\pi$ cm^2.

(b) $\mathcal{V}' = \dfrac{\mathcal{A}' \times SI'}{3} = \dfrac{6{,}25\pi \times 6}{3} = 12{,}5\pi.$

La valeur exacte du volume $\mathcal{V}'$ est donc $12{,}5\pi$ cm^3.

4 $I' \in [SI]$ donc :

$$SI = SI' + I'I = 6 + 3 = 9.$$

On a donc :

$$\frac{SI}{SI'} = \frac{9}{6} = \frac{3}{2} = 1{,}5.$$

Le rapport de cet agrandissement est donc de 1,5.

5 **(a)** $\mathcal{D}$ est un agrandissement de $\mathcal{D}'$ de rapport 1,5 donc :

$$\mathcal{A} = \mathcal{A}' \times (1{,}5)^2 = 2{,}25 \times \mathcal{A}'.$$

(b) Le cône de volume $\mathcal{V}$ est un agrandissement du cône de volume $\mathcal{V}'$ de rapport 1,5 donc :

$$\mathcal{V} = \mathcal{V}' \times (1{,}5)^3 = 3{,}375 \times \mathcal{V}'.$$

6 D'après les résultats calculés à la question 3, on déduit :

$$\mathcal{A} = 2{,}25 \times 6{,}25\pi \approx 44$$

et :

$$\mathcal{V} = 3{,}375 \times 12{,}5\pi \approx 133.$$

Ainsi, $\mathcal{A} \approx 44$ cm^2 et $\mathcal{V} \approx 133$ cm^3.

Voir énoncé page 291

1 QCM Agrandissements et réductions

5 min Corrigé p. 307

Pour chacune des propositions, choisir la ou les réponse(s) possible(s). Aucune justification n'est demandée.

1 Pavé 1 :

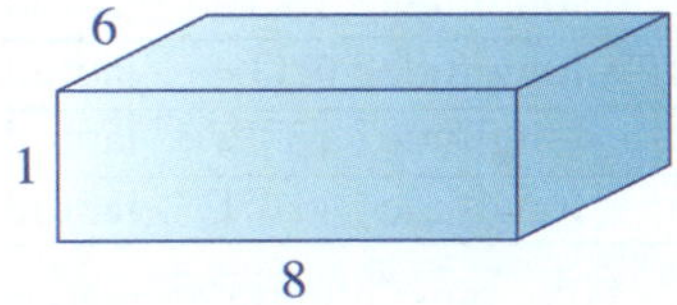

Pavé 2 :

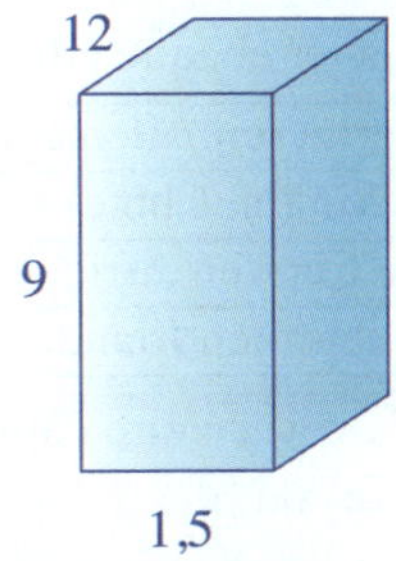

a Le pavé 2 est un agrandissement du pavé 1 de rapport 2

b Le pavé 2 est un agrandissement du pavé 1 de rapport 1,5

c Le pavé 2 n'est pas un agrandissement du pavé 1

2 Si on sectionne un cylindre de révolution par un plan parallèle à sa base coupant sa hauteur en son milieu, alors on obtient un « petit » cylindre qui est une réduction du « grand » de rapport 0,5.

a Vrai **b** Faux **c** On ne peut pas répondre

3 Sur une carte à l'échelle 1/100 000, une surface de 15 km^2 est représentée par une surface de…

a 15 m^2 **b** 15 dm^2 **c** 15 cm^2

4 Deux cubes ont des volumes respectifs de 8 cm^3 et 64 cm^3. Alors, le plus grand est un agrandissement du plus petit de rapport…

a 2 **b** 8 **c** $\sqrt{8}$

2 QCM Problèmes de sections

3 min Corrigé p. 307

Pour chacune des propositions, choisir la réponse correcte. Aucune justification n'est demandée.

1 La section d'un cube par un plan parallèle à une arête est…

a un carré **b** un rectangle

2 La section d'une sphère par un plan est un disque

a Vrai **b** Faux

3 Si on sectionne une sphère de rayon 5 m par un plan distant du centre de la sphère de 3 m, alors le rayon de la section vaut…

a 3 m **b** 4 m

La sphère

3 Coordonnées sphériques

★ 3 min Corrigé p. 308

Collège Aimé Césaire, Grenoble

Associer chaque ville à la latitude et la longitude qui lui correspondent :

Berlin (en Allemagne)	a	longitude : 18°E	latitude : 34°S
Pékin (en Chine)	b	longitude : 6°O	latitude : 53°N
Le Cap (en Afrique du Sud)	c	longitude : 13°E	latitude : 52°N
Dublin (en Irlande)	d	longitude : 116°E	latitude : 40°N

Écrivez sur votre copie le nom de la ville, puis la lettre correspondante (a, b, c ou d).

4 Balles et ballons

★ 7 min Corrigé p. 309

Collège Chaptal, Paris

1. On admet qu'un ballon de basket est assimilable à une sphère de rayon r_1 mesurant 12,1 cm. Calculer le volume $\mathcal{V}_1$ de ce ballon (donner le résultat arrondi au cm³ près).
2. On admet qu'une balle de tennis est assimilable à une sphère de rayon r_2, en cm. La balle de tennis est ainsi une réduction du ballon de basket. Le coefficient de réduction est $\dfrac{4}{15}$.
   (a) Calculer r_2 (arrondir au mm près).
   (b) Sans utiliser cette valeur de r_2, calculer le volume $\mathcal{V}_2$ d'une balle de tennis (arrondir au cm³ près).

5 La Géode

★★ 18 min Corrigé p. 309

Collège Saint-Laurent, Lagny-sur-Marne

Dans le parc de la cité des sciences se trouve la Géode, salle de cinéma qui a extérieurement la forme d'une calotte sphérique de rayon 18 m, posée sur le sol. On a représenté ce bâtiment dans le schéma ci-dessous.

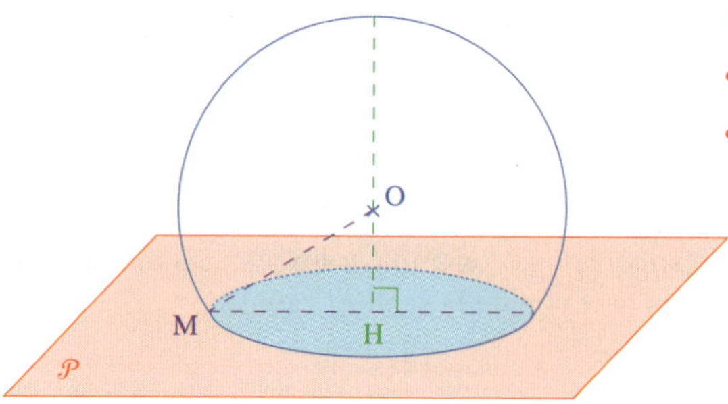

On donne :

- OM = 18 m ;
- $\widehat{MOH} = 52\,°$.

1 (a) Calculer la valeur arrondie de OH au mètre près.

(b) En déduire la hauteur totale de la Géode.

2 (a) Calculer la valeur arrondie au mètre près de HM.

(b) Quelle est la forme de la surface au sol occupée par la Géode ?

(c) Calculer la valeur arrondie au m^2 près de l'aire $\mathcal{A}$ de cette surface.

3 On veut représenter le triangle OHM à l'échelle 1/300.

(a) Quelle est la longueur OM sur ce dessin ?

(b) Construire le triangle OHM à l'échelle 1/300.

6 De Casablanca à Xi'an

★★★ 15 min Corrigé p. 311

Collège Chaptal, Paris

On assimile la Terre à une boule de centre O et de rayon 6 370 km.

Le point C représente la ville de Casablanca (au Maroc), il est situé sur le même méridien que le point E placé sur l'équateur.

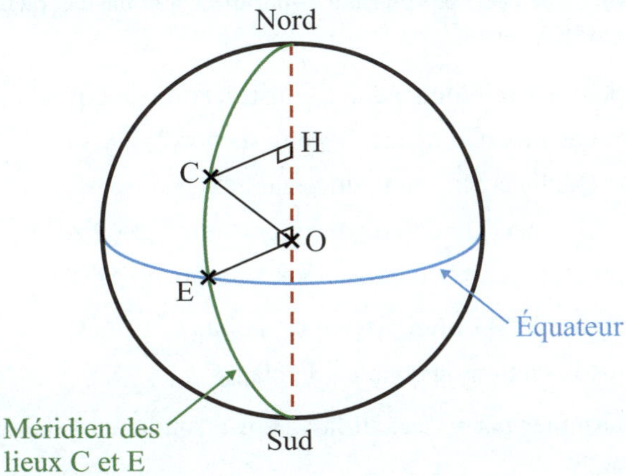

1 Quel est l'angle sur la figure ci-dessus correspondant à la latitude de Casablanca ?

2 (a) Sachant que la distance CH vaut 5 280 km, calculer la mesure de l'angle $\widehat{HOC}$ (arrondir au degré près).

(b) En déduire la latitude de Casablanca.

3 Les coordonnées géographiques de Xi'an (en Chine) sont (34°N; 109°E). Sachant que la longitude de Casablanca est 8°O, déterminer la distance parcourue pour aller de Casablanca à Xi'an en restant sur le 34e parallèle nord (arrondir au km près).

Section d'un solide par un plan et volumes

7 Cône de révolution

★ 10 min Corrigé p. 312

Collège Monthéty, Pontault-Combault

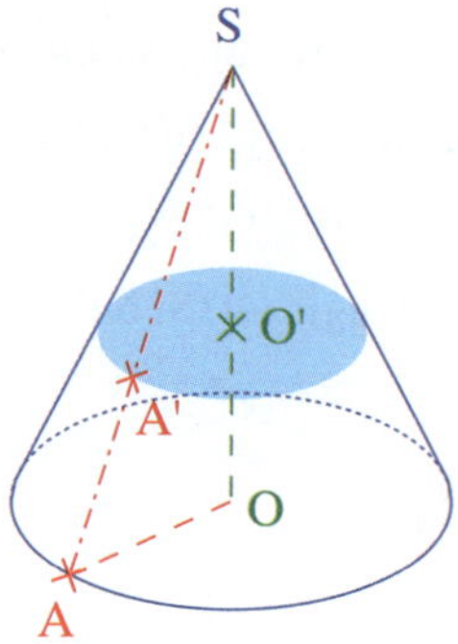

Dans le cône de révolution représenté ci-dessus, on donne :

$$SO = 9 \text{ cm}, SO' = 5 \text{ cm et } OA = 4 \text{ cm}.$$

La section de ce cône par un plan $\mathcal{P}$ parallèle à la base et passant par O′ coupe le segment [SA] en A′.

1 Répondre sans donner aucune justification aux questions suivantes :

(a) Quelle est la nature de cette section ?

(b) Quelle est la nature du triangle SOA ?

(c) Que peut-on dire des segments [OA] et [O′A′] ?

2 Représenter en vraie grandeur et sans aucun calcul :

- le triangle SOA (en plaçant les points O′ et A′) ;
- puis la section du cône par le plan $\mathcal{P}$.

3 Déterminer par un calcul la valeur arrondie au 1/10 du rayon de cette section.

8 Grandeurs quotients

★ 5 min Corrigé p. 314

Collège Cassignol, Bordeaux

Pour réaliser les fondations d'une maison, on construit une dalle en béton. Cette dalle a pour dimensions : 16 m de longueur, 12 m de largeur et 15 cm d'épaisseur.

On sait que la masse volumique du béton est égale à 2 500 kg/m^3.

1 Calculer le volume de béton nécessaire pour réaliser cette dalle (en m^3).

2 Calculer la masse de cette dalle en tonnes.

9 Pyramide régulière

★ 6 min Corrigé p. 314

Collège Hoche, Versailles

L'unité de longueur est le cm. L'unité de volume est le cm^3.

Un jouet a la forme d'une pyramide régulière de hauteur 12.

Sa base est un carré de côté 7.

1 Calculer le volume $\mathcal{V}$ de la pyramide.

2 La pyramide est lestée (alourdie) à sa base. Plongée dans une baignoire remplie d'eau, elle flotte pointe en haut, laissant hors de l'eau la moitié de sa hauteur. Le plan de sa base est alors parallèle à celui de la surface de l'eau. La situation est représentée sur la figure suivante :

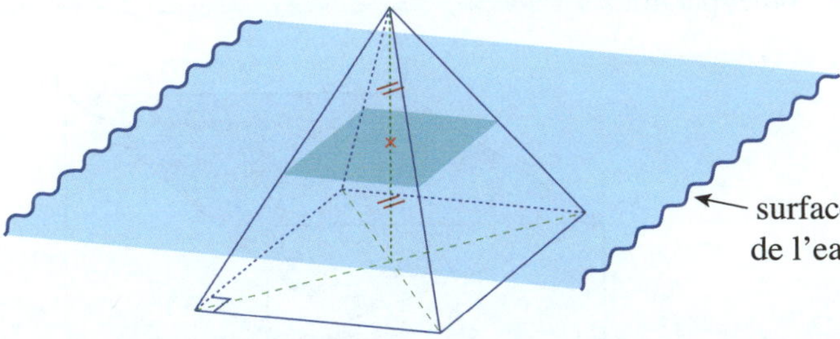

(a) En considérant que la partie hors de l'eau est une réduction du jouet, déduire de la question 1 le volume de cette partie.

(b) Quel est le volume de la partie qui est sous l'eau ?

10 Objet spongieux

★ 7 min Corrigé p. 315

Collège Alain Fournier, Bordeaux

Un objet est sculpté dans une éponge. Il a pour propriété de s'agrandir de 20 % lorsqu'on le mouille. Lorsqu'il est sec, son volume est égal à 50 cm^3.

Quel est son volume, en cm^3 et en cl, une fois mouillé ?

11 Pyramide régulière

★★ 10 min Corrigé p. 316

Collège Jean-Jacques Perret, Aix-les-Bains

SMNOP est une pyramide régulière à base carrée de 25 m de côté.
La hauteur [SH] mesure 12 m.

1 Calculer en m^3, le volume $\mathcal{V}_1$ de cette pyramide.

2 On réalise une maquette à l'échelle 1/20 de cette pyramide. Par quelle fraction doit-on multiplier $\mathcal{V}_1$ pour obtenir le volume $\mathcal{V}_2$ de la pyramide réduite ?
En déduire la valeur de $\mathcal{V}_2$.

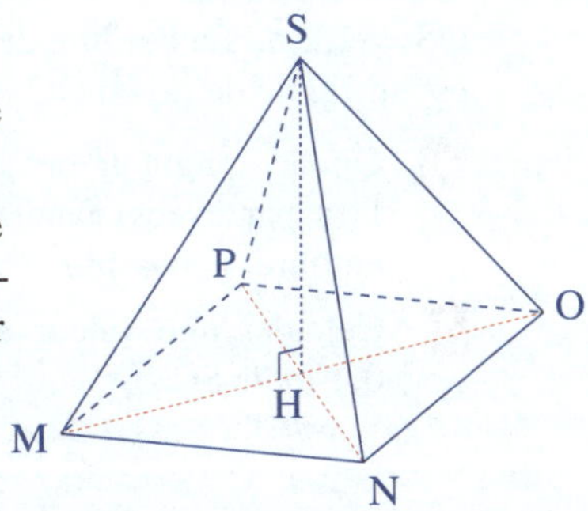

12 Hologramme

★★ 10 min Corrigé p. 316

Collège Saint-Joseph de Tivoli, Bordeaux

Un ingénieur d'une entreprise de création design a créé un objet en verre formé à partir d'un cube ABCDEFGH dans lequel il y a deux pyramides identiques SABCD et SEFGH remplies d'eau teintée en bleu marine (voir représentation page ci-contre).

On sait que AB = 60 cm et que S est le milieu des diagonales du cube [AG] et [FD].

Afin de présenter cet objet à une conférence dans un amphithéâtre, le patron de l'entreprise souhaite réaliser un hologramme qui multiplie les longueurs de l'objet par 40.

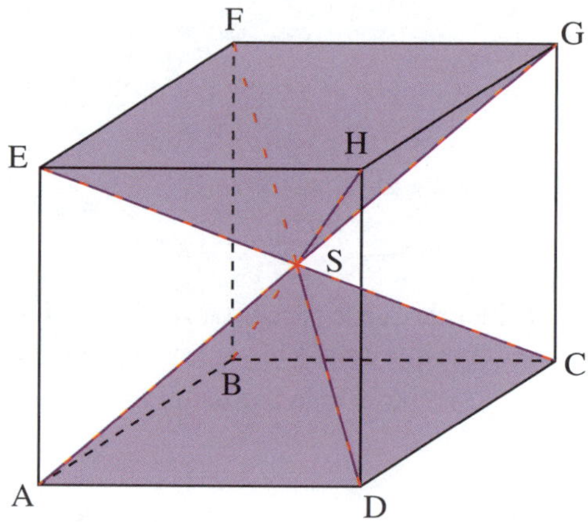

1 Quel est le volume minimal à réserver pour l'hologramme ? Donner le résultat en m^3.

2 Quel est le volume d'eau enfermé dans cet objet en litre ?

13 Bassin en forme de cône

★★ 18 min Corrigé p. 317

Collège Saint-Charles, Paris

Dans un jardin public, un bassin a la forme d'un cône d'axe (OS) tel que OS = 1,2 m. La bordure de ce bassin est un cercle de rayon OC = 3 m.

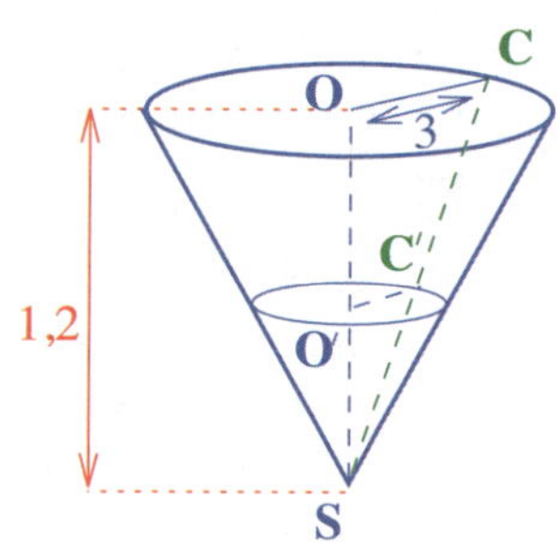

1 Quelle longueur de grillage (à 1 m par excès) faudra-t-il pour entourer le bassin ?

2 Calculer une valeur arrondie à 0,1 m de SC.

3 Calculer tan $\widehat{OSC}$ puis $\widehat{OSC}$ à 1° près.

4 Calculer le volume $\mathcal{V}$ de ce bassin à 0,001 m^3 près. Combien de litres d'eau faudra-t-il pour remplir ce bassin ?

5 On remplit ce bassin à l'aide d'une pompe dont le débit est de 7 500 L/h. Combien de temps faut-il prévoir pour le remplir entièrement ?

6 Lorsque le bassin est partiellement rempli, l'eau occupe un cône de sommet S de de hauteur SO′ et de rayon O′C′. Calculer le volume $\mathcal{V}'$ d'eau dans ce bassin si $SO' = \frac{1}{3} \times SO$. En donner une valeur arrondie au dm^3 près.

7 À quelle distance de S doit-on placer O′ pour que le volume rempli $\mathcal{V}'$ soit égal à $\frac{1}{8} \times \mathcal{V}$?

14 Plans parallèles

★★ 10 min Corrigé p. 319

Collège Saint-Joseph de Tivoli, Bordeaux

On considère le parallélépipède rectangle ci-dessous.

M est un point de [DC] tel que DM = 2 cm.

On considère alors le plan ($\mathcal{P}$) parallèle au plan (DEGB) passant par M.

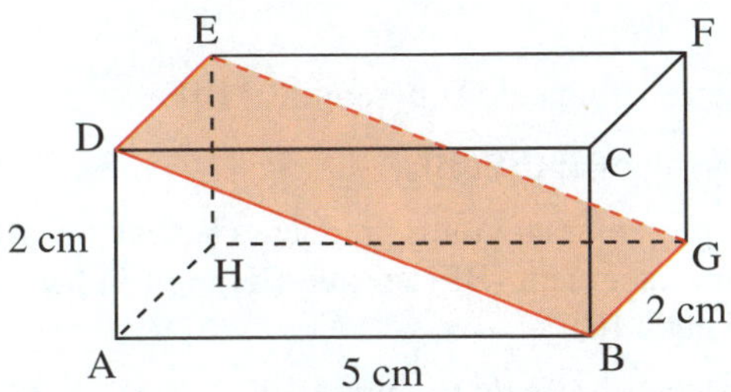

1 Reproduire ce schéma et construire la section $\mathcal{S}$ du parallélépipède avec le plan ($\mathcal{P}$).

2 Calculer l'aire de DEGB. En donner une valeur approchée au centième.

3 En déduire l'aire de la section $\mathcal{S}$. En donner une valeur approchée au centième.

15 Raisonnement déductif

★★★ 20 min Corrigé p. 320

Collège Marie Curie, Sceaux

ABCDEFGH est un cube de 6 cm de côté. Le point I est le milieu de [AD].

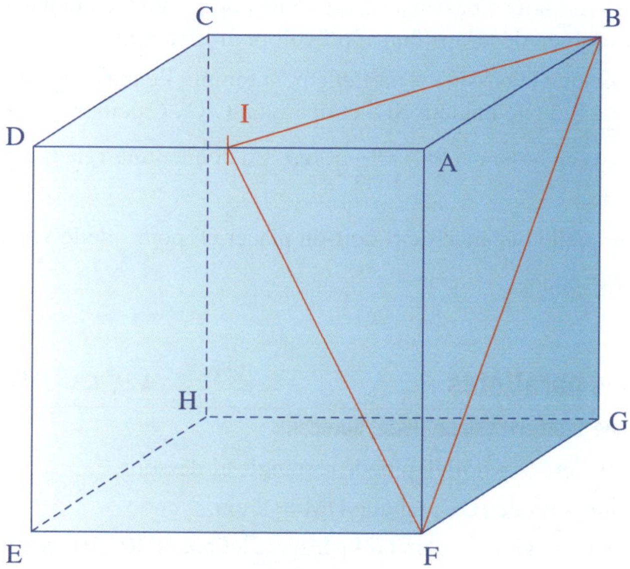

1 Calculer le volume de la pyramide ABIF.

2 **(a)** Calculer BI, IF et BF.

(b) Représenter en vraies grandeurs le triangle IBF et placer le point H sur le segment [BF] tel que (IH) soit la hauteur issue de I dans le triangle IBF.

(c) Calculer l'aire du triangle IBF.

3 Déduire des questions 1 et 2 une valeur arrondie au mm près de la hauteur issue de A de la pyramide ABIF.

1 QCM Agrandissements et réductions

Énoncé p. 299

1 Réponse **b**. Le pavé 2 est un agrandissement du pavé 1 de rapport 1,5. Si on range dans l'ordre croissant les dimensions respectives du « petit » pavé et du « grand » pavé dans un tableau, on obtient :

Dimensions du « petit » pavé	1	6	8
Dimensions du « grand » pavé	1,5	9	12

On remarque que les dimensions du « grand » sont bien proportionnelles aux dimensions du petit et que le rapport de proportionnalité (et donc d'agrandissement) est 1,5.

2 Réponse **b**. Faux.

Si on sectionne un cylindre de révolution par un plan parallèle à sa base coupant sa hauteur en son milieu, alors on obtient deux « petits » cylindres identiques, de hauteur égale à la moitié de la hauteur du « grand » cylindre. Mais le rayon de la base de ces « petits » cylindres est le même que celui du « grand ». Ces deux « petits » cylindres ne sont donc pas des réductions du « grand » !

3 Réponse **c**. Sur une carte à l'échelle 1/100 000, une surface de 15 km^2 est représentée par une surface de 15 cm^2.

En effet, le rapport de réduction est ici de 1/100 000 donc les aires sont multipliées par $(1/100\,000)^2$, c'est-à-dire divisées par 10^{10}. Or,

$$15 \text{ km}^2 = 15 \times 10^6 \text{ m}^2 \qquad \text{et} \qquad 1 \text{ m}^2 = 10^4 \text{ cm}^2,$$

donc :

$$15 \text{ km}^2 = 15 \times 10^{10} \text{ cm}^2.$$

Finalement, si on divise 15 km^2 par 10^{10}, on obtient 15 cm^2.

4 Réponse **a**. Le « gros » cube est un agrandissement du « petit » de rapport 2.

D'après le cours, si k est le rapport d'agrandissement alors les volumes sont multipliés par k^3. Or,

$$64 = 8 \times 8 = 8 \times 2^3.$$

Le volume du « petit » cube a donc bien été multiplié par 2^3.

2 QCM Problèmes de sections

Énoncé p. 299

1 Réponse **b**. La section d'un cube par un plan parallèle à une arrête est un rectangle.

2 Réponse **b**. Faux.

La section d'une sphère par un plan qui lui est sécant est un cercle et non un disque... C'est la section d'une *boule* par un plan sécant qui est un disque.

COURS

INTERROS

CORRIGÉS

3 Réponse **b**. Si on sectionne une sphère de rayon 5 m par un plan distant du centre de la sphère de 3 m alors le rayon de la section vaut 4 m.
Représentons la situation par le schéma page suivante :

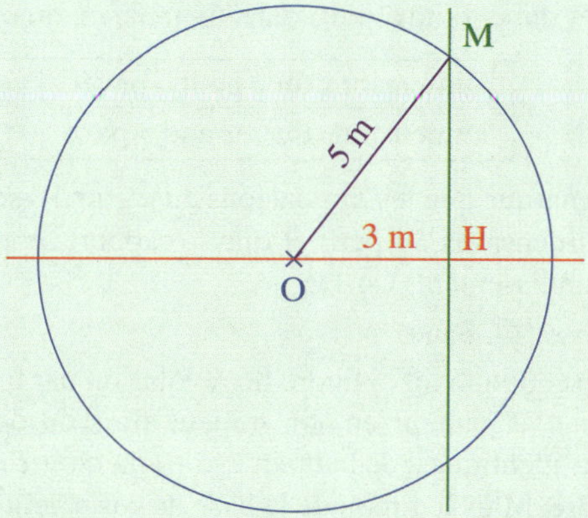

Le rayon de la section est le segment [HM] dont on va calculer la longueur en utilisant le théorème de Pythagore dans le triangle OHM rectangle en H :

$$\begin{aligned} HM^2 &= OM^2 - OH^2 \\ &= 5^2 - 3^2 \\ &= 25 - 9 \\ &= 16. \end{aligned}$$

Donc $HM = \sqrt{16} = 4$ m.

3 Coordonnées sphériques

Énoncé p. 300

Collège Aimé Césaire, Grenoble

MÉTHODE

Dans ce type d'exercice, on peut d'abord repérer les villes qui sont les plus éloignées du méridien de Greenwich (à l'ouest ou à l'est) ou les plus éloignées de l'équateur terrestre (au nord ou au sud).

On sait que Pékin est la ville la plus à l'est du méridien de Greenwich, donc parmi toutes les longitudes proposées, il faut choisir 116°E.

Le Cap est la ville la plus au sud de l'équateur terrestre, donc sa latitude est 34°S.

Il reste Berlin et Dublin qui n'ont pas des latitudes très éloignées, mais on sait que Dublin est à l'ouest du méridien de Greenwich, donc sa longitude est 6°O.

On peut donc en conclure que :

- Berlin a pour longitude 13°E et pour latitude 52°N. C'est la proposition **c**.
- Pékin a pour longitude 116°E et pour latitude 40°N. C'est la proposition **d**.
- Le Cap a pour longitude 18°E et pour latitude 34°S. C'est la proposition **a**.
- Dublin a pour longitude 6°O et pour latitude 53°N. C'est la proposition **b**.

4 Balles et ballons

Énoncé p. 300

Collège Chaptal, Paris

1 $\mathcal{V}_1 = \frac{4}{3}\pi \times r_1^3$

$\mathcal{V}_1 = \frac{4}{3}\pi \times 12{,}1^3$

$\mathcal{V}_1 = 7\,421$ cm³ (arrondi au cm³ près).

Le ballon de basket a un volume d'environ 7 421 cm³.

2 **(a)** Le rayon r_2 est une réduction du rayon r_1 de rapport $\frac{4}{15}$. On a donc :

$r_2 = r_1 \times \frac{4}{15}$

$r_2 = 12{,}1 \times \frac{4}{15}$

$r_2 = 3{,}2$ cm (arrondi au mm près).

Le rayon de la balle de tennis vaut environ 3,2 cm.

(b) Lors d'une réduction de rapport k, les volumes sont multipliés par k^3. On a donc :

$\mathcal{V}_2 = \mathcal{V}_1 \times \left(\frac{4}{15}\right)^3$

$\mathcal{V}_2 = 7\,421 \times \left(\frac{4}{15}\right)^3$

$\mathcal{V}_2 = 141$ cm³ (arrondi au cm³ près).

La balle de tennis a un volume d'environ 141 cm³.

5 La Géode

Énoncé p. 300

Collège Saint-Laurent, Lagny-sur-Marne

1 **(a)** On sait que le triangle OHM est rectangle en M, que OM = 18 et que $\widehat{MOH} = 52\,°$, on peut donc utiliser une formule de trigonométrie pour calculer OH :

$$\cos \widehat{MOH} = \frac{OH}{OM}.$$

On a donc :

$$\cos 52\,° = \frac{OH}{18},$$

d'où :

$$OH = 18 \times \cos 52\,° \approx 11.$$

La longueur OH est donc d'environ 11 m.

(b) La hauteur totale de la Géode est la somme du rayon de la calotte sphérique (18 m) et de la longueur OH (environ 11 m), elle est donc d'environ 29 m.

2 **(a)** Utilisons une formule de trigonométrie dans le triangle OHM rectangle en H :

$$\sin \widehat{MOH} = \frac{HM}{OM}$$

$$\sin 52\,° = \frac{HM}{18}.$$

On en déduit :

$$HM = 18 \times \sin 52\,° \approx 14.$$

Ainsi, HM ≈ 14 m.

MÉTHODE

On aurait pu utiliser le théorème de Pythagore dans le triangle OHM rectangle en H puisqu'on connaît la mesure de OM et une valeur arrondie de OH. Les calculs nous auraient mené à la même valeur arrondie de HM au mètre près. Cependant, on remarque que dès la première décimale, les deux résultats obtenus avec les deux méthodes sont différents... Les calculs liés à l'utilisation du théorème de Pythagore sont en effet moins précis car ils nécessitent l'utilisation d'une valeur arrondie (celle de HM) et les erreurs d'arrondi se répercutent...

(b) La surface au sol occupée par la Géode est un disque de rayon HM, c'est-à-dire d'environ 14 m.

(c)
$$\begin{aligned}\mathcal{A} &= \pi \times HM^2\\ &= \pi \times (18 \times \sin 52\,°)^2\\ &\approx 632.\end{aligned}$$

La Géode occupe donc une surface au sol d'environ 632 m^2.

ATTENTION

Si on utilise ici pour le calcul de $\mathcal{A}$ la valeur arrondie de HM, c'est-à-dire 14, à la place de la valeur exacte de HM, c'est-à-dire 18 × sin 52 °, on trouve $\mathcal{A} = 616$ m^2... La différence entre ces deux résultats n'est pas négligeable !

3 (a) Dans la réalité, le rayon OM de la calotte sphérique est de 18 m, soit de 1 800 cm. Sur une représentation à l'échelle 1/300, cette longueur va être multipliée par $\frac{1}{300}$, soit divisée par 300 :

$$OM \div 300 = 1\,800 \div 300 = 6.$$

Sur ce dessin, [OM] mesure donc 6 cm.

(b) **MÉTHODE**

On trace un triangle rectangle en H tel que $\widehat{MOH} = 52\,°$ et $OM = 6$ cm.

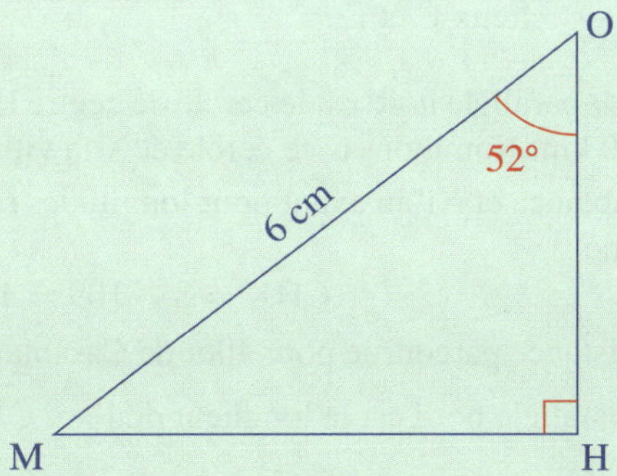

6 De Casablanca à Xi'an

Énoncé p. 301

Collège Chaptal, Paris

1 L'angle correspondant à la latitude de Casablanca est l'angle $\widehat{COE}$, il s'agit d'une latitude nord, Casablanca étant située dans l'hémisphère Nord.

2 (a) Dans le triangle OHC rectangle en H :

$$\sin \widehat{HOC} = \frac{\text{côté opposé à } \widehat{HOC}}{\text{hypoténuse}} = \frac{HC}{OC}$$

$$= \frac{5\,280}{6\,370}$$

$$\widehat{HOC} \approx 56°.$$

(b) L'angle $\widehat{HOE}$ est un angle droit, donc $\widehat{HOC} + \widehat{COE} = 90°$. On a donc :

$$\widehat{COE} = 90 - \widehat{HOC}$$

$$\widehat{COE} \approx 90 - 56$$

$$\widehat{COE} \approx 34°.$$

La latitude de Casablanca est donc à peu près : 34°N.

3

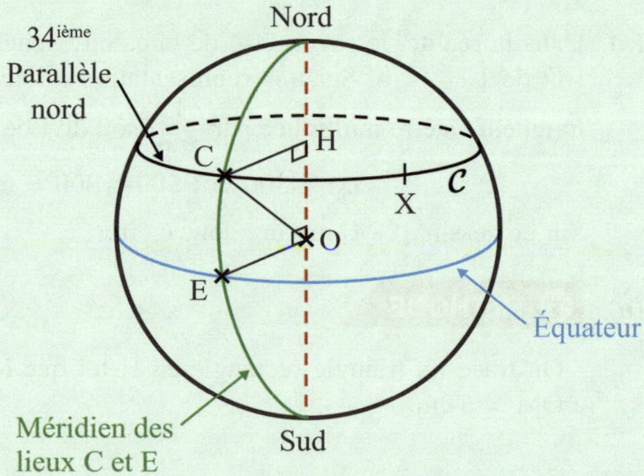

Le 34e parallèle nord est le cercle de centre H dont le rayon [HC] mesure 5 280 km. Nommons $\mathcal{C}$ ce cercle et X la ville de Xi'an.

Casablanca et Xi'an ayant pour longitudes respectives 8°O et 109°E, on a donc :

$$\widehat{CHX} = 8 + 109 = 117°.$$

La distance parcourue pour aller de Casablanca à Xi'an en restant sur le 34e parallèle nord est la longueur de l'arc $\overset{\frown}{CX}$ sur le cercle $\mathcal{C}$.

Or, la mesure de l'angle $\widehat{CHX}$ est proportionnelle à la longueur de l'arc de cercle $\overset{\frown}{CX}$ qu'il intercepte. On peut donc dresser le tableau de proportionnalité suivant :

Mesure de l'angle (en °)	117	360
Longueur de l'arc (en km)	ℓ	$2 \times \pi \times 5\,280$

En effet, comme nous connaissons le rayon du cercle $\mathcal{C}$, nous pouvons calculer la circonférence du cercle qui correspond à l'angle plein (360°).

On a ainsi :

$$\ell = \frac{117 \times 2 \times \pi \times 5\,280}{360}$$

$$\ell \approx 10\,782 \text{ km (arrondi au km près).}$$

On doit donc parcourir environ 10 782 km sur le 34e parallèle nord pour aller de Casablanca à Xi'an.

7 Cône de révolution

Énoncé p. 302

Collège Monthéty, Pontault-Combault

1 **(a)** La section de ce cône par un plan parallèle à sa base est un disque.

(b) Le triangle SOA est un triangle rectangle en O.

(c) Les segments [OA] et [O′A′] sont parallèles.

2 **MÉTHODE**

On obtient le point A' en traçant la droite parallèle à (OA) passant par O'. Le point A' est le point d'intersection de cette droite et du segment [SA]. Ensuite, cette première figure nous donne la longueur O'A' que l'on peut reporter à l'aide d'un compas pour tracer la section du cône par le plan $\mathcal{P}$. En effet, cette section est, d'après le cours, un disque de centre O' et de rayon O'A'.

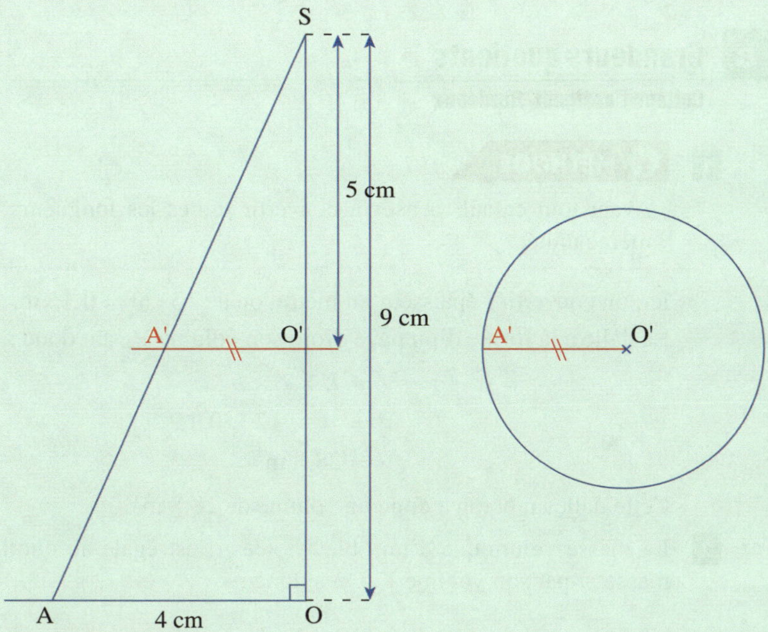

3 **MÉTHODE**

On cherche la valeur de O′A′. La figure de la question précédente doit nous mettre sur la voie. En effet, il s'agit d'une configuration de Thalès.

Dans les triangles SOA et SO′A′, on sait que les points S, O′ et O sont alignés d'une part, que les points S, A′ et A sont alignés d'autre part, et que les droites (A′O′) et (AO) sont parallèles.

Donc, d'après le théorème de Thalès :

$$\frac{SO'}{SO} = \frac{SA'}{SA} = \frac{A'O'}{AO},$$

ce qui donne :

$$\frac{5}{9} = \frac{SA'}{SA} = \frac{A'O'}{4}.$$

En particulier :

$$\frac{5}{9} = \frac{A'O'}{4}.$$

On en déduit, en utilisant l'égalité des produits en croix :

$$A'O' = \frac{5 \times 4}{9} = \frac{20}{9}.$$

Ainsi, $A'O' \approx 2{,}2$ cm.

8 Grandeurs quotients

Énoncé p. 302

Collège Cassignol, Bordeaux

1 **MÉTHODE**

Avant tout calcul, penser à convertir toutes les longueurs dans la même unité.

Ici, on convertit l'épaisseur en mètre, on a : 15 cm = 0,15 m.

La dalle a la forme d'un pavé droit, son volume $\mathcal{V}$ vaut donc :

$$\mathcal{V} = L \times \ell \times h$$
$$\mathcal{V} = 16 \times 12 \times 0{,}15$$
$$\mathcal{V} = 28{,}8 \text{ m}^3.$$

Cette dalle en béton a donc un volume de $28{,}8$ m^3.

2 La masse volumique d'un objet, notée μ, est égale au quotient de sa masse m par son volume $\mathcal{V}$. On a donc :

$$\mu = \frac{m}{\mathcal{V}}.$$

On a ainsi :

$$m = \mu \times \mathcal{V}$$
$$m = 2\,500 \times 28{,}8$$
$$m = 72\,000 \text{ kg}$$
$$m = 72 \text{ t}.$$

Cette dalle en béton pèse donc 72 tonnes.

9 Pyramide régulière

Énoncé p. 303

Collège Hoche, Versailles

1 La formule donnant l'aire d'une pyramide régulière est :

$$\mathcal{V} = \frac{1}{3} \times \mathcal{B} \times h$$

où $\mathcal{B}$ est l'aire de la base (ici l'aire du carré) :

$$\mathcal{B} = 7^2 = 49 \text{ cm}^2 \qquad \text{et} \qquad h = 12 \text{ cm}.$$

Donc :

$$\mathcal{V} = \frac{1}{3} \times 49 \times 12 = 196 \text{ cm}^3.$$

2 **(a)** La partie hors de l'eau est une réduction du jouet de rapport 0,5 puisque la moitié de la hauteur est hors de l'eau. Il suffit donc pour déterminer le volume $\mathcal{V}_1$ de la partie hors de l'eau, de multiplier le volume $\mathcal{V}$ du jouet par $(0{,}5)^3$, ce qui donne :

$$\begin{aligned} \mathcal{V}_1 &= \mathcal{V} \times (0{,}5)^3 \\ &= 196 \times 0{,}125 \\ &= 24{,}5. \end{aligned}$$

Le volume de cette partie est donc de 24,5 cm^3.

(b)

⚠ ATTENTION

Ce n'est pas parce que la surface de l'eau coupe la hauteur de la pyramide en deux parties égales que le volume de la partie sous l'eau est le même que le volume de la partie hors de l'eau !

Le volume $\mathcal{V}_2$ de la partie sous l'eau est la différence entre le volume $\mathcal{V}$ du jouet et le volume $\mathcal{V}_1$ de la partie hors de l'eau.
Ce qui donne :

$$\begin{aligned} \mathcal{V}_2 &= \mathcal{V} - \mathcal{V}_1 \\ &= 196 - 24{,}5 \\ &= 171{,}5. \end{aligned}$$

La partie sous l'eau a donc un volume de 171,5 cm^3.

10 Objet spongieux

Énoncé p. 303

Collège Alain Fournier, Bordeaux

MÉTHODE

Quand il s'agit d'agrandir d'un certain pourcentage, il est utile de penser à ce que nous avons vu dans le chapitre 9 sur les fonctions linéaires et affines : agrandir de t % revient à multiplier les longueurs par $\left(1 + \frac{t}{100}\right)$.

Le coefficient d'agrandissement est ici égal à :

$$k = 1 + \frac{20}{100} = 1{,}2.$$

Nous savons que si un solide est agrandi avec un facteur d'agrandissement de k, alors son volume est multiplié par k^3.

Le volume de l'objet sec est 50 cm^3 donc son volume mouillé est :

$$\begin{aligned} 50 \times 1{,}2^3 &= 86{,}4 \text{ cm}^3 \\ &= 0{,}086\,4 \text{ dm}^3 \\ &= 0{,}086\,4 \text{ L} \\ &= 8{,}64 \text{ cL.} \end{aligned}$$

À RETENIR

Pour convertir des volumes, il faut absolument connaître l'égalité suivante :

$$1 \text{ dm}^3 = 1 \text{ L.}$$

11 Pyramide régulière

Énoncé p. 303

Collège Jean-Jacques Perret, Aix-les-Bains

1 $$\begin{aligned} \mathcal{V}_1 &= \frac{1}{3} \times (\text{MN})^2 \times \text{SH} \\ &= \frac{1}{3} \times 25^2 \times 12 \\ &= 2\,500. \end{aligned}$$

Le volume $\mathcal{V}_1$ de cette pyramide est de 2 500 m^3.

2 La maquette est une réduction de rapport $\frac{1}{20}$ de la pyramide. Il faut donc, d'après le cours, multiplier le volume $\mathcal{V}_1$ par $\left(\frac{1}{20}\right)^3$, c'est-à-dire par $\frac{1}{8\,000}$, pour obtenir le volume $\mathcal{V}_2$ de la maquette. Ce qui donne :

$$\begin{aligned} \mathcal{V}_2 &= \mathcal{V}_1 \times \frac{1}{8\,000} \\ &= 2\,500 \times \frac{1}{8\,000} \\ &= 0{,}3125. \end{aligned}$$

Ainsi, le volume de la maquette est de 0,312 5 m^3 soit de 312,5 dm^3.

12 Hologramme

Énoncé p. 304

Collège Saint-Joseph de Tivoli, Bordeaux

1 Le cube a une arête de longueur 60 cm. Il a donc un volume égal à :

$$\mathcal{V}_{\text{cube}} = 60^3 = 216\,000 \text{ cm}^3 = 0{,}216 \text{ m}^3.$$

L'hologramme a un facteur d'agrandissement égal à 40 donc son volume est :

$$\mathcal{V}_{\text{hologramme}} = 0{,}216 \times 40^3 = 13\,824 \text{ m}^3.$$

La scène où sera l'hologramme devra donc pouvoir contenir au minimum 13 824 m^3.

2 Complétons la figure de l'énoncé :

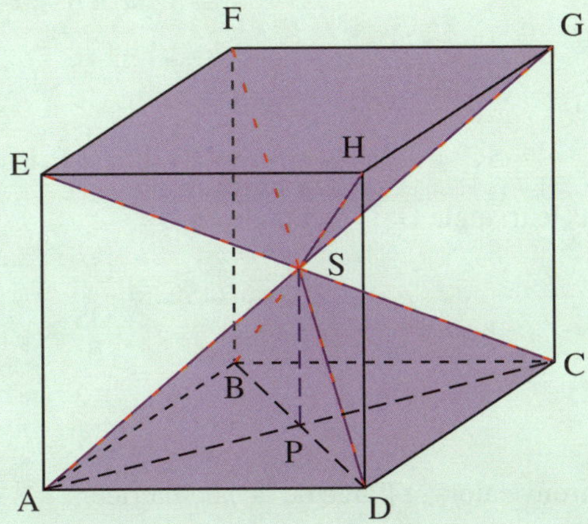

P est le pied de la hauteur de la pyramide SABCD ; c'est le milieu de la diagonale [AC].
Dans le triangle ACG, P et S sont les milieux respectifs de [AC] et [AG] donc APS est une réduction de ACG de facteur 0,5. Ainsi,

$$SP = 0{,}5 \times CG = 0{,}5 \times 60 = 30.$$

De plus, l'aire de la base de la pyramide SABCD est :

$$\mathcal{A}_{\text{ABCD}} = 60^2 = 3\,600 \qquad \text{(aire d'un carré)}.$$

Par conséquent, le volume de la pyramide SABCD est :

$$\mathcal{V}_{\text{SABCD}} = \frac{3\,600 \times 30}{3} = 3\,600 \times 10 = 36\,000 \text{ cm}^3$$

et donc, le volume total d'eau est le double de 36 000, c'est-à-dire 72 000 cm^3, soit 72 L (car il y a 2 pyramides identiques).

13 Bassin en forme de cône

Énoncé p. 304

Collège Saint-Charles, Paris

1 Pour entourer le bassin, il faut que le grillage puisse faire tout le tour de celui-ci ; il faut donc que sa longueur soit égale au périmètre de la bordure du bassin.
Or le rayon de la bordure est OC = 3 m, donc le périmètre $\mathcal{P}$ est :

$$2\pi \times OC \approx 18{,}850 \text{ m}.$$

Donc la longueur de grillage nécessaire est 19 m.

2 Dans le triangle OSC rectangle en O, on applique le théorème de Pythagore :

$$OS^2 + OC^2 = SC^2.$$

Donc :

$$\begin{aligned} SC^2 &= 1{,}2^2 + 3^2 \\ &= 1{,}44 + 9 \\ &= 10{,}44\ , \end{aligned}$$

d'où :

$$SC = \sqrt{10{,}44} \approx ,23 \approx 3{,}2 \text{ m (à } 0{,}1 \text{ m par défaut).}$$

3 Dans le triangle OSC rectangle en O :

$$\begin{aligned} \tan \widehat{OSC} &= \frac{OC}{OS} \\ &= \frac{3}{1{,}2} \\ &= 2{,}5. \end{aligned}$$

On trouve alors, à l'aide de la calculatrice :

$$\widehat{OSC} \approx 68\ ° \text{ à } 1\ ° \text{ près.}$$

4 Le volume $\mathcal{V}$ d'un cône est égal à :

$$\mathcal{V} = \frac{1}{3}\mathcal{B} \times h\ ,$$

où h est la hauteur du cône (h = OS) et $\mathcal{B}$ est la surface de la base du cône :

$$\mathcal{B} = \pi \times OC^2 = 9\pi.$$

Donc :

$$\begin{aligned} \mathcal{V} &= \frac{1}{3} \times 9\pi \times OS \\ &= 3\pi \times 1{,}2 \\ &\approx 11{,}310 \text{ m}^3 \text{ à } 0{,}001 \text{ m}^3 \text{ près.} \end{aligned}$$

Or 1 L = 1 dm³, on a donc :

$$11{,}310 \text{ m}^3 = 11\ 310 \text{ dm}^3 = 11\ 310 \text{ L}.$$

Il faut donc environ 11 310 litres d'eau pour remplir ce bassin.

5 Nommons d le débit de la pompe et t le temps pour remplir le bassin. On a donc :

$$\begin{aligned} d &= \frac{\mathcal{V}}{t} \\ 7\ 500 &= \frac{11\ 310}{t}. \end{aligned}$$

Ce qui nous donne :

$$t = \frac{11\,310}{7\,500}$$
$$t = 1{,}508.$$

Il faut donc environ 1 heure et demie pour remplir le bassin entièrement.

6 Le cône de sommet S et de hauteur SO′ est une réduction du cône de sommet S et de hauteur SO.

$SO' = \frac{1}{3} \times SO$ donc le rapport de réduction est de $\frac{1}{3}$.

Or on connaît le volume $\mathcal{V}$ du grand cône d'après la question 4 :

$$\mathcal{V} = 3\pi \times 1{,}2 = 3{,}6\pi.$$

On peut donc en déduire le volume $\mathcal{V}'$ du « petit » cône en utilisant la formule du cours :

$$\mathcal{V}' = \left(\frac{1}{3}\right)^3 \times \mathcal{V}$$
$$= \frac{1}{27} \times 3{,}6\pi \approx 0{,}419 \text{ m}^3.$$

Ainsi, lorsque le bassin est partiellement rempli, l'eau occupe un volume d'environ 419 dm^3.

7 On sait que si le rapport de réduction vaut k alors $\mathcal{V}' = k^3 \times \mathcal{V}$.

Il faut donc que $k^3 = \frac{1}{8}$. On en déduit que $k = \frac{1}{2}$ et qu'il faut placer O′ au milieu de [SO], c'est-à-dire à 0,6 m de S.

14 Plans parallèles

Énoncé p. 305

Collège Saint-Joseph de Tivoli, Bordeaux

1 **MÉTHODE**

Pour construire la section du parallélépipède rectangle avec le plan parallèle à (DBGE) passant par M,

- on commence par tracer la parallèle à (DB) passant par M ; elle coupe [BC] en un point que l'on va nommer N.
- Ensuite, on trace la parallèle à (BG) passant par N ; elle coupe [GF] en O.
- Enfin, on trace la parallèle à (EG) passant par O ; elle coupe [EF] en P.
- On trace pour finir le segment [PM]. La section est le quadrilatère MNOP.

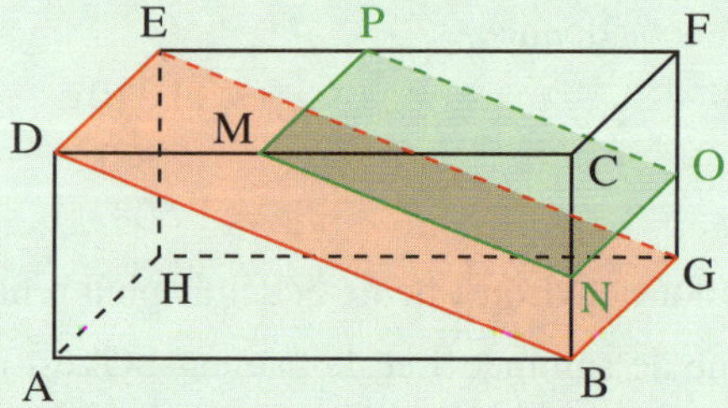

$\mathcal{S}$ est donc le rectangle MNOP.

2 DEGB est un rectangle. En effet, toutes les faces du parallélépipède rectangle sont perpendiculaires donc (DB) et (EG) sont parallèles entre elles et sont perpendiculaires à (DE) et (BG).

L'aire de DEGB est donc égale à DB × DE.

Le triangle ABD est rectangle en A donc d'après le théorème de Pythagore :

$$DB^2 = AD^2 + AB^2 = 2^2 + 5^2 = 4 + 25 = 29.$$

Donc $DB = \sqrt{29}$. L'aire de DBGE est donc égale à :

$$\sqrt{29} \times 2 \approx 10{,}77 \text{ cm}^2.$$

3 Dans le triangle DBC, M appartient à [DC], N appartient à [CB] et (MN) // (DB) donc, d'après le théorème de Thalès,

$$\frac{CM}{CD} = \frac{MN}{DB} = \frac{3}{5}$$

donc $MN = \dfrac{3 \times DB}{5} = \dfrac{3 \times \sqrt{29}}{5} \approx 3{,}23$.

Ainsi, l'aire de MNOP est :

$$\mathcal{A}_{MNOP} = MN \times ON \approx 3{,}23 \times 2 \approx 6{,}46 \text{ cm}^2.$$

La section MNOP a donc une aire à peu près égale à 6,46 cm^2.

15 Raisonnement déductif

Énoncé p. 306

Collège Marie Curie, Sceaux

1 Le volume d'une pyramide est donné par la formule $\mathcal{V} = \dfrac{\mathcal{B} \times h}{3}$ où $\mathcal{B}$ est l'aire de la base et h est la hauteur associée.

Remarque : Nous avons ici pour la pyramide ABIF le choix entre plusieurs bases, chaque face pouvant être considérée comme une base. Il faut choisir une face dont on sait facilement calculer l'aire et pour laquelle on connaît la mesure de la hauteur associée. Par exemple, si on choisit la face AIF pour base, la hauteur associée est le segment [AB]. En revanche, si on choisit la face ABF, alors la hauteur associée est le segment [AI].

Prenons comme base, la face AIB qui est un triangle rectangle en A.
Son aire vaut :

$$\begin{aligned}\mathcal{B} &= \frac{1}{2} \times \text{AI} \times \text{AB} \\ &= \frac{1}{2} \times \frac{\text{AD}}{2} \times \text{AB} \\ &= \frac{1}{4} \times 6^2 \\ &= 9 \text{ cm}^2.\end{aligned}$$

La hauteur associée à cette base est le segment [AF] qui mesure 6 cm.
Donc le volume $\mathcal{V}$ de cette pyramide est :

$$\mathcal{V} = \frac{1}{3} \times 9 \times 6 = 18 \text{ cm}^3.$$

2 **(a)** Dans le triangle BIA rectangle en A, on peut utiliser le théorème de Pythagore :

$$\begin{aligned}\text{BI}^2 &= \text{IA}^2 + \text{AB}^2 \\ &= 3^2 + 6^2 \\ &= 45.\end{aligned}$$

Ainsi, $\text{BI} = \sqrt{45} \approx 6{,}7$ cm.
Le triangle AIF a les mêmes dimensions que le triangle AIB. C'est un triangle rectangle en A dont les deux côtés de l'angle droit mesurent 3 et 6 cm. Il est donc inutile de refaire les calculs. IF = IB et donc IF $\approx 6{,}7$ cm.
Dans le triangle ABF rectangle en A, on peut encore utiliser le théorème de Pythagore :

$$\begin{aligned}\text{BF}^2 &= \text{BA}^2 + \text{AF}^2 \\ &= 6^2 + 6^2 \\ &= 72\,,\end{aligned}$$

donc $\text{BF} = \sqrt{72} \approx 8{,}5$ cm.

(b)

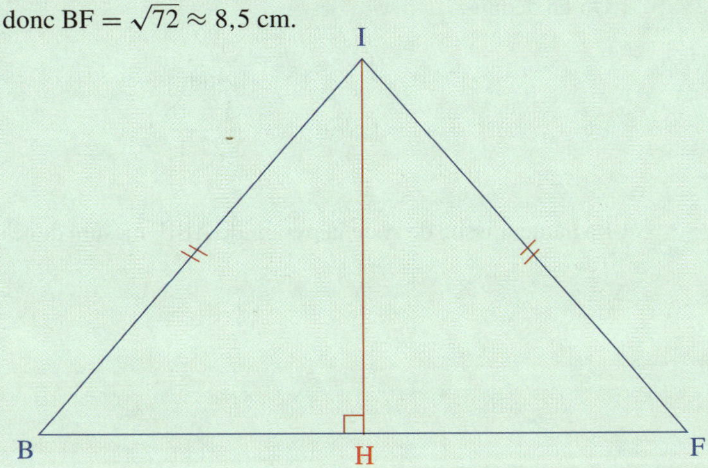

(c) Nous venons de voir que BI = IF, donc le triangle BIF est isocèle. Dans ce triangle, le pied de la hauteur issue de I est donc le milieu de [BF] (la hauteur et la médiane sont confondues).

$$BH = \frac{BF}{2} \approx 4{,}25 \text{ cm}.$$

Pour calculer la hauteur, on utilise le théorème de Pythagore dans le triangle BIH rectangle en H :

$$IH^2 + HB^2 = BI^2.$$

Donc :

$$\begin{aligned} IH^2 &= BI^2 - HB^2 \\ &= 45 - 18 \\ &= 27\ , \end{aligned}$$

d'où $IH = \sqrt{27} \approx 5{,}2$ cm.

L'aire du triangle BIF est donnée par :

$$\mathcal{A}_{BIF} = \frac{\text{base} \times \text{hauteur}}{2} = \frac{BF \times IH}{2}\ ,$$

d'où :

$$\mathcal{A}_{BIF} \approx \frac{8{,}5 \times 5{,}2}{2} \approx 22{,}1 \text{ cm}^2.$$

3 Notons h la mesure de la hauteur issue de A de la pyramide ABIF.

On sait d'après la question 1 que le volume $\mathcal{V}$ de cette pyramide est :

$$\mathcal{V} = 18 \text{ cm}^3.$$

On sait d'après la question 2 que l'aire du triangle IBF est :

$$\mathcal{A}_{IBF} \approx 22{,}1 \text{ cm}^2.$$

Or, d'après le cours,

$$\mathcal{V} = \frac{1}{3} \times \mathcal{A}_{IBF} \times h.$$

On en déduit :

$$\begin{aligned} h &= \frac{3\mathcal{V}}{\mathcal{A}_{IBF}} \\ &\approx \frac{3 \times 18}{22{,}1} \\ &\approx 2{,}4. \end{aligned}$$

La hauteur issue de A de la pyramide ABIF mesure donc environ 2,4 cm.

Quatrième partie

ALGORITHMIQUE ET PROGRAMMATION

Chapitre 13

Tableurs et programmation Scratch

Plan du chapitre

1 Tableur

1.1 Utilisation pour les statistiques

Exercice type 1 — **Collège Jeanne d'Arc, Clermont-Ferrand**

Vous pouvez retrouver la correction de cet exercice avec un tuto sur les tableurs en vidéo.

Dans une classe de troisième, on demande à chaque élève de donner le nombre de livres qu'il a emprunté à la bibliothèque du collège, puis on classe les élèves par nombre de livres empruntés. Le résultat est donné dans le tableau suivant.

Nb. de livres empruntés	3	5	6	7	10	13	17
Effectif	1	3	3	5	4	7	2

Un élève a emprunté 3 livres, 3 élèves ont emprunté 5 livres, etc.

À l'aide du tableur calculer :

1. l'effectif total de la classe, sachant que tous les élèves ont emprunté au moins 3 livres,
2. le nombre total de livres empruntés,
3. le nombre moyen de livres empruntés par élève.

Voir corrigé page 328

1.1.1 - Plage de données

Un tableur est un programme informatique qui permet de traiter des informations sous forme de tableau. On l'utilise souvent en statistiques pour calculer la *médiane*, la *moyenne* ou l'*étendue* d'une série statistique (ces notions ont été définies au chapitre 6). Microsoft Excel, OpenCalc, Google Sheets ou Lotus 1-2-3 sont des exemples de tableurs très répandus.

Pour résoudre notre exercice-type, nous allons tout d'abord entrer les valeurs du tableau dans le tableur : c'est la *plage de données* qui va nous servir à faire des calculs.

	A	B	C	D	E	F	G	H
1	Nombre de livres	3	5	6	7	10	13	17
2	Effectifs	1	3	3	5	4	7	2

1.1.2 - Calculer une somme

Une somme s'obtient à l'aide de la fonction :

=SOMME(« 1re cellule » : « dernière cellule »)

Ainsi, pour calculer la somme des effectifs et afficher le résultat dans la cellule I2, on écrira dans cette cellule :

I2 fx Σ = =SOMME(B2:H2) ← formule

	A	B	C	D	E	F	G	H	I
1	Nombre de livres	3	5	6	7	10	13	17	
2	Effectifs	1	3	3	5	4	7	2	25
3									

Cellule où l'on écrit la formule

Il y a donc ici 25 élèves car le tableur affiche « 25 » dans la cellule I2.

À RETENIR

Quelle que soit la formule que l'on décide d'écrire dans une cellule de tableur, il faut toujours qu'elle commence par le signe « = ».

1.1.3 - Calculer une moyenne

La fonction MOYENNE permet de calculer la moyenne d'un groupe de nombres. Son utilisation est similaire à celle de la fonction SOMME.

Ainsi, dans le tableau suivant contenant les notes d'un groupe de 4 élèves, on en obtient la moyenne en écrivant dans B5 la formule « =MOYENNE(B1 :B4) ».

Voir illustration page ci-contre.

B5	fx ∑ =	=MOYENNE(B1:B4)					
	A	B	C	D	E	F	G
1	Alexandre	18,5					
2	Jade	5					
3	Nathalie	14					
4	Ulysse	12					
5	Moyenne	12,37					

Le tableur affiche le résultat qui vaut 12,37.

Dans le cas de la question 3) de l'exercice-type, où l'on nous demande de calculer le nombre moyen de livres empruntés par élève, il faudra d'abord calculer le nombre total de livres empruntés par tous les élèves de la classe.

La colonne B nous indique qu'il y a 1 élève qui possède 3 livres.

La colonne C nous indique qu'il y a 3 élèves qui possèdent 5 livres ; le nombre total de livres pour cette colonne est donc : $3 \times 5 = 15$.

Nous allons faire de même pour toutes les colonnes en entrant d'abord dans la cellule B3 la formule : « =B1*B2 » puis *en l'étirant* jusqu'à la cellule H3.

B3	fx ∑ =	=B1*B2						
	A	B	C	D	E	F	G	H	I
1	Nombre de livres	3	5	6	7	10	13	17	
2	Effectifs	1	3	3	5	4	7	2	25
3		3	15	18	35	40	91	34	

Étirement de B3 à H3

On calcule ensuite la somme de tous ces résultats dans I3 en utilisant la formule « =SOMME(B2 :H2) ». On obtient ainsi le nombre total de livres empruntés par les élèves de la classe, qui vaut 236.

Pour obtenir la moyenne du nombre de livres empruntés par élève, il ne reste plus qu'à diviser cette valeur par l'effectif total en entrant dans I4 la formule : « =I3/I2 ».

Voir illustration page suivante.

	A	B	C	D	E	F	G	H	I
1	Nombre de livres	3	5	6	7	10	13	17	
2	Effectifs	1	3	3	5	4	7	2	25
3	Totaux	3	15	18	35	40	91	34	236
4									9,44

I4 fx Σ = =I3/I2

Moyenne

La valeur recherchée est 9,44 livres par élève.

1.1.4 - Représentation graphique

En sélectionnant la plage de données du tableau des effectifs du paragraphe 1.1.1 (y compris la colonne A), et en cliquant sur l'icône « Diagramme » (cet icône varie selon les tableurs, il faut entrer les paramètres suivants dans la section « Plage de données » :

- on sélectionne « Séries de données en lignes »
- on coche la case correspondant à « Première ligne comme étiquette »
- on coche la case correspondant à « Première colonne comme étiquette »

on obtient le diagramme suivant :

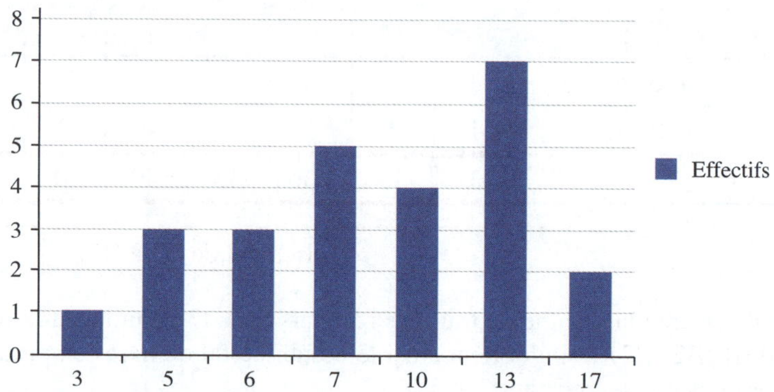

Solution de l'exercice type 1 **Collège Jeanne d'Arc, Clermont-Ferrand**

Voir §1.1.1 à 1.1.3.

Voir énoncé page 325

1.2 Utilisation d'un tableur pour l'étude d'une fonction

Exercice type 2 — Collège Clémence Isaure, Toulouse

On s'intéresse à la fonction $f(x) = -0{,}5x^2 + x + 1$.
À l'aide d'un tableur :

1. Dresser un tableau de valeurs de f pour les nombres compris entre -2 et 3 avec un pas de 0,5 (c'est-à-dire de 0,5 en 0,5).
2. Représenter graphiquement la fonction f.

Voir corrigé page 330

1.2.1 - Tableau de valeurs

Nous souhaitons calculer l'image de tous les nombres compris entre -2 et 3 avec un pas de 0,5 (c'est-à-dire de 0,5 en 0,5).

On entre pour cela les valeurs de x dans la ligne 1 : on peut entrer la valeur « -2 » dans la cellule B1, puis entrer dans C1 la formule : « $=$ B1 + 0,5 » et l'étirer jusqu'à L1.

Ensuite, on entre dans la cellule B2 la formule : « $= -0{,}5 * \text{B}1\hat{\ }2 + \text{B}1 + 1$ » (qui signifie que l'on calcule $-0{,}5x^2 + x + 1$, B1 jouant le rôle de x). On étire alors cette formule jusqu'à L2.

B2 | fx Σ = | =-0,5*B1^2+B1+1

	A	B	C	D	E	F	G	H	I	J	K	L
1	x	-2	-1,5	-1	-0,5	0	0,5	1	1,5	2	2,5	3
2	f(x)	-3	-1,625	-0,5	0,375	1	1,375	1,5	1,375	1	0,375	-0,5

1.2.2 - Représentation graphique

On sélectionne la plage de données allant de B1 jusqu'à L2, puis on clique sur l'icône « Diagramme ». Il faut ici veiller à :

- choisir comme type de diagramme : « Ligne »
- paramétrer la plage de données en sélectionnant « Série de données en lignes » et en cochant « Première ligne comme étiquette »

On obtient alors la représentation ci-contre.

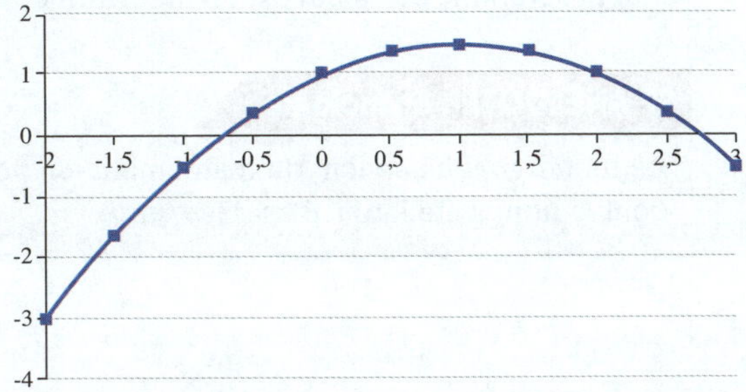

COURS

➜ Solution de l'exercice type 2

Collège Clémence Isaure, Toulouse

Voir § 1.2.1 et 1.2.2.

Voir énoncé page 329

2 Programmation sous Scratch

Exercice type 3

Collège Henri Matisse, Nice

Vous pouvez retrouver ce programme en tapant :

`https://scratch.mit.edu/projects/491898505`

Que permet de calculer le programme ci-contre ?

Qu'affiche-t-il si on entre le nombre 250 ?

Voir corrigé page 333

Définition 1

Un *algorithme* est une suite d'instructions dans le but d'exécuter une tâche.

Exemples

- Une recette de cuisine est un algorithme.
- Un programme de calcul est un algorithme.

ANECDOTE : étymologie

Le mot *algorithme* vient du mathématicien perse du IXe siècle Al-Khwarizmi, dont le nom a été latinisé en *Algoritmi*.

2.1 Les commandes de Scratch

Les principales commandes sont regroupées par menus :

- Mouvement : ce menu permet de déplacer et d'orienter les lutins ;
- Apparence : ce menu permet de changer l'apparence des lutins et d'afficher des résultats ;
- Sons : ce menu contient les bruitages ;
- Évènements : ce menu permet de choisir l'évènement qui va déclencher le programme (un appui sur le drapeau vert ou sur une autre touche du clavier par exemple) ;
- Contrôle : ce menu contient toutes les boucles et les instructions conditionnelles (si... alors...) ;
- Capteurs : ce menu permet à l'utilisateur de saisir des valeurs. Il contient également des tests que l'on pourra utiliser dans les boucles ou dans les instructions conditionnelles ;
- Opérateurs : ce menu contient les fonctions numériques classiques ainsi que des tests que l'on pourra utiliser dans les boucles ou dans les instructions conditionnelles ;
- Variables : ce menu permet de définir et de gérer des variables ;
- Mes blocs : ce menu permet de créer des sous-programmes ;
- Stylo : ce menu permet de construire des figures.

2.1.1 - Les boucles

Les boucles servent à répéter une même instruction plusieurs fois. Sous Scratch, il existe deux types de boucles :

- la boucle « répéter ... fois » lorsque l'on connaît le nombre de répétitions ;
- la boucle « répéter jusqu'à ce que ... » qui repète l'instruction jusqu'à ce qu'un test soit validé.

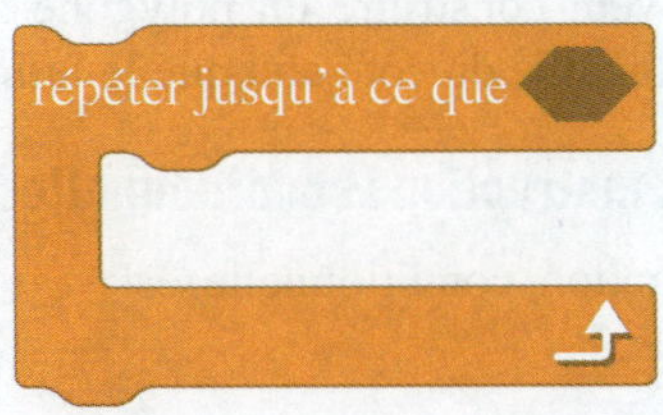

Exemple : le programme ci-dessous permet de construire un polygone régulier (côtés égaux et angles de même mesure) de côté mesurant 30 pas et dans lequel l'utilisateur saisit le nombre de côtés.

Vous pouvez retrouver ce programme en tapant :

`https://scratch.mit.edu/projects/491851965`

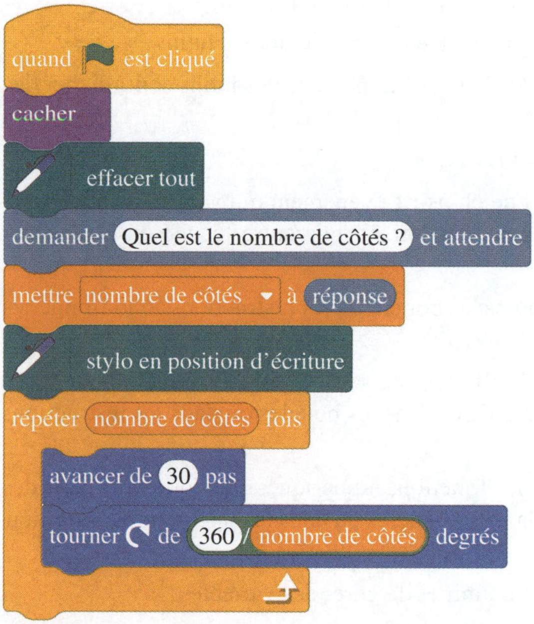

Remarques

- nombre de côtés est une variable. Une *variable* est une « case mémoire » dans laquelle on stocke une information ou un nombre pour l'utiliser plus tard. On désigne une variable par un nom.
- L'étiquette cacher permet de cacher le lutin afin de mieux voir le polygone une fois construit.
- Le lutin doit tourner n fois du même angle pour retrouver son orientation initiale. Il a fait ainsi un tour complet.
  C'est donc qu'il a tourné à chaque fois de $\dfrac{360}{n}$ degrés.
- Si l'on veut construire un polygone avec un grand nombre de côtés, il faut réduire la taille du côté afin que le lutin ne sorte pas du cadre.

2.1.2 - Les instructions conditionnelles

Une instruction conditionnelle est de la forme :

- Si ... alors ...;
- Si ... alors ... sinon ...

Sous Scratch, ces instructions sont dans le menu Contrôle.

Exemple : le programme ci-dessous, permet, en connaissant les longueurs des trois côtés d'un triangle, de savoir si ce triangle est rectangle ou non (en utilisant la réciproque du théorème de Pythagore).

Vous pouvez retrouver ce programme en tapant :

`https://scratch.mit.edu/projects/491037447`

```
quand [drapeau] est cliqué
demander (Quelle est la longueur du plus grand côté ?) et attendre
mettre (Grand côté) à (réponse)
demander (Quelle est la longueur du 2ème côté ?) et attendre
mettre (Côté2) à (réponse)
demander (Quelle est la longueur du 3ème côté ?) et attendre
mettre (Côté3) à (réponse)
si < (Grand côté) * (Grand côté) = (Côté2) * (Côté2) + (Côté3) * (Côté3) > alors
    dire (Le triangle est rectangle.)
sinon
    dire (Le triangle n'est pas rectangle.)
```

➔ Solution de l'exercice type 3

Collège Henri Matisse, Nice

Le programme demande d'entrer un nombre qui est mis dans la variable (a). Ensuite, on répète 5 fois la même opération : on multiplie la variable (a) par 1,05. C'est une augmentation de 5 %.

⚠ ATTENTION

1,05 s'écrit 1.05 sous Scratch.

Ainsi, le programme va afficher le résultat de 5 augmentations successives de 5 % sur le nombre que l'on entre au clavier.

Si on entre 250 au début du programme, la valeur affichée sera :

$$250 \times 1{,}05^5 \approx 319{,}07.$$

Voir énoncé page 330

COURS INTERROS CORRIGÉS

1 QCM Vérification des connaissances

5 min | Corrigé p. 338

Pour chacune des propositions, choisir la réponse correcte. Aucune justification n'est demandée.

1 Dans un tableur, toute formule doit commencer par le signe « = »...

a Vrai **b** Faux

2 Dans un tableur, nous avons mis des nombres dans la colonne A, de la ligne 1 à la ligne 10. Pour calculer leur somme, on doit entrer dans une cellule la formule...

a =SOMME(A1;A10) **b** =SOMME(A1:A10)

3 Dans un tableur, quand on souhaite copier une formule vers les cellules adjacentes, on...

a étire la formule **b** glisse-colle la formule

4 Dans un algorithme, quand on affecte la valeur « 5 » à une variable x, on écrit...

a x prend la valeur 5 **b** x donne la valeur 5

Tableur

2 Avec une fonction

★ 10 min | Corrigé p. 338

Extrait du DNB 2013, Métropole

On a utilisé un tableur pour calculer les images de différentes valeurs de x par une fonction affine f et par une autre fonction g. Une copie de l'écran obtenu est donnée ci-dessous.

C2		*fx*	= -5*C1+7					
	A	B	C	D	E	F	G	H
1	*x*	-3	-2	-1	0	1	2	3
2	*f(x)*	22	17	12	7	2	-3	-8
3	*g(x)*	13	8	5	4	5	8	13

1 Quelle est l'image de -3 par f ?

2 Calculer $f(7)$.

3 Donner l'expression de $f(x)$.

4 On sait que $g(x) = x^2 + 4$. Une formule a été saisie dans la cellule B3 et recopiée ensuite vers la droite pour compléter la plage de cellules C3:H3. Quelle est cette formule ?

3 En statistiques

★ 10 min Corrigé p. 339

Extrait du DNB 2016, Amérique du nord

Une station de ski a relevé le nombre de forfaits « journée » vendus lors de la saison écoulée (de décembre à avril).

Les résultats sont donnés ci-dessous dans la feuille de calcul d'un tableur.

	A	B	C	D	E	F	G
1	mois	décembre	janvier	février	mars	avril	total
2	nombre de forfaits journées vendus	60 457	60 457	148 901	100 058	10 035	

1 **(a)** Quel est le mois durant lequel la station a vendu le plus de forfaits « journée » ?

(b) Ninon dit que la station vend plus du tiers des forfaits durant le mois de février.
A-t-elle raison ? Justifier.

2 Quelle formule doit-on saisir dans la cellule G2 pour obtenir le total des forfaits « journée » vendus durant la saison considérée ?

3 Calculer le nombre moyen de forfaits « journée » vendus par la station en un mois. On arrondira le résultat à l'unité.

4 Soldes

★★ 15 min Corrigé p. 339

Extrait du DNB 2016, Métropole

Lors des soldes, un commerçant décide d'appliquer une réduction de 30 % sur l'ensemble des articles de son magasin.

1 L'un des articles coûte 54 € avant la réduction. Calculer son prix après la réduction.

2 Le commerçant utilise la feuille de calcul ci-dessous pour calculer les prix des articles soldés.

	A	B	C	D	E	F
1	prix avant réduction	12,00 €	14,80 €	33,00 €	44,20 €	85,50 €
2	réduction de 30 %	3,60 €	4,44 €	9,90 €	13,26 €	25,65 €
3	prix soldé					

(a) Pour calculer la réduction, quelle formule a-t-il pu saisir dans la cellule B2 avant de l'étirer sur la ligne 2 ?

(b) Pour obtenir le prix soldé, quelle formule peut-il saisir dans la cellule B3 avant de l'étirer sur la ligne 3 ?

3 Le prix soldé d'un article est 42,00 €. Quel était son prix initial ?

Programmation sous Scratch

5 En arithmétique (cf. chapitre 5)

★★ 5 min Corrigé p. 340

Collège Capital, Paris

Vous pouvez retrouver ce programme en tapant :

https://scratch.mit.edu/projects/491903203

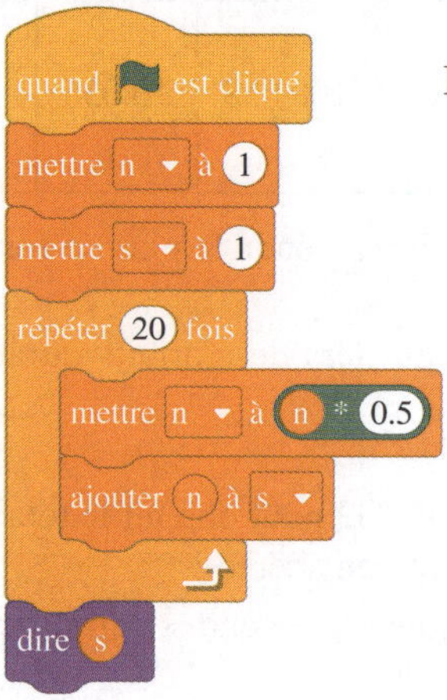

Interpréter le résultat du programme ci-contre.

6 En probabilités (cf. chapitre 7)

★★ 5 min Corrigé p. 340

Collège Jule Ferry, Paris

On considère le programme ci-dessous, que vous pouvez retrouver sur :

https://scratch.mit.edu/projects/491908535

1 Quand on l'exécute une première fois, le lutin nous dit que l'on obtient 0,25. Qu'est-ce que cela veut dire ?

2 On change tous les « 100 » en « 500 ». En exécutant ce programme plusieurs fois de suite, on obtient les résultats suivants :

0,18 ; 0,16 ; 0,18 ; 0,17 ; 0,16 ; 0,16 ; 0,15

Que peut-on déduire de ces résultats ?

7 Nombres premiers (cf. chapitre 5) ★★ 10 min Corrigé p. 341

Collège Hoche, Versailles

Expliquer le fonctionnement du programme qui suit, à retrouver sur :

`https://scratch.mit.edu/projects/491911895`

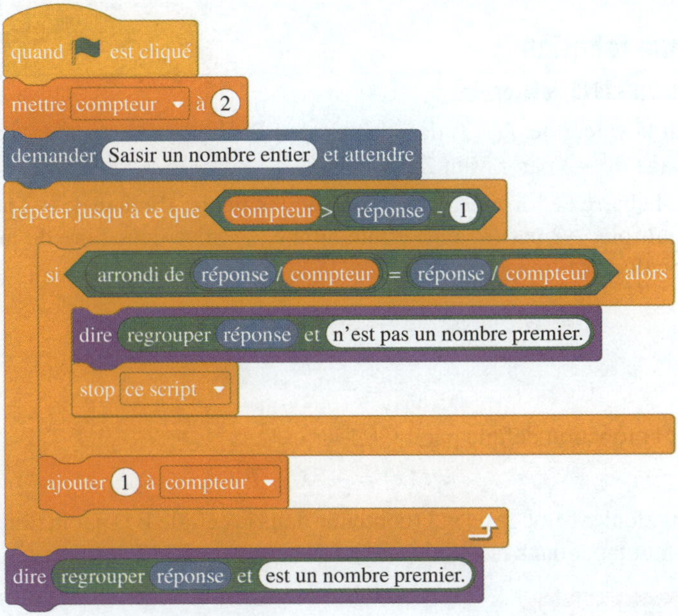

COURS
INTERROS
CORRIGÉS

1 QCM Vérification des connaissances

Énoncé p. 334

1 Réponse [a]. En effet, il faut absolument que toutes les formules commencent par le signe « = » sinon, le tableur ne comprend pas que ce que nous écrivons est une formule, et il ne fera donc aucun calcul.

2 Réponse [b]. La formule à insérer est : « SOMME(A1:A10) ».

3 Réponse [a]. On étire la formule pour la copier dans les cellules adjacentes (à côté, en-dessous ou au-dessus). Cette action se fait en cliquant sur la cellule où la formule est entrée, puis on clique sur le carré noir en bas à droite et on bouge la souris vers les cellules où l'on souhaite copier la formule.

4 Réponse [a]. On écrit : « x prend la valeur 5 ». En effet, x ne donne pas la valeur 5 car on souhaite qu'elle prenne cette valeur.

2 Avec une fonction

Énoncé p. 334

Extrait du DNB 2013, Métropole

1 On lit la valeur de $f(-3)$ dans la cellule B2.
L'image de -3 par f vaut 22.

2 Dans la barre de formule, on voit que pour calculer l'image de -2 par f, on multiplie -2 par -5 puis on lui ajoute 7. On va donc faire de même pour calculer l'image de 7 :

$$\begin{aligned} f(7) &= -5 \times 7 + 7 \\ &= -35 + 7 \\ &= -28. \end{aligned}$$

3 f est la fonction définie par :

$$f(x) = -5x + 7.$$

4 Pour calculer l'image de -3 (contenue dans la cellule B1) par la fonction g, il faut taper dans la cellule B3 la formule : « = B1^2 + 4 ».

⚠ ATTENTION

N'oubliez pas le signe « = » au tout début de la formule (sinon le tableur n'effectuera pas le calcul et considérera la suite de caractères tapée comme du texte qui apparaîtra dans la cellule tel quel).

MÉTHODE

Pour élever un nombre à une certaine puissance à l'aide d'un tableur, il faut utiliser le signe « ^ » et pour multiplier deux nombres, il faut utiliser le signe « * ».

3 En statistiques

Énoncé p. 335

Extrait du DNB 2016, Amérique du nord

1 **(a)** Le mois durant lequel la station a vendu le plus de forfaits « journée » est le mois de février. En effet, elle a vendu 148 901 forfaits, nombre supérieur à tous les autres du tableau.

(b) Pour savoir si la station vend plus du tiers des forfaits en février, il faut connaître le nombre total de forfaits vendus :

$$60\,457 + 60\,457 + 148\,901 + 100\,058 + 10\,035 = 379\,908.$$

De plus, $\dfrac{148\,901}{379\,908} \approx 0{,}39$ et $\dfrac{1}{3} \approx 0{,}33$.

Ainsi, Ninon a raison : la station vend bien plus du tiers des forfaits en février.

2 La cellule G2 doit contenir la somme des nombres de forfaits ; on doit donc y mettre la formule :

=SOMME(B2:F2)

3 Le nombre moyen de forfaits est obtenu en divisant le nombre total de forfaits et en divisant ce total par le nombre de mois considérés :

$$\frac{379\,908}{5} = 75\,981{,}6.$$

Le nombre moyen de forfaits vendus est donc 75 982 (arrondi à l'unité).

4 Soldes

Énoncé p. 335

Extrait du DNB 2016, Métropole

1 **À RETENIR**

Lorsqu'une quantité subit une réduction de t %, il faut la multiplier par $\left(1 - \dfrac{t}{100}\right)$ pour avoir le résultat final.

$$54 \times \left(1 - \frac{30}{100}\right) = 54 \times 0{,}7 = 37{,}8.$$

Ainsi, un article qui coûte 54 € avant réduction coûtera 37,80 € après la réduction de 30 %.

2 **(a)** La ligne 2 contient la réduction en euros qui équivaut à 30 % des prix indiqués dans la ligne 1. Pour obtenir cette valeur en euro, on multiplie les prix par $\dfrac{30}{100}$, donc dans la cellule B2, on entre la formule :

$$= \text{B1} * 30/100 \qquad \text{ou} \qquad = \text{B1} * 0{,}3$$

(b) Pour obtenir le prix soldé, on soustrait au prix initial la réduction de la ligne 2 ; on peut donc entrer dans la cellule B3 la formule :

$$= \text{B1} - \text{B2} \qquad \text{ou bien} \qquad = \text{B1} * 0{,}7$$

COURS INTERROS CORRIGÉS

3 Posons x le prix initial d'un article qui coûte 42,00 € après réduction de 30 %, c'est-à-dire après avoir multiplié par $1 - 0{,}3 = 0{,}7$. Alors :

$$x \times 0{,}7 = 42 \quad \text{soit :} \quad x = \frac{42}{0{,}7} = 60.$$

Le prix initial était donc 60 €.

5 En arithmétique (cf. chapitre 5)

Énoncé p. 336

Collège Captal, Paris

Ce programme est constitué d'une boucle qui répète 20 fois la même instruction. À chaque passage dans la boucle, la variable n est multipliée par 0,5 et on ajoute le résultat obtenu à s. On obtient pour les premières valeurs ;

- 1er passage dans la boucle : $n = 1 \times 0{,}5 = 0{,}5$ et $s = 1 + 0{,}5$;
- 2e passage dans la boucle : $n = 0{,}5 \times 0{,}5 = 0{,}5^2$ et $s = 1 + 0{,}5 + 0{,}5^2$;
- 3e passage : $n = 0{,}5^2 \times 0{,}5 = 0{,}5^3$ et $s = 1 + 0{,}5 + 0{,}5^2 + 0{,}5^3$;
- etc.

On comprend alors que ce programme calcule la somme :

$$1 + 0{,}5 + 0{,}5^2 + \cdots + 0{,}5^{20}.$$

Le lutin nous donne une valeur approchée de cette somme.

6 En probabilités (cf. chapitre 7)

Énoncé p. 336

Collège Jule Ferry, Paris

1 Le programme est constitué d'une boucle qui exécute des instructions 100 fois. Ces instructions consistent à choisir deux nombres entiers au hasard entre 1 et 6 et à les placer dans « Dé1 » et « Dé2 ». On peut imaginer ici que cela simule le lancer de deux dés cubiques.

Ensuite, on effectue un test : si la somme de ces nombres est égale à 7, on incrémente la variable n (on lui ajoute 1). On peut donc voir que n représente le nombre de « 7 » obtenus en faisant la somme de « Dé1 » et « Dé2 ».

Enfin, après être sorti de la boucle, on divise n par 100, ce qui revient à calculer la fréquence de « 7 » obtenus sur les 100 simulations.

Ainsi, « 0,25 » signifie que l'on a obtenu 25 % de « 7 » en faisant la somme des deux dés (soit un quart des lancers).

2 En changeant tous les « 100 » par « 500 », on augmente le nombre de simulations et on peut supposer que la fréquence obtenue est plus proche de la probabilité d'obtenir un 7.

Tous les résultats sont assez proches (entre 0,15 et 0,18) ; on peut alors conclure que la probabilité d'obtenir un 7 en faisant la somme de deux dés lancés est comprise entre 0,15 et 0,18.

7 Nombres premiers (cf. chapitre 5)

Énoncé p. 337

Collège Hoche, Versailles

La variable *compteur* est initialisée à 2 et incrémentée dans la boucle « Répéter jusqu'à » : on va donc parcourir tous les entiers naturels de 2 au nombre qui précède celui entré au clavier.

Dans la boucle, il y a un test :

« si arrondi de réponse/compteur = réponse/compteur ».

On teste ici si l'arrondi du quotient $\frac{\text{réponse}}{\text{compteur}}$ est égal au quotient lui-même. Si c'est le cas, alors cela signifie que la variable *compteur* divise le nombre entré au clavier, et donc que ce dernier n'est pas premier. La boucle est alors arrêtée avec l'instruction « stop ce script ».

L'algorithme recherche donc s'il existe un entier inférieur à celui entré au clavier qui divise ce dernier, afin de voir s'il est premier ou non.

Chapitre 14

Brevet blanc

Cet énoncé est constitué d'exercices issus des épreuves de Brevet posées dans différents centres d'examen.

L'usage de la calculatrice est autorisé.

Le sujet est constitué de sept exercices indépendants.

Le candidat peut les traiter dans l'ordre qui lui convient.

La notation prend en compte la clarté et la précision des raisonnements ainsi que, plus largement, la qualité de la rédaction. Elle prend en compte les essais et les démarches engagées, même non aboutis.

Pour bien aborder l'épreuve du brevet, voir nos conseils au début de l'ouvrage.

1 Exercice 1 – 20 points

★★ 20 min Corrigé p. 350

Cet exercice est un QCM.

Pour chaque question, une seule réponse est juste.

Aucune justification n'est demandée.

Aucun point n'est retiré en cas de mauvaise réponse.

Questions posées	Réponse a	Réponse b	Réponse c
1 Les solutions de l'équation $(3x-2)(2x+6)=0$ sont :	$\frac{2}{3}$ et -3	$\frac{3}{2}$ et -3	$\frac{-2}{3}$ et 3
2 L'écriture scientifique de $\frac{5\times10^6\times1{,}2\times10^{-8}}{2{,}4\times10^5}$ est :	25×10^{-8}	$2{,}5\times10^{-7}$	$2{,}5\times10^3$
3 L'aire du rectangle ABCD est : 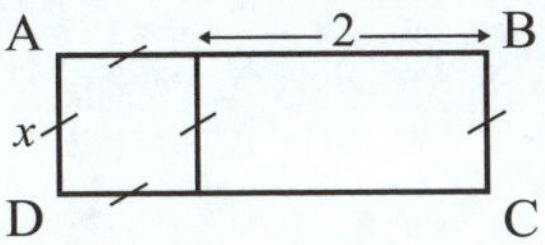	$x+2$	$4x+4$	x^2+2x

Questions posées	Réponse a	Réponse b	Réponse c
4 Un dé équilibré a six faces. On le lance une fois. La probabilité d'obtenir un diviseur de 12 est :	$\frac{2}{3}$	$\frac{5}{6}$	$\frac{1}{2}$
5 Une vitesse de 36 km/h est égale à :	10 m/s	60 m/s	100 m/s
6 Si $-3x < 12$, alors :	$x < -4$	$x < 0$	$x > -4$
7 La médiane de la série de valeurs 7 ; 8 ; 8 ; 12 ; 12 ; 14 ; 15 ; 15 ; 41 est . . .	égale à la moyenne de cette série.	supérieure à la moyenne de cette série.	inférieure à la moyenne de cette série.
8 Un article coûtant 150 € subit une baisse de 30 %. Son nouveau prix est alors :	45 €	105 €	120 €

2 Exercice 2 – 10 points

★ 15 min Corrigé p. 351

DNB Métropole La Réunion juillet 2019

Le capitaine d'un navire possède un trésor constitué de 69 diamants, 1 150 perles et 4 140 pièces d'or.

1 Décomposer 69 ; 1 150 et 4 140 en produits de facteurs premiers.

2 Le capitaine partage équitablement le trésor entre les marins. Combien y-a-t-il de marins sachant que toutes les pièces, perles et diamants ont été distribués à part égales ?

3 Exercice 3 – 19 points

★★ 20 min Corrigé p. 352

D'après le DNB Métropole La Réunion juillet 2019

Voici deux programmes de calcul :

Programme 1

Choisir un nombre
Le multiplier par 3
Ajouter 1

Programme 2

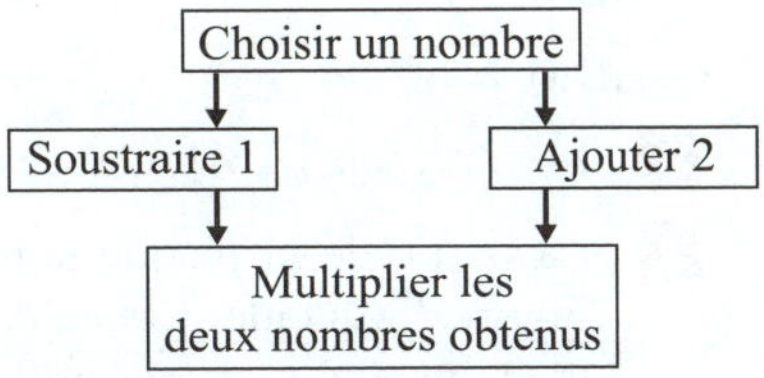

1 Vérifier que si on choisit 5 comme nombre de départ :

- le résultat avec le programme 1 vaut 16 ;
- le résultat avec le programme 2 vaut 28.

On appelle $A(x)$ le résultat obtenu avec le programme 1 en fonction du nombre x choisi au départ et $B(x)$ le résultat obtenu avec le programme 2.

2 **(a)** Exprimer $A(x)$ en fonction de x.

(b) Déterminer le nombre que l'on doit choisir au départ pour obtenir 0 comme résultat avec le programme 1.

3 **(a)** Exprimer $B(x)$ en fonction de x.

(b) Développer et réduire l'expression $B(x)$.

4 **(a)** Montrer que $B(x) - A(x) = (x + 1)(x - 3)$.

(b) Quels nombres doit-on choisir au départ pour que le programme 1 et le programme 2 donnent le même résultat ? Expliquer la démarche.

4 Exercice 4 – 19 points

★★★ 25 min Corrigé p. 353

DNB Métropole La Réunion juillet 2019

Dans cet exercice, on donnera, si nécessaire, une valeur approchée des résultats au centième près.

Joanna veut construire un décor de théâtre constitué de trois triangles en bois superposés, comme indiqué sur la figure 1 ci-contre.
Pour cela, elle dispose d'une plaque rectangulaire ABCD de 4 m sur 2 m, qu'elle se propose de découper de la manière indiquée sur la figure 2 à la page suivante.

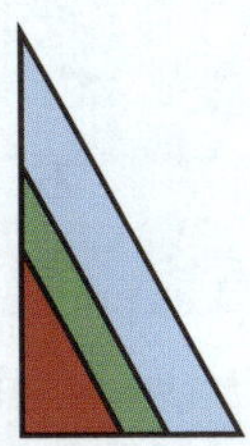

Figure 1

Le triangle ADM respecte les conditions suivantes :

- le triangle ADM est rectangle en A ;
- AD = 2 m ;
- $\widehat{ADM} = 60°$.

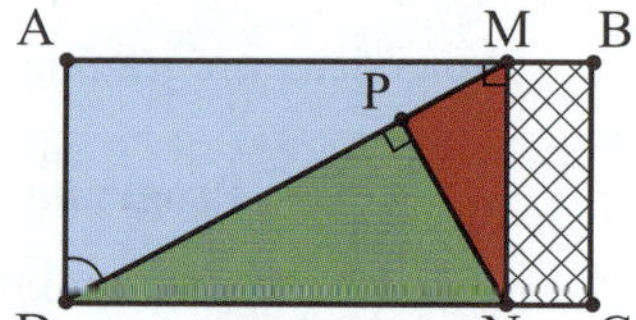

Figure 2

1 Montrer que [AM] mesure environ 3,46 m.

2 La partie de la plaque non utilisée est représentée en quadrillé sur la Figure 2. Calculer une valeur approchée au centième de la proportion de la plaque qui n'est pas utilisée.

3 Pour que la superposition des triangles soit harmonieuse, Joanna veut que les trois triangles AMD, PNM et PDN soient semblables. Démontrer que c'est bien le cas.

4 Joanna aimerait que le coefficient d'agrandissement pour passer du triangle PDN au triangle AMD soit plus petit que 1,5. Est-ce le cas ? Justifier.

5 Exercice 5 – 7 points

★ 10 min Corrigé p. 355

DNB Polynésie juin 2014

Pour construire un mur vertical, il faut parfois utiliser un coffrage et un étayage qui maintiendra la structure verticale le temps que le béton sèche.

Cet étayage peut se représenter par le schéma ci-dessous :

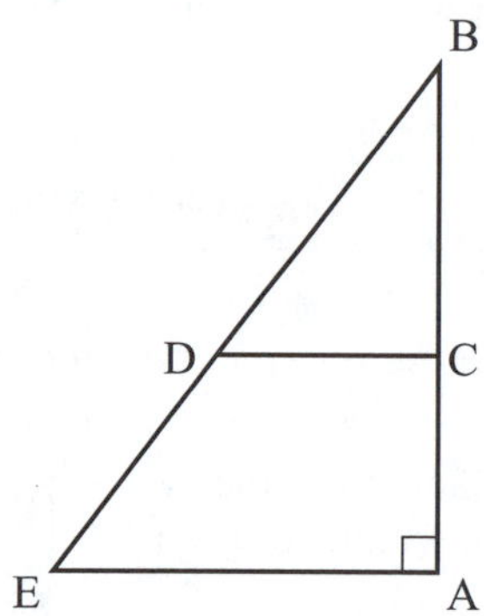

Les poutres de fer sont coupées et fixées de façon que :

- les segments [AB] et [AE] sont perpendiculaires ;
- C est situé sur la barre [AB] ;

- D est situé sur la barre [BE] ;
- AB = 3,5 m ; AE = 2,625 m et CD = 1,5 m.

1 Calculer la longueur BE.

2 Sachant que les barres [CD] et [AE] sont parallèles, à quelle distance de A le point C est-il placé ?

6 Exercice 6 – 11 points

★★ 15 min Corrigé p. 355

D'après le DNB Amérique du Sud novembre 2017

Avec le logiciel Scratch, on a programmé le bloc d'instructions « carré » ci-contre, afin de l'utiliser ensuite dans les deux programmes ci-dessous.

Rappel : l'instruction « avancer de 10 » fait avancer le lutin de 10 pixels.

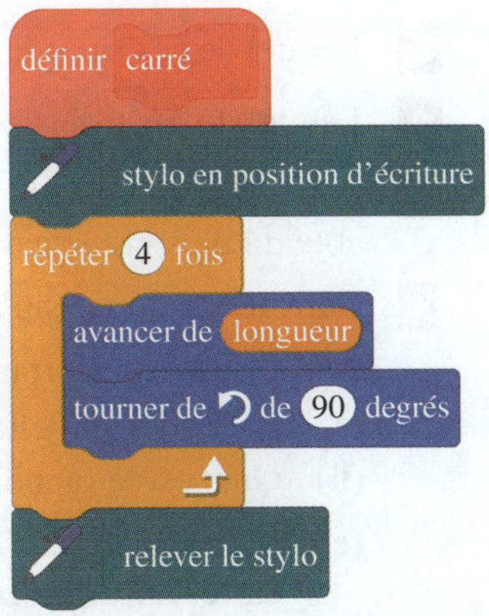

Programme n° 1

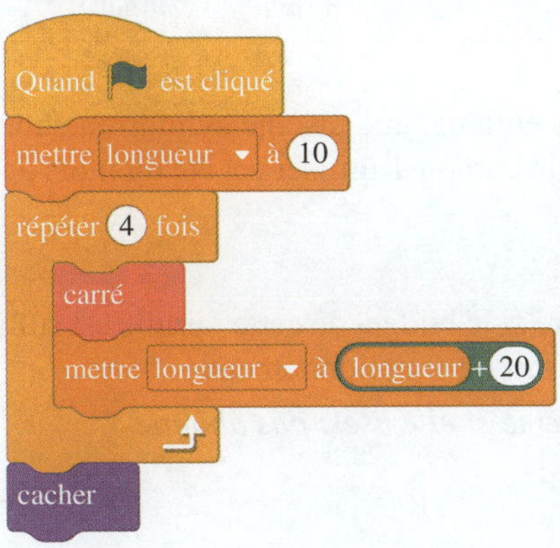

Programme n° 2

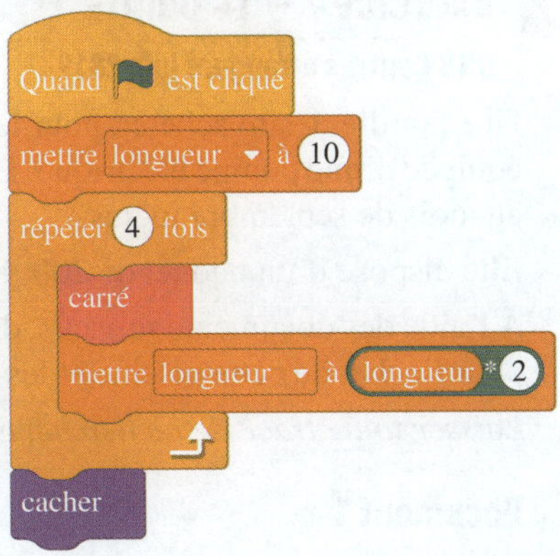

Voici trois dessins :

Dessin n° 1	Dessin n° 2	Dessin n° 3
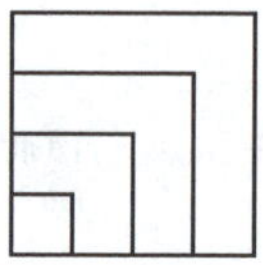	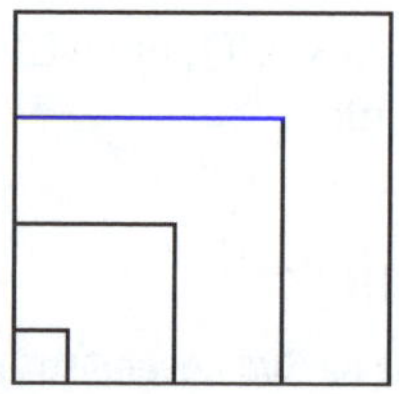	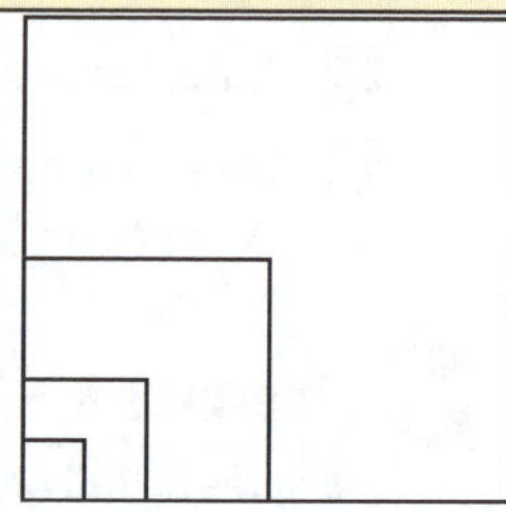

1 Lequel de ces trois dessins obtient-on avec le programme n° 1 ?

2 Lequel de ces trois dessins obtient-on avec le programme n° 2 ?

3 Pour chacun des deux programmes, déterminer la longueur, en pixel, du côté du plus grand carré dessiné. Justifier les deux réponses.

4 Dans le cas du dessin n° 3 :

(a) Quelle est la transformation géométrique qui permet d'obtenir le plus petit carré à partir du plus grand ?

(b) Quel est le rapport de réduction ?

(c) On appelle $\mathcal{A}_g$ l'aire du plus grand carré et $\mathcal{A}_p$ l'aire du plus petit carré. Exprimer $\mathcal{A}_p$ en fonction de $\mathcal{A}_g$.

7 Exercice 7 – 14 points

★★ 15 min Corrigé p. 356

DNB Centres étrangers juin 2019

Une famille désire acheter, pour les enfants, une piscine cylindrique hors sol équipée d'une pompe électrique. Elle compte l'utiliser cet été du mois de juin au mois de septembre inclus.

Elle dispose d'un budget de 200 €.

À l'aide des documents suivants, dire si le budget de cette famille est suffisant pour l'achat de cette piscine et les frais de fonctionnement.

Laisser toute trace de recherche, même si elle n'est pas aboutie.

Document 1

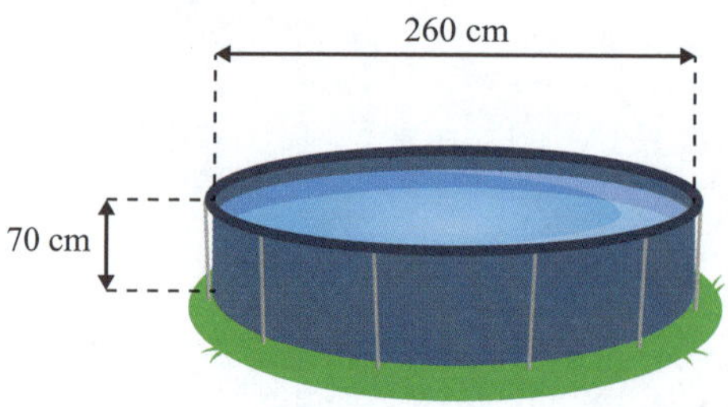

Caractéristiques techniques :

- Hauteur de l'eau : 65 cm.
- Consommation électrique moyenne de la pompe : 3,42 kWH par jour.
- Prix (piscine + pompe) : 80 €.

Document 2

Prix d'un kWh : 0,15 €.
Le kWh (kilowatt-heure) est l'unité de mesure de l'énergie électrique.

Document 3

Prix d'un m^3 d'eau : 2,03 €.

Document 4

Le volume $\mathcal{V}$ d'un cylindre est donné par la formule suivante :

$$\mathcal{V} = \pi \times r^2 \times h$$

où r est le rayon du cylindre et h sa hauteur.

1 Exercice 1 – 20 points

Énoncé p. 343

1 Réponse **a**.

En effet, l'équation $(3x-2)(2x+6)=0$ est une équation « produit nul ».

Or, un produit est nul si et seulement si un des facteurs est égal à 0. Donc :

$$\begin{array}{lcl} 3x-2=0 & \text{ou} & 2x+6=0 \\ 3x=2 & \text{ou} & 2x=-6 \\ x=\dfrac{2}{3} & \text{ou} & x=-\dfrac{6}{2}=-3 \end{array}$$

2 Réponse **b**.

$$\frac{5\times 10^6\times 1{,}2\times 10^{-8}}{2{,}4\times 10^5}=\frac{5\times 1{,}2}{2{,}4}\times\frac{10^6\times 10^{-8}}{10^5}$$

$$=\frac{5\times 1{,}2}{2\times 1{,}2}\times\frac{10^{-2}}{10^5}=2{,}5\times 10^{-7}.$$

3 Réponse **c**.

Si $\mathcal{A}$ correspond à l'aire du rectangle ABCD alors :

$$\mathcal{A}=\text{AD}\times\text{AB}=x(x+2)=x^2+2x.$$

4 Réponse **b**.

Les diviseurs de 12 sont : 1 ; 2 ; 3 ; 4 ; 6 et 12. Lorsqu'on lance le dé, parmi les 6 issues possibles, seule l'issue « obtenir 5 » ne donne pas un diviseur de 12. On a donc 5 chances sur 6 de tomber sur un diviseur de 12.

5 Réponse **a**.

$$36\text{ km/h}=\frac{36\text{ km}}{1\text{ h}}=\frac{36\,000\text{ m}}{3\,600\text{ s}}=10\text{ m/s}.$$

6 Réponse **c**.

En effet, pour résoudre l'inéquation, il faut diviser ses deux membres par -3 qui est négatif, et donc changer le sens de l'inégalité.

On obtient aisni : $\dfrac{-3x}{-3}>\dfrac{12}{-3}$, soit $x>-4$.

⚠ ATTENTION

Le sens d'une inéquation change lorsque l'on multiplie (ou que l'on divise) les deux membres par un nombre négatif.

7 Réponse **c**.

La moyenne vaut :

$$\frac{7+8+8+12+12+14+15+15+41}{9} \approx 14{,}7.$$

Il y a 9 valeurs dans la série donnée. La médiane est donc la 5e valeur de cette série, c'est-à-dire 12. Elle est donc inférieure à la moyenne.

8 Réponse **b**.

Baisser le prix d'un article de 30 % revient à le multiplier par

$1 - \frac{30}{100} = 0{,}7$ et $150 \times 0{,}7 = 105$.

À RETENIR

N'oubliez pas que réduire une quantité de t % revient à multiplier par $\left(1 - \frac{t}{100}\right)$.

De même, augmenter une quantité t % revient à la multiplier par $1 + \frac{t}{100}$.

2 Exercice 2 – 10 points

Énoncé p. 344

DNB Métropole La Réunion juillet 2019

1 **MÉTHODE**

Pour décomposer un nombre en produit de facteurs premiers, on commence par se remettre en tête la liste des nombres premiers à tester : 2 ; 3 ; 5 ; 7 ; 11 ; 13 ; 17 ; 19 ; 23 ; 29 ... puis on applique la méthode vue au chapitre 5 page 91

69	3
23	23
1	

1 150	2
575	5
115	5
23	23
1	

4 140	2
2 070	2
1 035	5
345	3
115	5
23	23
1	

On obtient ainsi :

- $69 = 3 \times 23$
- $1\,150 = 2 \times 5^2 \times 23$
- $4\,140 = 2^2 \times 3^2 \times 5 \times 23$

2 Le partage a été équitable et toutes les pièces, perles et diamants ont été distribués, ce qui signifie que chaque marin a reçu le même nombre de pièces, de perles et de diamants que les autres. Le nombre de marins doit donc être un diviseur de 69, de 1 150 et de 4 140.

Seul le facteur 23 est commun aux trois décompositions, il y a donc 23 marins.

On peut également en déduire que chacun d'eux recevera 3 *diamants,* $2 \times 5^2 = 50$ *perles et* $2^2 \times 3^2 \times 5 = 180$ *pièces.*

MÉTHODE

Dans toutes les situations de partages équitables d'objets, on sera amené à chercher des diviseurs communs à ces objets.

3 Exercice 3 – 19 points

Énoncé p. 345

D'après le DNB Métropole La Réunion juillet 2019

1 Avec le programme 1, on a :

$$5 \to 3 \times 5 = 15 \to 15 + 1 = 16.$$

Le résultat avec le programme 1 est donc 16.

Avec le programme 2, on a :

$$5 \to 5 - 1 = 4 \text{ (à gauche) et } 5 + 2 = 7 \text{ (à droite)} \to 4 \times 7 = 28.$$

Le résultat avec le programme 2 vaut donc 28.

2 **(a)** Avec le programme 1, on a $x \to 3x \to 3x + 1$, donc on a :

$$A(x) = 3x + 1.$$

(b) On veut résoudre $A(x) = 0$ c'est-à-dire :

$$3x + 1 = 0$$
$$3x = -1$$
$$\frac{3x}{3} = \frac{-1}{3}$$
$$x = -\frac{1}{3}$$

On doit choisir $-\frac{1}{3}$ au départ pour obtenir 0 comme résultat avec le programme 1.

3 **(a)** Avec le programme 2, on a :

$$x \to x - 1 \text{ (à gauche) et } x \to x + 2 \text{ (à droite),}$$

donc $B(x) = (x - 1)(x + 2)$.

(b) $B(x) = (x - 1)(x + 2) = x^2 + 2x - x - 2 = x^2 + x - 2$.

4 **(a)** Développons les deux expressions :

- $B(x) - A(x) = x^2 + x - 2 - (3x + 1) = x^2 + x - 2 - 3x - 1$
  $= x^2 - 2x - 3$.

- $(x+1)(x-3) = x^2 - 3x + x - 3 = x^2 - 2x - 3$.

On peut donc en déduire que $B(x) - A(x) = (x+1)(x-3)$.

MÉTHODE

Pour montrer que deux expressions sont égales, il faut les calculer séparément.

(b) On veut que $B(x) = A(x)$, soit $B(x) - A(x) = 0$ ou encore $(x+1)(x-3) = 0$. On reconnaît une équation « produit nul ». Donc : $x + 1 = 0$ ou $x - 3 = 0$, soit $x = -1$ ou $x = 3$. Il faut donc choisir -1 ou 3 au départ pour que le programme 1 et le programme 2 donnent le même résultat.

4 Exercice 4 – 19 points

Énoncé p. 345

DNB Métropole La Réunion juillet 2019

1 Dans le triangle ADM rectangle en A,

MÉTHODE

On connaît la mesure de l'angle $\widehat{ADM}$ et AD, la longueur du côté adjacent à cet angle. On cherche AM, la longueur du côté opposé à cet angle. On va donc utiliser la tangente.

$$\tan \widehat{ADM} = \frac{\text{côté opposé à } \widehat{ADM}}{\text{côté adjacent à } \widehat{ADM}} = \frac{AM}{AD}.$$

En remplaçant par les valeurs, on obtient :

$$\tan 60 = \frac{AM}{2}.$$

Ainsi : $AM = 2 \times \tan 60 \approx 3{,}46$ m (au centième près).

Le segment [AM] mesure environ 3,46 m.

ATTENTION

N'oubliez pas que les formules de trigonométrie ne s'utilisent que dans les triangles rectangles. Il faut donc toujours préciser dans quel triangle vous travaillez.

2 $M \in [AB]$, donc $MB - AB - AM$. Ainsi $MB \approx 4 - 3{,}46 \approx 0{,}54$ m.

La proportion de plaque non utilisée est donc :

$$\frac{MB}{AB} \approx \frac{0{,}54}{4} \approx 0{,}14 \quad \text{(au centième près).}$$

3 La somme des angles dans un triangle est égale à 180°.

- Dans le triangle AMD rectangle en A, on a donc :

$$\widehat{DAM} = 90° \ ; \ \widehat{ADM} = 60° \ ; \ \widehat{AMD} = 180 - (90 + 60) = 30°.$$

- Dans le triangle DPN rectangle en P, on a :

$$\widehat{DPN} = 90° \ ; \ \widehat{PDN} = 90 - \widehat{ADM} = 30°.$$

Les triangles DPN et ADM ayant deux angles en commun (de 90° et 30°), ces deux triangles sont semblables.

- Dans le triangle MPN rectangle en P, on a :

$$\widehat{MPN} = 90° \ ; \ \widehat{PMN} = 90 - \widehat{AMD} = 60°.$$

Les triangles PMN et ADM ayant deux angles en commun (de 90° et 60°), ces deux triangles sont semblables.

Ainsi, les trois triangles AMD, PNM et PDN sont semblables.

4 Les triangles DNP et ADM sont semblables.

Le rapport d'agrandissement pour passer de DNP à ADM est par exemple, le rapport des hypoténuses : $\frac{DM}{DN}$.

On a : DN = AM ≈ 3,46 m. Il nous faut donc calculer la longueur DM.

MÉTHODE

On peut soit utiliser le théorème de Pythagore dans le triangle ADM rectangle en A (mais pour cela utiliser la valeur approchée que nous avons trouvée dans la question 1), soit utiliser la trigonométrie.
On connaît le côté adjacent à $\widehat{ADM}$ et on cherche l'hypoténuse, on va donc utiliser la formule du cosinus.

Dans le triangle ADM rectangle en A :

$$\cos \widehat{ADM} = \frac{\text{côté adjacent à } \widehat{ADM}}{\text{hypoténuse}} = \frac{AD}{DM},$$

soit $\cos 60 = \frac{2}{DM}$. On a donc $\cos 60 \times DM = 2$,

soit $DM = \frac{2}{\cos 60} = 4$ m.

Le rapport d'agrandissement est $\frac{4}{3{,}46}$, soit envrion 1,16. Il est donc inférieur à 1,5.

5 Exercice 5 – 7 points

Énoncé p. 346

DNB Polynésie juin 2014

1 Le triangle ABE est rectangle en A. On peut donc appliquer le théorème de Pythagore.

$$BE^2 = AB^2 + EA^2 = 3{,}5^2 + 2{,}625^2 = 19{,}140\,625.$$

On en déduit : $BE = \sqrt{19{,}140\,625} = 4{,}375$.

La barre [BE] mesure donc 4,375 m.

2 Les droites (DE) et (CA) sont sécantes en B et les barres [CD] et [AE] sont parallèles, on peut donc utiliser le théorème de Thalès.

On a ainsi :

$$\frac{BD}{BE} = \frac{BC}{BA} = \frac{DC}{EA}$$

soit :

$$\frac{BD}{4{,}375} = \frac{BC}{3{,}5} = \frac{1{,}5}{2{,}625}$$

$$\frac{BC}{3{,}5} = \frac{1{,}5}{2{,}625}$$

donc : $BC = \dfrac{3{,}5 \times 1{,}5}{2{,}625} = 2$ m.

Comme $C \in [BA]$, on a : $CA = BA - BC = 3{,}5 - 2 = 1{,}5$ m.

Le point C est placé sur le segment [BA] à 1,5 m du point A.

6 Exercice 6 – 11 points

Énoncé p. 347

D'après le DNB Amérique du Sud novembre 2017

1 Avec le programme n° 1, on obtient le dessin n° 2.

En effet, le côté du premier carré tracé vaut 10 *pixels, puis les côtés de chaque carré tracé mesurent* 20 *pixels de plus que ceux du précédent.*

2 Avec le programme n° 2, on obtient le dessin n° 3.

En effet, le côté du premier carré tracé vaut toujours 10 *pixels, puis les côtés de chaque carré tracé sont deux fois plus grands que ceux du précédent.*

3 Avec le programme n° 1, la longueur du plus grand carré dessiné vaut :

$$10 + 20 + 20 + 20 = 70 \text{ pixels.}$$

Avec le programme n° 2, la longueur du plus grand carré dessiné vaut :

$$10 \times 2 \times 2 \times 2 = 80 \text{ pixels.}$$

4 **(a)** Le plus petit carré est l'image du plus grand par une homothétie de rapport k, avec $0 < k < 1$. Le centre de cette homothétie est le sommet commun aux deux carrés (*en bas à gauche sur le dessin*).

(b) Le plus petit carré a pour côté 10 pixels et le côté du plus grand mesure 80 pixels. Le petit carré est donc une réduction de rapport $\frac{10}{80} = \frac{1}{8}$ du grand carré.

(c) $\mathcal{A}_p = \left(\frac{1}{8}\right)^2 \times \mathcal{A}_g = \frac{1}{64} \times \mathcal{A}_g$.

7 Exercice 7 – 14 points

Énoncé p. 348

DNB Centres étrangers juin 2019

La famille doit prévoir trois dépenses :

- L'*achat* de la piscine, soit 80 €.
- La *consommation d'eau* pour remplir la piscine.

⚠ ATTENTION

Pour calculer le volume d'eau dans la piscine, n'oubliez pas de convertir les longueurs en mètres, car on vous donne le prix de l'eau au m^3.

Le rayon de la piscine vaut $\frac{260}{2} = 130$ cm $= 1{,}3$ m et la hauteur mesure 65 cm $= 0{,}65$ m.
Le volume d'eau de la piscine est donc égal à :

$$\mathcal{V} = \pi \times 1{,}3^2 \times 0{,}65 \approx 3{,}451\,04 \text{ m}^3.$$

Le coût en eau est donc égal à environ $3{,}451\,04 \times 2{,}03 \approx 7{,}01$ €.

- La *consommation électrique* de la pompe.
Pour utiliser la piscine du mois de juin au mois de septembre inclus, il faut compter : $30 + 31 + 31 + 30 = 122$ jours de fonctionnement.
La pompe consomme en moyenne 3,42 kWh par jour et le prix d'un kWh est de 0,15 €.
Le coût électrique est donc de : $122 \times 3{,}45 \times 0{,}15 \approx 63{,}14$ €.

Le coût total est donc de : $80 + 7{,}01 + 63{,}14 = 150{,}15$ €, soit moins que les 200 € de budget. La famille peut donc envisager d'acheter cette piscine.

Liste des vidéos

Retrouvez les programmes Scratch inclus dans ce livre ici :
https ://scratch.mit.edu/users/Prepamath

Achevé d'imprimer en mai 2021 par SEPEC à Péronnas (01) - France
N° d'impression : 06601210315
N° de projet : 10268758
Dépôt légal : juin 2021